ONCE UPON A TIME IN HOLLYWOOD

その昔、ハリウッドで

QUENTIN TARANTINO
クエンティン・タランティーノ
田口俊樹 訳

文藝春秋

本書を妻の**ダニエラ**と息子の**レオ**に捧げる。
本書の執筆の場となった幸せな家庭をつくってくれてありがとう。

この当時のハリウッドに関するとてつもないエピソードの数々を語ってくれた
古き良き時代の俳優たちにも感謝したい。

本書をみなさんの手に送り届けることができたのはひとえに彼らのおかげだ。

ブルース・ダーン　デヴィッド・キャラダイン　バート・レイノルズ
ロバート・ブレイク　マイケル・パークス　ロバート・フォスターに
心からの感謝を捧げる。
カート・ラッセルには尚のこと。

The Jacket Designed By
Seiji Sekiguchi

目次

その昔、ハリウッドで

主な登場人物

リック・ダルトン……………………映画俳優
クリフ・ブース……………………ダルトンのスタントマン
シャロン・テート…………………若手俳優
マーヴィン・シュワーズ…………タレント・エージェント
サム・ワナメイカー………………映画監督　『対決ランサー牧場』を製作中
トゥルーディ・フレイザー………子役俳優　『対決ランサー牧場』に出演
ビリー・ブース……………………クリフの亡妻
ロマン・ポランスキー……………シャロン・テートの夫　映画監督
ブルース・リー……………………アクション俳優
チャーリー・マンソン……………ヒッピー集団の指導者　元ミュージシャン
プッシーキャット…………………マンソン・ファミリーの一員

Chapter One

"Call Me Marvin"

〝マーヴィンと呼んでくれ〟

〈ウィリアム・モリス・エージェンシー〉のエージェント、マーヴィン・シュワーズの机の上で呼び出し機のブザーが鳴る。マーヴィンは機械のボタンを指で押す。「十時半になったと教えてくれようとしてるのかな、ミス・ヒンメルスティーン?」

「はい、そうです、ミスター・シュワーズ」若い秘書の声が小さなスピーカーから聞こえてくる。「ミスター・ダルトンがお待ちです」

マーヴィンはまたボタンを押す。「いつでもいいよ、ミス・ヒンメルスティーン」

マーヴィンのオフィスのドアが開き、ミス・ヒンメルスティーンが先にはいってくる。ヒッピーっぽい二十一歳。白いミニスカートから日焼けした長い脚を露わにし、茶色いロングヘアをポカホンタスのように二本の三つ編みにしている。そのうしろから、四十二歳のハンサムな俳優、リック・ダルトンがはいってくる。お決まりのリーゼントにした茶色の髪はグリースでてかてか光っている。

マーヴィンは満面の笑みを浮かべて椅子から立ち上がる。ミス・ヒンメルスティーンが紹介しようとする。それをさえぎって、彼は言う。「ミス・ヒンメルスティーン、ちょうどリック・ダルトン映画祭をばっちり見おえたところだ。紹介してもらわなくても大丈夫」そう言って西部劇俳優に近づくと、手を差し出す。「よろしく、リック」

リックは笑みを浮かべ、エージェントの手を握り、大きく振る。「リック・ダルトンです。会っていただいてありがとうございます、ミスター・シュワルツ」

マーヴィンが訂正する。「シュワーズだ。シュワルツじゃなくて」

やっちまった、もうへマっちまった。

「これはなんてことを。すみません、ミスター・シュワーズ」

ミスター・シュワーズは握った手を最後にもう一度上下に振って言う。「マーヴィンと呼んでくれ」

「マーヴィン。リックと呼んでください」

「リック……」

ふたりは手を放す。

「ミス・ヒンメルスティーンにおいしい飲みものを持ってきてもらおう」

リックは手を振る。「いや、けっこうです」

マーヴィンはさらに言う。「ほんとに？ コーヒー、コーク、ペプシ、シンバ、なんでも言ってくれ」

「じゃあ、コーヒーを」

「わかった」マーヴィンはリックの肩に手を置いて、若い秘書を振り返る。「ミス・ヒンメルスティーン、すまないが、私の友人のリックにコーヒーを持ってきてくれないか？　私にも頼む」

秘書はうなずき、オフィスのドアに向かう。ドアを閉める彼女に向かってマーヴィンが声をかける。「休憩室に置いてある〈マックスウェル・ハウス〉のインスタントじゃないぞ。レックスのオフィスに行ってくれ。あそこにはいつもうまいコーヒーがそろってる。ただ、トルココーヒーはやめてくれ」

「わかりました」ミス・ヒンメルスティーンはそう言ってから、リックに顔を向ける。「コーヒーはどうするのがお好みですか、ミスター・ダルトン？」

リックは彼女を見て言う。「聞いたことないかな？　黒は美しい《ブラック・イズ・ビューティフル》（黒人差別反対運動の当時のスローガン）」

マーヴィンはクラクションみたいな笑い声をあげ、ミス・ヒンメルスティーンは片手で口を押さえてくすくす笑う。秘書がドアを最後まで閉めるまえにマーヴィンが言う。「そうそう、ミス・ヒンメルスティーン、女房と子供が交通事故で死んだのでもないかぎり、ここには電話をつながないでくれ。まあ、女房と子供が死んだとしても、今すぐ駆けつけようと三十分遅れようと、死んでることに変わりないわけだが。とにかく電話はつなぐな」

マーヴィンはリックに、ガラスのコーヒーテーブルをはさんで向かい合う、ふたつの革のソファのひとつに坐るように示す。リックは坐り、ようやくくつろいだ気分になる。

「まずは大事なことから」とエージェントは言う。「妻のメアリー・アリス・シュワーズがよろしくと言っていた。昨夜はうちの映画室でふたりでリック・ダルトンの二本立てを見たんだ」

「へえ、嬉しいけど、照れくさいですね。何を見たんです？」

『タナー』と『マクラスキー／十四の拳《ザ・フォーティーン・フィスツ・オブ・マクラスキー》』だ」

「どっちもいい映画です」とリックは言う。「『マクラスキー』の監督はポール・ウェンドコス。おれの一番好きな監督です。彼の『ギジェット』に出る予定だったんですが、結局、その役はトム・ローリンに取られちまいました」そう言って、鷹揚に手を振る。「でも、いいんです、トムのことは好きなんで。おれに初めて大役をくれたのが彼なんで」

「ほう。きみは映画にもけっこう出てるのか？」

「そうでもありません。何度も同じことをさせられるのが退屈なんで」

「いずれにしろ、ポール・ウェンドコスがきみの好きな監督なんだな？」

「ええ。駆けだしの頃から使ってもらってます。クリフ・ロバートソンの『決戦珊瑚《さんご》海《かい》』じゃ、潜水艦の中でトム・ローリンと一緒に映ってます」

マーヴィンは業界人としての意見を述べる。「ポール・ウェンドコス親父。あまり評価されてないが、アクションのスペシャリストではあるな」

「そのとおりです。『賞金稼ぎの掟《バウンティー・ロー》』では七話か八話監督をしてくれました」そのあとリックは誉めことばを期待して尋ねる。「リック・ダルトン二本立てを見て疲れませんでしたか？」

マーヴィンは笑って言う。「疲れる？　とんでもない。実にすばらしかった。『タナー』はメアリー・アリスとふたりで見た。女房は最近の映画によくある暴力シーンが好きじゃないんで、『マクラスキー』は私ひとりで見たよ、彼女がベッドに行ったあと」

そのときドアを小さく叩く音がして、ミニスカートのミス・ヒンメルスティーンが湯気の立つコーヒーカップを持ってはいってくる。彼女は熱い飲みものを慎重にふたりに手渡す。

「レックスのオフィスのやつだろうね?」

「葉巻一本分の貸しだってレックスは言ってました」

マーヴィンは鼻で笑う。「ユダ公が。さんざん迷惑をかけてるくせに」

みんなが笑う。

「ありがとう、ミス・ヒンメルスティーン。さがってくれ」

彼女は出ていき、このあとふたりはエンタメ業界について、リック・ダルトンのキャリアについて、さらに重要な彼の将来について話し合うことになる。

「なんの話だったかな?」とマーヴィンが言う。「そうそう、最近の映画の暴力シーンの話だ。メアリー・アリスはそういうのが好きじゃなくてな。だけど、ウェスタンは大好きだ。昔からずっと。結婚まえからよくふたりで見たものだ。ウェスタンを見るのはわれわれ夫婦の愉しみのひとつなんだよ。だから『タナー』はとてもよかった」

「嬉しいです」とリックは言う。

「普段は二本立てを見ると、女房は一本目の映画の三巻目のリールが終わる頃に私の膝で寝てしまうんだ。ところが、『タナー』は最後のリールのまえまで――九時半だった――持ちこたえた。彼女にしては珍しいことだ」

マーヴィンがおしどり夫婦の映画鑑賞習慣について説明するあいだ、リックはコーヒーを飲む。おい、こいつはうまいじゃないか。レックスってやつは確かにいいコーヒーを持ってる。

マーヴィンは言っている。「映画が終わると女房はベッドに行く。私はハヴァナ葉巻の箱を開け、コニャックをグラスに注ぎ、二本目をひとりで見る」

リックはレックスの極上のコーヒーをもう一口飲む。

マーヴィンはカップを指差していう。「いいだろ？」

「なんです？」とリック。「コーヒーですか？」

「いや、パストラミのことだ。嘘だよ、コーヒーのことだ、もちろん」マーヴィンは絶妙のタイミングでナンセンスジョークを言う。

「最高です。レックスはどこで手に入れたんです？」

「ここベヴァリーヒルズのデリカテッセンであることは確かなんだが、どの店かは教えてくれないんだ」マーヴィンはそう答え、また妻の映画鑑賞の習慣について続ける。「今朝、朝食をとって私が仕事に出かけたあと、映写技師のグレッグが来て、最後のリールをまわすんだ。それで女房には映画の結末がわかることになる。これがわれわれのいつもの映画鑑賞でね。大いに満足してる。彼女は『タナー』の結末をとても愉しみにしていた」

マーヴィンはさらに続ける。「でも、実のところ、そのまえに言いあてていた。きみがラルフ・ミーカー演じる父親を殺すだろうって」

「ええ、あそこがあの映画のキモですね。おれが支配的な父親を殺すことは初めから見えてる。だから問題はいつ殺すかです。それは繊細な弟のマイケル・カランがおれを殺すことも同じで、いつ殺すかが問題なんです」

マーヴィンはうなずいて言う。「なるほどな。ただ、それはともかく私も女房もきみとラルフ・ミーカーは実によく似ていると思った」

「おれもそう思います。実際、父子役としていいコンビでした。マイケル・カランはまるで養子みたいに見えた。でも、おれとならラルフは本物の父親に見えます」

「きみたちふたりが似ているのは訛《なま》りが似てるからだ」

リックは笑う。「マイケル・カランと比べるとよけいにね。やつがしゃべると、マリブでサーフィンでもしているみたいに聞こえる」

ふむ、とマーヴィンは思う。リックが『タナー』で共演したマイケル・カランをけなすのはこれで二度目だ。いい兆候ではない。せこさが透けて見える。まあ、文句を言いたがるやつなんだろう。しかし、マーヴィンはそんな思いはおくびにも出さない。

「ラルフ・ミーカーはすばらしかった」とリックは言う。「これまで共演した中でも最高の役者です。おれはエドワード・G・ロビンソンとも共演してます！　彼は『賞金稼ぎの掟』の中でも評判のよかったふたつのエピソードに出演しています」

マーヴィンは昨夜のリック・ダルトン二本立ての話を続ける。「『タナー』の次に見た『マクラスキー／十四の拳』だが、あれはすごい映画だよ。実に面白い！」そう言って、彼はマシンガンを撃つ真似をする。「あの射撃！　あの殺しぶり！　ナチスの連中を何人殺した？　百か？　百五十か？」

リックは笑って答える。「数えたことはないけど、百五十ぐらいですかね」

マーヴィンはつぶやく。「ナチスのクソども……きみがやつらに火炎放射器をぶっ放したんだったよね？」

「ええ、そうです。あれはとんでもない武器ですよ。絶対向けられたくないですね。毎日三時間、二週間練習したんです。でも、それはかっこよく見せたかったからじゃなくて、ほんとにクソ怖かったんです、火炎放射器が」

「実にすばらしかった」とマーヴィンはいかにも感じ入って言う。

「あの役を手に入れられたのは運がよかったからなんです。もともとファビアンが演《や》るはずだった。ところが、彼はクランクインの八日まえに、『バージニアン』の撮影をしてて肩の骨を折ったんです。で、ミスター・ウェンドコスがおれを思い出してくれて、コロンビアのお偉いさんに話してくれて、『マクラスキー』のためにユニバーサルからおれを借り出した。つまり、おれの最大のヒット作はコロンビアに貸し出されて撮った作品ってわけです」

マーヴィンはジャケットの内ポケットから金《きん》の煙草入れを取り出すと、音をたてて蓋を開け、リックに一本勧める。

「ケントは吸うか？」

リックは一本もらう。

「この煙草入れは好きか？」

「すごくいいですね」

「ジョゼフ・コットンにもらったんだ。ジョゼフも私の大事なクライアントのひとりだ」

リックはマーヴィンのお望みどおりに感心した顔をしてみせる。

「最近、セルジオ・コルブッチと本多《ほんだ》猪《い》四《し》郎《ろう》の映画に出させた。これはその礼だ」

どちらもリックにはなじみのない名前だ。

マーヴィンは金の煙草入れを内ポケットに戻す。リックはすかさずズボンのポケットからライターを取り出す。銀のジッポの蓋を開け、クールな男を気取って双方の煙草に火をつける。それから、ことさら大きな音をたてて蓋を閉める。マーヴィンはその大げさな身ぶりに笑みを浮かべて、ニコチンを深々と吸う。

「きみは何を吸うんだ?」

「キャピトル・W・ライトです」とリックは答える。「あとは、チェスターフィールド、レッド・アップル、それに、笑わないでくださいよ、バージニア・スリムも吸います」

それでもマーヴィンは笑う。

「味が好きなんです」リックは言いわけをする。

「レッド・アップルのことを笑ったんだ。あれはニコチンに対する冒瀆《ぼうとく》だ」

「『賞金稼ぎの掟』のスポンサーだったもんで、慣れました。それに、人まえであれを吸ってるところを見られるのも悪くないかなって思って」

「賢明なことだ。本題にはいろう。きみのエージェントのシドに言われてね。きみと会ってほしいと」

リックは黙ってうなずく。

「なぜそんなことを言ってきたかわかるか?」

「あなたがおれと仕事をしてくれるかどうか知りたいから?」

マーヴィンは笑う。「つまるところはそうだ。だけど、私が訊きたいのは、きみは私が〈ウィリアム・モリス〉で何をしてるのか、果たして知ってるのかどうかということだ」

「もちろん知っています。あなたは大物エージェントだ」

「ああ。しかし、きみにはすでにシドというエージェントがいる。私がただのエージェントなら、きみはここにはいない」

「ええ、あなたは特別なエージェントだ」

「そのとおり」マーヴィンはそう言って、手にした煙草でリックを指す。「しかし、きみは実際のところ私は何をしていると思っているのか、それを訊きたい」

「聞いた話だと、あなたは有名なアメリカ人俳優を外国映画に出演させている」

「そのとおり」

ふたりはケントを深々と吸い、ようやく同じ土俵に立って話を進める。マーヴィンは長々とゆっくり煙を吐く。そのあと演説が始まる。「リック、お互いを知るようになって、きみが私に関して最初に知ることは、私にとってクライアント・リストほど重要なものはない――ひとつもない――ということだ。私がイタリア、ドイツ、日本、それにフィリピンの映画界に伝手《つて》を持っているのは、私がエージェントを務めるクライアントのおかげであると同時に、私のクライアント・リストのおかげだ。ほかの連中とちがって、私は従来どおりのビジネスをしていない。私がしているのはハリウッドの威光を利用したビジネスだ。ヴァン・ジョンソン、ジョゼフ・コットン、ファーリー・グレンジャー、ラス・タンブリン、メル・ファーラー」

彼はハリウッド版ラシュモア山に刻まれた偉人を数えるようにそれらの名前を挙げる。

「最高傑作だらけのハリウッドの威光だ」

さらにマーヴィンはすでに伝説になっている例を加える。「酔っぱらいのリー・マーヴィンが『夕陽のガンマン』のモーティマー大佐役を撮影三週間まえに降りたとき、セルジオ・レオーネの重いケツを上げさせ、〈スポーツメンズ・ロッジ〉に行かせ、酒をやらないリー・ヴァン・クリーフとコーヒーを飲ませたのはこの私だ」

マーヴィンはその話の大きさと重さが室内に行き渡るまで待つ。それから無造作にケントを吸い、煙を吐きながらさらに業界人らしい宣言をする。「そこからマカロニ・ウェスタンの神話が始まった」

マーヴィンはガラスのテーブルをはさんでいるカウボーイ俳優に指を向ける。銃のように。

「リック、『賞金稼ぎの掟』はいい作品だ。きみもいい芝居をしている。この街に来て、下手な芝居で有名になる連中は大勢いる。ガードナー・マッケイに訊いてみるといい」

リックはガードナー・マッケイに対する皮肉を笑う。マーヴィンはさらに言う。「『賞金稼ぎの掟』は実によくできたカウボーイ物だった。きみは誇りに思っていい。しかし、これからさきのこととなると……いや、さきの話をするまえに過去のことをはっきりさせよう」

とともに煙草を吸いながら、マーヴィンはクイズ番組かＦＢＩの取り調べのようにリックに質問を始める。

「『賞金稼ぎの掟』――確かＮＢＣだったな？」

「ええ、ＮＢＣです」

「長さは？」

「なんの？」

「番組の長さだ」

「三十分番組だったから、コマーシャルを抜いたら二十三分ですね」

「どれだけ続いた？」

「始まったのは五九年の秋から六〇年にかけてのシーズンです」

「で、終わったのは？」

「六三年半ばから六四年のシーズンです」

「カラーは？」

「カラーではつくってません」

「どうやって役を手に入れた？　飛び込みか？　それともＮＢＣに育てられたのか？」

「『拳銃街道』にゲスト出演したんです。ジェシー・ジェームズ役で」

「それで製作陣の眼に止まったというわけか？」

「ええ。スクリーンテストは受けなきゃならなかったけど。うまくやらなきゃならなかった。でも、ええ、そうです」

「テレビのシーズンとシーズンの合間に出た映画を教えてくれ」

「最初は『コマンチの反乱《コマンチ・アップライジング》』です。歳を取って不細工になったロバート・テイラーが主演したやつです。で、そのあとおれが出る映画はそういう取り合わせになりました。つまり、年寄りと若いやつのコンビ物に。おれとロバート・テイラー、おれとスチュワート・グレンジャー、おれとグレン・フォード。おれひとりというのはなかった」腹立たしげにリックは言う。「いつもおれと年寄りのコンビだった」

マーヴィンは尋ねる。「『コマンチの反乱』は誰が監督した？」

「バッド・スプリングスティーンです」

「きみの経歴を見たところ、リパブリック・ピクチャーズのカウボーイ物の監督とかなり仕事をしてるんだね。スプリングスティーン、ウィリアム・ウィットニー、ハーモン・ジョーンズ、ジョン・イングリッシュ」

リックは笑う。「手早く片づけようタイプの監督たちです。だけど、バッド・スプリングスティーンはそれだけじゃなかった。ほかとちがいました」

マーヴィンはそこに興味を示す。「どうちがった？」

「はい？」

「バッドとそれ以外の手早く片づけようタイプ。どうちがう？」

リックにはその答を考える必要がない。もう何年もまえ、『ソニー号　空飛ぶ冒険』をバッドが監督したエピソードにゲスト出演して、クレイグ・ヒルと共演したとき、すでに答は出ていたからだ。

「与えられた時間はバッドもほかの監督も同じでした」とリックはことばに重みを与えて言う。「一日、一時間、一晩たりとほかの監督より長いということはなかった。だけど、彼はその時間内ですぐれた作品をつくるんです。そこがすばらしい。バッドの下で仕事をしてるというだけでなんだか誇らしかった」

マーヴィンはその答が気に入る。

「でも、おれのキャリアをスタートさせてくれたのはウィリアム・ウィットニーです。初めてちゃんとした役をくれたのは。名前のある役を。それから初主演の役も」

「なんという映画だ？」

「リパブリック・ピクチャーズがつくった暴走族のカーレース物です」

「タイトルは？」

「『爆走！ドラッグ・レース《ドラッグ・レース、ノー・ストップ》』。あと、去年はビルが監督したロン・エリーの『ターザン』にも出ました」

マーヴィンは笑って言う。「長いつきあいなんだ」

「おれとビルですか？　ええ、そうですね」

リックには自分の話を相手が気に入っているのがわかり、さらに昔話を続ける。「ウィリアム・ウィットニーの話をすると、ハリウッドのアクション監督の中で、一番正当に評価されてないのがビルです。ウィリアム・ウィットニーは単にアクション映画を監督しただけじゃなくて、アクション映画の監督法を生み出したんです。ウェスタンが好きだと言いましたよね。だったら、ヤキマ・カヌートのアクションもご存知だと思うけど、ジョン・フォードの『駅馬車』の中で、馬から馬へ飛び移ってから、落ちてひづめに蹴られるやつ」

マーヴィンは知っているというふうにうなずく。

「ウィリアム・くそったれ・ウィットニーがあれを最初にやったんです、ジョン・フォードの一年もまえにヤキマ・カヌートと！」

「それは知らなかったな。どの映画だ？」

「まだ長篇の映画を撮ってもいなかったのに。テレビのシリーズ物でやったんです。ウィリアム・ウィットニーの演出法ってのがどんなか説明すると、ビルはどんなシーンでも殴り合いを加えればよりよくなるって信じてつくってるんです」

マーヴィンは笑う。

リックはさらに続ける。「ビルの監督で『川船』を撮ってたときの話ですけど、おれとバート・レイノルズが一緒のシーンで、なんか台詞《せりふ》を言っていた。そしたらビルが叫ぶんです。〝カット！　カット！　きみらの台詞を聞いてると眠くなる。バート、リックにその台詞を言われたら殴れ。リック、殴られたらきみは怒り狂って殴り返せ。いいな？　よし、アクション！〟おれたちは言われたとおりにする。終わると、ビルはまた叫ぶ。〝カット！　それだよ。いいシーンが撮れた〟」

オフィスにたなびく煙の中、ふたりは笑い合う。マーヴィンは、リックが苦労して得たハリウッドでの経験にさらに興味を覚える。「さっき言ってたスチュワート・グレンジャーとの共演作の話も聞かせてくれ」

「『ビッグ・ゲーム』。アフリカの偉大なる白人ハンターが出てくる駄作です。最後はみんな飛行機で脱出するんです」

マーヴィンは大笑いする。

「スチュワート・グレンジャーは、おれがこれまで共演した中で最低の野郎です。ジャック・ロードとも共演したことがあるけど！」

ジャック・ロードの話でひとしきり笑い合ったあと、マーヴィンが尋ねる。「ジョージ・キューカーとも組んだね？」

「ええ。『チャップマン報告』っていうとんでもない映画でね。監督は偉大でも映画はひどかった」

「キューカーとはうまくやれたかね?」

「もちろん。ジョージには好かれました」そう言ったあと、彼はコーヒーテーブルの上に身を乗り出して声をひそめ、意味ありげに言う。「マジで」

マーヴィンは薄く笑い、リックは言わんとしたことが伝わったのを知る。

「思うんですが、ジョージは一本撮るたびにお気に入りをひとり選ぶんです。で、あの映画の場合はおれかエフレム・ジンバリスト・ジュニアのどっちかで、おれが勝ったんです、たぶん」リックはさらに説明する。「あの映画では、おれのシーンは全部グリニス・ジョンズと一緒なんです。プールにはいるシーンがあるんだけど、グリニスはワンピースの水着を着てる。出ているのは脚と腕だけで、あとはどこもかしこも隠れてるんです。ところが、おれのほうは検閲ぎりぎりの小さなトランクス。それも褐色だから白黒だと真っ裸に見えるわけです。おまけにプールに飛び込むところだけじゃなくて、その小さなトランクス一丁で台詞を言うシーンが十分もあるんです。おれはベティ・グレイブルかって言いたくなりましたよ、まったく」

ふたりはまた笑い、マーヴィンは、ジョゼフ・コットンにもらった金《きん》の煙草入れを入れたのと反対側のポケットから、革表紙の手帳を取り出す。

「ヨーロッパでのきみの評判を調べさせたんだ。今までのところ、とてもいい」手帳に書かれたメモを探しながら続ける。「『賞金稼ぎの掟』はヨーロッパでも放映されたんだったか――」目当てのページを見つけ、手帳から顔を起こし、リックを見て言う。「――されてた。好評だった」

リックは微笑む。

マーヴィンは手帳に眼を落としてさらに続ける。「どこで?」さらにページをめくり、探していた記述を見つける。「イタリア、好評。イギリス、好評。ドイツ、好評。フランスは駄目だった」リックを見て、慰めるような顔をする。「しかし、ベルギーでは好評だった。つまり、イタリア、イギリス、ドイツ、ベルギーではきみは名の知れた俳優ということだ。テレビはこんな感じだ。映画もいくつか上映された。そっちはどうか」

マーヴィンはまた手帳に眼をやり、ページをめくる。「実際のところ――」めあての記述を見つけて言う。「きみのウェスタン三作、『コマンチの反乱』、『テキサス　地獄の炎《ヘルファイア、テキサス》』、『タナー』は、イタリア、フランス、ドイツでまあまあ好評だった」リックに眼を戻す。「『タナー』はフランスではまあまあどころじゃない。フランス語は読めるかね？」

「いいえ」

「それは残念」マーヴィンはたたんで手帳にはさんであったコピーを渡す。「〈カイエ・デュ・シネマ〉に載った『タナー』のレヴューだ。いい評だよ。よく書けている。訳してもらうといい」

リックはコピーを受け取って、マーヴィンの勧めにうなずいて応じるものの、自分がわざわざそんなことをしないのは初めからわかっている。

マーヴィンは顔を起こすと、リックの眼を見つめて言う。熱のこもった声で。「しかし、なんといっても大好評だったのは『マクラスキー／十四の拳』だ！」

そう言って、さらに続ける。リックの顔が明るくなる。「アメリカでの封切り時は、コロンビアにとってまあまあの結果だった。これがヨーロッパでは大ヒットだ！」マーヴィンはまた手帳に眼を戻して読み上げる。「こう書いてある。〝『マクラスキー／十四の拳』はヨーロッパじゅうで大ヒットした。あらゆるところでロングランを続けている〟と！」

マーヴィンは顔を上げ、手帳を閉じて言う。「つまり、きみはヨーロッパでよく知られている。テレビシリーズでも知られているが、きみはヨーロッパじゃ『賞金稼ぎの掟』の主人公というより、火炎放射器で百五十人のナチス将校を殺す『マクラスキー／十四の拳』のクールな眼帯男だ」

長広舌《ちょうこうぜつ》を終えると、マーヴィンはケントを灰皿で揉み消して言う。「一番最近出演した映画はなんだったかな？」

今度はリックが煙草を揉み消して言う。「お子さま向けのひどい映画です。『おしゃべりカワウソのソルティ』っていう」

マーヴィンは微笑む。「きみがそのソルティ役ってわけじゃないだろうね」

リックは苦笑するが、その映画には笑えるようなところなど何ひとつない。

「ユニバーサルが四作契約の最後に持ってきた映画なんだけど、これでおれにはもう興味がないのがわかりましたね。ジェニングス・ラングにすっかり騙されてユニバーサルと四作の契約を結んだんですけど。アブコ・エンバシーからのオファーも、ナショナル・ジェネラル・ピクチャーズからのオファーも、アーヴィング・アレン・プロダクションからのオファーも全部断わって。なにしろユニバーサルは大手ですからね。それにジェニングス・ラングに〝ユニバーサルはリック・ダルトンを推したがっている〟なんて言われたもんで。契約を結んだあとは一度も彼の顔を見てません」そのあと彼は『ボディ・スナッチャー／恐怖の街』のプロデューサー、ウォルター・ウェンジャーが、妻のジョーン・ベネットと浮気していたジェニングス・ラングを撃った事件のことを話す。「ジェニングス・ラングほど、タマを撃ち抜かれて当然という男もいませんよ」さらに苦々しくつけ加える。「ユニバーサルはそもそもリック・ダルトンを推したりなんかしてなかった」

リックはコーヒーカップを持って一口飲む。コーヒーはすっかり冷めており、リックはため息をついてカップをテーブルに戻す。

マーヴィンが言う。「で、この二年は、きみはテレビドラマにゲスト出演してるんだね」

リックはうなずく。「ええ。今はCBSの『対決ランサー牧場』のパイロット版を撮ってます。悪役です。それから『グリーン・ホーネット』、『巨人の惑星』。それにロン・エリーの『ターザン』。これはさっき言ったウィリアム・ウィットニーと組んだやつです。あと、スコット・ブラウンと『ビンゴ・マーティン』に出ました」

リックはスコット・ブラウンが嫌いだ。だから名前を口にすると、自然と心の内が顔に出る。

「今はクイン・マーティンの『FBIアメリカ連邦警察』を撮りおえたところです」

マーヴィンも冷たくなったコーヒーを飲む。「つまり順調ってことかな?」

「仕事はしてます」とリックは力を込めて言う
「どれも悪役か?」

「『巨人の惑星』はちがうけど、あとはそうですね」

「どれも最後で善玉と対決する?」

「『巨人の惑星』と『FBI』以外はそうです」

「最後の質問だ。で、きみは負けるのか?」

「もちろん。悪役ですから」

マーヴィンは大げさにため息をついて言う。「それがテレビ局の手だ。たとえば『ビンゴ・マーティン』。新人のスコット・ブラウンを本物のスターに育てるために、打ち切りになった番組の出演者を引っぱり出して悪役を演じさせる。最後はヒーローが悪役全員を倒すというわけだ」

マーヴィンはさらに続ける。「ところが、実のところ、視聴者はビンゴ・マーティンが『賞金稼ぎの掟』の主人公の尻を鞭で打つのを見ている気になる」

そいつは痛そうだとリックは思う。

マーヴィンは続ける。「次の週は腰蓑《こしみの》をつけたロン・エリー、その次の週はタイトなズボンを穿いたロバート・コンラッドがきみの尻を蹴る」右の拳を左の手のひらに打ちつけて見せる。「この調子であと二年。新人の殴られ役を続けてみろ、どうしたってきみを見る視聴者に心理的影響が現われる」

あくまで芝居の話だ。それでも男のプライドを傷つけられ、リックの額に汗が浮かぶ。このおれが殴られ役？　それがこれからのおれのキャリア？　今シーズンの新人と戦って負けるのが？『アリゾナ警備隊26人の男』のスターだったトリストラム・コフィンも、『賞金稼ぎの掟』でおれに負けたとき同じ気持ちだったのだろうか？　ケント・テイラーも？

そんなことをリックが考えているあいだに、マーヴィンは次の話題に移る。

「ところで、きみに関して少なくとも四人から聞いた話があるんだが、みんな詳しくは知らないと言うんで直接訊きたい。『大脱走』のマックイーンの役はもう少しできみがやるところだったんだって？」

リックは思う、勘弁してくれよ、この話はもう。面白くもなんともない話だ。それでもマーヴィンのために笑ってみせる。「〈スポーツメンズ・ロッジ〉の客が喜ぶだけの話ですよ。取りそこねた役。逃がした大魚の話は」

「私はそういう話が好きなもんでね、聞かせてくれ」

長い話だ。何度も語ってきた末、リックはよけいな部分を削ぎ落として基本的なところだけを語れるようになっている。腹立たしさを呑み込んで、自分の十八番から少しはずれた役――謙虚な俳優――を演じて言う。

「ジョン・スタージェスがマックイーンに『大脱走』の独房王《クーラーキング》ヒルツ役をオファーしたのと同時期に、カール・フォアマンが――」と『ナバロンの要塞』、『戦場にかける橋』を手がけた敏腕脚本家兼プロデューサーの名を出す。「監督デビュー作になる『勝利者』の主要キャストをマックイーンにオファーしたんです。で、マックイーンはかなり悩んだらしくて、スタージェスはかわりの候補を何人かリストアップしておかなきゃならなくなった。どうやらその中におれの名前もあったみたいなんです」

マーヴィンは尋ねる。「ほかの候補は誰だったんだ？」

「候補は全部で四人。おれのほかは、ペパード、マハリス、チャキリスの三人のジョージでした」

「うむ」と応じたあとマーヴィンは熱意のこもった声で言う。「その四人の中ならきみだろうな。そりゃポール・ニューマンがリストにはいっていたら話は別かもしれないが、そのジョージたちは無理だ」

「でも、結局はマックイーンがやったんですからね」そう言って、リックは肩をすくめる。「どうでもいい話です」

「いや、そんなことはない。あの役を演じているきみが眼に浮かぶよ。イタリア人が大喜びしているところも！」マーヴィンはイタリアのウェスタン映画事情について説明する。「マックイーンは絶対にイタリア人とは仕事をしないだろう。イタリア人のくそったれ。ボビー・ダーリンを使え。彼ならきっとそう言うだろう。インドシナで九ヵ月ロバート・ワイズと仕事をするのはよくても、チネチッタで二ヵ月グイド・デファァトソと仕事をするのは、いくら大金を積まれたって願い下げというわけだ」

おれがスティーヴでもくそマカロニ・ウェスタンなんかに時間を無駄づかいしようとは思わない。リックは内心そう思う。

マーヴィンはさらに言う。「ディノ・デ・ラウレンティスはフィレンツェに別荘を買ってやると彼に言った。イタリアのプロデューサーたちは、ジーナ・ロロブリジーダの映画に十日間参加したら五十万ドルとフェラーリの新車を用意すると言った」さらについでのようにつけ加える。「ロロブリジーダのあそこもおまけについていたのはまちがいない」

リックとマーヴィンは笑い合う。そうなったら話は別だとリックは思う。アニタ・エクバーグとやれるなら、おれはどんな映画でも出る。

「しかし――」とマーヴィンが言う。「彼が断わればイタリア人はなおいっそう彼を欲しがる。いくらスティーヴがノーと言ってもブランドがノーと言ってもウォーレン・ベイティがノーと言っても、イタリア人はあきらめない。その結果、どうやっても彼らにイエスと言わせられないとなると、ほかの手を打つ」

「ほかの手？」

「マーロン・ブランドが駄目ならバート・レイノルズ、ウォーレン・ベイティが駄目ならジョーキャリアに関するマーヴィンの事後分析を我慢して聞くうち、リックは涙で眼の奥が痛くなってくる。

そんなリックの苦悩に気づくこともなく、マーヴィンは言う。「イタリア人がきみを求めないと言ってるんじゃない。求めるだろうと言ってるんだ。ただ、その理由はほんとうはマックイーンが欲しいんだが、それが駄目だからだ。マックイーンは無理だと悟ったら、彼らは手に入れられるマックイーンを欲しがる。それがきみなんだよ」

残酷だが、まぎれもない事実だ。それでも、そのことばにリックは濡れた手で平手打ちされたような衝撃を受ける。

一方、マーヴィンにしてみればこれはすばらしいニュースなのだ。リック・ダルトンが端《はな》から映画で主役を張れる人気者なら、ここでマーヴィン・シュワーズと面会などしていない。

それに、そもそも面会を申し込んだのはリックのほうだった。テレビドラマで日替わりで悪役を演じるより、映画で主役としてのキャリアを広げたい。そう思ってのことだった。そんなリックに彼の知らない映画業界の現実と今後の可能性について説明するのが、マーヴィンの役だ。マーヴィンはこの業界にとことん精通している。そんなマーヴィンから見ても、世界的大スターに似ているリック・ダルトンは、アメリカ人俳優をイタリア映画界に送り込むエージェントにとって、願ってもないチャンスなのだ。だから、リック・ダルトンの頰を流れ落ちる涙に気づいて、彼がとことん戸惑うのも無理はない。

「どうした？」驚いたエージェントは尋ねる。「泣いてるのか？」

リック・ダルトンは動揺している。そんな自分を恥ずかしいと思いながら、手の甲で涙を拭って言う。「ミスター・シュワーズ、すみません……すみません」

マーヴィンは机からティッシュの箱をつかむと、リックに差し出して慰める。「謝ることなどない。誰だって動揺することはある。人生は困難なものだ」

リックはクリネックスを二枚、音をたてて破れるほど手荒く引き出すと、この状況下でできるかぎり男らしくティッシュで眼を拭く。「大丈夫です、ちょっと取り乱しただけです。恥ずかしいところを見せてしまってすみません」

「恥ずかしいところを見せた？」マーヴィンは鼻で笑う。「なんのことだね？　われわれは人間だ。人間は泣く。泣くのはいいことだ」

リックは涙を拭きおえ、笑顔をつくってみせる。「落ち着きました。ほんとうにすみませんでした」

「すまないなんて思うな」とマーヴィンは諭す。「きみは俳優だ。俳優というのは、そもそも自分の感情を自在に引き出すことができなければならない。だから俳優は泣けなければならない。ときにはその器用さが代償をともなうこともあるが。でも、ほんとうのところ、どうしたんだ？」

リックは気を落ち着け、大きく息を吸ってから言う。「ミスター・シュワーズ、おれはこの仕事を十年以上続けてきました。そんな自分にとって、今ここに坐って現実と向き合うのは簡単なことじゃないです。自分が失敗したという現実、自分のキャリアが地に落ちたという現実と向き合うのは」

マーヴィンにはわからない。「どういう意味だ、失敗とは？」

リックはコーヒーテーブルをはさんでマーヴィンを見つめ、真顔になって言う。「以前はおれにも可能性があった。それはおれの作品を見てもらえばわかるはずです。『賞金稼ぎの掟』とか見れば。ゲストが信頼できる相手のときは特にそうです。ブロンソンとかコバーンとかミーカーとかヴィック・モローとか。ゲストがそういう連中のときは実にうまくいった！　なのに、会社は峠を越えた落ちぶれた連中と共演をさせた。それでも、チャールトン・ヘストンなら？　全然ちがってたでしょう。リチャード・ウィドマーク、ミッチャム、ヘンリー・フォンダとなら！　映画がそうでした。『タナー』じゃミーカー、『マクラスキー』じゃロッド・テイラー、それに『テキサス　地獄の炎』じゃグレン・フォードと共演してるんです。その頃のフォードはもう落ち目だったけど、見てくれはタフで、おれと彼が並ぶといい絵になった。だから、そう、おれには可能性があったんです。なのに、その可能性をユニバーサルのジェニングス・ラングがつぶしたんです」そう言って、やれやれとばかりに大げさにため息をつく。そして肩を落として言う。「まあ、おれにも責任はあるけど」

リックは顔を上げ、エージェントの眼を見つめる。「おれは『賞金稼ぎの掟』の第四シーズンを完全に台無しにしました。テレビはもうたくさんだと思ってたから。映画スターになりたかったんです。スティーヴ・マックイーンに追いつきたかった。マックイーンにできるならおれにもできるはずだって思って。で、第三シーズンのあいだずっと態度が悪かったんです。それがなけりゃ第四シーズンも撮れただろうし、うまくいって、仲間と離れることもなかった。〈スクリーン・ジェムズ〉は今じゃおれを憎んでます。『賞金稼ぎの掟』のプロデューサーたちは死ぬまでおれを恨むでしょうよ。恨まれて当然です！　あの最後のシーズン、おれはほんとうにいけすかない野郎だった。こんなけちなテレビシリーズじゃなくて、もっといい場所にいるべき人間なんだって、あからさまに態度で示しちまったんだから」リックの眼にまた涙が浮かぶ。「『ビンゴ・マーティン』を撮ってるとき、スコット・ブラウンが憎らしくてしかたがなかった。おれはやつよりはましだったんだから。おれと仕事をした役者や監督に訊いてください。あいつほどひどくなかった。ほかにも嫌な連中と仕事をしたことはあるけど、でも、あいつが特に癇《かん》に障ったのは、感謝の気持ちがなかったからです。でもって、そう、そういうあいつを見てると、自分を見てるみたいな気がしたんです」

彼はまた床に眼を落とすと、自己憐憫《れんびん》に駆られて言う。「おれは今シーズンの新人に鼻水を拭いてもらうことになるんでしょう」

マーヴィンは口を閉じたまま、リック・ダルトンの感情の爆発に真剣に耳を傾ける。そして、間《ま》を置いてから言う。「ミスター・ダルトン、テレビシリーズから始めて、思い上がりという呪縛に囚われる若手俳優はきみが初めてじゃない。むしろ、ここの誰もがかかる病気だ……私を見ろ」

リックは顔を上げて、エージェントの眼を見つめる。

マーヴィンは続ける。「で、それは赦《ゆる》される病気だ」

マーヴィンはそう言ってリックに微笑む。リックも微笑み返す。

「だが――」とマーヴィンは言い足す。「少しばかりは自己改革も必要だ」

「どんなふうに変わればいいんです?」リックは尋ねる。

「謙虚になることだ」

Chapter Two

“I Am Curious (Cliff)”

『おれは好奇心の強い男　クリフ版』

リック・ダルトンのスタントマン、四十六歳のクリフ・ブースは、〈ウィリアム・モリス・エージェンシー〉のビルの三階にあるマーヴィン・シュワーズのオフィスの待合室の椅子に坐り、そこで待つ客向けに用意されている〈ライフ〉誌の大型版のページをめくっている。

クリフが穿いているのはリーバイスのタイトなブルージーンズ。黒いTシャツの上には同じくリーバイスのブルーデニムのジャケット。三年まえ、低予算のバイク映画に出たときの衣装をもらい受けたのだ。リックの古い仲間で、クリフの友人でもある俳優兼監督のトム・ローリン（三人は『マクラスキー／十四の拳』で共演した）が自ら監督出演するアメリカン《A》・インターナショナル《I》・ピクチャーズ《P》のバイク映画『地獄の天使』（結局、その年のAIP最大のヒット作となった）のふたりのバイク野郎役のスタントマンとして、クリフを雇ったのだ。この映画でローリンは、のちに七〇年代もっとも人気のあるポップカルチャー映画のキャラクターとなるビリー・ジャックを初めて演じた。ビリー・ジャックは先住民との混血のヴェトナム帰還兵でハプキドー（韓国の武術）の達人で、〝生まれながらの負け犬《ボーン・ルーザーズ》〟（〝ヘルズ・エンジェルズ〟の映画内の仮名）と呼ばれる暴れん坊バイク野郎集団を相手にその技を平然とかけてみせる。そんな映画だ。

クリフの仕事は、デヴィッド・キャラダインの親友ジェフ・クーパー演じるギャングリーンというバイク野郎のスタントだった。クリフはジェフ・クーパーにまあまあ似ていたのだ。ところが、撮影の最終週、トムのスタントマンが肘を脱臼した（仕事中ではなく、オフの日にスケートボードで怪我をした）ために、その週はトムのスタントも務めることになった。

そんな低予算映画の撮影終了後、七十五ドルのギャラか、ビリー・ジャックの衣装――革のブーツも含めて――を引き取るか、どちらか選べと言われ、彼は衣装を選んだのだった。

その四年後、トム・ローリンはワーナー・ブラザースで『明日の壁をぶち破れ』を主演監督することになるのだが、会社の売り込み方に不満を持ち、自分で権利を買い戻し、カーニヴァルの興行師よろしく、州ごと市場ごとに売ってまわる。そして、自主上映し、学校から帰ってテレビを見る子供たちをターゲットに、各地のテレビ局で巧みにコマーシャルを流す。ローリンの革新的な配給方法と映画自体の出来のよさが相俟《あいま》って、『明日の壁をぶち破れ』はハリウッド史上最大のスリーパー・ヒット（公開からときを経てヒットする作品）となる。が、その結果、クリフのブルージーンズは主人公のビリー・ジャックのトレードマークとなってしまい、それ以降、クリフ自身は着られなくなる。

ミス・ヒンメルスティーンが受付のデスクで電話に出ている（「ミスター・シュワーズのオフィスです」一間《ま》。「申しわけありませんが、ただいま来客中です。お名前をうかがえますか？」）。

クリフは彼女のデスクのそばの坐り心地の悪いカラフルなソファに坐り、巨大な〈ライフ〉誌を膝に置いてページをめくる。アメリカの道徳を重んじる層や新聞の論説者たちをざわつかせたスウェーデンの新作映画に対するリチャード・シッケルのレヴューを読みおえたところだ。ジェリー・ルイスからマムズ・メイブリーに至るあらゆるコメディアンだけでなく、ジョニー・カーソンやジョーイ・ビショップまで、この映画のキャッチーなタイトルの駄洒落を考えて遊んでいる。

クリフはソファから、デスクについて坐っているミス・ヒンメルスティーンに声をかける。

「『私は好奇心の強い女　イエロー版』って聞いたことある？　スウェーデンの映画だけど」

「ええ、聞いたことある気がする」とミス・ヒンメルスティーンは言う。「猥褻《わいせつ》なやつでしょ？」

「控訴裁判所によると、そうじゃないらしい」

そう言って、雑誌の記事を読み上げる。「〝ポルノとは社会的価値を補う機能に欠ける作品のことである〟。それからこうも書いてある。〝ポール・R・ヘイズ控訴裁判所判事は次のように述べた。私は『好奇心の強い女　イエロー版』のアイディアをわれわれが面白いと思うかどうか、あるいはこの映画が芸術として成功しているかどうかはさておき、この作品がひとつのアイディアを提示していること、そしてそれを芸術として提示しようと試みていることは論を俟たない〟」

クリフは大型の雑誌をテーブルに置くと、デスクについて坐っている、三つ編みの若い女と眼を合わせる。

ミス・ヒンメルスティーンは言う。「つまり、どういうこと？」

「つまり、この映画をつくったスウェーデン人はただのポルノ映画をつくったんじゃない。これを芸術にしようと試みたということだ。見た人が完全に失敗だと思おうと関係ない。見た人がこんなくだらない映画は初めてだと思おうと関係ない。大事なのは、製作者が芸術をつくろうとしたことだ。ポルノをつくろうとしたわけでも、つくったわけでもなく」クリフは微笑み、肩をすくめてさらに言う。「少なくとも、おれはこのレヴューからはそう読み取った」

「刺激的ね」と三つ編みの女は言う。

「確かに。おれと一緒に見にいかない？」

ミス・ヒンメルスティーンは皮肉な笑みを浮かべ、絶妙なタイミングで言う。「わたしをポルノ映画に連れていきたいの？」

「ちがうよ。ポール・R・ヘイズ判事のことばを借りるなら、おれはきみをスウェーデン映画に連れていきたいだけだ。どこに住んでるの？」

ミス・ヒンメルスティーンはついつられて答える。「ブレントウッド」

「ロスアンジェルス界隈の映画館には詳しいんだ。おれに選ばせてくれる？」

ジャネット・ヒンメルスティーンは、自分がデートの誘いにまだイエスと答えていないのを充分承知している。それでも、彼女自身もクリフも、彼女がイエスと答えるのがわかっている。〈ウィリアム・モリス・エージェンシー〉では、ミニスカートを穿いた秘書たちがクライアントとデートするのを禁じている。しかし、この男はクライアントではない。クライアントはリック・ダルトンだ。クリフはリックの友人にすぎない。

「だったら任せるわ」

「いい選択だ」

ふたりが笑い合っていると、マーヴィンのオフィスのドアが開き、なめし革のジャケットを着たリック・ダルトンが出てくる。

　クリフはすばやく坐り心地の悪いソファから立ち上がり、終わったばかりの面会の首尾を探るべくボスに眼を向ける。少し汗ばみ、少し取り乱した様子からして、上々というわけにはいかなかったみたいだ。

「大丈夫か？」とクリフはおだやかに尋ねる。

「ああ、大丈夫だ」とリックは短く答える。「出よう」

「そうだな」とクリフは応じる。そして、くるりとまわってジャネット・ヒンメルスティーンと向き合う。その動きの速さに彼女は驚く。声にこそ出さなかったものの、反射的に身をすくめる。そして、眼のまえに覆いかぶさるように立って、リーバイスを穿いたブロンドのハックルベリー・フィンみたいに微笑むクリフを見て、なんてハンサムなんだろうと思う。「今週の水曜日封切りだ。いつがいい？」

　完全に魅入られて、彼女の腕の脂肪のあるところ全体に鳥肌が立つ。デスクの下で、サンダルを履いた右足を床から浮かして、剝き出しの左のふくらはぎを掻く。

「土曜の晩はどう？」

「日曜の午後は？　映画のあと、〈バスキン・ロビンス〉へ連れていってあげる」

「〈バスキン・ロビンス〉？」皮肉を込め、わざと興奮したふりをして彼女は返す。「イエスと言いたくないけど、ノーなんて言えるわけない」

「それはきみだけじゃない」とクリフは言う。「おれと話すとみんなそうなる。イエスと言いたくないけど、ノーと言えなくなる」

　ミス・ヒンメルスティーンには忍び笑いができない。思いきり笑いだす。彼女の笑いは魅力的で、そのことをクリフが正直に言うと、彼女は顔を赤らめる。それもまた魅力的。

クリフはバス停の仕切りみたいな透明のプラスティックの箱から、彼女の名刺を一枚つまみ出し、眼のまえに掲げて読む。

「ジャネット・ヒンメルスティーン」

「それがわたし」彼女はちょっと気取ってくすくす笑う。

クリフはブルージーンズの尻ポケットから茶色い革の財布を取り出して開け、彼女の〈ウィリアム・モリス・エージェンシー〉の白い名刺を仰々《ぎょうぎょう》しくしまう。それから、廊下をうしろ向きに歩いてボスに追いつく。そのあいだも、若い秘書にコメディみたいに話しつづける。「いいかい、もしお母さんに訊かれたら、ポルノ映画を見に連れていってもらうなんて言っちゃ駄目だぜ。外国映画を見にいくって言うんだ。字幕つきの」

廊下の角を曲がる直前、手を振りながら彼は最後に言う。「来週の金曜に電話するよ」


次の日曜日、クリフもミス・ヒンメルスティーンも、ウェストロスアンジェルスの〈ロイヤル・シネマ〉で見た『私は好奇心の強い女　イエロー版』が気に入る。こと映画に関して、クリフはボスよりはるかに冒険的だ。リックにとって、映画とはハリウッドでつくられるものを指し、イギリスを除く他国の映画産業はただ自分たちにできる最善を尽くしているにすぎない。なぜなら彼らはハリウッドではないからだ。しかし、第二次世界大戦で血と暴力を経験したクリフは、帰国後、ハリウッド映画の未熟さに驚いた。例外はあったが――『牛泥棒』、『ボディ・アンド・ソウル』、『白熱』、『第三の男』、『ブラザーズ・リコ』、『第十一号監房の暴動』――これらは見せかけの正常性における例外中の例外だ。

ヨーロッパとアジアは第二次大戦中に荒廃を経験したが、その後少しずつ映画製作を再開するうち——『無防備都市』、『いつもの見知らぬ男たち』など、爆撃の残骸に囲まれた作品も多かったが——自分たちがつくっているものが大人の観客向けであることに気づいた。

一方、国内の民間人だけは凄惨な戦闘から守られていたアメリカ——ここでいう〝アメリカ〟とはハリウッドのこと——でつくられた映画は、頑なまでに未熟で、腹立たしいほどファミリー向けの娯楽に徹していた。

人間の持つ極端性(たとえば、アメリカ軍の同志であるフィリピンゲリラは、日本の占領軍によってさらし首にされた)を目のあたりにしたクリフにとって、同世代のもっともすぐれた俳優——マーロン・ブランド、ポール・ニューマン、ラルフ・ミーカー、ジョン・ガーフィールド、ロバート・ミッチャム、ジョージ・C・スコット——でさえ、ただ演じているようにしか思えず、映画内の出来事への反応が映画の登場人物としての反応にしか見えなかった。登場人物には常に巧妙さが感じられ、その巧妙さゆえに説得力に欠けるような気がしてならなかった。帰国してからのクリフのお気に入りのハリウッド俳優はアラン・ラッドだったが、小柄なラッドが四〇年代、五〇年代の流行《はや》りの服をまとい、文字どおり体を泳がせるさまが好きだった。一方、ウェスタンや戦争映画に出るラッドは感心できなかった。カウボーイファッションや軍服では、彼が見えなくなってしまう。スーツにネクタイ、それにできれば前部のつばが下がり、後部が上がっているフェドーラ帽というのがいい。クリフはそもそもラッドの見た目が好きだった。ハンサムだが、映画スターらしいハンサムさではない。クリフは自分がハンサムなので、ハンサムではなくてもハンサムである必要もない人々を評価する傾向があった。アラン・ラッドはクリフが軍にいた頃の仲間に似ていた。ラッドのアメリカ人らしく見えるところも好きだった。が、もっと好きなのは、小柄な彼が殴り合うところだ。ギャング役専門の俳優たちをぼこぼこにするところがたまらない。殴り合いの最中に髪が顔にかかるのもいい。敵と一緒に床を転がりまわるのも。それでも何が一番好きかと訊かれれば、声だ。生真面目な台詞まわし。ラッドが口を開くと、敵役《かたき》のウィリアム・ベンディックス、ロバート・プレストン、ブライアン・ドンレヴィ、アーネスト・ボーグナインが三文役者に見える。映画の中で、ラッドは怒っているときでも怒っている演技はしない。現実の人間がするように、ただ機嫌が悪くなる。クリフに言わせれば、映画の中で髪の梳《と》かし方、帽子のかぶり方、煙草の吸い方を知っているのはアラン・ラッドだけだ（煙草の吸い方について言えば、ミッチャムも挙げてもいいが）。

これは、しかし、クリフがいかにハリウッド映画を非現実的なものと見ているかの証しでしかない。オットー・プレミンジャーの『或る殺人』を見たときには、〝衝撃的なほど大人のことば〟を使っているという新聞の評を見て笑い、彼はリックに言った。「〝殺精子薬〟が〝衝撃的なほど大人〟なんて言われるのはハリウッドだけだね」

外国映画には俳優たちの演技にハリウッドにはない信憑性《しんぴようせい》がある。クリフのお気に入りはなんといっても三船敏郎《みふねとしろう》だ。その顔に見入るあまり、字幕を読み忘れることがあるほどだ。あとはジャン＝ポール・ベルモンド。『勝手にしやがれ』でベルモンドを見たときには、猿みたいな男だけど、おれの好きな猿だ、と思った。

ベルモンドには、クリフの好きなポール・ニューマン同様、映画スターらしい魅力がある。

それでも、ポール・ニューマンは、たとえば『ハッド』で演じたようなろくでなしを演じても、愉しめるろくでなしだ。一方、『勝手にしやがれ』の男はただセクシーなろくでなしというだけではない。薄気味悪いこそ泥でクズだ。加えて、ハリウッド映画とはちがって、そんな男を感傷的に描かない。ハリウッドはいつもこういうろくでなしを感傷的に描く。それがハリウッドのなにより嘘くさいところだ。現実の世界では、金に卑しい悪人には感傷的なところなどかけらもないのに。

クリフがベルモンドを高く評価するのは、『勝手にしやがれ』のクズ男役でそういう演技をしないところだ。外国映画は小説みたいだとクリフは思う。主役が好かれようと嫌われようと気にしない。そこにクリフはなにより惹かれる。

そんな経緯で、クリフは五〇年代からベヴァリーヒルズ、サンタモニカ、ウェストロスアンジェルス、リトルトーキョーまで出かけて字幕入りのモノクロ映画を見るようになったのだった。『道』、『用心棒』、『生きる』、『橋』、『男の争い』、『自転車泥棒』、『若者のすべて』、『無防備都市』、『七人の侍』、『いぬ』、『にがい米』（クリフはこの映画をくそセクシーだと思っている）。「おれは映画を読みにはいかない」リックはそう言って、クリフの映画好きをよくからかったものだ。クリフはそれにはたいていただ笑みを向けて応えるだけだったが、内心字幕を読むことに誇りを持っていた。自分が賢くなったような気がするから。視野を広げるのが好きなのだ。最初からは表に出てこない、難解な概念をとらえるのが好きなのだ。ロック・ハドソンやカーク・ダグラスの新作は最初の二十分を見てしまえば、その後学ぶべきものは何もない。一方、外国映画の場合、時には最後まで見ないと、自分が見たものを理解できないことがある。それでも戸惑うことはない。映画であることに変わりはないのだから。そうでなければなんの意味がある？　クリフは〈フィルムス・イン・レヴュー〉誌に批評を書くほど映画に精通しているわけではない。それでも『二十四時間の情事』が駄作であることはわかる。ミケランジェロ・アントニオーニがぺてん師であるのもわかる。

彼は物事をさまざまな角度から見るのも好きだ。『誓いの休暇』を見て、ソ連同盟国に対してそれまで感じたこともなかった敬意を覚えたこともある。『地下水道』では、自分の戦時中の体験も一部の人と比べればそんなにひどくはなかったことを学んだ。ベルンハルト・ヴィッキの『橋』では、絶対にできないと思っていたことをした。ドイツ人のために涙を流したのだ。普段、この日曜日の午後の習慣（日曜の午後は外国映画を見ると決めていた）を誰かと共有することはなかった。クリフのまわりに、同じ興味を持つ者はいなかったので（スタントマンはだいたい映画そのものにあまり関心がない。それは滑稽なほどだ）。で、クリフはそういった映画をひとりで見にいくのが好きだった。それは三船、ベルモンド、賭博師ボブ、ジャン・ギャバン（ハンサムなギャバンも白髪のギャバンも）とのプライヴェートな時間だった。黒澤明《くろさわあきら》との時間だった。

『用心棒』は、クリフにとって初めての三船でも黒澤でもなかった。その数年まえに『七人の侍』を見ていた。『七人の侍』が傑作であることにはまちがいないが、クリフはこの名画を一度かぎりのものと思っていた。それでも、新聞の批評欄を読んで、三船と黒澤の最新作を見てみる気になったのだ。『用心棒』を見おえて、ロスアンジェルスのダウンタウンのリトルトーキョーにあるショッピングセンターの靴箱サイズの小さな映画館から出たときには、彼は三船にもう夢中になっていた。が、黒澤にはまだだった。映画を監督で追うのはクリフの性分ではなかった。そこまで映画に心酔していなかった。映画監督とは、スケジュールどおりに撮る人種だ。それぐらいわかるほどには、クリフも大勢の監督と仕事をしてきた。映画監督とはキャンヴァスにどんな色合いのブルーを塗るかで苦しむ画家のようなものだ、などというのは、実際の映画製作からかけ離れた幻想だ。ウィリアム・ウィットニーは、毎日いい映像を撮ろうとわが身を削っていたかもしれないが、岩を削って、愛撫したくなるような女の尻をつくり出す彫刻家ではない。

しかし『用心棒』の何か——三船を超え、ストーリーを超えた何か——がクリフに語りかけてきた。それが黒澤なのだろう、クリフはそう思った。彼にとって三本目となった黒澤作品で、クリフはそのまえの二本がまぐれではなかったことを確信した。『蜘蛛巣城《くものすじょう》』には圧倒された。最初、シェイクスピアの『マクベス』を題材にしていると聞いたときにはいささか心配した。シェイクスピアに感銘を受けたことはなかったからだ（受けたいとは思うのだが）。実のところ、クリフはたいてい幾分退屈した気分で映画を見る。刺激が欲しいときには、サーキットで車を飛ばすか、モトクロスのコースでバイクを飛ばす。が、『蜘蛛巣城』にはすっかり引き込まれた。炭色のモノクロで撮影された甲冑《かっちゅう》姿の三船が何百という矢を受けるシーンを見て以降、クリフは本格的な黒澤明ファンになった。

世界が暴力にさらされた四〇年代が終わると、五〇年代、世界は感傷的なメロドラマの時代となる。テネシー・ウィリアムズ、マーロン・ブランド、エリア・カザン、アクターズ・スタジオ、『プレイハウス90』。あらゆる意味で、黒澤明は腫《は》れ上がった五〇年代向けの完璧な監督であり、彼のもっとも有名な作品が次々に生み出されたのもこの時代だ。アメリカの映画批評家たちは、早くから黒澤を賞賛し、彼のメロドラマを高尚な芸術に押し上げたが、彼の作品がほんとうには理解できなかったこともその要因のひとつだ。日本軍と戦い、戦時中捕虜にもなったクリフは、どんな批評家より自分のほうがずっとよく黒澤の映画を理解していると思っていた。黒澤には、ドラマ、メロドラマ、低俗《パルプ》映画の監督としての生まれながらの才能に加え、フレーミングと構成の面で、漫画雑誌（クリフは〈マーベル・コミック〉の大ファン）のイラストレーターの才能が備わっている――クリフはそう思った。クリフに言わせれば、〝親父（クリフは黒澤をこう呼んでいた）〟ほどダイナミックな機知を働かせて場面を構成する監督はいない。アメリカの批評家たちがまちがっているのは、黒澤をすぐれた芸術家と見ている点だ。黒澤はすぐれた芸術家として映画を撮りはじめたわけではない。もとは生活のためだ。彼自身が労働者であり、彼が映画をつくっているのはほかの労働者のためだ。すぐれた芸術家ではないが、ドラマと低俗《パルプ》映画を芸術的に演出する才能に長けている。それが黒澤だ。

そんな親父でさえ自身の評判に足をすくわれた。六〇年代半ば、彼は『赤ひげ』で映画監督の黒澤からロシアの小説家の黒澤に変わってしまった。

クリフはかつて好きだった監督への敬意から、『赤ひげ』の途中で席を立つようなことはしなかった。それでも、のちに三船が二度と黒澤作品に出ないと誓った原因が、『赤ひげ』で親父がひどく扱いにくくなったからだと知ると、ためらいなく三船の側についた。

クリフのお気に入りの黒澤映画

1 （同率）『七人の侍』『生きる』
2 『用心棒』
3 『蜘蛛巣城』
4 『野良犬』
5 『悪い奴ほどよく眠る』（但しオープニングのシーンのみ）

クリフの日本映画との結びつきと情熱（彼自身はそうは呼ばないが）は黒澤と三船にかぎったものではない。

ほかの監督の名は知らなかったが、『三匹の侍』、『大菩薩峠《だいぼさつとうげ》』、『切腹』、『御用金《ごようきん》』は大好きだったし、そのあと七〇年代になると、勝新太郎《かつしんたろう》演じる座頭市《ざとういち》に惚れ込むようになる。あまりに惚れ込むあまり、しばらく勝はクリフのお気に入り俳優の座を三船から奪ったほどだ。さらに、勝の兄が主演する子連れ狼シリーズ、とりわけ二作目の『子連れ狼 三途《さんず》の川《かわ》の乳母車《うばぐるま》』にも夢中になる。さらに、若い女が男の性器を切り落とすあのセクシーで激しい『愛のコリーダ』も見る（ちがう女の子を連れて二回見た）。サニー千葉《チバ》の殺人拳シリーズの第一作（千葉が敵役の性器をもぎ取るシーン入り）も気に入る。ただ、〈ヴィスタ・シアター〉で見ることになる三船の宮本武蔵三部作（日曜の午後、一度に三作まとめて見た）はひどく退屈だった。そのためその後二年は日本映画をいっさい見なくなる。

五〇年代、六〇年代の外国映画の大作はだいたいのところ心惹《ひ》かれなかった。ベルイマンも見たが、まるで興味を覚えなかった（退屈だった）。フェリーニも最初は面白かった。が、フェリーニに関する当時の妻の自論は要らなかった。もっとも、要らないといえば、妻そのものがそうだったが。フェリーニの初期のモノクロ映画は好きだったが、フェリーニが人生とはサーカスだと宣うたところで、フェリーニには別れ《アリヴェデルチ》を告げた。

トリュフォーは二度試したものの、魅力を感じなかった。退屈だったからだが、面白いと思えなかった理由はそれだけではない。見た二本（トリュフォーの二本立てだった）はどちらもクリフの心をまったくとらえなかったのだが、まず一本目の『大人は判ってくれない』。まるで感心できなかった。少年のしたことのうちの半分の理由がわからなかった。まだ誰にも話したことがないことだが、話すとしたら、一番に話題にしたいのがバルザックに祈る場面だ。フランスの子供はそんなことをするのか？　これが普通のことだというのが大事な点なのか、彼が変わった子供だということが大事なのか？　アメリカの子供がウィリー・メイズの写真を壁に貼るのと同じようなものなのはわかる。が、トリュフォーがそんな単純なことを意図しているとはどうしても思えない。それに、そもそも馬鹿げて見える。十歳の少年がそこまでバルザックに心酔するか？いや、しない。少年はトリュフォー自身であり、トリュフォーは自分がいかにすごい人間か見せようとしているのだ。はっきり言って、スクリーン上の少年はまったくすごくなかった。クリフに言わせれば、映画にするほどの価値もない駄作だった。

『突然炎のごとく』の男ふたりはもう救いようがなかった。が、クリフがこの映画を気に入らなかったのは、なによりヒロインが気に入らなかったからだ。ヒロインが気に入らないと、映画全体が好きになれない――そういう類いの映画だった。ふたりがあの女を川に沈めるほうがましな映画になるだろうと思ったものだ。

挑発的な映画は大好きだから、『私は好奇心の強い女　イエロー版』は大いに気に入った。エロ描写だけではない。そこに慣れると、政治的な側面も好きになった。モノクロの映像もよかった。『勝手にしやがれ』の技巧は戦争映画っぽかったが、この映画はモノクロでも光り輝いていて、特に主人公のレナが映っているときなど、クリフはスクリーンを舐めたくなった。二十二歳の女優レナ・ニーマン演じるレナという二十二歳の大学生と、その恋人で、四十四歳の監督ヴィルゴット・シェーマン演じるヴィルゴットという四十四歳の映画製作者。このふたりを描いたストーリーだ（それがストーリーと言えるなら）。

どちらのレナ（本物のレナと映画のレナ）も、ヴィルゴットの新作映画に出演している。最初、映画はレナとヴィルゴットと、ふたりがつくっている政治ドキュメンタリー映画とのあいだを行き来する。それで、ミス・ヒンメルスティーンは初めのうち少し混乱する。クリフも同様。しかし、それにもじきに慣れ、映画の波長に合わせられるようになり、そのことで自分が賢くなったように感じられる。そういう意味においても挑発的な映画だ。監督は、性に奔放な恋人の大学生をスクリーン上の美しい操り人形として使っている。かと思うと、彼女を刺激的な政治論争の真ん中に放り出す。ヴィルゴットは映画の序盤で、マイクと小型カメラで武装したレナに、街頭で非難めいた質問（「スウェーデンの階級制度を廃止するためにあなたは何をしていますか？」）をさせ、そうやって彼女がスウェーデンのブルジョワ階級に襲いかかるさまを描く。単調なところもあり、難解なところもある。が、全体的には魅力的な映画だとクリフは思う。

特に引き込まれたのは、現代社会におけるスウェーデン軍の役割と軍の必要性に関する議論だ。議論は街頭で、スウェーデン軍の士官候補生と、スウェーデン人全員が兵役を拒否して四年間平和のために強制的に働くべきだと考える若者たちとのあいだでおこなわれる。双方ともいい点を突いており、どちらも相手側に腹を立てていないところにクリフは好感を持つ。

議論が進むうちに、さらに妥当で現実的な問いが生まれる。スウェーデンが敵対国に占領されたら、軍は何をするか？　何をすべきか？

ロシアやナチス、日本、メキシコ、ヴァイキング、あるいはアレキサンダー大王が力ずくでアメリカを占領したら、アメリカ人はどうするか？　クリフは疑問に思ったことがなかった。ただ、アメリカ人がどうするかはわかっている。ちびって警察を呼ぶ。そして、警察が助けになるどころか占領している側のために働いていることがわかると、いっとき絶望したのち、それに倣《なら》う。

映画は進行するにつれて、どんどんわかりにくくなる。多くは意図的なのだが、単に妙な映画だからという部分もある。

それでも、さらに見るにつれ、クリフは映画の駆け引きのうまさに惹かれていく。本物のレナのストーリーとヴィルゴットの映画はどのような関係になるのか。

どうしてこの映画はこうも芝居がかってくるのか、ある時点で疑問に思うが、やがて気づく。芝居がかってきているのはヴィルゴットの映画であって、映画の中のヴィルゴットではないことに。本物のヴィルゴットほどすぐれた映画監督ではないことに。それが自ずとわかるつくりになっている。

何が現実で何が映画なのか、その問いにクリフは今さらながら心惹かれる。映画の後半でレナとレナの父親との関わり方が示唆されていることに気づくと、なおさら引き込まれる。〝待てよ。つまりレナの父親に関する部分はすべて現実ではないのか？　あれは彼女の父親なのか？　それとも、父親役を演じている俳優なのか？〟　実際は父親役を演じている俳優だとわかる。では、彼は映画の中のレナの父親なのか、それともヴィルゴットの映画の中で彼女の父親を演じている俳優なのか？

ミス・ヒンメルスティーンのほうは、こういった疑問にはクリフほど引き込まれなかったようだ。クリフが身を乗り出してスクリーンに見入るあいだ、彼女は背もたれにもたれている。彼女が小声で言うのが聞こえる。「退屈だわ」

そうだろうなとクリフは思う。奇妙な映画だもの。

ドキュメント風のシーンは、まあ、こんなものだろう。それより映画の売りであるセックスシーンはどうだ？　この映画を見にきたのはそのためだが、それだけではない。好奇心もある。ミス・ヒンメルスティーンを誘ったのはまさにそのためだ。ストックホルムからフィルムが送られてきたときに、税関で検閲を受けたセックスシーンでレナの相手をするのはヴィルゴットではない（そのシーンを見なくてすんだのはありがたかった）。父親を通じて出会う、ボリエ・アールステット演じる陰のある妻帯者だ。

レナのアパートメントでのレナとボリエのセックスシーン――アメリカで初めて上映される本番シーン――を見ながら、クリフは新しいものを見ることの興奮を覚える。近頃、メインストリームの映画はこういったシーンを実に安易に処理している。『甘い抱擁』でのスザンナ・ヨークとコーラル・ブラウンの乳首を吸い合うレズビアンシーン。『女狐』でのアン・ヘイウッドのオナニーシーン。『恋する女たち』のオリヴァー・リードとアラン・ベイツの暖炉のまえでの裸のレスリングシーン（この映画は見ていないが、予告を見ただけであんぐりと口を開《ひら》いてしまった）。そんな中、ヴィルゴット・シェーマンのこのセックスシーンは、映画館への配給に新境地を開いている。初めは猥褻ということで税関で没収されたのだが、この映画の配給会社〈グローヴ・プレス〉が裁判を起こした。結果は連邦地方裁判所が税関を支持し、映画会社の敗北だった。が、実のところ、それが〈グローヴ・プレス〉の戦略で、上訴して審判を覆す。それが最初からの目論見《もくろみ》だったのだ。上級審で勝訴すれば、この映画だけでなく、セックスを扱った挑発的な作品すべてにプラスに働く。実際、そうなった。控訴裁判所が連邦裁判所の判決を覆し、ヴィルゴット・シェーマンの『私は好奇心の強い女　イエロー版』を現在注目に値する映画に変えたのだ。その結果、メインストリームの映画の性的表現にも新たな波が起き、結局のところ、この映画は芸術的ポルノ映画の小さな波の中において、ずば抜けた高収入を挙げた最初の作品となった。その小さな波はその後、映画界と観客の双方がこの道をどこまでたどりたいか、落ち着くところに落ち着くまで数年続く。その間、ポルノ映画の製作者たちは、メインストリームの映画界がどれだけの観客席を譲ってくれるか、傍《はた》から見守ることになる。

クリフとミス・ヒンメルスティィーンはレナのアパートメントでのセックスシーンを見ながら、新しいものを見ているという興奮を覚え、指をからめ合う。

クリフは、マーヴィン・シュワーズの待合室で読んだ〈ライフ〉に載っていた、リチャード・

シッケルの『私は好奇心の強い女　イエロー版』評を改めて思い出す。

〝十年まえなら——いや、五年まえでも——本作は道徳的観点からは言うまでもなく、審美的観点からも文化的観点からもとことん衝撃的な作品だっただろう。が、今は思考においても芸術においても、あらゆる分野が執拗なまでにあからさまになり、やっとここまできて、よけいなことは考えなくてもよくなったと、むしろ誰もがほっとしている時代である〟

『私は好奇心の強い女　イエロー版』の最初のセックスシーン——現代映画としてのその意図と目的にもかかわらず——はエロティックとは言えない（クリフは勃起しない）。一方、最初にはっきり裸体が映るシーンは刺激的だ。それは裸体が軽妙洒脱に提示されていたからだ。ヴィルゴット・シェーマン監督は初の生《なま》のセックスシーンをそんなふうには撮っていない。慌てた〝まぐわい〟の多くが犯すヘマだらけの喜劇として撮っている。〝つがう〟という行為の現実の不恰好さを意図的に強調している。カップルはつがいたいと思っている。そのシーンをめあてに映画を見にきた観客も早くふたりにつながってほしいと思っている。それに対して監督は、現実にありそうな障害を次から次に投げ込んで、ふたりの真っ昼間の手っ取り早いセックスの邪魔をする。ボリエは何度か試みても、レナのスラックスのボタンをはずせず、レナは彼の不器用さに業を煮やす（「できないの？」）。挙句、キスをやめさせて自分でスラックスを脱ぐ。彼は立ったまま性交しようとし、彼女はそれを止める（「それは無理」）。明らかに過去の経験から言っている。マットレスを取りに別の部屋に移るとき、ズボンが両方の足首にからまっておもちゃの兵隊みたいな歩き方になる。部屋をめちゃくちゃにしながらマットレスを取り出し、居間に引っぱってきてから、レナの録画機材（オープンリール方式のテープレコーダーやらほどけたテープやらマイクやら）があちこちに積み上げられているのに気づく。床にマットを敷いて抱き合うためにはまずそれらを片づけなければならない。

クリフはそのシーンをこれまで見た映画の中でも最高のシーンのひとつだと思う。少なくとも、どれより現実的なのはまちがいない。クリフ自身、あんな感じのアパートメントで、床に敷いたマットレスの上であんなふうに女の子と交わったことがある。床やソファやベッドや車の後部席で女の子とやるために、急いで雑誌や漫画本やペーパーバックやレコードを一個所に積み上げたことがある。勃起したペニスに導かれ、足首にズボンをからませ、長い距離を歩いたことも。

橋の上でのセックスシーンはさらにエロい。そう思うのは、クリフが人目のあるところでのセックスが好きということもあるが。人まえで抱き合ったり、人まえでペニスを吸われたり、人まえでイッたりするのが好きなのだ。このふたつのシーンを見て、クリフはこの映画の大事な二個所を見たと思う。それでも、クリフもミス・ヒンメルスティーンも陰毛のシーンは予期していなかった。レナとボリエが裸で横たわり、愛撫し合いながら話している。彼女の顔は萎《な》えたペニスのすぐ横で、彼女はそこに軽くキスをしながら、彼の豊かな茂みを指でまさぐる。ウェストウッドの映画館でミス・ヒンメルスティーンと手をつなぎながら、本物の女優が演じる本物の映画でこういうシーンを見ていると、クリフは映画の新しい夜明けを見ている気分になる。

ミス・ヒンメルスティーンと寝たのか、としばらく経ってリックに訊かれると、クリフは答える。

「いいや」

それでも、ブレントウッドにある彼女の自宅まで送っていく車の中で、フェラチオはしてくれたと話す。彼女とのデートはその一度きりだ。

その後、ジャネット・ヒンメルスティーンは一九七二年には〈ウィリアム・モリス・エージェンシー〉の正規のエージェントとなり、一九七五年にはトップ・エージェントの仲間入りを果たす。

そこそこのフェラの技もクリフのときと変わっていない。

Chapter Three

Cielo Drive

シエロ・ドライヴ

クリフ・ブースはリック・ダルトンの一九六四年型キャディラック・ドゥビル・クーペをチャールヴィルの〈ウィリアム・モリス〉のビルの地下駐車場から出し、次のブロックを曲がって、ウィルシャー通りにはいる。

古いキャディラックに乗って年季の入った男ふたりでにぎやかな通りを走っていると、イナゴの大群のようにこの街を侵略したヒッピー文化が、ポンチョとワンピースと汚れた素足で歩道を闊歩《かっぽ》しているのに出くわす。悩めるリック・ダルトン——その理由はまだ友人クリフに話していない——は窓の外を歩くヒッピーを見て苦々しげに言う。「あの連中を見ろよ。以前は住みやすい街だったのに、今じゃこのありさまだ」次いでファシストみたいなことを言う。「全員壁のまえに立たせて撃ち殺しゃいいんだ」

にぎやかなウィルシャー通りを離れ、静かな住宅街の通りを走り、シエロ・ドライヴのリックの家に向かう。リックはキャピタル・Wを一本取り出してくわえ、ジッポで火をつけると、タフガイっぽく派手にジッポの蓋を閉じる。そしてキャピタル・Wを四分の一ほど吸うと、運転しているクリフに言う。「はっきりしたよ」音をたてて鼻をすする。「おれは過去の人間だ」

クリフはボスを慰めようとする。「おいおい、なんの話だ、相棒。彼になんて言われたんだ?」

リックは吐き出す。「真実だよ。真実を言われたんだ!」

「何にそんなに落ち込んでる?」

リックは相棒に顔を向ける。「おれはキャリアをどぶに捨てちまった。その事実に直面させられた。だから落ち込んでるんだ!」

「何があったんだ?　あの男がおまえを落ち込ませたのか?」

リックは深く煙草を吸う。「いいや、おれをイタリア映画に出させたがってる」

すかさずクリフは答える。「じゃあ、何が問題なんだ?」

リックは叫ぶ。「イタリア映画に出なきゃならないんだぞ。それが問題だろうが!」

クリフは黙って車を走らせ、リックが落ち着くのを待つことにする。リックはもう一度胸いっぱいに煙草を吸って、同時に自分を憐れむ。煙を吐いて過去を振り返る。「五年間登り調子、その後十年足踏み状態、そしていまはどん底に向かってまっしぐらだ」

ロスアンジェルスを走る車と車のあいだを縫いながら、クリフは別の考え方を提示する。「おれにには大したキャリアがないからな。おまえの気持ちがわかるとは言えないが――」

リックはさえぎって言う。「どういう意味だ?　おまえはおれのスタントマンじゃないのか?」

クリフは事実を言う。「リック、おれはおまえの運転手だ。『グリーン・ホーネット』以来、そしておまえが免許証を取り上げられて以来。それがおれだ。おれはおまえの雑用係だ。それが不満だってわけじゃない。おれはおまえをあちこちに乗せていくのが好きだ。セットへ送り迎えしたり、オーディションとか会合とかに連れてったり。おまえが留守のあいだに、ハリウッドヒルズの家の世話をするのも好きだ。だけど、ここしばらくスタントはフルタイムでやってない。おまえは映画に出るのにローマに行くぐらいなら死んだほうがましだって思ってるみたいだが、おれに言わせりゃ、それは考えちがいというものだ」

リックは言い返す。「おまえはマカロニ・ウェスタンを見たことがあるのか？」そう言って自分で答える。「ひどい代物だ。とんでもない茶番だ」

「へえ。何本見たんだ？　一本か？　二本か？」

リックはもっともらしく言う。「充分見た！　マカロニ・ウェスタンを好きなやつなんかいないよ」

クリフはわざと小声で言う。「イタリア人は好きだと思うがな」

「いいか、おれはホパロング・キャシディやフート・ギブソンを見て育ったんだ。グイド・デファトソが監督、マリオ・バナナーノが主演のマカロニ・ウェスタンなんてものは屁もいいとこだ」そのあとリックは窓の外に煙草の吸い殻を捨てて、イタリアへの攻撃を締めくくる。「わかるか、おれは『リオ・ブラボー』でディーン・マーティンが演じたイタリア系アメリカ人には今でもむかつくんだ。『アラモ』で死ぬフランキー・アヴァロンにもな」

「それでも――」とクリフは果敢に言う。「――おれはおまえじゃないけど――おれはいい経験になるんじゃないかと思うがな」

「どういう意味だ？」とリックは純粋な好奇心から尋ねる。

「カメラマンはおまえを撮りつづける。コロッセオを見ながら小さなテーブルでカクテルを愉しむ。世界一のパスタとピザを食べる。イタリア女と寝る。おれの意見を言えば、カリフォルニアの〈バーバンク・スタジオ〉でビンゴ・マーティンと戦って負けるよりはいい話なんじゃないか」

リックは笑いだす。「ああ、それはそうだな」

それからふたりはくすくす笑いはじめ、やがてリックは笑顔になる。クリフがリックのために〝火〟を消すというのは、チームとして組むようになった当初からのふたりのエネルギーの大切な要素のひとつだ。〝火〟には比喩的な意味合いもあり、今のはそれだが、ふたりの関係をそもそも築いたのが火で、その火は本物の火だった。

『賞金稼ぎの掟』の第三シーズン（六一年から六二年にかけてのシーズン）のときのことだ。主役のスタントマンとしてクリフが投入され、リックはすぐにはクリフが好きになれなかったのだが、それにはもっともな理由があった。スタントマンにしてはハンサムすぎたからだ。『賞金稼ぎの掟』に出ていれば、女はよりどりみどりだった。そんなところに、自分より自分の衣装が似合う男に割り込んでこられてはたまらない。が、第二次世界大戦でのクリフの功績を聞いて、リックはクリフが単なる英雄ではなく、もっとも偉大な英雄のひとりであることを知る。実際、クリフは武勇勲章を二度受けている。一度目はシチリアでイタリア兵を殺したのがその受勲理由だった。二度目にその立派な勲章を受けた理由はいくつもある。が、広島に原爆を落とした連中を除けば、クリフ・ブース軍曹ほど多くの日本兵を殺した者はほかにいないというのが一番の理由だ。

リックのほうは、入隊を免除されるためなら(特に戦時中は)何ヵ月でもキッチンの椅子から飛び降りて偏平足《へんぺいそく》になることも辞さない男だった。とはいえ、兵役経験者、とりわけ手柄をたてた兵役経験者には一目置いていた。

ふたりの結束を固めた火事は、クリフが『賞金稼ぎの掟』に加わってひと月ほど経った頃に起きた。まず、エピソード・ディレクターのひとり、ヴァージル・ヴォーゲルが、真っ白に染めた大きなウィンタージャケットを主人公ジェイク・ケイヒルに着せることを思いついた。現実世界では滑稽だが、モノクロフィルムではきれいに映るのだ。ただ、衣装係がジャケットの準備に時間をかけすぎたため、ヴォーゲルのエピソードには間に合わなくなってしまった。プロデューサーは次のエピソードで使うために取っておくことにした。で、次のエピソードでは、ラストシーンでジェイク・ケイヒルに火がつけられることになり、誰もが準備に充分すぎる時間をかけた衣装を有効利用する絶好のタイミングだと思った。

クリフはそのシーンのスタントを務める気満々だった。が、どんなシーンになるのか説明を受けたリックが、自分で演じることに決めたのだ。そうしてジェイクの白い大きなウィンタージャケットの背中の部分——顔と髪から離れた個所——に燃焼促進剤が仕込まれた。

なのに、スタッフの中の誰ひとり——染色を外注していたために衣装係も——ジャケットにアルコール含有六十五パーセントの染料が使われていたのを知らなかった。もともとこの衣装を使う予定だったエピソードでは火のシーンはなかったので、誰も知らず、誰も気にもしていなかったわけだが、いずれにしろ、リックが着ているジャケットの背中に火が近づいたとたん、ジャケットは花火のように火を噴いた。

ジャケットが火に包まれる音を聞いて、リックのパニックにも火がついた。炎が肩を越え、舐めるように頭を包み、何かが弾けるような音をたてた。その瞬間、リックはそうした状況で一番やってはいけないことをした——やみくもに走りだそうとしたのだ。が、走りかけたそのとき、クリフ・ブースの落ち着いた声が響き渡った。「リック、きみは水たまりの中に立ってる。そのままひっくり返るんだ」

リックは言われたとおりにした。何事もなく、火は消えた。リックとクリフはこのときからひとつのチームとなった。

クリフ・ブースにはもうひとつクールなところがある。親友、すぐれたスタントマン、戦争の英雄であるのに加え、このつくりものの世界にあって、リアルな殺人者だというところだ。リックのほうも人を殺してはいたが。テレビドラマだけでも二百四十二人ばかり。これには、西部劇で殺した無数の先住民やお尋ね者、『マクラスキー／十四の拳』で殺したナチスの百五十人は含まれない。『ジグソー・ジェーン』で黒革の手袋をはめたサイコキラーを演じたときには、被害者の多くを銀の短剣で殺した。

リックは、リヴァーサイド・ドライヴ近くの〈スモーク・ハウス〉のバーで、酒を飲みながら『ジグソー・ジェーン』で演じたキャラクターについてクリフと話したのを覚えている。そのとき、敵兵をナイフで殺したことがあるかとクリフに尋ねた。

「大勢殺した」とクリフは答えた。

「大勢？」リックは驚いて訊き返した。「大勢って何人だ？」

「ここで数えろっていうのか？」

「ああ」

「そうだな……」クリフはいっとき考えてから、黙って指を折りながら数えたが、十本では足りなくなり、二周目の途中でやめて言った。「十六人」

そのときウィスキー・サワーを口に含んでいたら、リックは漫画みたいに噴き出していただろう。「ナイフで十六人殺したのか？」信じられないといった口調で訊き返した。

「戦争で日本人をね」

リックは身を乗り出し、小声で尋ねた。「どうやって？」

「気持ちの上でどうやってそんなことができたのかってことか？　それとも具体的にどうやったのかってことか？」

いい質問だ、とリックは思った。

「じゃあ、まずはどうやった？」

「毎回じゃないが、たいていはうしろから近づいて不意を突く。ひとりの靴の中に石を入れる。そいつは仲間のうしろで靴を脱いで石を出そうとする。そこに背後から近づき、手で口をふさいで肋骨のあいだにナイフを突き立ててひねるんだ。相手が死ぬまでひねりつづける」

おったまげた。

「だけど――」クリフは人差し指を立てた。「確かにおれはそいつを殺したが、そいつはおれのせいで死んだのだろうか？　それとも、靴に石がはいったから死んだのだろうか？」とクリフはそんな哲学めいた疑問を呈した。

「整理しよう」とリックは言った。「おまえは日本兵の肋骨にナイフを突き立て、そいつの口をふさいで悲鳴をあげさせないようにして、死ぬまで腕から離さなかったんだな？」

クリフは常温のワイルドターキーをハイボールグラスから飲んで言った。「ああ」

「ワオ！」リックはそう叫ぶと、冷えたウィスキー・サワーを呷《あお》った。

クリフは考え込むボスを微笑みながら見つめたあと、挑発するように言った。「どんな気分か知りたいか？」

リックはクリフに眼を向けて尋ねた。「どういう意味だ？」

クリフは小声でゆっくりと慎重に繰り返した。「どんな気分か知りたいか、と言ったんだ」それから肩をすくめて言い添えた。「役づくりのためとかに」

リックはしばらく黙り込んだ。バーが急に静まり返ったような気がした。やがて彼は小声で言った。「ああ」

クリフは友人にして雇用主であるリックに微笑むと、酒をごくりと飲み、重いグラスをカウンターに置いた。そして、また肩をすくめて言った。「豚を殺せ」

なんだって？

「なんて言った？」

「豚を、殺せ」邪悪な声でクリフは繰り返した。一瞬沈黙が流れ、そのことばが宙に浮いた。クリフは説明を続けた。

「丸々と肥ったでかい豚を一匹買うんだ。でもって、裏庭で、横に膝をつき、豚を抱いて、その命を感じ、においを嗅ぎ、鳴き声と鼻息を聞く。そして、もう一方の手で脇腹に肉切り包丁を突き立てて待つんだ」

リックはバーストゥールに坐ったまま、催眠術にかかったみたいにクリフのことばに聞き入った。

「豚は恐ろしい声をあげてとんでもない量の血を流すだろう。そして抵抗する。それでも片手で押さえつけ、もう一方の手でナイフを突き立てる。永遠に続くかと思われるが、一分も経たないうちに、豚が死ぬのが腕の中に感じられる。それこそおまえが死を感じる瞬間だ。生とはおまえの腕の中で血を流し、金切り声をあげ、激しく体を引き攣らせている豚だ。そして、死とは抱えてる動かない重たい肉の塊だ」

クリフが想像上の豚を殺す手順を話すあいだ、リックは自宅の裏庭でそのシナリオどおりに動いている自分を想像した。すると、次第に顔が青ざめた。

クリフはリックの心をつかんだと見て、とどめを刺した。「人を殺すのがどんなものか経験したかったら、豚を殺すのが法の範囲内では一番それに近い」

リックはごくりと唾を呑み込み、自分にそれができるだろうかと考えた。

クリフはたたみかけるように言った。「それから、その豚を肉屋に持っていって切り分けてもらうんだ。ベーコン、ポークチョップ、ソーセージ、肩肉、足。なんでも全身食べ尽くす。そうやって豚の死に敬意を表するんだ」

リックはさらにウィスキー・サワーを飲んだ。「できるかな？」

「できるさ。やりたくないかもしれないが、できる。できないって言うならおまえには豚肉を食べる資格がない」

しばらく間を置いてから、リックはカウンターに手のひらを叩きつけて言った。「わかった、おれはやる。豚を買いにいこう」
もちろんリックはそんなことはしなかった。どこで豚を買うか。プールつきパティオに飛び散った血をどう始末するか。死んだ豚をどうやって裏庭から運び出すか。とんでもなく重いんじゃないだろうか。豚に咬まれたらどうする？　そんな不確定要素が多すぎて、当初の勢いがいつのまにかなくなってしまったのだ。ただ、実際にはやらなかったものの、やることをじっくり考えはした。それもまたある意味、『ジグソー・ジェーン』の黒手袋の殺人者同様、計算し尽くされた冷血な殺しと言えた。

クリフはリックのキャディラックを、シエロ・ドライヴのリックの自宅まえの私道に停める。停めた車の正面に、騎兵隊の制服を着た巨大なリックの絵がそびえるように立ててある。その絵の中のリックは踏みつけられた顔をしかめている。『賞金稼ぎの掟』でテレビスターになったあと主演した初めての映画『コマンチの反乱』の六枚からなるビルボード広告の一枚だ。六枚全部を並べると、騎兵隊のテイラー・サリヴァン中尉が明らかにコマンチらしき連中にまわりを囲まれ、地面に倒れている姿が現われる。酋長がモカシンを履いた足で中尉の顔——為《な》す術《すべ》もなく怒りに震えている顔——を勝ち誇ったように踏みつけている姿も。私道に立てられているその絵は、リックの古い友人がテキサス州ダラスのアンティークショップで見つけて、リックに送ってきてくれたのだが、リックはそれが主役のロバート・テイラーではなく、自分の絵であることだけは気に入っているものの、絵そのものはそれほど好きでもない。また、『コマンチの反乱』が、五〇年代にありがちな騎兵隊と先住民の争いを描いたB級映画以外の何物でもないこともちゃんと理解している。この映画でよかったのはウェスタンの監督R・G・スプリングスティーンと仕事ができたこと、騎兵隊の青い軍服を着た自分の見栄えがよかったこと、このふたつだ。それを除けば、記憶にとどめておくにも値しない作品だった。

だから、ビルボードのその一部分を受け取ったとき、最初にリックに頭に浮かんだのは、〝こいつをどうしろっていうんだ？〟で、それに対する答が〝私道に置いておく〟だった。

あれから五年が経つ。

クリフがエンジンを切ると、リックは受動攻撃的な癇癪《かんしゃく》を起こす。何かに腹を立てているがために、ほかの何かに腹を立てる。この場合、それは私道に立つビルボードだ。

「いよいよこいつを私道からどかそうか」と彼は絵のほうを大げさに示しながら言う。

「どこにしまう？」

「捨ててくれ！」

クリフは子供のようにがっかりしたふりをする。「せっかくフェリックスが見つけてくれたのに。そう嫌がるなよ。洒落《しゃれ》た贈りものじゃないか」

「この五年間毎朝毎晩自分のゆがんだ口の絵を見てるんだ。いい加減飽きるだろうが。嫌がってるなんぞとは言われたくないね」とリックは言う。「嫌がってるんじゃない、飽きたんだ。ガレージに入れておいてくれ」

クリフは含み笑いをする。「ガレージ？　がらくたでもう満杯だ」

「だったら片づけて、ビルボードを入れられるようにしてくれよ」

クリフはサングラスをはずして言う。「わかった、そうしよう。だけど、すぐにやることじゃない。週末にやる類いのことだ」

リックはそのことばに苛立《いらだ》ち、その苛立ちをいささか遠慮がちに吐き出す。「おれはただ、家のまえに自分の巨大な絵を置いときたくないだけだ。これじゃまるでリック・ダルトン博物館の宣伝だよ」

そのとき突然、鋭いエンジン音とビートルズのハーモニーが運転席側から侵入してくる。ふたりとも左を向き、一九二〇年代のヴィンテージのロードスターに乗ったリックの新しい隣人――ロマン・ポランスキーと妻のシャロン――を初めて盗み見る。93KHJ局に合わせたカーラジオからビートルズの『ア・デイ・イン・ザ・ライフ』が流れている。ハリウッドの洒落たカップルを乗せたその車は、登り坂になった私道の裾で、電動ゲートが開くのを待っている。運転席にはロマン、助手席にはシャロンが坐り、シャロンはプラスティックの不恰好なリモコンを持っている。なにやら愉しそうに話しているが、会話の内容は、ロードスターのエンジン音とビートルズの奇を衒《てら》った音楽にまぎれて、リックにもクリフにも聞こえない。クリフの眼には助手席の美しいブロンドしか映らない。リックの眼にはその向こうの運転席に坐る小柄なポーランド人映画監督しか映らない。

マイク・ニコルズを除くと、当代の若手監督の中でロマン・ポランスキーほど成功した監督も、有名になった監督もいない。加えて人気の点では、このポーランド人監督は舞台と映画の仲間でもあるニコルズを凌いでいた。一九六九年当時のロマン・ポランスキーはまさにロックスターだった！

デビュー作――ポーランド語の映画『水の中のナイフ』――でまず名を挙げた。この作品は外国語映画ジャンルでヒットし、アカデミー賞の外国語映画賞にもノミネートされた。最初から成功を収めた彼はその後ロンドンに移り、英語の映画をつくりはじめる。

そのうちの二本、『袋小路』と『吸血鬼』（この作品で妻のシャロンと出会う）は高い評価を得るも、興行的にはさほどの成績は残さなかった。ところが、心理スリラー『反撥《はんぱつ》』が予想外の大ヒットとなり、それが彼をアート系シアターからメインストリームへと押し上げた。ハマー・スタジオから数々の『サイコ』の劣化コピー作品が生み出され、フランスからスリルのないスリラー――クロード・シャブロルのまったくどきどきしない作品や、トリュフォーやヒッチコックかぶれのアマチュアがつくったようなスリラー――が生み出されたのちに現われたのが、ロンドンを舞台にした『サイコ』のようなスリラー『反撥』だった。どうすれば、ロンドンのビートに合う、流行に敏感な観客向けの現代ヒッチコック風スリラーがつくれるか――ポランスキーはその答を『反撥』で示したのだ。

美しくも不気味なカトリーヌ・ドヌーヴ演じる倒錯した妄想症のキャラクターが成功した。ヒッチコックのスリラーは観客を愉しませることで成功したの対して、ポランスキーの映画は観客を不安にさせることで成功した。ヒッチコックも『断崖』、『見知らぬ乗客』、『疑惑の影』それにもちろん『サイコ』といった作品で観客を不安に陥れはしたものの、それには程度があった。ポランスキーの場合、観客を不安にさせること自体が目的だった。

それが『反撥』でわかると、パラマウント・スタジオのトップ、ロバート・エヴァンズが彼をハリウッドに招いた。次の候補作、競技スキーを描いた『白銀のレーサー』の脚本をスキーの得意なポランスキーに送り、メガフォンを取らないかと誘ったのだ。

さらにエヴァンズは、パラマウントの株価を三ポイント押し上げることになる決断をくだす。ポランスキーにアイラ・レヴィンの小説『ローズマリーの赤ちゃん』を渡して「読んでくれ」と言ったのだ。マーヴィン・シュワーズなら、その後の展開をまずまちがいなく〝ホラー映画の大いなる歴史〟と呼ぶだろう。

レヴィンのこの作品は中篇小説で、ガイ・ウッドハウスという名の俳優（ジョン・カサヴェテス）の新妻ローズマリー（ミア・ファロー）の物語だ。ふたりはニューヨークの古いロフトに引っ越し、同じアパートメント・ハウスに住む風変わりな老夫婦ミニーとローマンのカスタベット夫妻（ルース・ゴードンとシドニー・ブラックマー）とのつき合いが始まる。ローズマリーは知る由《よし》もなかったが、夫妻は悪魔崇拝者で、長く予言されていた反キリストを宿す体を探していた。この作品を映画化するのに、ポランスキーに白羽の矢を立てたエヴァンズの判断は、映画会社の役員がくだしたものとして、後世に残る英断だった。

原作を読んだポランスキーには不安がひとつだけあった。ひとつではあるものの、それは大きな不安だった。彼は無神論者で、神を信じない者は悪魔という概念も受け入れるわけにはいかない。多くの監督はこう言うだろう――〝だからなんだと言うんだ。映画じゃないか。巨大な猿を信じていなくても『キングコング』は監督できる〟と。それはまちがいではない。が、ポランスキーは、自身が完全に拒絶した宗教が土台になっている映画をつくることに抵抗を感じた。映画としてすぐれたものになることはわかっていた。では、どうやって自身の信念と原作との折り合いをつけたのか？　原作を生かしつつ、その解釈にほとんどわからないほどの修正を加えたのだ。

映画のラストまで、主人公の不吉な予感は立証されない。ポランスキーは、超自然と言えるものを一切観客に見せない。ローズマリーが感じる不吉な陰謀の証拠はすべて、裏づけの乏しい状況証拠だ。観客はローズマリーの側に立っており、見ているのがホラー映画である以上、ローズマリーの視点をそのまま受け入れる。

が、廊下の先に住む老夫婦が悪魔崇拝者グループのリーダーであるのと同様（あるいはそれ以上に）、夫が自分の魂とまだ生まれぬわが子の魂を悪魔に売るのと同様（あるいはそれ以上に）、ローズマリーが産後鬱《うつ》によってもたらされる激しい妄想に取り憑《つ》かれているというのは、大いにありうることだ。

そして、クライマックスで、夫婦とその仲間がローズマリーに陰謀を仕掛けていたことが明らかになる。それは事実だ。が、悪魔の存在自体はそこでもまだあいまいなままだ。カスタベット夫妻と仲間が、ただの頭のおかしな集団でないと誰に言える？　もし最後に、彼らが〝悪魔を讃えよ！〟ではなく〝牧羊神を讃えよ！〟と叫んでいても、観客は彼らの信念の正当性に疑問を持つだろうか？

この小説の映画化をエヴァンズが誰かほかの監督に任せていたら、まずまちがいなくこれは怪物映画になっていただろう。ポランスキーは怪物映画にすることなく、観客を震え上がらせる作品をつくり上げるという偉業を成し遂げた。エヴァンズとそのチームは大々的な広告を打ち、ある意味では本篇に勝っているとも言えるおどろおどろしい予告篇をつくった。結果、映画は大ヒットとなり、ロマン・ポランスキーは映画界で誰よりホットな監督の仲間入りを果たしたばかりか、ポップカルチャーのアイコンとなり（ロックミュージカル『ヘアー』の楽曲の歌詞にも登場）真の意味でロックスターと言える最初の映画監督となったのだった。

そのポランスキーが、美しい妻と一緒にリックの隣りに越してきたのだ。こいつこそ世界を手にした男だ、とリックは思う。

ロマンとシャロンのまえの電動ゲートが開き、ロードスターは、視界にはいってきたときと同じようにあっというまに視界から消える。

「まいったな、ポランスキーだ」リックはそうつぶやいてからクリフに向かって言う。「ロマン・ポランスキーだ！　ひと月まえに越してきたけど、見たのは初めてだ」

リックは笑いながら車のドアを開けて降りる。クリフもひそかに笑う。リックの気分が急に変わるのは毎度のことだ。

リックは芝生を横切って玄関に向かう。ポランスキーを見かけたことですっかり機嫌がよくなっており、興奮したように相棒を振り返って言う。「いつも言ってるだろ？　この街で稼ぐとき、なにより大事なのは街に家を買うことだ。借りちゃ駄目だ。エディ・オブライエンが教えてくれた」オブライエンは『賞金稼ぎの掟』の第一シーズンにゲスト出演した個性派俳優だ。リックはさらに気取った調子で続ける。「ハリウッドに不動産を持つということは、ここに住んでいるということだ。訪れてるんでも通りがかってるんでもなく、住んでるってことだ！」玄関への階段を三段のぼってつけ加える。「おれはここで腐りきってるっていうのに、隣りには誰が住んでる？」

鍵穴の鍵を差し込んでひねると、相棒のほうを向いて自分の問いに自分で答える。「『ローズマリーの赤ちゃん』の監督だ。ハリウッドで――たぶん世界で――一番人気の映画監督がお隣りさんってわけだ」リックは家の中にはいりながら、思っていることをしまいまで言う。「プールパーティひとつでポランスキーの次回作に出られるかもしれない！」

クリフはさっさと帰りたい。だから、中にはいろうとはせず玄関口で立ち止まり、皮肉たっぷりに尋ねる。「気分はよくなったか？」

「ああ。悪かったよ。ビルボードは時間があるときに頼むよ」

クリフは了解したと合図してから言う。「ほかに何かあるか？」

リックは手を振る。「いや、ない。明日までに台詞を覚えなきゃならない」

「つき合おうか？」

「心配要らない。テープレコーダーを使うから」

「わかった。用がないなら帰るよ」

「ああ、用はない」

リックの気が変わらないうちに、クリフはあとずさりして離れる。「明日は七時十五分出発だ」

「わかった。七時十五分だな」

「七時十五分に外に出て、車に乗る。じゃあな」

リックは玄関のドアを閉める。クリフは私道のボスのキャディラックの横に停めてある自分の車に向かう。洗車が必要なライトブルーのフォルクスワーゲン・カルマンギア・カブリオレだ。

車に乗ると、キーを挿《さ》してひねる。小型のフォルクスワーゲンのエンジンが音をたてはじめる。エンジンがかかると同時にロスアンジェルスの93ＫＨＪラジオが鳴りはじめる。ビリー・スチュワートによる『サマータイム』のアウトロ部分の即興のスキャットが流れる。クリフはバックのまま私道を出ると、すばやくハンドルを切る。カルマンギアの鼻先が家からそれてシエロ・ドライヴへの下り坂のほうを向く。クリフはビリー・ジャックのブーツで三回アクセルを踏み込み、ビリー・スチュワートの体操みたいなヴォーカルに合わせてギアを切り替え、ハリウッドヒルズの住宅街を走り抜ける。首が折れそうなほどのスピードでヘアピンカーヴを抜けながら、フリーウェイ三本分離れたバンナイズの自宅に向かう。

Chapter Four

Brandy, You're A Fine Girl

ブランディ、おまえはいい娘《こ》だ

クリフはやもめになったあとは誰とも深くつきあったことがない。セックスはする。六〇年代後半に社会風潮となったフリーセックスやフリーラヴは大いに愉しんだ。それでも本気の恋人を持ったことはなかった。ましてや妻など。それでもクリフの人生にもただひとつ、愛し、愛される相手がいた。頭が平らで耳の垂れた赤茶色の雌《めす》のピットブル、ブランディだ。

犬はカルマンギアが停まる音が聞こえるのをクリフのトレーラーハウスのドアのまえで、今か今かと待っている。聞こえたとたん、短い尻尾を左右に振って鳴き声をあげ、前肢でドアを引っ掻く。一日じゅう外出するとき、クリフはブランディが淋しくならないよう、アンテナつきの白黒テレビをつけて出かける。今テレビで流れているのはABCの金曜夜のヴァラエティ番組『ハリウッド・パレス』の一九六九年二月七日のエピソードだ。この番組では、毎週新しいホストが新しいゲストを紹介する。先週のホストはコメディアンでピアニストのヴィクター・ボーグだった。今日のホストはブロードウェイで囁《ささや》くような歌声を披露した『キャメロット』のロバート・グーレ。ジミー・ウェッブの難解な名曲『マッカーサー・パーク』を大胆な解釈で歌っている。

〝マッカーサー・パークは暗闇の中に溶けていく
甘い緑のアイシングが流れ落ちていく〟

住まいの入口のドアが開き、外にビリー・ジャックのブルーデニムの衣装に身を包んだクリフ・ブースが立っている。毎晩、クリフが帰宅すると、ブランディはわれを失う。今日もそうだ。クリフはブランディに厳しく接していて（「ブランディはそれが好きなんだ」と彼はリックに言っている）飛びつかないよう躾《しつ》けている。が、今夜はお土産を持ち帰っている。今日、リックと〈ムッソー&フランク・グリル〉で昼食をとったときに、Tボーンステーキの骨を店の白ナプキンに包んでリーバイスのジャケットのポケットに入れ、そのまま持ち歩いていたのだ。お帰りなさいとはしゃぐのをしばらく許してから、クリフはブランディに言う。「よし、お坐りだ」ブランディは鼻をクリフのほうに向けてお坐りをする。リックは犬がしっかり注意を向けているのを確認してから、クールなブルーのジャケットのポケットから、白いナプキンに包んだ、肉がまだ残っている骨を取り出す。
「何を持って帰ってきたと思う？」そう言ってわざと挑発する。
〝わたしにお土産？〟とブランディは思う。

包みを開きながらクリフは言う。「びっくりするぞ、ほら」ナプキンの中からステーキの骨が現われる。興奮したブランディは後肢で立ち、前肢をクリフの腰に押しつける。クリフはそんなブランディの喜びようにひとり笑みを浮かべる。人間の女を〈ムッソー&フランク・グリル〉に連れていって、同じステーキを注文し、それに赤ワインとチーズケーキを追加しても、この半分も喜んでもらえない。女はすべてが欲得ずくだ。ほかの男なら求愛行動と言うかもしれないものも含めて、すべては取引きというのがクリフの女性論。女というのは、真剣に自分を愛し、なけなしの金を使ってくれる貧乏人より、金に糸目をつけない金持ちとのデートを好むものだ。

この娘《こ》はちがう。クリフがプレゼントを差し出すと、飛び上がってその力強い顎で骨をくわえる。クリフは骨を放す。ブランディは小さな枕が置かれた自分の場所に行き、牛の骨を齧《かじ》る。

ブランディとクリフはどのようにして出会ったのか。これには面白いエピソードがある。二年ほどまえのこと。クリフが〈バンナイズ・ドライヴイン〉の裏のトレーラーハウスでくつろいでいると、電話が鳴った。電話をかけてきたのは、ろくでなしのスタントマン仲間、バスター・クーリー。クーリーはクリフに三千二百ドルの借りがあった。五、六年のあいだにそこまでふくらんだのだ。最初にクリフがクーリーに現金を貸したのは、それまでになく景気がいいときだった。リックと組んだおかげで何本かのアクション映画で主役のスタントを演じることができたのだ。リックはその時期のことを愚痴るが、クリフのほうはまだ駆け出しだった。生まれて初めてまとまった金を手にするというのは、その日暮らしを続けてきたクリフにとって、それまでの常識がひっくり返るほどの出来事だった。大きな買いものとしてはボートを買い、マリーナ・デル・レイに係留したそのボートで生活した。クーリーに多額の現金を貸したのはその最盛期の頃だ。クリフも馬鹿ではなかった。だから、クーリーに利用されたところはあったかもしれないが、騙されたことはない。クーリーがクリフから金を借りるのは、いつもほんとうに金が必要なときだった。車を担保に取られるとかテレビを担保に取られるとか、アパートメントから追い出されるとか、車を再度担保に取られるとか。クレジットカードの支払いをしなければならないとか、新しいアパートメントを借りるために最初と最後の月の家賃を払わなければならないとか。バスター・クーリーはたかり屋だったかもしれないが、詐欺師ではなかった。金があればクリフに返していただろう。それはクリフにもわかっていた。クーリーに電話をかけて侮辱しても意味がない。そんなことをしても早く金が返ってくるわけでもない。返せないとなるとクーリーはクリフを避けるだろう。一方、いつかはばったり会う日がやってくる（ロスアンジェルスは小さな街だ）。クリフがクーリーにプレッシャーをかけ、クーリーがそれをかわそうとしていたら、ばったり出会ったときにクリフは彼を問いつめなければならなくなる。そうなった場合、このタイプの男たちはとたんにまずいことになる。クーリーは金を手に入れたら、少なくともその一部は返してくれるはずだ。それはクリフもわかっていた。が、同時にもうひとつわかっていたのは、クーリーが金を手に入れることは決してないだろうということだった。そういうわけで、クリフは二年まえに貸した金に心の中では別れを告げていた。金はいくらあっても困らない。それは今もそうだが、そういうことより金があったときには自分にも古い友人を助けられたことを嬉しく思うようにしていた。三千という額はともかく、当時、金がなければ貸すこともできなかったのだから。

だから、電話の向こうにクーリーの声が聞こえてきたときには、嬉しいというよりまず驚いた。

さらに、その日のうちにバンナイズまで会いにいってもいいかと訊かれたときには、もっと驚いた。そのあと一時間ちょっと経ったかどうか、クリフのトレーラーのまえにクーリーの赤い一九六一年型ダットサンが停まった。クリフは友人にオールド・チャタヌーガの缶を渡し、ふたりはそのビールを開けた。そのあとクーリーは借りた金の話を始めた。「おまえに借りてる三千ドルのことだけど――」

「三千と二百だ」とクリフは訂正した。

「三千と二百？　確かか？」

「まちがいない」

「おまえのほうがよくわかってるはずだからな。三千と二百ドル。その金だが、おれは持ってない」

クリフは何も言わずにビールを飲んだ。

クーリーはさらに言った。「だけど、がっかりするな。もっといいものを持ってきたから」

「現金三千二百ドルよりいいものを？」とクリフは疑わしげに訊き返した。

「ああ、絶対にな」クーリーは自信たっぷりに答えた。

金よりいいものといったら鎮痛剤しかない。クリフとしては、クーリーがエキセドリンをスーツケースにいっぱい詰めて持ってきたのでもないかぎり、喜ぶ気にはなれなかった。

「言ってくれ、バスター。金よりいいものってなんだ？」

ドアのほうを親指で示しながらクーリーは言った。「外に出りゃわかる」

ふたりはオールド・チャタヌーガを飲みながらトレーラーの外に出て、クーリーのピックアップトラックの後部にまわった。その荷台に置かれた金網のケージの中で、四肢を踏んばって立っていたのがブランディだった。

犬——クリフは特に雌犬が大好きだった。しかもブランディは美しい雌犬だった。それでも初めはぴんとこなかった。

事情が呑み込めないまま、クリフは尋ねた。「この犬に三千二百ドルの価値があるっていうのか？」

「いいや」とクーリーは笑みを浮かべて言った。「三千二百ドルじゃない」さらに大きな笑みを浮かべて言った。「一万七千から二万ドルの価値がある」

「ほんとうに？　なぜだ？」

クーリーは自信満々で言った。「こいつは西半球一の闘犬だ」

クリフは眉をもたげた。

クーリーはさらに言った。「こいつはどんな相手とだって戦うんだよ。相手がピットブルでもドーベルマンでもジャーマンシェパードでも。一度に二匹かかってきてもものともしない。尻を咬みちぎる」

クリフはケージの中の犬を見下ろし、黙って見つめながらクーリーの話を聞いた。「こいつはただの犬じゃない。銀行に預けた金だ。必要なときに食い扶持《ぶち》になる。〝倒れ馬〟を五頭持ってるようなもんだ！」

〝倒れ馬〟とは、怪我をしたり怯《おび》えたりすることなく地面に倒れることを教え込まれた馬のことだ。大量のウェスタン映画やテレビが製作されるハリウッドでは、地面に倒れてまた立ち上がれる馬を持っていることは、ちょっとした紙幣印刷機を持っているのに等しい。それより簡単に稼げる方法となると、幸運に恵まれるのと、子役として成功する子供を持つことぐらいしか考えられない。

「ネッド・グラスを覚えているか?」とクーリーは言った。「ブルーベルっていう倒れ馬を持ってただろ?」

「ああ」

「それであいつはどれだけ稼いだ?」

「確かに。一財産築いたな」

「こいつは――」クーリーはケージの中の雌犬を指して言った。「ブルーベル四頭分みたいなもんだ」

「わかった、バスター。話を聞こう。何が言いたいんだ?」

「おれには金を返すことはできない」とクーリーは正直に言った。「少なくとも三千ドル返すのは無理だ。おれがおまえに渡せるのは、ソニー・リストン級の犬の所有権半分だ」

クリフはクーリーの説明を聞いた。「おれは千二百ドル持ってる。この犬をロミータで開かれる闘犬大会に出場させるんだ。でもって、千二百ドルこいつに賭けて、あとはその闘いぶりを見物する。闘うところを一目見たら、おまえもこいつの実力がわかるはずだ。そのあと、おれとおまえとでこいつをあちこちの闘犬大会に出させて、勝った金をまた賭ける。六回続けた頃には、お互い一万五千は懐にしてるって寸法だ」

クリフには、クーリーが騙そうとしているわけではないのはわかっていた。彼が言ったことはすべて信じた。ただ、クーリーは絶対にうまくいくという前提で話をしたが、クリフはどんなことにも絶対はないと思っていた。それに闘犬は悪趣味なのはもちろん、違法行為でもあるから、失敗するリスクはいくらでもあった。

「なあ、バスター。おれは闘犬なんか要らない。要るのは金だ。千二百ドル持ってるなら、それをおれに返したらどうだ？」

クーリーは正直に言った。「今、千二百ドル返しちまったらそれっきりだ。それ以上は返せない。おまえもわかってるだろ？　一ドルを三十五セント換算で返すのは嫌なんだ。おまえは、助けてほしいときに手を差し伸べてくれた。だからおまえには金儲けをしてほしいんだ！　せめてロミータへは一緒に行ってくれよ。こいつの闘うところを見てくれ。信じてくれよ、クリフ。見たこともないようなスリル満点のショーが見られるから。こいつが勝ったら二千四百ドルになる。そこでやめたいなら、その二千四百がおまえのものだ」

クリフはビールをもう一口飲んでから、金網のケージの中の筋骨隆々たる犬を見つめた。

クーリーは演説を締めくくって言った。「おまえはおれを知ってるから、騙してなんかいないのはわかるだろ？　おまえに話してるってことは、おれ自身も信じてるってことだ。だからおれを信用しろ。少なくとも最初の試合には絶対勝てる」

クリフはケージの中の犬を見てから、ビールを持って眼のまえに立っているろくでなしを見た。そして、地面に尻をついて、金網の向こうの犬と眼を合わせた。そのあと犬とにらめっこをした。雌犬はクリフの力強い視線に耐えられなくなると、うなり声をあげて咬みつこうとした。金網がクリフのハンサムな顔を犬の牙から守ってくれた。クリフは振り返ってバスター・クーリーを見上げた。「なんて名だ?」

クリフとクーリーとブランディは、大会に参加するためロミータに行った。クーリーが言ったことはすべて現実となった。ブランディは本物の闘犬だった。一分もしないうちに相手の犬を殺した。その晩、ふたりは二千四百ドルを手にした。信じられないほどスリルに満ちた体験だった。ケンタッキーダービーなんか目ではない。あらゆるスポーツの中でもっとも刺激的な四十五秒の試合だ。クリフはそう思った。

そして夢中になった。

それから半年、ふたりはロスアンジェルス郡、カーン郡、インランドエンパイアの闘犬場に出かけ、コンプトン、アルハンブラ、タフト、チノでブランディを闘わせた。ブランディは全勝だった。それも楽勝の試合がほとんどだった。怪我をすることもあったが、ひどい怪我ではなかった。怪我をしたときには、回復するまでゆっくり時間をかけて休ませた。ブランディが無敵だった最初の五試合のあとは賭け金が大きくなり、闘いも熾烈《しれつ》になった。モンテベロ、イングルウッド、ロスガトス、ベルフラワーでもブランディは勝ちつづけた。が、試合時間がはるかに長くなり、流す血の量もはるかに増え、怪我をすることも増えた。回復にも時間がかかるようになった。

それがマイナス面だった。プラス面は闘う相手がタフであればあるほど、勝ったときに稼げる金が増えることだ。

そんなこんなで九試合をこなすと、クリフとクーリーはそれぞれ一万四千ドル儲けていた。が、いいものを見つけたときには逃がさないクーリーには、目標にしている数字があった。それぞれ二万ドル。それだけ儲けたらブランディを引退させる。ところが、サンディエゴでおこなわれた十試合目、シーザーという名のピットブルと闘ったブランディは大怪我を負い、その試合は勝負がつかないまま中止となった。ブランディにとっては幸運なことに。クリフにはそれがわかっていた。あと二十分も続いていたら、シーザーに殺されていただろう。クリフは愛する者たちが殺されるのを見てきた。戦時中も非戦時中も。それでも、ブランディが獰猛《どうもう》なシーザーに痛めつけられるのを見るのは我慢ならなかった。

だから、ブランディの怪我がまだ治りきらないうちに、クーリーが次のワッツでオージー・ドギーという名前の雄犬との試合にブランディを出させることに決めたときには、ショックを受けた。

一方、クーリーは自信満々だった。「おれはおまえにも自分にも二万ドルを約束したんだ。それがもう目前だ！　この試合が最後だ！」

「そりゃ最後になるさ！」とクリフは怒鳴った。「この状態であのオージー・ドギーに勝てるわけがないだろうが」

「そこが肝心なところだ」とクーリーは勢いづいて言った。「ブランディは勝てない。だけど、これまで無敗だったという評判が立ってる。だから、おれたちはこいつを試合に出して、相手の犬に賭けるんだ」

このときだった、クリフがクーリーに襲いかかったのは。クリフのトレーラーの中でおよそ四分間、激しく取っ組み合った挙句、クリフはバスター・クーリーの首の骨を折った。

それでクーリーは死んだ。

ふたりが取っ組み合ったのは午後五時頃、クリフはクーリーの死体の横で翌日の午前二時頃までテレビを見た。そのあとドライヴインが閉まると、死体をクーリーの車のトランクに放り込んだ。ブランディで儲けた金で買った、中古の白い一九六五年型インパラ・スポーツクーペだ。ブランディを助手席に乗せてコンプトンまで走ると、キーをサンバイザーの裏に差して、車を乗り捨てた。そして、ブランディを連れて明け方まで歩き、日が昇ると、バスに乗ってバンナイズに戻った。

クリフが人を殺して逃げたのはそれが初めてではなかった。一度目は五〇年代、クリーヴランドでのことで、二度目は二年まえ妻を殺した。今回が三度目で、またしても無事に逃げおおせた。バスター・クーリーや彼の車が最終的にどうなったか、なんの噂も聞かなかった。クリフの知り合いで、クーリーの話を持ち出した者はひとりもいなかった。これが去年のことだ。それ以後、クリフがブランディを闘わせたのは二度、どうしても金に困ったときだけだ。が、最後の試合のあと、二度と闘わせないとブランディと約束した――ブランディにはわかっていなかったが、クリフはなんとしてもその約束だけは守るつもりだった。

一九六九年二月七日金曜日、クリフはトレーラーの中で指をパチンと鳴らして椅子を差し指す。クリフのリクライニングチェアの脇には小さな犬用枕を置いた木の椅子がある。ブランディはその上に飛び乗り、お坐りをしてクリフが夕食の準備をするのを待つ。クリフはブランディには拷問だとわかっていながら、準備に時間をかける。それでいいのだ。拷問は成長につながる。クリフは誰よりよくそのことを知っている。ブランディの夕食を準備するまえに、まず冷蔵庫を開け、オールド・チャタヌーガの六缶パックから一缶を取り出す。

アンテナ付きの小さな白黒テレビはＡＢＣ系列の地方局、ＫＡＢＣチャンネル７に合わせてある。小さな画面上にクリフのいつもの煙草、レッド・アップルのコマーシャルが流れる。髪をヘアクリームで固め、黒いスーツに黒いネクタイという典型的な六〇年代の男の肩から上が画面いっぱいに映る。

画面の枠の外から声がする。「赤い《レッド・》リンゴ《アップル》を一口やるかい？」

男は意気込んで答える。「もちろん！」

そして、画面の下から赤いリンゴを取り上げ、小気味よい音をたてて齧《かじ》る。

クリフはオールド・チャタヌーガを一口飲み、缶をキッチン・カウンターに置く。食器棚を開けて〈ウルフズ・トゥース〉のドッグフード（謳《うた》い文句は〝獰猛なワンちゃんにピッタリ〟）を二缶取り出す。安物の缶切りで缶を開け、ブランディの皿に缶の形のまま中身をひっくり返す。餌の時間であるのを知っているだけでなく、食べものが缶からすべり出て皿にのるのも見ているブランディにとって、声をあげずに椅子に坐っているのは至難の業だ。が、クリフはブランディをよく躾けている。ブランディは賢いわけではないかもしれないが、餌の時間に自分が何をすべきかは心得ている。飼い主が食べていいと合図するまで、椅子の上で声を出さずに待っていなければならないことを知っている。

小さな白黒テレビの画面には、アップにした髪をふくらませた、マーロ・トーマスのような六〇年代の典型みたいな女の肩から上が画面いっぱいに映っている。画面の枠の外から声がする。「レッド・アップルを一口やるかい？」

女は答える。「もちろん！」そう答えて、画面の下から赤いリンゴを取り上げ、小気味よい音をたてて齧る。
ブランディは自分の椅子で尻尾を勢いよく左右に振る。その筋肉質の体も震わせる。興奮と期待と動物の勘で。クリフはドッグフードを二缶とも皿に空けると、コンロに注意を向け、煮立った湯のはいった鍋を火からおろす。そして、ざるに茹でたマカロニを空け、ざるを振って余分な水分を切ったあと、マカロニを鍋に戻す。

テレビ画面では、肩を出したアフロヘアの若いきれいな黒人女性がカメラを見つめている。画面の枠の外の声が言う。「レッド・アップルを一口やるかい？」女は画面の枠の外を見て答える。「もちろん！」そして画面の下から火のついた煙草を取り上げ、深々と吸って満足げな声とともにゆっくりと煙を吐き出して言う。「一口でいい気分。レッド・アップルを一口どうぞ」

クリフは〈クラフト〉のマカロニ・アンド・チーズの箱から粉チーズの小袋を取り出し、袋を開けて鍋の上にかけると、オレンジ色の粉チーズとマカロニを大きな木のスプーンで力を込めて掻き混ぜる。つくり方には牛乳とバターを足すよう書いてあるが、牛乳とバターを買えるぐらいならこんなものは食べていない。自分の夕食を用意するクリフの耳に、体を震わせているブランディがクンクンと鼻を鳴らす音が聞こえる。クリフはブランディを見やる。そのあとマカロニ・アンド・チーズの鍋をカウンターに置くと、ブランディに全神経を向け、犬に尋ねる。
「今鼻を鳴らしたか？」ブランディは鼻を鳴らしてはいけないのを知っている。けれども我慢できなかったのだ。なんと言っても犬なのだから。クリフは興奮している犬に、有無を言わさぬ声音で続ける。「鼻を鳴らしたらどうなるか言っただろ？　覚えてるか？　鼻を鳴らしたら食事は抜きだ。こいつは全部捨てる」ブランディの皿に盛られた二缶分の〈ウルフズ・トゥース〉のドッグフードを指して言う。「こんなことはしたくないが、しなきゃならない。わかるか？」

ブランディは「ワン」とはっきり意思表示する。

「よし」

クリフはそう言い、今大人気のドライタイプのドッグフード、グレイビー・トレインを皿の中のウェットタイプのドッグフードの上にかける。ドッグフードの山がこれ以上ないほど高くなる。ドライタイプのフードが皿からこぼれてキッチンの床にばらまかれようと、クリフは気にしない。どこに散らばろうと、ブランディはちゃんと見つけて食べるだろう。

テレビでは、画面の枠の外の声がレッド・アップル製品のさまざまなラインアップを紹介しおえ、肩から上が大写しになった俳優バート・レイノルズがプラスティックの吸い口のレッド・アップルを吸っている。

画面の枠の外の声が言う。「バート・レイノルズ、レッド・アップルを一口どうぞ」

バートはカメラを見つめて言う。「もちろん」一服吸って煙を吐き、レッド・アップルの宣伝文句を言う。「〝一口でいい気分。レッド・アップルを一口どうぞ〟」

クリフは鍋の柄をつかんで、居間のテレビのまえのリクライニングチェアに坐る。ブランディはクリフに全神経を向ける。クリフは椅子に腰を落ち着ける。そして、クラフトのマカロニ・アンド・チーズの最初の一口を食べると、そこで口をゆがめ、口の端で小さな音をたてる。

それがブランディへの合図だ。ブランディは椅子から飛び降りると、ボールが弾むようにキッチンに向かい、皿のドッグフードにオオカミのように食らいつく。クリフはテレビのチャンネルをKABCチャンネル7からKCBAチャンネル2に替える。金曜夜の探偵ドラマ『鬼探偵マニックス』。探偵ジョー・マニックスをマイク・コナーズ、その黒人秘書ペギーをゲイル・フィッシャーが演じている。画面では、ペギーが机のまえに坐っているボスのジョー・マニックスに、昨夜の出来事を心配そうに話している。

「ペギー、いったい何があったんだ?」とマニックスが尋ねる。「ゆうべみんなでクラブで愉んでいたんだけど」とペギーは話す。「そのとき、急に様子が変わったの」マニックスはなだめるように言う。「ミュージシャンっていうのはそういうものだ。猫みたいに気分屋なのさ。どういうつもりかなんて誰にもわかりゃしない」

クリフは『鬼探偵マニックス』の番組も主人公のマニックスも好きだ。ジョー・マニックスはクリフと同じ種類の人間だ。実際、クリフの中には、自分がマニックスだったらと思う部分がある。もし自分がマニックスだったら、まず一番にするのはペギーと寝ることだ。秘密諜報員のマット・ヘルムも大好きなキャラクターだが、ディーン・マーティンのクソみたいな映画シリーズではなく、ドナルド・ハミルトンによる原作のほうだ。マット・ヘルムは無意識の人種差別主義者で、意識的な女嫌いだ。そこが好きなのだ。イギリス人がキーツを引用し、フランス人がカミュを引用するように、クリフはマット・ヘルムやシェル・スコット、ニック・カーターといった大衆小説《パルプ・フィクション》のヒーローを引用する。

マット・ヘルム映画の一本目『サイレンサー／沈黙部隊』を映画館に見にいったとき、クリフは最初の十五分で、チケット売場の女性に金を返せと迫った。自分でさえうんざりしたのだから、原作者のドナルド・ハミルトンはどう思っただろう？　ディーン・マーティンのマット・ヘルムは最悪だった！　原作に忠実につくるなら、マイク・コナーズが適役だったはずだ。本の表紙に描かれたマットだって、コナーズそっくりじゃないか。

マニックスとペギーのシーンが続く中、クリフはマカロニのはいった鍋を置いて、〈TVガイド〉誌を手に取る。ブランディが餌の山を貪《むさぼ》るあいだ、クリフは今週の『鬼探偵マニックス』のページを見て、あらすじを読み上げる。

「〝短調の死。ペギーの友人で、服役中の黒人のミュージシャンが道路補修の仕事で外に出た隙に逃亡。その行方を追って南部に向かったマニックスは、一癖も二癖もありそうな警察署長、偏屈な目撃者、神出鬼没の尾行者と対決する〟」

クリフは〈TVガイド〉を放り、オレンジと黄色の食べものがはいった鍋をまた取り上げて一口食べる。そして、ブランディと自分に尋ねる。「神出鬼没の尾行者ってなんだ？」

時を同じくして、二十マイルほど離れたカリフォルニア州チャッツワースでは、八十歳のジョージ・スパーンがパジャマにバスローブという恰好で自宅のソファに坐り、同じ『鬼探偵マニックス』の同じエピソードを見ている。彼の自宅があるのはもともとウェスタン映画のセットがあったところで、今ではスパーン映画牧場の名で知られている。彼の世話係で、赤毛にそばかす顔の二十一歳のスクウィーキーも一緒に見ている。ふたりは毎晩こんなふうにしてテレビを見る。

ジョージはパジャマにバスローブを羽織ってソファに坐り、スクウィーキーは彼の膝に頭をのせて寝そべって。ジョージは眼が見えないので、スクウィーキーが画面の動きを説明する。「マニックスの下で働いている黒人が、最初のシーンに出ていた友達の黒人トランペット奏者を捜すのを手伝ってくれってジョーに頼むのよ」

「ペギーは黒人なのか？」とジョージは驚いて大きな声をあげる。

スクウィーキーは呆れたように眼をぐるりとまわして言う。「毎週そう言ってるでしょ？」

Chapter Five

Pussycat's Kreepy Krawl

プッシーキャット、忍び込む

一九六九年二月七日　午前二時二十分
カリフォルニア州パサディナ

午前二時。カリフォルニア州パサディナ郊外。富裕層が住む住宅街のグリーンブライア通り。

袋小路のその通りの両側には、アッパーミドル階級の白人が住む、芝生がよく手入れされた家が並んでいる。この時間帯、動くものと言えば野良猫か、ゴミ箱を漁《あさ》るために山から降りてきた怖いもの知らずのコヨーテぐらいのものだ。住民はみな安全に施錠されたドアの向こう、小さな音を立てるエアコンの効いた寝室の心地よいベッドでぐっすり眠っている。

〝ハーシュバーグ〟と書かれた素朴な郵便受けが立つ暗い家のまえの歩道に、チャールズ・マンソンのファミリーのうちの五人が佇んでいる。前歯の欠けた〝クレム〟に〝セイディ〟に〝フロッギー〟に最年少メンバーのひとりである〝プッシーキャット〟ことデブラ・ジョー・ヒルハウス。それにチャーリーその人。

チャーリーはデブラ・ジョーの背後に立ち、その両肩に手をかけてそっと話しかける。「プッシーキャット、おまえの番だ。乗り越えるんだ。恐怖と向き合うときだ。さあ、ひとりでやれ」

デブラ・ジョーは、これが自分にとって初めての不法侵入ではないことを精神的指導者に思い出させる。チャーリーは答える、確かにおまえの言うとおりだが、あのときはひとりではなかったと。そのあと、数には力があるというファミリーの哲学を彼女に思い出させる。

彼は続ける。「だから、おれたちはやるべきことをおれたちのやり方でやってるんだ。おれたちの暮らし方に大きな意味があるのもそのためだ」そう言って、汚れた黒いTシャツに覆われたデブラ・ジョーの肩甲骨をやさしく揉みながら言う。「しかし、個人が何かを成し遂げることにも同じように意味がある。自分を試し、恐怖と向き合うことにも。人はひとりで恐怖と向き合うしかない。だから、おまえにやれと言ってるんだ、デブラ・ジョー」

彼女が自分を渾名《あだな》ではなく本名で呼ぶのを今でも許しているのは、この緑豊かな神の地球で父親を除けばチャーリーだけだ。

「やりたい」とデブラ・ジョーは不安を抱えながらも言う。

「どうしてやりたい？」とチャーリーは尋ねる。

「あなたが望んでるから」

「ああ、おれは望んでる。だけど、おれのためにやってもらいたいわけじゃない。あいつらのためにでもない」とほかのメンバーたちのほうに頭を傾《かし》げて言う。「おまえ自身のためにやってほしいんだ」

デブラ・ジョーの肩に置いたチャーリーの指に、彼女の体のかすかな震えが伝わる。

「震えてるぞ」

「怖くなんかない」

「しぃっ。いいんだ。嘘をつかなくていい」彼はブルネットの美しい娘に説明する。「おまえがこれまで出会ってきた人間の九十七パーセントが、これから出会う人間の九十七パーセントが、人生の九十七パーセントを恐怖から逃げることに費やしてる。だけど、おまえはちがう。おまえは恐怖に向かって歩いてる。恐怖が大事なんだ。恐怖がなければ意味がない」

デブラ・ジョーの震えは治まらない。それでも、チャーリーの手に触れられていると、体から緊張が抜けていく。チャーリーは彼女のうしろから顔を寄せ、右の耳にやさしく囁く。「おれを信じてるか?」

「信じてるのは知ってるでしょ? あなたを愛してるんだから」

「おれも愛してるぞ、デブラ・ジョー。そのおれの愛がおまえを少しずつ前進させる。おれはおまえの心の中にいるんだ、プッシーキャット。おまえの前肢にも尻尾にも鼻にも頭にもおれがいる」

チャーリーは彼女の肩から指を離し、うしろから抱きしめる。彼女は彼にもたれかかる。ふたりは左足から右足へ、右足から左足へと体の重心を移動させ、ゆっくりと揺れる。腕の中の赤ん坊をあやすように、彼は彼女を揺らす。

「おれにおまえを導かせてくれ。あの家から出てくるときのおまえは、はいるまえよりずっと強くなっている」

そう言うと、チャーリーは彼女の腰を抱いていた腕を離し、小さく一歩さがる。そして、ブルーデニムのショートパンツに包まれた尻を叩き、ハーシュバーグ邸に向かわせる。

一九六八年、フォークロック・グループ、バーズのレコードプロデューサーにしてポール・リヴィア&ザ・レイダーズをスターダムにのし上げた、コロンビア・レコードの天才テリー・メルチャーは、チャーリー・マンソンとそのファミリーと多くの時間を過ごした。当時、マンソン・ファミリーはビーチ・ボーイズのデニス・ウィルソンのハリウッド邸に寄生していた。テリー・メルチャーは、ウィルソンほどにはチャーリーの音楽的才能を評価していなかった。音楽に対する野心については見るべきものがありそうだが、チャーリーの音楽そのものについては〝とてつもなく悪いわけではない〟──それがテリーの率直な意見だった。

チャーリー・マンソンに才能があるとしたら、それはフォークシンガー・ソングライターとしての才能だっただろうが、ニール・ヤング、フィル・オクス、デイヴ・ヴァン・ロンク、ランブリン・ジャック・エリオット、ミッキー・ニューベリー、リー・ドレッサー、サミー・ウォーカーそのほか多くのフォークシンガーがひしめく中、彼らに並ぶ才能がチャーリーにあったとは思えない。さらに、フォーク界自体がわずか数年まえとは様変わりしていた。この頃には、名を成したフォークシンガーはみなギターをアンプにつなぎ、ロックスターに変身しようとしていた。

テリー・メルチャーはコロンビア・レコードを代表しており、コロンビアにはすでにボブ・ディランがいて、そもそもチャーリー・マンソンには出番がなかった。さらに、メルチャー自身、アコースティックの仕事から手を引いていた（まるで最初から携わっていなかったかのように）。

ポール・リヴィア&ザ・レイダーズの成功で、メルチャーはラジオのヒットポップ・ミュージックの帝王になっていたものの、フォーク中心のヴァンガード・レコードからシンガーを引き抜こうとはしていなかった。彼が探していたのは、耳に新しいレコードをつくれて、『アメリカン・バンドスタンド』や、地方局の『グルーヴィー』、『ボス・シティ』、『リアル・ドン・スティール・ショー』、『ホエア・ザ・アクション・イズ』、『イッツ・ハプニング』といったロック番組に出演できて、〈シックスティーン〉や〈タイガー・ビート〉といったティーン誌に登場できる、見栄えのいいシャギーヘアの若者バンドだった。ボビー・ボーソレイユならその条件にあてはまったかもしれないが、チャーリー・マンソンには無理だった。

と言って、チャーリーに才能がなかったわけではない。多少はあった。彼に足りなかったのはその才能を伸ばす自己管理能力だ。チャーリーがもっと多くの曲を書き溜めていたら、テリーも彼のアルバムをつくるまではいかなくても、リンダ・ロンシュタットあたりに一曲歌わせて、レコーディングするぐらいのことはしていたかもしれない。

チャーリーが図抜けて面白い男だという点はテリーも認めていたが、彼の友人たち（デニス・ウィルソンやグレッグ・ヤコブソン）ほどには彼に惹かれなかった。テリー・メルチャーが、デニス・ウィルソン宅に居候していたチャーリーと彼のファミリーと長い時間を過ごしたのは、ビジネス的観点からチャーリーに何かを見いだしたからではない。ファミリーに憧れた十五歳のブルネットの天使、デブラ・ジョー・ヒルハウスと寝るのがたまらなかったからだ。テリーと出会ったとき、彼女は本名のデブラ・ジョーで通っていたが、じきにファミリー内の通り名であるプッシーキャットと呼ばれたときにしか返事をしなくなった。

十五歳でマンソン・ファミリーの一員となったデブラ・ジョーは当時ファミリー内の最年少で、すこぶる美しく、彼女に並ぶのは彫像のような美しさを持つレスリー・ヴァン・ホーテンぐらいのものだった。ついでながら、デブラ・ジョーと寝ていたのはテリー・メルチャーだけではなかった。デニス・ウィルソンも寝ていた。チャーリー・マンソンがロスアンジェルスの音楽界とつながりを持てたのは、自身の音楽ではなく、デブラ・ジョー・ヒルハウスの若いあそこ《プッシー》の魅力のおかげだ。そんなデブラ・ジョーはテリー・メルチャーの心の中で特別な位置を占めることになった（もしデブラ・ジョーが歌がうまければ、レコードを出す出さないの話は彼女に持ちかけられていただろう）。

ここで忘れてはならないのが、これらすべてがテリー・メルチャーが六〇年代の美の象徴キャンディス・バーゲンと同棲していた時期だということだ。

要するに、テリーには、ブロンド美女のキャンディス・バーゲンが家にいても、プッシーキャットとの情事をあきらめることはできなかったということだ。一時は夢中になるあまり、彼女を家政婦としてキャンディスと住むシエロ・ドライヴの自宅に迎え入れようとしたほどだ（キャンディス・バーゲンはたいていのことに眼をつぶっていたのかもしれないが、さすがにこの提案ばかりは却下した）。

デブラ・ジョー・ヒルハウスには、気ままな子猫みたいなところがあり（チャーリーがプッシーキャットと名づけたのもそのためだ）そこがスパーン牧場でチャーリーたちファミリーと親しかったバイク集団〈ストレート・サタンズ〉のメンバーも含め、多くの年上の男たちをこよなく惹きつけた。

チャーリーが集めたほかの娘たちと彼女との相違点は、彼女には父親とまだつながりがあり、その父親はチャーリーともつながっていた点だ。ほかの娘たちは程度の差こそあれ、家族との関係が壊れたことでファミリーに加わっていた。両親と縁を切ったり、家族と絶縁したりして、チャーリーを父親とする新しいファミリーの一員となる。それがチャーリーの売りだった。が、デブラ・ジョー・ヒルハウスの場合はちがった。一年まえに父親を通して彼と出会ったのである。

ある日の午後、デニス・ウィルソン邸のビリヤード室でセックスを愉しんだあと、マリファナと冷たいメキシコビールを分け合いながら、テリー・メルチャーはデブラ・ジョーにチャーリー・マンソンと出会ったいきさつを尋ねた。

「パパがヒッチハイクをしていた彼を拾ったの」

「待ってくれ」とテリーは驚いて言った。「親父さんを通じて出会ったのか?」

もじゃもじゃのブルネット頭を上下させ、うなずいて彼女は言った。「チャーリーはヒッチハイクをしていて、パパが彼を拾って、話してみたら意気投合したのよ。それで、夕食に彼を連れて帰ったの。そのときよ、初めて会ったのは」

テリーはマリファナ煙草を大きく吸ってからデブラ・ジョーに渡すと、煙を肺に溜めたまま尋ねた。「そのあとどれぐらいして家出して、チャーリーのところに行ったんだ?」

「その晩よ」と彼女は言った。「その晩、家を抜け出して、パパの車でセックスして、そのあとキーを盗んでその車で一緒に逃げたの」

なんてこった、とテリーは思った。チャーリーみたいなできそこないになんでそんなうまいことがやれたんだ？　相手がメアリー・ブルンナーやパティ・クレンウィンケルみたいなどうってことないヒッピーならまだしも、デブラ・ジョーみたいな可愛い娘だぞ。

デブラ・ジョーは、チャーリーとヒルハウス家の話をすべて明かした。父がファミリーに加わりたいとチャーリーに頼んだところまで。

それを聞いてテリーは叫んだ。「嘘だろ！」

デブラ・ジョーは微笑んで首を横に振った。が、そのあとこうつけ加えた。「でも、さすがにチャーリーもそれは無理だって思った」

大したものだ、テリーは思う――こっちはキャンディスにヒッピーを家政婦にしようと言ったぐらいでも却下されるのに、チャーリーは出会った人間誰をも自分の思いどおりにさせられるとは。チャーリーに備わっている魅力がおれには欠けているのだろう。それがどんな魅力かはわからないが、とにかくチャーリーは何かを持っている。ロックスターがヒッピーの女の子たちを自分の思いどおりにする場面は何度も見てきていた。しかし、その父親を思いどおりにするとは。その影響力の大きさは桁ちがいだ。そんなことはミック・ジャガーにだってできるかどうか。


デブラ・ジョーは眼に見えるほど膝を震わせながら、ハーシュバーグの家にゆっくりと近づく。露に濡れた芝生を歩く。大きな素足の踵《かかと》が濡れ、冷たさが勇気を与えてくれる。芝生を離れ、裏庭の門に続くコンクリートの小径《こみち》を歩くと、うしろに足跡が残る。

木製の門に手を伸ばし、反対側の錆ついた金属の掛け金をできるだけ音をたてないようにして持ち上げ、門を押して裏庭にはいる。歩道から見守っている仲間の姿がゆっくりと視界から消える。

　今、プッシーキャットはひとりでハーシュバーグの私有地にいる。周囲を見まわす。インゲン豆の形をしたプールがある。それに芝生。大きな木が一本。ピクニックテーブルがふたつ。それに、使い込まれたおもちゃの乗りものが二台。その乗りものを除けば、前庭同様、きれいに整理されていて芝生も刈り込まれている。

　そのとき頭の中でチャーリーの声がする。**心臓はどんな具合だ？**

　頭の中の声に対して、彼女は声を出して答える。「ロックドリルみたいに大きな音をたててる」

落ち着くんだ、プッシーキャット。そんなんじゃ近所の人がみんな起きてしまう。心臓を落ち着かせろ。自分も落ち着け。まわりをよく見ろ。

　さっきより少しだけちゃんとまわりを見まわす。心臓の鼓動の速さがわずかに落ちる。

　誰が住んでいる？

「わからないけど……ハーシュバーグ一家じゃないの？」

名前を訊いてるんじゃない。鋭く囁く声。**どういう一家だ？　子供はいるのか？　おもちゃが見えるか？**

　デブラ・ジョーはおもちゃの乗りものを見てうなずく。

たくさんあるか？　ブランコとか？

「ううん。おもちゃの乗りものが二台。それだけ」

それで何がわかる？

「なんだろう。なんて言えばいいの？」

訊いてるのはこっちだ。答えるのはおまえだ。わかったか？

彼女はうなずく。

じゃあ、自分たちの子供がいるか、近い関係者の子供がいるかのどっちかってことだな。孫かもしれない。あとで確かめよう。金持ちか？

彼女はうなずく。

どうしてわかる？

「ここに住んでるわけでしょ？」と彼女は皮肉を込めて言う。

ちょっと待て。本を表紙だけで判断するな。借りて住んでるのかもしれない。四人のスチュワーデスとかカクテル・ウェイトレスが金を出し合《プール》って借りてるのかもしれない。そのあと唐突に尋ねる。プールはあるか？

「ええ」

水に触れ。

プッシーキャットは裏庭の大部分を覆っている芝生を歩いてプールに向かい、水に指を浸す。

頭の中の声が尋ねる。**温かいか？**

彼女はうなずく。

それなら金持ちだ。プールの水をいつも温水にしておけるのは金持ちだけだ。

なるほどね、とプッシーキャットは思う。

家にはいる準備はできてるか？

彼女はうなずく。

チャーリーの声が鋭くなる。**うなずくんじゃない、馬鹿女！　おれは訊いてるんだ。家にはいる準備はできてるか？**

「ええ」

ええ、のあとは？

「ええ、サー」試しに言ってみる。

彼は苛立ち、声が大きくなる。**ええ、サーじゃない。質問されたらどう答えるか、教えただろ？**

この状況では大きすぎる声で彼女は答える。「ええ、できてるわ！」

チャーリーの満足げな声が彼女の頭に響く。**それだ！　それこそおれのプッシーキャットだ！**

裏庭から家にはいるドアはどんなドアだ？

彼女は家を見て答える。「ガラスの引き戸」

そりゃ運がいい。鍵のかけ忘れが多いドアだ。自分がどれだけ運がいいか、試してみろ。

濡れた芝生からコンクリートのパティオに足をかけて、デブラ・ジョーは思う。ほんとうにあたしの運がいいならドアは鍵がしまってるはず。それならこのまま帰れるから。ガラスのドアのまえまで来ると、しゃがんで中をのぞき込む。真っ暗だ。なんの動きも見えない。耳をすます。また激しくなった自分の鼓動しか聞こえない。片手を上げて重い引き戸を引っぱってみる。開かない。

チャーリーがまた頭の中に現われる。**そのドアは少し重いかもしれない。もう一度やってみろ。両手を使って、もっと力を込めて。**

今度は両手を取っ手にかけて引っぱる。ドアは少し開く。実際に動くのを見て、彼女は息を呑む。

最低。中にはいらなきゃならなくなっちゃった！

頭の中でチャーリーが微笑むのがわかる。そのあと彼は彼女の心にはいってきて、忍び込みの次の段階を手伝う。**中にはいるまえに自我を捨てろ。存在するのをやめるんだ。プッシーキャットらしく四つん這いになって動け。おまえは、裏口の鍵をかけていない家の中を探検する近所の猫にすぎない。わかったか？**

彼女はうなずく。

ドアは開けておけ。急いで逃げなきゃならなくなったときのために。

プッシーキャットはカーテンを引き、四つん這いになって家の中にはいる。両手と両膝をつき、キッチンの硬くて冷たいリノリウムの床から、毛足の長いカーペットが敷かれた居間に向かう。居間の中央まで行って床に坐り、暗さに眼が慣れるとあたりを見まわす。

チャーリーは質問を続ける。

住んでるのはどんな人間だ？　年寄りか？　中年？　小さい子供がいるのか？　孫がいるのか？

「わからない」

家具を見ろ。飾ってあるものを見ろ。

プッシーキャットは部屋を見る。壁に掛けられた額入りの写真。テレビの上に置かれた写真。マントルピースの上の置物。壁ぎわのハイファイのステレオセット。ＬＰレコードが何枚も重ねて、壁に立てかけてある。

レコードまで這っていき、ひとつずつ見ていく。

ルディ・ヴァリー。

ケイト・スミス。

ジャッキー・グリーソン。

フランキー・レイン。

ジャック・ジョーンズ。

ジョン・ガーリー。

ブロードウェイキャストによる『南太平洋』、『屋根の上のバイオリン弾き』、『ノー・ノー・ナネット』のアルバム。映画『栄光への脱出』のサントラ。

「古いわ」プッシーキャットはチャーリーに言う。「孫がいるんじゃないかな」

あてずっぽうはやめよう、デブラ・ジョー。事実から推測するんだ。そこに子供は住んでるか？

「わからない」

あたりを見まわせ。

見まわす。きれいに片づいている。

「裏庭にはいくつかおもちゃがあったけど、ここに子供が住んでるとは思わない」

なぜだ？

「ここに住んでる人は年寄りだから。年寄りはきれい好きでしょ？　全部あるべき場所にきちんと片づけられてる。子供のいないお金持ちの年寄りよ」

よかったな、プッシーキャット。チャーリーの笑みが体を突き抜ける気がする。**心臓はどうだ？**

「落ち着いてる」

おまえを信じるよ。階段は見えるか？

彼女はうなずく。

自我は？

「なくなった」

それなら立ち上がってもよさそうだ。

プッシーキャットは立ち上がる。立って眺めると、部屋はずいぶんちがって見える。黒いTシャツをぼさぼさの頭から脱ぎ、毛足の長いカーペットの上に落とす。それからリーバイスのショートパンツのボタンをはずし、ジッパーをおろして、長い脚に静かにすべらせて落とす。そして、最後に汚れたショーツを脱ぎ、服の上に落とす。全裸になると、しゃがんでショートパンツのふくらんだポケットから赤い電球を取り出す。それを口に持っていき、銀色の口金部分を唇でくわえる。

それから裸のまままた四つん這いになり、カーペットが敷かれた階段をのぼる。寝室のある二階へ全裸の体が猫のようにしなやかに移動する。

階段をのぼりきると、ゆっくりと顔を右に、そして左に向ける。左に主寝室のものと思しいドアを見つける。もう頭の中にチャーリーはいない。完全にひとりになる。プッシーキャットの名にふさわしく、丸めた拳と膝をつき、半分開いている寝室のドアに意気揚々と向かう。

自我を滅却してパワーを得た彼女は、ドア口の隙間から頭を入れて暗い寝室をのぞく。床から見上げて、自分の推測が正しかったことを知る。やはり主寝室だった。そして、キングサイズの電動ベッドに寝ている男女は、孫のいる年齢だ。

プッシーキャットは裸の体をひねって、ドアに触れないようにしながら忍び込む。ドアに触れて蝶番《ちようつがい》が音をたてたら見つかってしまう。四つん這いで爪先まで部屋の中にはいると、顔を上げてベッドの上を見る。青に白い縦縞のパジャマを着た年配の男が、プッシーキャットとドアに近い側に寝ている。

部屋は、軟膏と芳香剤とデオドラントのにおいがする。右端の窓にエアコンが取り付けてあり、ハミングのような音をたてているおかげで、プッシーキャットが動く際のかすかな音は掻き消される。ありがたい。困るのは主寝室が居間や二階の廊下より寒いこと。蜂の巣みたいな鳥肌が立つ。裸の尻に立つ鳥肌に、チャーリーからプッシーキャットと名づけられた彼女は、尻尾がついているというのはこんな感じなのだろうと思う。飼い猫になった気分で、骨ばった尻を小さく振ってみる。室温の低さが邪魔にならなくなる。むしろ温かい体に冷たい空気が触れた瞬間の衝撃のあとは、冷たい渓流に身を浸しているような、爽快な震えを全身に感じられるようになる。

ベッドの横にそろそろと近づく。そして、猫の姿勢からゆっくりと上体を起こして膝立ちする。ベッドにもたれて、眠っている老人の顔のすぐそばに顔を近づける。口から突き出ている赤い電球のせいで、ロボットとダッチワイフの中間みたいな、まるで人間ではないみたいな無表情な顔になる。もう少しで一本につながりそうなくっきりした黒い眉だけが表情になる。

眠っている男の顔をしげしげと見つめる。今にもいびきに変わりそうな苦しげな呼吸。丸みを帯びた頭部から白い毛の束が突き出し、それぞれ勝手な方向を向いている。歯のない口にしぼんだ唇。ベッド脇のテーブルを見ると、案の定、眼鏡とナイトスタンドと小さな時計の横にカップが置かれ、濁った水に入れ歯が浸けてある。彼女の好奇に満ちた眼は、入れ歯から、男の隣りで寝ている年配の女に移る。骨張った人食い鬼《グール》みたいな夫と比べればいくらか肉がついている。夫の頼りない白髪とちがい、明るいオレンジに染めた、カールのきつい髪。週に一度は美容院にかよい、ジェルをたっぷり使わないと、あのスタイルを保つことはできない。

デブラ・ジョーは寝ている男の顔の上に手をかざし、指を小刻みに動かす。男はぴくりともせず、規則正しい呼吸を続けている。すっかり自信がついて、彼女は立ち上がる。長いこと猫のように床を這っていたあとだけに、立ち上がるとガリバーみたいな巨人になった気分になる。

足の母指球に重心をのせて、そっとベッドとその住人から離れ、家の正面側の窓に向かう。カーテンは開いていて、彼女は窓ガラス越しに、家のまえの歩道に立っているチャーリーと仲間たちを見る。フロッギーが最初に気づき、飛び上がって狂ったように手を振る。ほかのみんなは『じゃじゃ馬億万長者』のエンディングみたいに並んで手を振る。

赤い電球をくわえたデブラ・ジョーは、ハーシュバーグの寝室の窓から彼らを見下ろし、手を振り返す。それから、妻の化粧テーブルのまえに静かに移動し、まえに置いてある木の椅子を持ち上げて窓まで運ぶ。窓の脇には電気スタンドがある。眠っている夫婦を起こしていないか振り向いて確認してから、ゆっくりと電気スタンドのシェードのねじをはずす。はずすと、ねじをテーブルに置き、静かにシェードをランプから取りはずして床に置く。そのあいだも、ベッドのふたりが眼覚める気配がないか注意を怠《おこた》らない。今のところうまくいっている。老夫婦の様子を見ながら、電気スタンドの電球もはずす。

それまでとは比べものにならないほど音の出る作業だが、夫婦の規則正しい寝息もエアコンも、彼女が捨てた自我も、部屋の中で安定しており、大きな変化は起きない。最後にひとまわしして、電球はソケットからはずれる。音をたてずにそれをカーペットの上に置く。それから、口にくわえていた赤い電球を電気スタンドのソケットにはめる。これ以上まわらないというところまでしっかりはめると、仕事は終わる。

ランプの小さなつまみを、かちりと音がするまでまわす。部屋が赤い光に包まれる。室内の雰囲気の変化に反応するかとベッドのふたりを見つめる。赤い照明で彼らが眼覚めたらすかさず逃げ出すつもりだ。しかし、ワット数の低い電球は、ふたりの眠りを破るほどには明るくない。

彼女は窓ぎわの椅子の上に立つ。赤い光を背後から受けた彼女の裸体が窓枠の中に浮き上がり、パサディナのど真ん中がアムステルダムの飾り窓地区に一変する。十五歳のブルネットは、自分が成し遂げたことに興奮し、歩道で飛び跳ねている仲間たちに向かって微笑む。仲間を喜ばせるために、その場でゴーゴーを踊ってみせる。外の仲間たちは手を叩いて声援を送る。彼女は体をくねらせ、上下させ、さらに激しく踊る。仲間たちはさらに大きな声をあげ、口笛を吹く。最後に彼女は椅子から飛び降りると、夫婦が寝ているベッドに飛び込んで叫ぶ。「突撃！」

老夫婦は眼を覚まし、ブルネットのティーンエイジャーが裸で笑い転げているのを見る。妻はこの世の終わりが来たかのような悲鳴をあげ、夫は唾を飛ばして叫ぶ。「なんだ、なんだ、どうした⁈」

デブラ・ジョーは男の首に腕をまわし、歯のない口にビッグ・キスをする。彼が叫ぼうとすると、その口に舌を差し入れる。それから腕を離すと、ベッドから飛び降りて階段を駆け降り、居間を駆け抜け（途中で自分の服をつかむ）引き戸から外に出る。そして裏庭を走り、門から前庭に出る。最後はファミリーと一緒に大笑いしながら、グリーンブライア通りを駆け抜ける。

Chapter Six

"Hollywood Or Bust"

のるかそるか

四年まえ
テキサス州ダラス郊外

ロデオカウボーイは、茶色の馬を乗せた、汚れた白の馬匹《ばひつ》運搬車を牽引し、汚れた白の五九年型キャディラック・ドゥビル・クーペを運転して、ダラスから市外に向かうハイウェイを走っていた。路肩で親指を立てている若い娘の姿が四分の一マイル手前から見えた。ピンクのタイトなTシャツにバナナ色のミニスカート。剥き出しの長い脚。素足。大きな白い日よけ帽。キャンヴァス地のダッフルバッグ。近づいてみると、ピンクのタイトなTシャツの下に、よく揺れる大きな胸が隠れているのと、剥き出しの長い脚が驚くほど白いのがわかった。

車を停めると、娘は腰をかがめて助手席の窓越しに彼を見つめた。白い日よけ帽の下の髪はきれいなブロンドで、二十二歳ぐらいに見える彼女はクソ美しかった。

「乗るか?」とカウボーイは恰好をつけてわざとぞんざいに訊いた。

「もちろん」ブロンド娘の返事にテキサス訛りはなかった。

カウボーイはラジオから流れるマール・ハガードの『トゥーレアリ・ダスト』の音量を下げて言った。「どこに行くんだ?」

「カリフォルニア」それが胸の大きなブロンド娘の答だった。

嚙み煙草の汁をすでに茶色い唾が少し溜まっている〈テキサコ〉の紙コップに吐き捨てると、カウボーイは笑って言った。「カリフォルニア? ずいぶん遠いけど」

「知ってる」彼女はうなずいた。「乗せてくれる?」

「カリフォルニアのことは知らないけど、今日の夜の七時にはテキサスを出られるだろうよ。ニュー・メキシコで降ろしてやれる」

「まずはそこからだわ、カウボーイ」そう言って、彼女は微笑んだ。

「よし、乗れや、カウガール」と彼は言って微笑み返した。

彼女はキャディラックに乗るまえに、カウボーイをいっとき見つめた。歳は四十七ぐらい、ハンサムだが、キャディラック同様、風雨にさらされた顔をしていて、白い麦わらのカウボーイハットをかぶっている。スナップボタンがついたクリーム色のカントリーウェスタン調のシャツは脇の下に汗じみができている。唇の上に嚙み煙草のかけらがついている。車の後部席をのぞくと、彼女のと似たようなダッフルバッグが置いてあった。ちがいは、彼のはオリーヴグリーンのミリタリー調、彼女のは黒で、セブンアップのロゴがついている。彼女はキャディラックのテールフィンのさらに後方、馬匹運搬車を見やって言った。「あの中に馬がいるの?」

「ああ」

「なんて名前?」

「ハニーチャイルド。雌だ」と彼はおもむろに言った。

「そう」と答え、彼女は微笑んでつけ加えた。「ハニーチャイルドなんて名前の雌馬を持ってる男の人がわたしを襲ったりすることはなさそうね」

「そういう考えがそもそもまちがってる」そう言って彼は笑った。「ボストンの絞殺魔《ボストン・ストラングラー》って名前のでかくて黒い雄馬を持つ男だ、信用していいのは」そう言って、ウィンクした。

「まあ、当たって砕けろね」彼女はバッグを後部席の彼のバッグの横に放り込むと、ドアを開けて乗り込んだ。

「そのドア、調子が悪いんだ。力を込めて閉めてくれ」

彼女はもう一度ドアを開けて、言われたとおり力を込めて閉めた。

「それでいい」彼はそう言うと、車を発進させて車線に戻った。


会話の口火を切ったのはカウボーイのほうだった。「カリフォルニアのどこに行くんだ?」そう言って、彼はマール・ハガードの歌をうるさくない程度の音量まで上げた。「ロスアンジェルス? サンフランシスコ? それともポモナ?」

ブロンド娘は逆に訊き返した。「テキサスからポモナまでヒッチハイクで行く人なんかいる?」

「おれだったら行くかもな。だけど、おれはブロンドの水着美人じゃないからな」

「ロスアンジェルスよ」

「サーファーになるのか？　アネット・ファニセロみたいな」

「彼女は本物のサーファーじゃないんじゃないかな。アネットもフランキーも日焼けすらしてないもの。あなたのほうが焼けてる」

「ああ、それにあのふたりよりおでこのしわも五本ほど多い」そう言って、彼は美しい同乗者をちらりと見てから続けた。「太陽による肌へのダメージを日焼けと呼んでくれるとはやさしい子だ」

若いヒッチハイカーは年上のカウボーイに自己紹介した。ふたりは名前を教え合ったあと握手した。

「で、どこに行くんだ？」カウボーイはもう一度尋ねた。

「ロスアンジェルス。ボーイフレンドが待ってるの」

ブロンド娘には、ロスアンジェルスで待っているボーイフレンドなどいなかった。乗せてくれるのが、ひとりで車を運転している男だった場合、そう言おうとあらかじめ決めていたのだ。そのあと四十五分、彼女は架空のボーイフレンドについて話しつづけた。それが彼女のヒッチハイクの安全な利用法のすべてだった。名前はトニーということにした。

トニーの話をしながら、彼女は徐々に白い帽子をかぶったカウボーイを信頼しはじめていた。トニーとのロスアンジェルスでの新生活の話を聞いてもがっかりしなかったし、かと言って、関心がなさそうでもなかったからだ。

「おれに言わせりゃ、そのトニーってやつは超ラッキーな男だ！」

「あなたとハニーチャイルドはどこに向かってるの？」

今度はカウボーイが用心する番だった。向かっているのはアリゾナ州プレスコットだったが、彼はロデオの選手で、この週末、ダラスで開かれた〈ワイルド・ウェスト・ウィークエンド〉という大会に出てきたところだった。大会ではいい成績を収め、そもそも壊れていなかったものはすべて壊してきた。そして今、次の週末の大会に出るために地元のプレスコットに向かっているのだった。〈プレスコット・フロンティア・デイズ〉は、一八八八年に世界で初めて開催されたロデオ大会で、カウボーイとしては地元の観客のまえで負けるわけにはいかなかった。そういったことは、助手席であぐらをかいているブロンド娘には黙っておいた。というのも、率直なところ、彼女とそれほど長く一緒にいたいかどうか自分でもわからなかったからだ。だから、終えたばかりのダラスの大会についてはこと細かく話したけれども、自分と馬の行き先についてはぼかした。それでも、話を続けるうちにふたりは互いのことをよりよく知るようになり、少しずつ警戒を解いた。

テキサス出身で軍人の娘である彼女は、このウィットに富んだ年上のカウボーイが気に入った。彼のほうも彼女が気に入った。外見だけではない。さりげない会話だけでも聡明なのがわかった。さらに、父親のイタリア駐留に家族で同行したためイタリア語が話せることもわかった。カウボーイにすれば、それだけで彼女を天才に分類するのに充分だった。彼の好みの女のほとんどが英語すら満足に話せなかったからだ（彼の好みはメキシコ娘）。

裸足のブロンド娘が自分の美しさに気づいていないとしたら馬鹿だ。が、実のところ、彼女自身は自分の魅力が外見にあるとは思っていなかった。どこが魅力かといえば、性格のよさ、他者への深い関心、そして冒険好きなところだ。だから、ヒッチハイクすることの危険については重々意識しながらも、この冒険にわくわくしていた。カウボーイはすでにそんな彼女の魔法にかかっており、彼のほうもわくわくしていた。とはいえ、彼女はせいぜい二十二歳、相手として道義的に受け入れられる年齢ではない。二十五歳になる自分の娘より若い相手といちゃつくような真似は絶対にしないというのが彼の倫理観だった。それでも、今この同乗者がどうしてもと言ってきたら、その倫理観も〝絶対〟から〝できるだけ〟に変わるかもしれない。もちろん、そんなことはまず起こらないだろう。ふたりの関係は、露出の多い服を着たきれいな同乗者と気のいい運転手。それで彼には充分だった。

州境を越えてニューメキシコにはいると、安食堂で夕食をとった。彼は、彼女が文無しだったら、チリコンカルネをおごろうかと思ったが、文無しではなかったのでおごらなかった。さらに二時間車を走らせ、九時頃モーテルに車を入れた。

今だわ、とブロンド娘は思った。カウボーイがわたしを誘惑するつもりなら、今のはず。

彼女はそのチャンスを与えなかった。彼が車の後部席で寝たらどうかと言い出すまえに、彼女はダッフルバッグを後部席から出し、彼にさよならのハグをした。カウボーイは彼女の素足が暗闇に消えていくのをただ見送った。

一緒に過ごして（六時間ほど）彼に気を許せるようになると、ブロンド娘はロスアンジェルスに行くほんとうの理由を打ち明けた。女優になって、映画か、せめてテレビに出るためだった。それまで言わなかったのは、あまりにありきたりだったからだ。それは彼女も認めた。それに、たかだかテキサスの美人コンテストで優勝した程度の自分がそんなことを考えるなんてまるで夢物語で、周囲の人には馬鹿みたいに聞こえるかもしれない。ほんとうにそう聞こえるとしたら、その人たちは父と同意見ということになる。

ただ、カウボーイは同意見でもないようだった。紙コップに嚙み煙草の唾を吐いてから、そんなことはないと言った。きみみたいなきれいな女の子がロスアンジェルスで映画の道に進む挑戦をしないとしたら、そのほうが馬鹿だ。それだけじゃない、きみにはチャンスがあると思う――彼はそう言った。「おれのいとこのシェリーがハリウッドに行って第二のソフィア・ローレンになりたいとか言いだしたらありえない話だけど、きみみたいなきれいな子なら――」彼は少し考えてから言った。「近い将来トニー・カーティスの相手役をやっていてもおれは驚かないね」

モーテルにチェックインするまえ、カウボーイは闇に消えていく彼女に声が届かなくなる寸前、最後の声援を送った。「おれの言ったことを忘れるな。トニー・カーティスの相手役をやるときには、トニーによろしく言ってくれ」

ブロンド娘は振り返って叫んだ。「もちろんよ、エース。映画で会いましょう」最後に手を振ると、彼女は去っていった。

のちに、コメディ『サンタモニカの週末』でトニー・カーティスの相手役として映画デビューを果たしたとき、シャロン・テートはトニーに言った。「エース・ウッディがあなたによろしくって」

Chapter Seven

“Good Morgan, Boss Angeles!”

「グッド・モーガン、ボスアンジェルス！」

一九六九年二月八日土曜日
午前六時三十分

　クリフのフォルクスワーゲン・カルマンギアががらんとした通り——世界に名だたるサンセットストリップ——を走っている。クリフの一日の仕事はここから始まる。自分の車でボスの家まで行き、集合時間の八時に間に合うようボスを20世紀フォックスに送り届ける。朝六時半に小型のフォルクスワーゲンでサンセット通りを走りながら、クリフは考える。ニューヨークは眠らない市《まち》かもしれないが、真夜中と早朝のロスアンジェルスは、コンクリートで固められるまでは砂漠だったロスアンジェルスに戻る。ゴミ用バケツを漁る一匹のコヨーテを見るだけで、それが正しいことがわかる。カーラジオでは、93ＫＨＪの早朝番組のＤＪを務めるロバート・Ｗ・モーガン（通称〝ボス・トリッパー〟）が、早起きのリスナーに向けて叫んでいる。「グッド・モーガン、ボスアンジェル

"Good Morgan, Boss Angeles!"

ス！」

六〇年代および七〇年代初頭は、ロスアンジェルスじゅうが93KHJのビートに乗っていた。93KHJはボスラジオと呼ばれ、ボスアンジェルスのボスジョッキーがボスサウンドをかけることで知られていた。ただし、同じロスアンジェルスでもワッツ、コンプトン、あるいはイングルウッドに住んでいたら話は別で、そのあたりの住人が乗るのはKJLHでかかるソウルミュージックのビートだ。

一方、93KHJは〝グルーヴィー〟な音楽を流していた。ビートルズにローリング・ストーンズ、モンキーズ、ポール・リヴィア&ザ・レイダーズ、ママス&パパス、ボックス・トップス、ラヴィン・スプーンフル。それから、のちに忘れ去られたものの、当時は人気だったロイヤル・ガーズメン、ブキャナン・ブラザーズ、トムポール&グレイザー・ブラザーズ、1910フルーツガム・カンパニー、オハイオ・エクスプレス、モジョ・メン、ラヴ・ジェネレーションなどなど。さらにDJも、モーガン以外にも人気者がそろっていた。サム・リドル、ボビー・トリップ、ハンブル・ハーヴ（のちにクリフ同様、妻を殺すことになるが、クリフとちがって彼のほうは罰を免れられなかった）、ジョニー・ウィリアムズ、チャーリー・ツナ、それに全米一のDJ、リアル・ドン・スティールだ。ロバート・W・モーガン、サム・リドル、ドン・スティールはKHJテレビチャンネル9でも番組を持っていた。モーガンは『グルーヴィー』、リドルは『ボス・シティ』、そして、スティールはその名もずばり『リアル・ドン・スティール・ショー』の司会を務めた。

KHJラジオとテレビは、時代に合った音楽と熾烈な宣伝競争、人々を熱狂させるコンサートへの協賛、それに出演者たちのユーモアのセンスで市場を独占した。
サム・リドルは〝音楽好きのみなさん、こんにちは！〟の決まり文句で朝九時から正午までのリスナーに挨拶し、リアル・ドン・スティールは〝ティナ・デルガードは生きている！〟（スティールのもっとも有名だが、一度もその所以が説明されなかったジョーク）を何度も繰り返した。
クリフがハリウッドの住宅街の丘を登るあいだに、ロバート・W・モーガンによる日焼けクリームの生コマーシャルから、サイモン&ガーファンクルのおなじみのトップ40ヒット曲『ミセス・ロビンソン』の出だしのドゥ・ドゥ・ドゥに移る。そのとき、一時停止したクリフの車のまえを四人のヒッピー娘が横切る。十六歳から二十代前半らしき四人は薄汚れている。ヒッピーによく見られる風呂にはいっていない汚さではなく、ゴミバケツの中で乱痴気騒ぎでもしてきたかのような汚さだ。

全員がなにやら食料を抱えている。ひとりは木箱にはいったキャベツ、ふたり目はホットドッグのパンを三袋、三人目はにんじんを抱えている。そして四人目――背が高くて痩せてセクシーで、ヒッピーっぽいぼさぼさのブルネット。かぎ針編みのホルタートップを着て、デニムのショートパンツから伸びる長くて白い脚は汚れていて、大きな裸足も汚れている――は大きなピクルスの壜《びん》を赤ん坊のように抱えて、よろよろと最後尾を歩いている。

ブルネットはクリフのほうをちらっと見て、うなりをあげているカルマンギアのフロントガラス越しに彼を見る。そして、ブロンド男に向けて、その美しい顔に笑みを浮かべる。クリフも微笑み返す。ブルネットはピクルスの壜を片腕で右胸のまえまで抱え上げ、空いた手でクリフにピースサインをして見せる。

クリフもピースサインを返す。

ふたりはほんの一瞬の間《ま》を共有する。その一瞬が終わると、彼女は通りの反対側に渡り、彼女ら汚れた女たちの子ゾウの行進は、住宅街の歩道を進んでいく。クリフはピクルスを抱えた娘のうしろ姿を見送りながら、彼女が振り返るのを期待する。一、二、三……頭の中でカウントする。実際、彼女は振り返る。勝った。クリフは彼女と自分に微笑み、モカシンを履いた足でアクセルペダルを踏み込んで丘をのぼる。

午前六時四十五分

時計つきラジオから流れる93KHJの朝のDJ、ロバート・W・モーガンの声で起きたとたん、リックは枕が酒くさい汗で冷たく濡れているのを知る。今日はCBSの新しい西部劇『対決ランサー牧場』の撮影初日だ。リックは当然悪役だ。脚本には、人殺しも誘拐もする冷血漢で、〝陸の海賊〟と呼ばれる牛泥棒一味の頭《かしら》、とある。

脚本はよくできているし、いい役だ。もっともリックは、シリーズの主役ジョニー・ランサーこそ自分が演じるべき役だと思っているが。誰が演《や》るのか訊いてみたところ、ジェームズ・ステイシーとかいう男だということがわかった。『ガンスモーク』にゲスト出演した彼を次に主役に据えることにCBSが決めたのだ。そのほか主人公の父親マードック・ランサー役で、アンドリュー・ダガン、兄のスコット・ランサー役で、最近ABCで打ち切りになったカスター将軍のシリーズに出ていたウェイン・マウンダーがレギュラー出演する。

脚本は出来がいいだけでなく、台詞もよかった。初日から台詞が多い。だからゆうべは遅くまで、テープレコーダーを使って台詞を覚えた。

台詞はいつも水に浮く椅子《フローティング・チェア》をプールに浮かべ、煙草とウィスキー・サワーを片手に覚える。ウィスキー・サワーをつくり、コレクションしているドイツの陶製ジョッキのひとつに注ぐのだ。何杯飲んだ？　ベッドの中でひどい二日酔いと、ゆうべの酒でいっぱいになった腹を抱えて考える。

ジョッキ一杯にバーで出るウィスキー・サワーが二杯分はいる。

ジョッキ何杯だった？

四杯。

四杯？

四杯！

その瞬間、ベッドの中で吐いた。

六〇年代の俳優や女優の多くは、自宅に帰ると、カクテルやワインを二杯ほど飲んで緊張をほぐしていた。が、リックの場合、一日の終わりに飲むウィスキー・サワーが二杯からいつのまにか八杯に増え、完全に意識を失うようになっていた。プールから出たことも服を脱いだことも、ベッドにはいったこともまるで覚えていなかった。どうやってそこに行き着いたかわからないまま、ベッドで眼覚めたのだ。ゲロまみれの体を見下ろしてから、ベッド脇の時計付きラジオを見る。六時五十二分。二十分後にはクリフが来る。さっさと支度をしなければ。朝、ゲロまみれで眼覚めることのよくないところは、惨めな負け犬みたいな気分になるところだ。いいところは、胃に溜まった毒を吐き出して気分がよくなるところ。

　しかし、実のところ、彼にはひとつの症状があり、それに苦しんでいたのだった。何年ものちにリックも知るようになるのだが、当時はあまり知られていなかった症状だ。暴力的なまでの気分の浮き沈み。彼の場合、それが高校の頃から顕著で、ブルーなときには人一倍ブルーになり、ハイなときの興奮は度を越すのだ。ユニバーサルとの四作の契約が終わってから（具体的に言えば『おしゃべりカワウソのソルティ』が終わってから）は鬱《うつ》が輪をかけてひどくなっており、特に夜ひとりで家にいると、孤独と退屈と自己憐憫の相乗効果で激しい自己嫌悪に襲われ、そこから逃れるための彼なりの治療薬がウィスキー・サワーだったのである。

　これは今日から――六九年二月八日から――七ヵ月後のことだが、マーヴィン・シュワーズの手配によるイタリア行きから新婚ほやほやのイタリア人妻を連れて帰ってきたあと、リックはかつて世話になったポール・ウェンドコス監督から電話をもらう。話すのは三年ぶりで、リックは連絡をもらって正直嬉しかった。

「もしもし」リックは受話器に向かって言った。

「ダルトン、久しぶりだな、ウェンドコスだ」

「ポール、元気にしてますか？」

「元気かって？　きみはどうなんだ？」とウェンドコスは言った。「馬鹿なヒッピーどもに襲撃されて、マイク・ルイスばりに撃退したって話じゃないか」

　リックはどうってことないですよと笑って言った。「わかったのは、おれはマイク・ルイスの足元にも及ばないってことだけです。マイクは顔色ひとつ変えずに百五十人のナチ党員を殺したっていうのに、こっちはたったひとりのヒッピー娘を火だるまにしただけで、ちびったぐらいですから」

「いや、正直なところ――」とポールは言った。「ルイスが顔色ひとつ変えなかったのは勇敢だったからじゃない。きみの演技が下手くそだったからだ」

ふたりは電話の向こうとこっちで笑い合った。

ふたりの話題にのぼったのはこんな一件だ。リックと新妻がローマからベネディクト・キャニオンの自宅に戻ってすぐ、三人のヒッピー（女ふたりに男ひとり）が彼の家に押し入り、肉切り包丁とピストルを振りまわしてリックたちを脅した。リックとクリフはすぐさま応戦し、激しい争いとなり、結局のところ、三人全員を殺した。クリフは居間でリックの新妻フランチェスカを守り、まず男と女のひとりの顔を殴った。フローティングチェアでプールに浮かんでいたリックのほうは、危うくもうひとりの女に撃たれるところだったのだが、あとになって警察に彼はこう語っている。「もう少しであのヒッピー女に頭を吹き飛ばされるところだったんだぞ！」

リックはウェンドコス監督の『マクラスキー／十四の拳』の一シーンそのままに、練習用の火炎放射器で女を焼き殺した。『マクラスキー』の際に使ったものが道具小屋にしまったままになっていたのだ。（「ヒッピーをカリカリに焼いてやった」のちに彼は隣人にそう話す）。

武器を持った侵入者たちの狙いがなんだったのかははっきりしなかった。が、強い殺意を持っていたことはうかがえた。クリフに何が目的かと訊かれた男は「おれは悪魔だ。悪魔の仕事をするためにここに来た」と答えたという。

LSDでラリって、悪魔の儀式を執《と》り行ないにきた——ロスアンジェルス市警はそう結論づけた。ただ、押し入る家をまちがえたのだ、と。

翌日、リックの冒険はニュースとなり、街の噂となった。地域のニュースから全国ネットの夜のニュース、最後は世界じゅうのニュースになった。『賞金稼ぎの掟』の主人公ジェイク・ケイヒルが『マクラスキー／十四の拳』の火炎放射器で、三人の長髪の悪党を殺したのだ。当然、世間は想像力を掻き立てられ、この恐怖の夜の出来事はやがて象徴的な意味を持つようになった。かつてみんながテレビで見ていたカウボーイ、リックをニクソンが言うところの〝サイレント・マジョリティ〟の伝説的ヒーローにつくり変えたのだ。

おかげで業界からもまた注目されるようになり、リックはブルース・ゲラーによる大人気のテレビドラマ『スパイ大作戦』にゲスト出演した。また、〈TVガイド〉はリックの特集記事を組んだ（雑誌で特集されるのはそれが三度目だった）。さらにジョニー・カーソンがホストを務める『ザ・トゥナイト・ショー』にも初めてゲスト出演し、高い視聴率を得た。その後の七〇年代、リックが映画やテレビ映画に出たり、ドラマに特別出演したり、新しいシリーズが始まったりするたび、カーソンはリックを自分の番組のゲストに呼んだ。のちにリックはクリフに言ったものだ。「なんだかんだ言っても、おれはあのヒッピー連中のおかげでいい思いをさせてもらってる」

ポール・ウェンドコスは、ただ雑談をするために電話をかけてきたわけではなかった。ウェンドコスの電話は、俳優なら誰もが喜ぶ内容だった。体が空いているか訊いてきたのだ。第二次世界大戦を扱った映画をイギリスで製作しはじめるところで、撮影はマルタでおこなうとのことだった。リックが火炎放射器でヒッピーを黒焦げにした一件で、リックだけでなく、ウェンドコスが監督した『マクラスキー／十四の拳』にも世間の注目が集まったのだった。

製作会社は、MGMが海外への配給権を持つオークモント・プロダクションというイギリスの小さな会社だった。オークモントは主に、第二次世界大戦を扱った低予算のアクション冒険映画をつくっており、ロンドンのパインウッド・スタジオで撮影をおこなっていた。主役以外はイギリス人俳優ばかりだが、主役だけは、主にテレビで顔を知られているアメリカ人俳優を起用していた。たとえば、ボリス・セイガルの『空爆特攻隊』ではクリストファー・ジョージ（『ラット・パトロール』）、『モスキート爆撃隊』ではデヴィッド・マッカラム（『0011ナポレオン・ソロ』）、ウィリアム・グレアムの『潜水艦X－1号』では、『エル・ドラド』のち『ゴッドファーザー』まえのジェームズ・カーン、ウォルター・グローマンの『掠奪戦線』ではスチュアート・ホイットマン（『決闘シマロン街道』）、そしてウェンドコスの『鉄海岸総攻撃』ではロイド・ブリッジス（『潜水王マイク・ネルソン』）といった具合に。ウェンドコスは今回、『地獄の艦隊』という安っぽいタイトルで、海軍を舞台とした新たな冒険映画を撮る準備を進めていた。もとはブロンドのテレビ俳優、ジェームズ・フランシスカス（『ミスター・ノバック』）を起用する予定だったのだが、彼が出演する20世紀フォックスの『続・猿の惑星』のスケジュールが押していたため、急遽《きゅうきょ》、テレビで有名な別のアメリカ人俳優を探さなければならなくなり、『マクラスキー』で主役を演じるはずだったファビアンが肩を骨折したとき同様、リック・ダルトンを思い出したのだった。こうして気づいたときには、リックはクリフと一緒にまずロンドン、次いでマルタへ飛んで、五週間の撮影に参加していた。

オークモント・プロダクションの作品はどれもこれも似たようなものばかりだが、その中で出来がいいのは『モスキート爆撃隊』と『鉄海岸総攻撃』だ。どの作品も悪くはない。記憶に残りはしないが、そこそこ愉しめるものだ。少々味気ないものの、戦闘シーンでは特殊効果と煙と火をふんだんに取り入れていた。『地獄の艦隊』は一九七〇年にアメリカで、第二次世界大戦を描いたアクション映画『要塞』をメインとする二本立てで公開された。『要塞』はフィル・カーソン（『テキサス　地獄の炎』）がイタリアで製作したもので、ロック・ハドソンとシルヴァ・コシナが出演していた。ストーリーは『マクラスキー／十四の拳』とほとんど同じで、ちがいと言えば、『マクラスキー』ではロッド・テイラーがナチスの要塞を吹き飛ばす一団のリーダーを演じていたのに対し、『要塞』では、ナチスの要塞を吹き飛ばす戦争孤児の一団を率いていたのがロック・ハドソンだったことぐらいだ。それはともかく、一九七〇年のその二本立てはそこそこ好評を博した。

　リックにとっては、『地獄の艦隊』はまた映画で主演するチャンスとなっただけでなく、師であるポール・ウェンドコス監督とのつきあいが再開するきっかけにもなった。ウェンドコスは次の作品にも彼を引き込んだ。その数年まえ、〈ミリッシュ・カンパニー〉の『荒野の七人』シリーズの三作目を撮っていたウェンドコスは、マックイーンっぽい役にダルトンを使いたかったのだが、当時リックはユニバーサルでのカワウソとの共演で忙しく、あきらめざるをえなかったのだ。その三作目の出来がよかったため、〈ミリッシュ・カンパニー〉は四作目（そのときの仮タイトルは『荒野の七人・大砲との決闘《キャノンズ・フォー・ザ・マグニフィセント・セブン》』）もウェンドコスにオファーした。脚本はリックが初めてウェンドコスと仕事をした『決戦珊瑚海』の脚本も手がけているスティーヴン・カンデル。一作目と二作目ではユル・ブリンナー、三作目ではジョージ・ケネディが演じた主人公のクリス・

アダムズを初めとする七人と、革命家を自任するメキシコの山賊コルドバとの戦いが描かれる。コルドバ側は総勢百人、それにアメリカ軍から奪った大砲を六門持っている。

クリス・アダムズら七人は、メキシコに行き、コルドバの強固な要塞に侵入して大砲を破壊し、コルドバを捕らえて裁判のためにアメリカに連れ帰るよう、誰あろうジョン・J・パーシング将軍から命を受ける。パーシング将軍が、『スパイ大作戦』の自動消滅テープから流れるジム・フェルプスそっくりの声でクリス・アダムズに言うとおり、「行ってくれるとしても、権限はなし、命令もなし、軍服もなしだ。捕まれば射殺される」。ストーリー全体が『スパイ大作戦』の西部劇版といった趣きで、それもそのはず、脚本を書いたカンデルは当時、『スパイ大作戦』シリーズのストーリー編集の責任者だった。カンデルはこの映画の脚本を書くとき、リーダーのクリス・アダムズ役を大柄なジョージ・ケネディがやるものとばかり思っており、最初から最後まで、大きな体を想定して書いていた。が、脚本を受け取ったミリッシュ・カンパニーのミリッシュ兄弟は、その脚本を大いに気に入り、ジョージ・ケネディより適役がいると考え、クリス役をジョージ・ペパードにオファーした。しかし、ペパードは『荒野の七人』シリーズの三人目のクリス・アダムズになるのが気に入らなかったのだろう、出演するかわりに条件を出した。『荒野の七人』の続篇ではなく、ほかの作品なら出ると。カンデルは脚本を書き直し、ペパードが演じる役はクリス・アダムズからロッド・ダグラスになった。さらにチームは七人ではなく五人になり、タイトルも『コンドルの砦《キャノン・フォー・コルドバ》』となった。ウェンドコスは、リックにチームで二番目に重要な役であるジャクソン・ハークネス役をオファーした。ただ、今回のこの役は『荒野の七人』におけるマックイーンのコピーではなかった。ロッド・ダグラスとジャクソンのあいだには、『ナバロンの要塞』のグレゴリー・ペックとアンソニー・クインに似た力学が働いていた。リック演じるジャクソンは、弟の死の責任がペパード演じるかつての友人ロッドにあると思っているのだ。だからコルドバを倒して、大砲を破壊するためにメキシコに同行することは承知したものの、無事に生き延びられたらロッドを殺そうと心に誓っている。

六〇年代を通じてマックイーンの影でいることにうんざりしてきたリックは、今度はペパードの影になるのかと思うと、不快きわまりなかった。それでも、若い頃にはとんがっていたペパードもリックもこの頃にはすっかり丸くなっていた。だからメキシコでは、ふたりともスクリーンの中でも外でもうまくやれた。加えて、ふたりのあいだの拮抗《きっこう》力には本物のエネルギーがあった。ペパードは主演するテレビドラマ『バナチェック登場』にリックをゲスト出演させようとさえした。これはタイミングが合わず、実現しなかったが。

ただ、リックが『コンドルの砦』で一番気が合った俳優は別にいた。三十一歳のハンサムなピート・デュエルで、彼はその時点ですでにふたつのテレビシリーズに出演しており、『ギジェットは15才』ではサリー・フィールド演じるギジェットの義兄を演じ、『かわいい妻ジュリー』というシットコムではバート・レイノルズの妻、ジュディ・カーンと共演していた。『コンドルの砦』では、五人のチームの中の一員を演じ、その二年後、ABCのウェスタンシリーズ『西部二人組』(『明日に向って撃て!』の二番煎じのようなドラマだが、実によくできた二番煎じだった)がヒットして、人気テレビ俳優の仲間入りを果たす。リックとデュエルは、メキシコの撮影現場でテキーラを飲み、メキシコ娘の尻を追いかけ、ハリウッドへの愚痴をこぼし、ともに愉しい時を過ごした。診断は出ていなかったが、ともに双極性障害を患っており、実のところ、酒が唯一の治療薬だった。当時はふたりともそんなこととも知らず、酒を飲むことはただただ自身の弱さの証しだと思っていた。

ただ、ピート・デュエルの病状はリックよりはるかに深刻で、『西部二人組』での大成功のさなか、真夜中にピストル自殺した。なぜそんなことをしたのか、ハリウッドじゅうが首をひねったが、リックにはその答がわかる気がした。一九七一年のデュエルの死後、リックは酒に頼りすぎるのをやめるべく努力するようになる。一九七三年、リチャード・ハリスの敵役を演じた復讐ものの西部劇『死の追跡』の撮影で、メキシコのドゥランゴに滞在したときには、同じく大酒飲みのリチャード・ハリスともども、酒とうまく折り合いがつけられるまでになっていた。月曜から木曜までは酒に手を出さない。が、金曜の夜から日曜の午後にかけては、ふたりでテキーラ、サングリア、マルガリータ、ブラディ・メアリーを飲みまくった。ボートを浮かべられるぐらい大量に。

リックは今、浴室の鏡を見ながらリーゼントの仕上げをしている。クリフのカルマンギアが私道を走ってくる音が聞こえてくる。腕時計を見ると、七時十五分きっかり。朝眼が覚めて吐いたことで気分はよくなったものの、体のほうはまだすっきりしない。胃にはまだ昨日の酒が渦巻いており、おかげで腹が痛くて、顔は汗ばみ、青ざめてもいる。コーヒー一杯をゆっくり飲んで、煙草を吸いながら午後の一時か二時まで過ごしたい。が、それは今から七時間後だ。ジェームズ・くそったれ・ステイシーは、新しい番組の初日を二日酔いで始めたりはしないだろう。

浴室の鏡に映る自分を見ながら、声に出して言う。「ＣＢＳがなぜおれじゃなくて、あの男を新番組の主役にしたかって？　そりゃ、やつには見込みがあると思ってるからだ！　おれには自滅する見込みしかないからだ！」

　クリフが玄関のドアをノックすると、リックは浴室から叫ぶ。「今行く！」最後にもう一度、鏡に映る惨めな落伍者の顔を見る。「心配するな、リック」鏡の中の自分に親しげに話しかける。「まだ初日だ。軌道に乗るまでにはまだ少しかかる。ゆっくりコーヒーを飲め」そのあと覚悟を決めた顔になり、「さあ、行くぞ！《アンド・アウェイ・ウィ・ゴー》」とジャッキー・グリーソンの決まり文句で自分を鼓舞する。浴室を出るまえにシンクに唾を吐き、唾にわずかに血が混じっているのに気づく。顔を近づけてしげしげと見て言う。「今度はなんだ？」

午前七時十分

　スクウィーキーの汚い小さな足が、ジョージのキッチンのひび割れて汚れたリノリウムの床から居間の埃《ほこり》だらけの木の床に移動し、さらにカーペット敷きの廊下を進んでつきあたりのジョージの寝室に向かう。スクウィーキーはドアをノックして明るく言う。「おはよう」

　老人は眼を覚ましたらしく、ベッドのスプリングが軋《きし》む。そのあとややあって、ドアの向こうから老人の不機嫌そうな声が聞こえる。

「なんだ？」

「はいってもいい、ジョージ？」

　ジョージ・スパーンは毎朝恒例の咳の発作が治まると、痰のからんだ声で言う。「はいってくれ」

スクウィーキーはドアノブをまわし、空気のよどんだ八十歳の老人の部屋に足を踏み入れる。上掛けを掛けてベッドに寝ているジョージは彼女のほうを見る。スクウィーキーはドア枠にもたれ、右足を上げて左の膝に押しつけながら言う。「おはよう、ハニー。卵を料理してるけど、〈ジミー・ディーン〉のソーセージと〈ファーマー・ジョン〉のベーコン、どっちがいい？」

「〈ジミー・ディーン〉だ」と老人は答える。

質問は続く。「くつろいで食べたい？　それとも着替えてかっこよくなるのを手伝ってほしい？」

ジョージは少し考えてから決める。「着替えたい」

スクウィーキーの小鬼のような顔に大きな笑みが浮かぶ。「おめかしして、あたしのハートを盗もうってわけね」

「うるさい」

「もうちょっと寝てて。卵を火からおろしてくるから。そのあとかっこよくしてあげる」スクウィーキーはさらに言い足す。「女の子はみんな、あなたを見たらメロメロになっちゃうわよ、ハンサムさん」

「ハニー、うるさいって言ってるだろ？」

「嬉しいくせに」スクウィーキーはからかってそう言うと、廊下を戻り、居間を抜け、キッチンにはいる。そして、卵がおいしそうな音をたてているフライパンをコンロからおろす。キッチンカウンターの上の壁のコンセントにつながっている〈ゼネラル・エレクトリック〉のラジオに近づき、スウィッチを入れる。バーバラ・フェアチャイルドの歌う新しいタイプの感傷的なカントリー『テディ・ベア・ソング』がキッチンに流れる。

〝ボタンの眼と赤いフェルトの鼻があったらいいのに
けばだったコットンの肌に服は一組だけ
そんな恰好でデパートの棚に坐ってる
夢も後悔もなく〟

ジョージが起きているときには、ラジオは常に、カントリーミュージック専門のKZLA局に合わせてある。

〝テディ・ベアだったらいいのに
生きることも愛することもどこかに行くこともなく
テディベアだったらいいのに
あなたに恋なんかしなければよかったのに〟

数ヵ月まえから、この盲目の老人の世話をするのがスクウィーキーの仕事になっている。コミューンのリーダー、チャーリー・マンソンはこの仕事がいかに大切か、彼女の頭に叩き込んだ。ファミリーは何ヵ月ものあいだ遊牧民のようにロスアンジェルスのあちこちを移動していたのだが、最後にジョージ・スパーンが、自分の所有する古いウェスタン映画のセットと牧場を提供してくれたのだ。そこを拠点にして、チャーリーの社会理論を試し、人数を増やし、願わくは新たな世界秩序を築く。それがみんなの夢だ。

スクウィーキーはジョージの料理人、看護師、話し相手を務めている。嫌でなければ、たまには手で喜ばせる仕事もする。それが牧場でのファミリーの立場を堅固なものにするのに大いに役立つ。そう言われた。実際、チャーリーは二十一歳の彼女にこう言った。「たまには、ファミリーのために犠牲にならなきゃいけないときもある」

時々老人を喜ばせ、おそらくはそれ以上のこともしなければならないだろうと言われた夜、スクウィーキーはチャーリーと行動をともにするようになって初めて、サンフランシスコに逃げ帰って両親と和解しようかと思った。ところが、そのあと予想もしなかったおかしなことが起きた。なんとこの盲目の男を愛してしまったのだ。ロミオとジュリエットのような熱烈なものではないが、深い愛だった。不平だらけのこの老人は、ろくでなしではなかった。人から忘れ去られた、ただの孤独な男だった。

数十年にわたって彼の牧場でB級ウェスタン映画やテレビドラマを撮ってきたにもかかわらず、業界は彼のことをもうすっかり忘れていた。家族も彼のことを忘れ、荒れ果てた牧場で馬糞と干し草に囲まれ、ひとり死んでくれてかまわないと思っていた。スクウィーキーは、彼が貯め込んだ金では買えないものを差し出した。愛情のこもった手で触れ、やさしく囁き、彼のことばに耳を傾けた。ジョージ本人、あるいはほかの誰かに彼を愛していると話すとき、彼女は口先だけで言っているのではなかった。老人の世話をするのが自分の喜びだという心のうちをただ正直にことばに表わしているだけだった。

　寝室に戻ると、彼女は盲目の老人が、ぴしっとしたウェスタンスタイルの白いシャツを着るのに手を貸し、小さなボタンをかける。褐色のズボンを広げて持ち、老人に片方ずつ脚を入れさせる。硬いシャツの襟にウェスタン風のループタイを巻いて締めると、乏しくなった白髪をブラシで梳かし、手首と肘をつかんで、キッチンテーブルまで移動させる。ジョージのゆっくりした足取りに合わせて歩きながら、彼女は言う。「とってもハンサムよ。あたしのためにそんなにおめかししてくれるなんて、あたしはなんてラッキーなの」

「からかうのはよせ」とジョージはわざと文句を言う。

「誰がからかってるって？」スクウィーキーは訊き返す。「自分を大事にする努力をしたほうが、朝食はおいしく食べられるものよ」

　そう言って、キッチンテーブルの椅子に老人を坐らせる。そして、丸まった肩に手を置いて耳元で尋ねる。「カフェイン抜きのコーヒー？　それともチコリコーヒー？」

「チコリコーヒー」

「あなた、チコリコーヒーばかり飲んでると、そのうちチコリコーヒーになっちゃうわよ」スクウィーキーはそう言ってからかう。「スクランブルエッグをつくりはじめたのは、最近ずっとそればかりつくってるからだけど、そういうのって飽きない？　ほかのがよくなったりしない？」

「スクランブルエッグとカーニタス（メキシコの豚料理）とか？」

「そうじゃなくて」スクウィーキーは微笑む。「スクランブルエッグか目玉焼き、どっちがいいかなと思ったの」

ジョージはしばらく考えてから言う。「目玉焼きだな」

スクウィーキーは彼の頭のてっぺんにキスをして、彼の朝食の準備を続ける。

KZLA局は、ドラッグストアの〈セイヴォン〉のコマーシャルを流している。

〝セイヴォン・ヒットパレードへようこそ。セイヴォン・ドラッグストアでお安く買いもの。ボーン、ボーン、セイヴォン！〟

赤毛のスクウィーキーはチコリコーヒーの壜をキッチンの棚から取り出す。壜の中の粉末は乾燥して岩みたいに固まっている。彼女はスプーンの柄を突き刺してほぐす。

チコリコーヒーのかたまりをジョージのコーヒーカップに入れ、湯を注ぐ。そして、カップを彼のまえに置くと、彼の手をカップの取っ手に添えさせて言う。「熱いから気をつけてね」

「おまえは毎朝同じことを言う」

「だって毎朝熱いんだもの」

溶けたバターを入れた熱いスキレットに卵をふたつ落とす。クッキー生地みたいなパッケージから〈ジミー・ディーン〉のポークソーセージを三枚切って、別のフライパンに入れる。ジュージューといういい音がする。スパチュラでふたつの目玉焼きを皿に移す。ソーセージものせて、皿をジョージのまえに置く。

「ソーセージを切って、卵の黄身を崩してほしい？」ジョージはそうしてほしいとうなる。ナイフとフォークを持って腰をかがめ、スクウィーキーは円形のソーセージを一口サイズに切る。そしてジョージのフォークでひとつずつ黄身を崩す。

「さあ、もう食べられるわよ」そう言うと、彼女は彼の背後から首に腕をまわして耳元で囁く。

「朝食を愉しんで、ダーリン。愛を込めてつくったから」そう言って、彼女は側頭部にまたキスをしてから、彼が静かに朝食を愉しめるようキッチンを出ていく。
ＫＺＬＡ局では、ソニー・ジェイムスが『悲しきインディアン』を歌っている。
〝ランニング・ベアは空のように広い愛でリトル・ホワイト・ダヴを愛していた
ランニング・ベアは永遠の愛でリトル・ホワイト・ダヴを愛していた〟

午前七時三十分

男性のヘアスタイルに革命を起こし、ハリウッドでも誰もがその実力を認めるヘアスタイリスト、ジェイ・セブリングは、黒いシルクのパジャマを着てベッドに横になり、ハンナ・バーベラのアニメ番組『科学冒険まんがＪＱ』を見ている。画面では、ジョ《J》ニー・クエ《Q》ストの親友でターバンを巻いているハジが魔法のことば〝シムシムサラビム〟を唱えている。

閉まっている寝室のドアを軽くノックする音がジェイの注意を惹く。

「なんだ、レイモンド？」

ドアの向こうからイギリス英語のアクセントで返事が返ってくる。「朝のコーヒーはいかがですか、サー？」

ジェイは上体を起こして答える。「もらうよ。はいってくれ」

ドアが開き、昔ながらの執事の恰好で両手に銀の朝食用トレーを持った、紳士の中の紳士レイモンドが明るい声で「おはようございます、セブリングさま」と言いながらはいってくる。

「おはよう、レイモンド」とジェイは答える。

ベッドの中のジェイに近づきながらレイモンドは尋ねる。「ゆうべはお愉しみになれましたか、サー?」

「ああ、愉しんだよ。ありがとう」

執事はトレーを主人のまえに置き、ジェイは眼のまえのトレーを見る。シックな銀のコーヒーポット、陶器のティーカップとソーサー、角砂糖、生クリームのはいった小さな銀のピッチャー、温めたクロワッサンののった皿、バター、小さなジャーにはいった数種類のジャム、そして、銀の一輪挿しには赤いバラが一輪。

「完璧だね」と若いジェイは言う。「今朝の朝食はなんだ?」

レイモンドが大きな窓に近づいて遮光カーテンを開けると、暗い部屋に一気に日光があふれる。

「サーモン入りスクランブルエッグにカッテージチーズとグレープフルーツ半分を添えるのはいかがでしょう」

ジェイは顔をしかめて言う。「今朝はそれじゃ多すぎる。ゆうべ遅くに〈トミーズ〉でチリバーガーを食べたんだ」

今度は執事が顔をしかめる番だ。彼にとって、主人が〈トミーズ〉のチリバーガーで夜を締めくくるのは、キャプテン・クランチ（甘いシリアル）で朝を始めるようなものなのだ。レイモンドはこの新しい情報に皮肉を込めて答える。「チリバーガーを今もまだ消化なさっているところでしょうから、きっとおいしいものも召し上がりたくないのでしょう」

レイモンドは窓から離れて主人のベッドの脇に戻って言う。「コーヒーをお注ぎしましょうか、サー?」

ジェイはうなずいて言う。「頼む、レイモンド」

レイモンドは銀のコーヒーポットを持ち上げ、陶器のティーカップにコーヒーを注ぎながら言う。「それでは、サー、グレープフルーツをジュースにいたしましょうか?」クリームをピッチャーからカップに注ぎ、さらに尋ねる。「二杯目もコーヒーになさいますか? それともホットチョコレートにいたしましょうか?」

ジェイが考えるあいだ、レイモンドは小さなスプーンをトレーから取り上げ、セブリングの好みの色になるまでコーヒーとクリームを混ぜる。

「ホットチョコレートにしよう」とジェイはわざときっぱり言う。

同じく芝居がかった調子でレイモンドも応じる。「では、ホットチョコレートにいたします。ベッドでこのままアニメを見つづけられますか? それともホットチョコレートは場所を変えてお飲みになりますか?」

ジェイは考え込むふりをする。「うむ、『科学冒険まんがJQ』を見ていたんだが、どうしよう?」そう言って、執事を見上げて問いかける。「どう思う、レイモンド?」

「そうですね」とレイモンドは明るい窓の外を指して言う。「ご覧のとおり、カリフォルニアらしいとても天気のいい朝です。ロンドンの人が幸運にもこんな気持ちのいい朝を迎えたら、ベッドの中でアニメを見るなどということはしないでしょう。こんな天気のいい日は仕事にも行きません。ですから、庭でホットチョコレートを飲まれ、存分にお愉しみになってはいかがでしょうか?」そのあとさらにつけ加える。「ジーン・ハーロウの亡霊と一緒に庭で朝のお茶を飲むのもご一興かと」

ジェイが三年まえに買ったその邸宅は、三〇年代にジーン・ハーロウとその夫、ポール・バーン監督が所有していたもので、ふたりともその家で亡くなった。そのため、ジェイはこの家にはジーンとポールの亡霊が取り憑いていると言い張っている。ジェイの元フィアンセのシャロン・テートも、ある夜、謎めいた不気味なものを見たと信じている。

「レイモンド」とジェイは大仰に言う。「きみの言うとおりだ。庭で太陽のもとでホットチョコレートを飲むよ」

レイモンドは答える。「ご賢明なご判断で」

午前七時四十五分

ロマン・ポランスキーは成功者の証《あか》しであるハリウッドヒルズの自宅の裏庭に出て、ロスアンジェルスのダウンタウンの生き生きとした景色を眺める。髪には寝ぐせがついており、小柄な体にシルクのローブを羽織り、片手に空《から》のコーヒーカップ、もう一方の手にフレンチプレスのコーヒーポットを持っている。濡れた芝生を歩くと、硬いビニールのスリッパが、裸足の踵にあたってポンポンと音をたてる。

彼のあとを妻の愛犬の小さなヨークシャテリアがついてくる。その犬は、ロマンの映画『ローズマリーの赤ちゃん』でラルフ・ベラミーが演じた邪悪な産婦人科医に因《ちな》んでドクター・サパースタインと名づけられている。この同じ年、シャロンが撮影でモントリオールに行っているあいだに、家に訪ねてきていたロマンの古い友人ヴォイテク・フリコフスキーが、私道から車をバックで出すときに誤ってドクター・サパースタインを轢《ひ》き殺すという事故が起こる。ロマンは自分の書斎で次の映画『イルカの日』の脚本を書いていたところで、ヴォイテクは書斎のドア口に立っておずおずと声をかけた。

「ロマン」

ロマンは坐ったまま旧友を振り向いた。ヴォイテクは言った。「すまん。たった今シャロンの犬を殺しちまったみたいなんだ」そのことばを聞くなり、ロマンはサイレント映画の下手な役者みたいに顔に感情を爆発させた。「ドクター・サパースタインを殺した⁉」

そう叫んで、椅子から立ち上がると、悲しみのあまりパニック状態になって友人の横を走り抜けた。「なんだって？　何をしたって？」開いている玄関のドアまで行くと、家のまえに転がっている毛むくじゃらの小さな死体が見えた。ロマンは両手で頭を抱え、ぐるぐると円を描いて歩きながらポーランド語でヴォイテクに言った。「ああ、なんてことしてくれたんだ、なんてことを」

ヴォイテクは悪いことをしたと思っていたものの、ロマンがここまでの反応を見せるとは思わなかった。彼はポーランド語で言った。「すまない、ロマン。事故だったんだ」

ロマンはすばやく振り向いてポーランド語で叫んだ。「自分が何をしたのかわかってるのか？

おまえはおれの人生を台無しにしたんだ！　彼女はあの犬を愛してるんだ！」

「心配するな」とヴォイテクは言った。「おれのせいだって彼女に言うから」

ロマンは怒鳴った。「言うな！　彼女は一生おまえを赦さないぞ！」ロマンは友人にアメリカ人とはどういうものか説明しようとした。「おまえにはわからないか、彼女はアメリカ人だ！　アメリカ人は自分の子供より犬が大事なんだ！　おまえは彼女の赤ん坊を階段から落としたようなもんなんだ！」

結局、シャロンはドクター・サパースタインに何があったか知らないままになった。テキサス生まれの軍人の娘の怒りと軽蔑から友人を守るため、ロマンはシャロンに、ドクター・サパースタインは逃げだして迷い犬になったか、コヨーテの餌食《えじき》になったかのどちらかだと話した。ロケ先のモントリオールのホテルの部屋で、彼女は一晩泣き明かした。

が、今日のところはドクター・サパースタインはまだ生きていて、小さな赤いボールをくわえ、遊んでくれとロマンに向かって走ってくる。ロマンは知らん顔をして、フレンチプレスのプランジャーを押し下げる。

今朝は少しばかり機嫌が悪い。隣りに住むリック・ダルトン（会ったことはないが）同様、二日酔いぎみだ。が、リックとちがい、ひとりで深酒をしていたわけではない。昨夜、ロマンとシャロンは、シャロンの元恋人のジェイ・セブリング、ミシェル・フィリップス、キャス・エリオットとともに、ヒュー・ヘフナーの邸宅の通称〝プレイボーイ・マンション〟のパーティに出ていた。その後、三時頃にどこかの店で怪しげなＬＡタイプの連中（やかましいバイクにまたがる白人バイク野郎たちと、同じような服を着て派手な車を乗りまわすメキシコ人たち）に囲まれて、まずいチリバーガーを食べた。ヨーロッパでは上等なコニャックとキューバの葉巻、あるいは深夜のワインセラーで二十年もののボルドーを開けて夜を終える。幼稚なアメリカ人は、油っこいチリバーガーとコカコーラで夜を終えるのがクールだと思っている。しかし、実のところ、ロマンは確信している。あんな油まみれのバーガーが好きなやつなどいるわけない、と。シャロンは好きじゃないに決まってる。絶対に認めようとはしないが。それでも、当然のことながら、全員が最良のときを過ごしているふりをした。シャロンはチリ抜きのハンバーガーを頼もうとしたが、ジェイがそれを認めようとせず、彼女は同調圧力に屈した。「わかったわよ」そう言って、カウンターの中の紙の帽子をかぶった男にチリバーガーを注文した。チリバーガーは彼女の胃にあって大砲のようにずっしりと重く、シエロ・ドライヴに帰る車中、シャロンはずっと気分が悪かった。ロマンはアメリカ人の友人たちが好きだが、彼らが幼稚なことを喜ぶ（この場合は喜ぶふりをする）のにはいつも驚かされる。

それだけではない。昨夜はほぼ一晩じゅう、あのいけすかないスティーヴ・マックイーンに愛想よくしていなければならなかった。ロマンとマックイーンは互いによく思っていないが、マックイーンはシャロンのロスアンジェルスでの古い友人のひとりなので、お互い我慢していたのだ。

シャロンとマックイーンがかつて寝ていたのはまちがいない。シャロンに確かめたことはないが、マックイーンは、過去に彼女と何度か寝ていなければ、友人関係を続けているはずがないタイプの男だ。普段ならそんなことは気にならない。ジェイはシャロンと以前婚約しており、ふたりはしょっちゅうベッドをともにしていたのだし、ロマン自身、その時々まわりにいる女の半分以上と寝ていたのだから。しかし、マックイーンは意味ありげな薄ら笑いでそれをことさら強調するのだ。小さな口に笑みを浮かべ、あのブルーの眼で見られるたび〝おれはきみの女房と寝たんだよ〟と言われているような気になる。

それに、マックイーンがシャロンをぞんざいに扱うのも気に食わない。小さな女の子を扱うように、背の高いブロンド娘を立ち上がらせ、その場でくるくるまわらせる。それは小柄なロマンにはできない芸当だ。それがわかっているからマックイーンはそういうことをやるのだ。

実に嫌なやつだ、とロマンは思う。

二十秒間わざと無視された犬は、ロマンの注意を惹こうと吠えはじめる。実にうるさい犬だ。たった一杯のコーヒーを飲む間《ま》さえこの小さな暴君に邪魔される。ロマンはボールを投げる。犬はそれを追う。スティーヴ・マックイーンとちがい、ドクター・サパースタインのことは嫌いではない。ただ今朝のロマンは機嫌が悪い。第一に二日酔い、第二にシャロンに起こされたせいで。

なにしろ彼女はいびきがひどいのだ。

Chapter Eight

Lancer

ランサー

六頭の馬に牽かれた〈バターフィールド・ウェルズ・ファーゴ〉の駅馬車が、がたがたと音をたてながら日干し煉瓦の教会の角を曲がり、メキシコとの国境から北六十マイルにある、メキシコ風の町ロヨ・デル・オロの大通りにはいる。汗まみれの馬の固いひづめが、うしろに茶色い粉を巻き上げながら土の大通りを進む。

バターフィールド路線で御者を務めて四十年のヴェテラン、白髪のモンティ・アームブラスターは、手袋をはめた手に握った革の手綱を引く。馬の口に嚙ませたはみを引っぱる。馬の頭がうしろに引かれる。逞《たくま》しい六頭の馬がランカスター・ホテルの正面で静かに足を止める。軽いテキサス訛りでモンティは声を張り上げる。「終点！ ロヨ・デル・オロ！」茶色い土埃の中、逆光線となって太陽の光が射す。これぞ百年後のウェスタン映画の撮影スタッフが再現したいと心から願う光景。

背は低いが、八歳という年齢にしては頭のよく働くミラベラ・ランサーが、坐っていた木の樽から飛び降りる。この一帯で最大の牛牧場の主マードック・ランサーの娘だ。彼女は期待を込めて、自分と大して背丈は変わらないのに滑稽なほど大きなソンブレロをかぶったメキシコ人カウボーイを振り返る。「行きましょう、エルネスト！」

エルネストは少女の手を握って大通りを歩き、バターフィールドの駅馬車に近づく。父親が地域で一番の金持ちなので、ミラベラはおしゃべりができる歳になった頃から、ロヨ・デル・オロのあらゆる店主と顔見知りになっている。そのため店が建ち並ぶ大通りを歩く彼女に、あちこちから笑顔が向けられ、手が振られる。ビールのはいった木樽をうずたかく積んだ荷馬車が、馬に牽かれて彼女とカウボーイのまえを横切る。ふたりは木の歩道《ボードウオーク》の上で立ち止まり、荷馬車が通り過ぎるのを待つ。そのあと土の道を渡って、うしろから駅馬車に近づきながら、ミラベラはそれまで存在を知らなかったふたりの兄のどちらかとの初対面に向けて、心の準備を整える。はるか昔にこの地を離れたふたりの兄たちそれぞれから、近々ランサー牧場に行くとの連絡が父のもとに届いたのだ。が、実際にバターフィールドの駅馬車から降り立つのがどちらの息子なのか、ミラベラにも、牧場の使用人のエルネストにもわからない。牧場が受け取った電報には、マードック・ランサーの息子が四日まえ、アリゾナ州ツーソンを発った駅馬車に乗り、何も問題がなければ、今日の正午頃にロヨ・デル・オロに着くとあっただけだった。駅馬車に乗ったのがどっちの息子かということは、その電報には書かれていなかった。

列車とちがい、駅馬車は予定時刻を三時間過ぎて到着しても、予定どおりということになる。そういうわけで、バターフィールドの駅馬車がランカスター・ホテルのまえに停まったのは午後三時。ミラベラとエルネストは通りに立って、駅馬車の扉が開くのを待つ。果たしてどっちの兄が出てくるのか。

ふたりの兄はふたりともランサー牧場で生まれていた。が、互いに会ったことはなかった。さらに、どちらの兄も幼い頃を最後に、牛牧場を経営する父にも会っていなかった。ミラベラも、マードック・ランサーのふたりの息子も、それぞれ母親がちがい、その母親たちはみなすでに亡くなっていた。

息子のひとり、スコット・フォスター・ランサーはボストンにある、母（ダイアン・フォスター・ランサー・アクセルロッド）の裕福な実家で育ち、ハーヴァードを卒業した元軍人で、インドの英国騎兵隊（ベンガル槍騎兵《ランサー》）に加わっていた。

マードックのもうひとりの息子ジョニー・ランサーは、母親のマルタ・コンチータ・ルイーザ・ガルヴァドン・ランサーにメキシコで育てられた。マルタには、裕福にしろ貧乏にしろ家族はいなかった。彼女が金を得る手段と言えば、国境の南の物騒な集落の酒場をまわって、踊ったり体を売ったりカスタネットを叩いたりするしかなかった。だから、子供の頃のジョニーは、セックスはダンスや歌や料理や洗濯同様、男が女に金を払ってさせるものだと思っていた。

スコットの母ダイアンは、馬や牛の糞、カウボーイ、メキシコ人に囲まれた牧場での生活が自分にも幼い息子にも合わないとわかると、さっさと東部のビーコンヒルの実家に帰ってしまう。駅馬車に乗ってロヨ・デル・オロを出たとき、スコットは三歳だった。

ジョニーはスコットより年下だったが、ランサー牧場を出たのはもっと大きくなってからだ。

十歳になるまで、父と母とともに牧場で暮らした。ある暗い雨の夜、マルタは十歳の息子を連れて、マードックが誕生日のプレゼントに買ってくれた一頭立ての洒落た馬車に乗り、六十マイル先のメキシコとの国境を越えた。ジョニーがマードック・ランサーと広大なランサー牧場、贅沢な牧場の母屋、ロヨ・デル・オロを見たのはそれが最後で、彼はそのとき、専属の家庭教師がいて、フランス人シェフによる最高級のアンガスビーフの料理が陶器の皿から食べられ、羽根布団で寝られる渓谷一の大金持ちの息子から、貧しいメキシコ人娼婦の息子となったのだった。その後は素焼きの皿から豆と固いパンを食べ、かつて牛乳を飲んでいたようにテキーラを飲み、かつて棒状のペパーミントキャンディを齧ったように干し肉を齧り、ろくでなしの男どもから下ネタのジョークを教わり、酒場の裏のコーヒー豆の袋の上で寝て、真夜中にネズミとスケベ野郎から身を守る術を学んだ。が、そうした暮らしも、同じような物騒な集落のひとつで、マルタがメキシコシティから来た金持ちの客に、ただ満足できなかったという理由から、咽喉《のど》を掻っ切られるまでのことだった。固い地面に穴を掘って母を埋めたとき、ジョニーは十二歳だった。金持ちの男は裁判にかけられはしたが、偏見を持つ陪審団が無罪の決定をくだしたため、その二年後、ジョニーは母を殺したその男を殺した。さらにそのあと十年かけて陪審員全員を殺した。

母はなぜあの雨の夜、自分を連れて逃げたのか。その理由はわからずじまいだった。それでもジョニーには見当はついていた。マードック・ランサーのほうが、メキシコ女と半分メキシコ人の息子とのままごと遊びに飽きたのだろう。それである夜、母に言ったのだ、失せろ！　と。

だからジョニーにはよくわかっていた――ランサー牧場に帰ったら、まちがいなくおれは母を雨の中に放り出した父親の頭を吹き飛ばすだろう。と同時に、マードック・ランサーが白人社会の中で重要人物であることもわかっていた。父を撃ち殺せば、どう考えても縛り首になるだろう。いずれにしろ、マードックがどこか別の土地に行くことは考えられない。それは裕福な地主であることの数少ない短所のひとつだ。マードックを見つけようと思えばすぐに見つけられる。ジョニーは母を自ら地中に葬った。いつか父も同じようにしてやることを心に固く誓って。母の敵を討つことで自分の命が失われるとしたら、それでかまわなかった。とはいえ、急いで命を失うこともない。金持ちのろくでなしを殺すのはまださきでいい。それまでに盗みや女やテキーラを心ゆくまで愉しむのだ。ジョニーはそう思っていた。そんな中、彼が普段の仕事——たいていは非道な仕事——を受ける取次所にしていたフェリックス・ホテルに一通の電報が届く。それを見てジョニーはとことん驚いた。

ほてる・ふぇりっくすキヅケじょん・らんさー　シゴトアリ　かりふぉるにあシュウろよ・でる・おろコウガイらんさーボクジョウマデコイ　トウチャクシダイセンどるハラウ　シゴトヲウケルコトヲコウリョサレレバサラニハラウ　ムリニトハイワナイ　まーどっく・らんさー

電報とともに、ロヨ・デル・オロまでの旅費五十ドルが送金されていた。こりゃ驚いた、とジョニーは思った。が、心惹かれたのは千ドルではない。ようやくマードック・ランサー——母を娼婦にした男——と向かい合い、あのクソ野郎の脳みそを吹き飛ばす機会が訪れたのだ。

ようやく〈バターフィールド・ウェルズ・ファーゴ〉の駅馬車の扉が開く。ミラベラは固唾《かたず》を呑んで、洒落た白と黒の靴が踏み台に現われるのを見つめる。これまで男性の服では見たことがないほどきれいなブルーの服を着た、ハンサムなブロンドの男が姿を見せ、ミラベラは眼を丸くする。牧場で育った彼女が見慣れているのは、生活のために働く男の服だ。町で働く人々が教会に行くためにめかし込んだり、牧場の使用人たちが髪をつややかに撫でつけ、お洒落をして町に踊りにいったりするときにしても、彼らの着る洒落た服とは、黒か地味な灰色かくすんだ茶色だ。東部から来たこのブロンドの洒落者のスリーピースは鮮やかなベビーブルーで、ヴェストには金の糸が織り込まれている。駅馬車から降りると、男は同色の大きなシルクハットを頭にのせる。シルクハットの下部にはクリーム色のシルクの布が巻かれている。この印象的なよそ者は、柄《え》に犬の頭を象《かたど》った銀の杖をつき、左足を引きずって歩く。が、そんな障害があるにもかかわらず、あるいはそれがあるからこそだろうか、優雅で完璧な身のこなしをしている。青い服を着たそのボストンっ子は、上着の内ポケットからブラシを取り出し、ベビーブルーの襟と袖と肩からゆっくりと慎重に埃を払う。

印象的な色だ。エルネストをちらりと見たミラベラの喜びに満ちた顔はこう言っている――あれがきっとスコット兄さんよ。

ミラベラが唾を呑み込んで心の準備をし、音信不通だった兄に挨拶をしようと口を開きかけたまさにそのとき、馬車からもうひとりの乗客が降りてくる。

こちらにも注意を惹かれずにはいられない。が、それはまったくちがう意味でだ。さきほどのブロンドの男はおとぎ話に出てくるみたいに颯爽としていて、信じられないほどの威厳に満ちているのに対し、ふたり目の男は悪魔のようにハンサムな悪党タイプだ。メキシコのカウボーイ・スタイルで、キャラメル色の豊かな髪が顔を縁取るさまは夢みたいとしか言いようがない。このブルネットのカウボーイの服は、ブロンド男ほど洒落てはいないが、同じように鮮やかで、それなりに粋だ。サングリアのような赤のラテン風フリル付きシャツ。茶色い革の短い上着。大きな銀の鋲《びょう》が並ぶ黒のジーンズ。駅馬車から降りてくると、彼は茶色のカウボーイハットを頭にのせる。その帽子は眼を太陽から守る役目は果たさないが、人殺しのような風貌の仕上げにはなる。銀の鋲が並ぶ長い脚を伸ばすと、赤いシャツのカウボーイは御者のモンティに近づき、馬車の上に積んであった鞍《くら》をおろすようスペイン語で頼む。モンティは手づくりの鞍をラッパに引っ掛けて馬車の屋根からおろす。鞍がフリル付きシャツの男が伸ばした腕にどさりと落ちる。

シルクハットにベビーブルーの男は、駅馬車の上でショットガンを抱えてモンティと並んで坐っている第二御者のラモンに、ペイズリーの刺繍入りの衣装鞄を取ってくれと頼み、ショットガンを持ったメキシコ人御者から鞄を受け取ると、アメリカ訛りで〝グラシャス〟と言う。

小さなミラベラも小柄なメキシコ人のエルネストもともに混乱し、戸惑い顔になっている。どちらの男に声をかければいいのかわからない。八歳の少女は肩をすくめ、駄目もとでやってみようと思い、大きな咳払いをして、ハンサムな男ふたりの注意を惹いて尋ねる。

「ミスター・ランサー？」

ふたりは同時に応じる。シルクハットは「ええ」と、赤シャツは「ああ」と。ふたりは反射的に相手のほうを見て苛立った顔をする。

ミラベラはさらに混乱する。が、そこで不意に気づいて叫ぶ。

「すごい！　ふたり一緒に来たのね！」

ふたりの男は落ち着かない様子で顔を見合わせ、シルクハットのほうがハーヴァードで培ったことばづかいで尋ねる。「ふたりとはどういう意味だね？」

「あなたたちが来るのはわかっていたけど、一緒に来るってことは知らなかったの」

母がボストンに逃げたあとの父のことは、牛の帝国を持っているという事実以外何ひとつ知らなかったため、スコットが少女のことばの意味を理解するのには時間がかかる。「ぼくたちふたりが来るのを待っていた？」と彼は赤いフリル付きシャツを着て横に立っている男を指差して言う。

「ええ」とミラベラは嬉しそうに言ったあと、「あなたはジョニーね」と赤シャツのブルネットのほうを指差し、次に青を着たブロンドのほうにその指を向ける。「そして、あなたがスコット」

確かにそれが彼らの名前だ。状況が明らかになってきて、ふたりは改めてぎこちなく視線を交わす。

ジョニーは小さな煽動工作員を指差して尋ねる。「きみは誰だ？」

「ミラベラ・ランサーよ。あなたたちはわたしの兄さん！」そう言うと、彼女は暴走馬車のようにジョニーに駆け寄って小さな腕で腰に抱きつき、カウボーイを驚かせる。

ジョニー・ランサーの顔に恐怖が走る。父親との再会の瞬間については、さまざまなパターンを思い描いていたが、リンゴのようなほっぺたをして興奮している八歳の異母妹はその中に含まれていなかった。スコットがどういうことかと尋ねるまえに、ミラベラはもうジョニーにまわした腕をほどき、今度はスコットの腰に、その幼さに似合わない力で抱きついている。礼儀正しさを保ちつつ、せめてあと数秒でも彼女がすべてを明らかにするのを引き延ばそうとするかのようにスコットは声をかける。「ねえ、お嬢さん――」

ミラベラは彼をさえぎってもう一度名乗る。「ミラベラよ」

「ミラベラ。ぼくの母にはほかに子供はいないよ」

「そうかもしれないが」ジョニーがわかりきったことを言う。「だけど、あんたの父親についてはそうじゃなかったみたいだな」

スコットはジョニーに顔を向ける。「ぼくたちの父親ってことか?」

「ああ、おれたちの父親、マードック・ランサーだ。なんであんたがここまで来たのか知らないが、親父はおれに言ってきたんだ、会いにくれば千ドルくれるって」

「ぼくにも同じことを言ってきた」スコットは言う。

「おれはその千ドルが欲しい。そいつをもらったら、親父を腹いっぱいにしてやる」ジョニーはそう言うものの、何で腹をいっぱいにするかは明かさない。

スコットも同じことを考えている。「ぼくもだよ、兄弟」

ジョニーは首を振って言う。「兄弟なんて呼ぶな」

「行きましょうか?」とミラベラが明るい声でふたりのあいだに割ってはいる。

ふたりは彼女のほうを向いて、「どこへ?」と声をそろえて尋ねる。言ったあと、それが互いに気に入らず、睨み合う。

彼らの妹は面白がって笑う。「どこってランサー牧場に決まってるじゃないの、お馬鹿さんね」

ミラベラはくるりとふたりに背を向けると、カウボーイのエルネストとともに、十マイル離れた牧場からエルネストが走らせてきた馬車のところまで通りを歩く。

スコットは杖の犬の頭の柄を鞄の木の取っ手に掛けて鞄を取り上げる。ジョニーは鞍を肩に担ぐ。兄弟は彼らの父親との再会場面を想像して語る妹のあとを歩く。「父さんは最初はそれっぽい態度を見せないと思うの。ちょっと頑固な態度かもしれない。でも、なんと言ったって、兄さんたちがふたりとも来てくれたことは絶対嬉しいはずよ」

ジョニーは皮肉っぽく笑う。「ああ、再会したあともそう思うかはわからないがな」

スコットは足を引きずりながら、ジョニーの横まで来て言う。「初めて意見が合ったな、兄弟《ブラザー》」

ああ、そうだろうとも、とジョニーは胸につぶやき、不意に足を止めると、スコットのベビーブルーの胸を指差して言う。「言ったよな、このシルクハット野郎。おれを兄弟《ブラザー》って呼ぶなって」

スコットはその視線をまず敵意に満ちたジョニーの指に向け、続いて敵意に満ちた顔に向けて言う。「人を指差すんじゃない、このフリル野郎」

「兄さんたち」

ふたりは互いから顔をそむけ、妹を見る。妹は馬車を指して尊大ぶって言う。「もう行けるかしら？」

ふたりは、続きはあとにしようという眼で相手を見やり、可愛い妹のために喧嘩腰を引っ込める。ジョニーが馬車のほうを見て言う。「案内してくれ、リトル・シスター」

Chapter Nine

"Think Less Hippie, More Hells Angels"

「ヒッピーというより ヘルズ・エンジェルズだな」

クリフはリックのキャディラックを20世紀フォックスの正面ゲートから構内に乗り入れる。ゲートの警備員が、『対決ランサー牧場』のパイロット版が撮影されているスパニッシュウェスタン風の町のセットへの行き方を教えてくれる。「まっすぐ行ってふたつ目の角を左に曲がったら、タイロン・パワー通りも曲がってくれ。人造湖と『ハロー・ドーリー！』のセットのまえを通り過ぎて、リンダ・ダーネル通りで右に曲がったらすぐわかる」隣りの席ではリックが黒い大きなサングラスで太陽から眼を守り、キャピトル・W・ライトを吸って舌の感覚を麻痺させている。車が停まり、リックは現場に着いたことを知る。

黒いサングラス越しに助手席側の窓の外を見る。西部の町、馬と馬車、撮影スタッフ、〈チャップマン〉のクレーンの上に坐っているクソ監督。自分をセクシーだと思っている、真っ赤なラスヴェガス・スタイルのシャツに茶色いカウボーイハットの俳優。鮮やかな青のスリーピースという滑稽な衣装の気取った男。こいつは『若草の頃』のセットから迷い込んできたようなシルクハットをかぶっている。それに、当時の衣装を着た少女と大きなソンブレロをかぶったちびのメキシコ人。くそランサーへようこそ――リックは胸にそうつぶやく。ドアを開け、震える足で車から降りる。まっすぐ立つが、急に咳き込み、そのせいで胃酸が込み上げる。

赤が混じった緑の痰《たん》を吐き、運転席のクリフを振り返る。開いている助手席側の窓に両手をついて、クリフに言う。「ゆうべの風でテレビのアンテナが吹き飛ばされたみたいなんだ。うちに行って直しといてくれるか？」

「やっておくよ」クリフはそう言ったあと、できるだけさりげなく尋ねる。「おれのこと、スタント監督に話してもらえないかな？　今週仕事があるかないかとか」

以前はクリフも契約に基づいてリックの仕事に関わっていた。リックが演じるならクリフはスタントを務める。ユニバーサルではそれがリックの契約に含まれており、セットにはクリフの名前入りの椅子も用意されていた。が、それは長くは続かなかった。リックが他人の番組にゲスト出演している今はクリフの仕事まで保証されることはない。テレビドラマのスタント監督の大半は自前のスタントマンを抱えており、彼らを食べさせるのがスタント監督にとって最優先事項だからだ。クリフが『ターザン』や『ビンゴ・マーティン』で数日仕事にありつけたのは、リックがスタント監督に話をつけてくれたからだった。

リックはため息をついて言う。「そう、おまえに言おうと思ってたんだけど」――実際は〝言うのを避けようと思ってたんだが〟というほうが正しい――「この番組のスタント監督はランディの親友なんだ。『グリーン・ホーネット』のスタント監督の」それが意味するところを察して、クリフは卑語を吐く。「くそっ！」

「だから、話しても無駄だ」とリックははっきり言う。

　クリフは苦々しげにさらに悪態をつく。「あのくそジャップ」そのあとその苦々しさを自分に向ける。「『グリーン・ホーネット』のあのちびの日本人運転手（役名はカトー。ブルース・リーが演じた）がモハメド・アリに勝てる気でいるからって、そんなこと、なんでおれが忖度《そんたく》しなきゃならない？　そもそもヘビー級の世界チャンピオンにおれの助けが要るか？」

「おまえがやったことは、自分のキャリアとおれの名声を犠牲にしてまでやることか？」リックも苛立ちを復活させて言う。「こっちはランディに頭を下げて、おまえに仕事をもらってやったのに、おまえは何をした？　あの大口叩きのちびのカトーの背骨を折っちまった。それでおまえはハリウッドの番組の四分の三から追放されて、おれのほうは底なしのヌケ作を演じることになった。まあ、少なくともおまえはあのちびに思い知らせてやったわけだが」とリックは皮肉で締めくくる。

「まあな」クリフは降参というように両手を上げる。「おまえがそう思うならそうなんだろうよ」

　リックはクリフに昔の芝居の話をする。過去に三回同じ話をしたことはすっかり忘れている。同じ話の繰り返しなのに気づかないふりをして、リックの話を聞くのもクリフの仕事のひとつだ。もっとも、意地の悪い言い方をすれば、それはリックの頭の悪さを示すものでもあるが。

「おれは初めて映画でまともな役がもらえたところだった。ポール・ウェンドコス監督の『決戦珊瑚海』だ。共演はクリフ・ロバートソン。あとでおれの一番好きな監督になる男の作品での初めての役らしい役だ。それもコロンビアのだ。B級ではあったけど、でも、リパブリックやアメリカン《A》・インターナショナル《I》・ピクチャーズ《P》なんかじゃない。コロンビアだ」

　クリフは同じ話の四回目を聞く心の準備をして、運転席からボスを見上げる。

「とにかく、おれは興奮しまくってた。ただ、第二助監督ってのが実に嫌な野郎で、そいつはずっとおれに嫌がらせをしてきた。トミー・ローリンでも、もちろんクリフ・ロバートソンでもなく、このおれにだ。あのクソはクリフにはケツまで舐めそうにしてたのに、だ！　ほかの誰にも嫌がらせなんかしなかったのに、このおれにだけしたんだ！

　気分は悪いし、不公平だし、最後にはさすがにおれももうたくさんだと思った。で、まるぽちゃゴードン・ジョーンズと昼食を食っていたときに言ったんだ。ジョーンズはウィリアム・ウィットニー作品の常連で、八十作は出てるだろうな。いいやつなんだ。おれはジョーンズに言った。あの野郎があとひとこと何か胸くそ悪いことを言ったら、めちゃくちゃにしてやるって」

　ここからがこの話の教訓だ。「ジョーンズは言った。ああ、そうしろよ。そうすりゃいい。やつはそうされて当然だ。だけど、現場でぶちのめすまえに、財布から映画俳優組合《SAG》の組合員証を出して、マッチに火をつけて燃やしておけ。それがおまえがしようとしていることなんだから。やるなら徹底的にやれ」

　クリフはいつもと同じことを言う。「わかった、わかった。あのちびの言うことなんか気にしなきゃよかったんだよ、おれも」

「そういうことだ」とリックは言う。「大口を叩く主演俳優がいて、そいつが大口を叩くたびに誰かがそいつをぶん殴ってたら、何もできなくなる。実際の話、誰かがそんなことを始めたら、ロバート・コンラッドもダーレン・マクギャヴィンも殴られずに一週間生き延びられるわけがない。しかし、カトー役のあのちび、あれで俳優とはな！　なんでもやれるなんて言ってる役者はみんなクソだ！　台本に書かれてる台詞すら読めないくせしやがって。そうとも、そいういうやつらはそもそも台詞を覚えることすらできないんだ！」

リックは指を折り、自分のやれることがちゃんとわかっている俳優を数える。「殺しに関しちゃ、オーディ・マーフィだな、やっぱり。タッチダウンについて知りたければ、ジム・ブラウン。アイススケートならソニア・ヘニー。泳ぎのことならエスター・ウィリアムズ。だけど、あとはみんなできるふりをしてるだけだ。そういうことが一番わかってるのは、戦争の英雄のスタントマンだけだ！」

クリフはボスに向かって微笑み、禅宗における無我の境地で言う。「さっきも言ったけど、おまえがそう思うならそうなんだろうよ」

「そのとおりだ」とリックは応じる。

クリフは話題を変えて尋ねる。「ほかに何もないなら、撮影が終わる頃迎えにくるよ」

「ああ。アンテナ、頼んだぜ。じゃあ、終わったら」そう言ってリックは尋ねる。「終わりは何時だ？」

「七時半だ」

「じゃあ、七時半に」リックはそう言って、『対決ランサー牧場』のセットのほうに歩いていく。

少し間を置いて、クリフが声をかける。

リックが振り向くと、キャディラックの運転席から相棒が指を突きつけて言う。「覚えとけ、おまえはリック・くそったれ・ダルトンだ！　それを忘れるな！」

リックは微笑んで相棒に軽く敬礼する。ドゥビル・クーペは走り去り、リックは現場に向かう。

『対決ランサー牧場』のメイク用トレーラーの鏡のまえに坐り、リックは氷を浮かべた水に顔をつける。ポール・ニューマンは毎朝これをしているらしい。ニューマンは美容のためだろうが、リックは感覚に刺激を与えて、昨夜の酒による倦怠感から脱するためだ。冷たい水から顔を上げると、氷のかけらをふたつ手に取り、顔と首のうしろになすりつける。

水を持ってきてくれたヘアメイク担当のソニアが、三脚離れたメイク用の椅子に坐ってチェスターフィールドを吸っている。その横では、衣装デザイナーのレベッカが、リックの衣装について話し合うために監督が来るのを待っている。ふくよかで可愛い彼女は、髪を大きく盛っているが、服は今のままで髪をお下げにしたら、『アダムス・ファミリー』のウェンズデー・アダムスのそっくりさんコンテストで三位には入賞できるだろう。ウェンズデー・アダムスみたいな服の上に、大きめの黒革のライダージャケットを羽織っている。

ソニアは顔には出さないものの、美容法（ポール・ニューマンのくそったれ）と酔い覚ましのちがいについては充分わかっている。たとえば、美容法ならうめき声は出ない。

冷水の刺激がリックの顔に染み渡りはじめたちょうどそのとき、トレーラーのドアが勢いよく開いて壁にぶつかり、『対決ランサー牧場』のパイロット版の監督が芝居がかった調子ではいってくる。この男は部屋にはいるときはいつもこうだ。

劇場の最後列に向けてしゃべるみたいにリックに言う。「リック・ダルトンか？　サム・ワナメイカーだ！」

監督は、顔を濡らしたまま坐って少しばかり困惑しているリックに向かって手を差し出す。リックは水をしたたらせながらも反射的に握手する。

そのあと咳払いをしてから、口早に言う。「会えて嬉しいです、サム。手が濡れててすみません」

サムは手のことは受け流す。「気にするな、ユルで慣れている」ユルというのは、エキゾティックなハリウッドスター、ユル・ブリンナーのことだ。俳優でもあるサムは、歴史アクション映画『隊長ブーリバ』で共演して以来、彼とは親しいのだ。ブリンナーのほうも最近ワナメイカーの監督デビュー作『黄金線上の男』に出演して、彼をあと押ししている。

サムはさらに続ける。「リック、きみをキャスティングしたのは私だ。きみが演《や》ってくれるのが嬉しくてたまらないよ」

監督は大変なテンションで話しまくる。テンションが下がっているリックはなんとか監督に合わせようとする。緊張のあまり、この日最初の吃音《きつおん》が出る。

「ど、どうも、サ、サム」そのあとはなんとかつっかえずに言う。「いい役です」

「主演のジム・ステイシーにはもう会ったかな？」監督は、ジョニー・ランサー役の俳優の名を出す。

「い、いいえ、まだです」

この男、吃音があるのか？　とサムは内心思う。

「きみたちが一緒になったらすごいことになる」

「ええと……」リックは正しいことばを探そうとするが、すぐにあきらめ、これだけ言う。「愉しみです」

ワナメイカーは声をひそめて言う。ソニアとレベッカには全部筒抜けだが。「ここだけの話だが、局がジムとウェインを主役に据えた」ウェインとは準主役、ボストン育ちのスコット・ランサー役ウェイン・マウンダーのことだ。

「でもって、彼らはいい仕事をしている。彼らを選んだのは局だ。しかし、きみを選んだのは私だ。きみとステイシーのあいだに何かが起こることが予見できたからだ。このチャンスをうまく利用してくれ」

サムはリックに身を近づける。首から下げているふたご座の記号のメダルがリックの椅子の上で前後に揺れる。「だからと言って、きみにプロらしくない演技を望んでるわけじゃない。きみは経験を積んだプロだ。おれはきみと仕事がしたいんだ」そう言って、リックを指差す。「彼から引き出したいものを引き出すために」と肩越しに親指でトレーラーの外のどこかにいるステイシーを差す。「きみたちふたりが衣装を着たら、きみに――」坐っているリックをまた指差す。

「彼とチンポの大きさを競ってほしい」

さらに指で四角をつくり、リックをカメラのフレームに収めるような仕種をして言う。「ボスゴリラとヒグマの対決だ。想像してくれ」

リックは笑う。「サム、それはすごい光景だ」

「だろ？」

「ゴリラとクマ。どっちがおれなんです？」

「ナニがでかいのはどっちだ？」

「ううん。ゴリラかな」

「きみは勃起したヒグマを見たことがあるか？」

「ないですね」

「だったら、ゴリラのほうがでかいとは言いきれないな。きみたちふたりが同じシーンに登場するときは、彼を挑発してくれ。できるか、リック？」

「挑発する？」

「そう、挑発だ」とワナメイカーは繰り返す。「クマをつついて怒らせる。きみはステイシーをお払い箱にして、自分をジョニー・ランサー役として撮り直すよう局のお偉方を説得しようとしている──そう思わせるような芝居だ。それがステイシーにも番組にもいい結果を及ぼす。奇跡が起きるのはまちがいないね」

ワナメイカーは、鏡越しに自分のうしろで椅子に坐って煙草を吸っているソニアに気づく。振り返らず、鏡の中の彼女に向かって言う。

「ソニア、まずはケイレブに口ひげをつけてくれ。大きくて左右に長く垂れ下がるサパタひげだ」

まいったな、とリックは思う。つけひげは嫌いだ。上唇に毛虫、顔に女のあそこの毛を貼りつけて演技するのと変わらない。接着剤を顔に塗りたくるのが嫌なのは言うまでもない。

ワナメイカーは〝サパタひげ〟と言ったあと、大笑いをしてリックに言う。「ひげを見たら、ステイシーは悔しがるぞ！　実は、ジョニー・ランサーにも口ひげをつけさせたいと彼も私も思ってたんだ。で、このジャンルを現代的に見せるには、イタリア人がヨーロッパでやってるみたいなひげが必要だと局に説明したんだよ」

リックは顔をしかめる。

話に夢中になるあまり、ワナメイカーはリックの反応には気づかない。「ところが、ＣＢＳの答はこうだった。ありえない、だ。口ひげをつけさせるなら悪役だ。つまりきみってことだ、リック」サムはそこでリックににっこり笑って言う。

リックとしてはつけひげなどごめんだが、主演俳優がつけたくてもつけられないものを自分がつけられるのだとしたら……となると、話は変わってくる。

「ステイシーはひげをつけたかったんですね？」とリックは確かめる。

「そうだ」

「だったら、ステイシーは気にしますかね？」

「本気で言ってるのか？　そりゃかんかんになるだろうよ。それでも、彼は局の意向を知っている。結局、きみたちふたりの対立が内面的に深まるだけだろう」

彼はレベッカのほうを向いて言う。「レベッカ、リックの演じるケイレブには変わった恰好をさせたい。『ボナンザ』や『バークレー牧場』みたいなここ十年の作品で悪役が着ていたような衣装じゃなくて。時代の精神を取り入れて、時代錯誤じゃないものにしたいんだ。そうは言っても、一九六九年と一八八九年はどこで出会う？　今夜〈ロンドン・フォグ（ハリウッドにあったナイトクラブ）〉で着られて、しかも誰より洒落て見える。おれの望みはそんな衣装だな」

カウンターカルチャーに強い衣装デザイナーは、流行に敏感な監督の求める返事を返す。

「腕にひらひらがついたカスター将軍みたいなジャケットがあるけど。褐色だけど、ダークブラウンに染めれば今夜でも大通りを歩けるわ」

それこそワナメイカーの聞きたいことだ。レベッカの頬を人差し指で撫でて言う。「さすがだ、レベッカ」

レベッカは微笑み返す。この瞬間、リックはこのふたりが寝ていることを確信する。

ワナメイカーはリックを振り返って言う。「さて、リック、きみの髪だが」

リックは必要以上に身構えて訊き返す。「髪？」

「ヘアクリームで髪を整える時代は終わった。それはアイゼンハワーの時代の話だ。ケイレブにはちがう髪型をしてほしい」

「どんな？」

「もっとヒッピーっぽい髪型だ」

ヒッピーみたいになれと言うのか？　リックは苦々しくそう思う。

「ヒッピーみたいになれって言うんですか？」と実際、声に出して、疑わしげな顔で訊く。

「ヒッピーというよりヘルズ・エンジェルズだな」

サムの眼がまた鏡の中のソニアをとらえる。「インディアンの長髪のかつらが欲しい。そいつをリックにかぶせて、ヒッピースタイルに切ってくれ」

そのあとすばやくリックを振り返る。「ただしおっかないヒッピーだ」

リックはサムの創造力の流れを断ち切る。「サム、あの……サム？」

サムは振り向いてリックに全神経を向ける。「なんだ、リック？」

リックは気むずかしく聞こえないよう気をつけつつ、現実的な質問でサムの勢いをゆるめようとする。「ええと……その……おれの顔を……」正しいことばを探す。「あれこれいじくったら、誰にもおれだとわからなくなります」

サム・ワナメイカーは一瞬の間を置いてから答える。「そうとも。でも、それを演技と呼ぶ人もいるだろ、リック?」

Chapter Ten

Misadventure

偶発的な事故

妻に向けてサメ用の水中銃を発射した瞬間、クリフはしまったと思った。

銃から発射された銛《もり》は彼女の臍《へそ》の少し下に命中し、体をまっぷたつにした。まっぷたつになった体は、ボートの甲板に倒れて水しぶきを上げた。クリフ・ブースは長年この女を嫌ってきたが、半分に分かれた体が自分のボートの甲板に転がっているのを見たとたん、長年の憎悪と恨みが消えた。彼女のそばに走り寄って腕に抱き、心からの後悔と自責のことばを狂ったように唱え、彼女の体をひとつにくっつけようとした。

そうやって七時間、彼女を生かしつづけた。一瞬でも手を離して彼女のそばを離れたらまたまっぷたつになってしまうのではないかと思うと怖くて、沿岸警備隊を呼ぶこともできなかった。七時間彼女を強く抱きしめて落ち着かせ、彼女を生かしつづけた。水中銃を撃ったのが彼でなければ、英雄的な行動と言えなくもなかった。

いずれにしろ、彼ら夫婦は彼女の名をつけたボート〈ビリーズボート〉の血だらけの甲板上で、彼女の血と腸《はらわた》にまみれ、死と向き合いながら、これまで一度もできなかったような会話を七時間にわたって続けた。彼女が自身の窮地についてあれこれ考えずにすむよう、クリフは彼女に話させつづけた。

では、何を話し合ったのか？　ふたりの愛の物語についてだ。

七時間をかけて、ふたりは出会ってからの人生を振り返った。

六時頃、ついに沿岸警備隊の船が近づいてきたときにも、サマーキャンプに参加し、互いに好きでたまらなくなった十四歳のカップルさながら、ふたりは甘いおしゃべりをしていた。出会ったときと、初めてのデートのときのほんの些細なことを覚えているかというゲームで、相手を負かそうとしていた。沿岸警備隊がボートに移り、彼女を港に移送するあいだも、クリフはビリーのふたつに分かれた体を抱きつづけた。大丈夫だと彼女に言いつづけた。「おれは嘘はつかない。キングコング並みの傷は残るだろうが、でも、きみは大丈夫だ」

クリフは七時間献身的な台詞を言いつづけ、なんとかビリーを安心させようと努めながら、実のところ、自分も安心させようとしていた。だから、沿岸警備隊がビリーをボートから降ろして、待機していた救急車に移したときには心底驚いた。いつもは現実的な彼なのに。そのとき彼女の体がまたふたつに分かれたのだ。

それは、まあ、驚くだろう。

六〇年代のハリウッドのスタント界において、彼はその輝かしい軍歴と第二次世界大戦の偉大なる英雄のひとりに数えられるという事実のおかげで、大いに賞賛されていた。が、同時に、妻を殺しながら刑から逃れた男という噂も立っていた。彼は故意に妻を撃ったのか。真実を知る者はいなかった。クリフが主張しつづけたように、ダイヴィング用具の扱いを誤ったがゆえの悲劇だったのか、それとも？　酔っぱらったビリー・ブースが夫を仕事仲間のまえでなじる場面を一度でも見たことがある人間は、誰ひとり彼の話を信じなかった。で、実際のところ、ハリウッドのスタント界の大半の人間がそういう場面を一度は目撃していた。だから、クリフが故意に殺したというのがスタント界の大方の一致した意見だった。

事故が起きたときに妻が酔っていたことは、クリフも警察に認めていた。ただ、警察はビリーがどんな女性だったのか知らなかったので、それがどういうことなのかわからなかった。スタントマンとその妻たちにはわかっていた。

おそらくビリーが喧嘩を吹っかけたのだろう。そして、言ってはいけないことを言いすぎたのだ。それでクリフがうんざりして、ふとした瞬間に思いきったことをしてしまったのだろう。一度してしまったら取り返しがつかないことを。

クリフはどうやって刑を逃れたのか？　簡単なことだ。彼の話がもっともらしくて、反証がなかったからだ。実際、ビリーにしたことをクリフは心から悪かったと思っていた。が、いかに後悔し、自分を責めようと、殺人の罪から逃れるのをあきらめようという考えは、彼の頭にはこれっぽっちも浮かばなかった。

そもそもクリフはすんだことはしかたがないとあっさり考えるタイプだった。すべてを真剣に受け止める一方で、実利的な考え方もする。刑務所に二十年もいる必要はない。それに、見境をなくした瞬間を償うのに——自分を罰するのに——おれの仕事はぴったりじゃないか。そもそもおれは犯罪者ではない。計画的な殺人を犯したわけでもない。実際、事故だったのだ。おれのそのことばに偽りはない。指が引き金を引いたとき、おれはそれを意識したか?

まあ、そこはなんとも言えないところではあるが。

それでも第一に、その水中銃の引き金は触れただけで矢が発射する触発引き金だった。第二に、あれは意識というより衝動だった。第三に、指で引いたのか、指が引き攣《つ》ったのか、そこもはっきりしない。第四は、ビリー・ブースの死を惜しむ者はいないように思われる点だ。実に嫌な女だった。だからと言って、まっぷたつに裂かれるのが当然だったのかと問われれば、答はおそらくノーだろうが、ビリー・ブースのいない世界でも甘い生活は続く。それは誇張でもなんでもない。実のところ、彼女の死にショックを受けたのは姉のナタリーだけだったが、そのナタリーはビリー以上に嫌な女だ。それが証拠にナタリーがショックを受けたのはほんの束の間だった。そんなこんなで、クリフは罪悪感と後悔を抱えながら改心すると誓ったのだ。それで世間に赦してもらおうと思ったのだ。彼が日本兵を殺したおかげで助かった数知れないアメリカ軍兵士の命のほうが、ビリー・ブースひとりの命より価値がある。それだけはまちがいない。クリフは自分にそう言い聞かせたのだった。

この事件を捜査した警察は、クリフ・ブースに暴力的な傾向があることをハリウッドのスタント界ほど認識していなかった。加えてダイヴィング用具の扱いを誤ったというクリフの話はもっともらしかった。

そもそも、海の真ん中に浮かぶボートにふたりきりという状況の中で何があったのか、それを証明するのは容易ではない。そのためには、クリフの話どおりの経緯ではなかったということを反証しなければならないのだから。かくして反証のできない証言に武装され、ビリー・ブースの死は偶発的な事故として片づけられたのだった。

ただ、その日以来、クリフはハリウッドじゅうのどこのセットに行っても誰より悪名高い人物となった。どこのセットでも、殺人罪から逃れた男であることを誰もが知っている唯一の人物となった。

Chapter Eleven

The Twinkie Truck

トウィンキー・トラック

チャールズ・マンソンは、〈ホステス・トウィンキー・コンティネンタル・ベーカリー〉のおんぼろトラックで、シエロ・ドライヴのテリー・メルチャー邸に向かう、くねくね道をのぼっている。自分がいちかばちかの賭けに出ていることは自分でもわかっている。

サンフランシスコからロスアンジェルスに出てきたときのチャーリーの目標は、自作の曲を発表し、自分で歌って録音し、レコード契約を結び、ロックンロールのスターになることだった。酒や薬に酔い痴《し》れた若者の精神的リーダー、家出少女の教祖でいることは、目標を達成するまでのつなぎにすぎなかった。最初はうまくいった。実にうまくいった。少女たちのおかげで、ビーチ・ボーイズのドラマー、デニス・ウィルソンとつながりができた。正真正銘のロックスターだ。そのおかげで、ウィルソンの友人であるグレッグ・ヤコブソンやドリス・デイの息子のテリー・メルチャーともつながりができた。

それがさらに、ロスアンジェルスのロックシーンを賑わす大物ミュージシャンたちとのさまざまな出来事やどんちゃん騒ぎ、マリファナパーティ、ジャムセッションへとつながった。いつのまにか、ザ・レイダーズのリードヴォーカル、マーク・リンゼイとマリファナをやったり、モンキーズのマイク・ネスミスやバフィー・セントメリーと酒を飲んだり、ニール・ヤングとギターでジャムセッションをしたりするまでにもなった。あのニール・ヤングとだ！

ただジャムセッションをやっただけではない。チャーリーのアドリブはヤングを心底感心させた（ニール・ヤングとジャムセッションをしたあの夜は、チャーリーの人生で一番まともに近い夜だった）。ヤングとのセッションをきっかけにボブ・ディランに会えるのを期待したが、ディランはそう簡単にはつかまらなかった。チャーリーがディランに一番近づけたのは、当時ディランの側近だったボビー・ニューワースと〈ロンドン・フォグ〉で少しことばを交わしたこと、その程度だ。それでも、デニス・ウィルソン宅に居候していた期間、チャーリーの音楽的なひらめきが勢いを増したのはまちがいない。レコーディング・セッションをして、チャーリーの曲も含めて四分の三インチテープに録音したこともあった。メルチャーがチャーリーをコロンビア・レコードと契約させることを本気で考えていたのかどうかは疑問だが、チャーリーの曲を別のアーティストの演奏で録音することを考えていた可能性はある。刑務所で身につけた知恵と哲学の知識はあったものの、音楽ビジネスについて、チャーリーはおそろしく無知だった。ただ、彼のレコードが売れるかどうか、テリー・メルチャーが半信半疑なのは、チャーリーにもわかっていた。と言って、そんなことで気持ちがくじけることはなかった、もちろん。自身のこととなると、チャーリーは見事なまでの楽天家だった。足がかりを得たい。常々そう言っていた彼にとって、テリー・メルチャーから、いずれ自作曲をギターで弾かせてやる、と言われたのはまさしくその足がかりだった。

要するに、チャーリーは自分とメルチャーとの関係を現実より親密と感じていたのだろう。それはまちがいない。

メルチャーのほうもチャーリーにいくらかは興味を持っていたのかどうか。それもおそらくまちがいないだろう。

とはいえ、チャーリーがレコード契約を得るための一番の近道は、デニス・ウィルソンとの近しい関係だった。デニスはビーチ・ボーイズで唯一の本物のロックスターだった。ブライアン・ウィルソンはもともとデブなのがさらに肥りつつあったし、アル・ジャーディンはまるで骸骨、マイク・ラヴは十八歳の頃から禿げていた。デニスはセクシーで魅力的で、六〇年代前半にはすでに六〇年代後半の禅《ゼン》のような雰囲気を醸しており、一時、本気でチャーリーとの音楽の可能性を信じていた。チャーリーと深夜のセッションをおこない、チャーリーの哲学と世界観に感銘を受けていたのだ（黒人男性に対して不信感と恐怖心を持っているのもふたりの共通点だった）。自宅でのジャムセッション中、デニスはチャーリーのギターのアドリブに明らかな才能を感じた。とはいえ、きちんとした音楽教育を受けていない未熟でいい加減なチャーリーが、プロのレコーディングスタジオ――そこにいるだけでプレッシャーと不安を覚えてもおかしくない環境――で自分の音楽を表現できるこつをつかんでいたとはまず思えない（ただ、この点についてはチャーリーは一部の音楽の天才と通ずるものがある。ウディ・ガスリーやレッドベリーのレコーディングは、彼らの音楽的才能がその場で発揮されたというより、歴史的な録音としての意義のほうが大きい）。ただ、チャーリー・マンソンがそもそもアドリブの才能とギターの腕前、それに刑務所にいたという経験を糧に、五〇年代後半から六〇年代前半にすでに、グリニッジヴィレッジのコーヒーハウスやフーテナニー（聴衆参加型のフォークコンサート）で投げ銭を得るすべを獲得していたというのは、大いに考えられる。デニス・ウィルソンは一時、チャーリーの夢を心から応援し、チャーリーの曲のひとつのレコーディングさえした。マンソン・ファミリーを象徴する『シーズ・トゥ・エグシスト』というその曲は、『ネヴァー・ラーン・ノット・トゥ・ラヴ』というタイトルで書き直され、ビーチ・ボーイズのアルバム『20／20』に収録された。

　テリー・メルチャーがコロンビア・レコードのためにチャーリーと契約を結ぶことはありえなかったが、一方、ビーチ・ボーイズはブラザー・レコードという独自のレーベルを立ち上げており、そこからチャールズ・マンソンのアルバムを出すことは考えられた。ただ、実際にはそういうことは起こらなかった。それはデニス・ウィルソンが、自宅に居候《いそうろう》させていた怪しげな連中に対して苛立ちや恐怖を覚えるようになったからだ。いずれにしろ、最初にデニスをファミリーに引き寄せたのは少女たちだったが、その後の彼とファミリーとのつきあいは、チャーリーとの純粋な友情によるものだった。しかし、ビーチ・ボーイズへの橋をチャーリーが渡ろうとしていたまさにそのとき、デニスはその橋を焼き落としてしまう。チャーリー率いるヒッピー集団に対する怒りのために。

　反体制にして公平な六〇年代後期のトパンガ・キャニオンのヒッピー集団のためのエンタメ学級。それこそデニス・ウィルソンが彼らに提供しようとしたものだった。が、ゴミを漁り、ヤクでトリップし、年じゅう歌でも歌っているように話す、性病持ちのこのヒッピー集団が、ただ人にたかるだけの忘恩の徒であることがわかるのに時間はかからなかった。彼らはデニスの家を滅茶滅茶にし、彼に性病の薬代を払わせ、私物を盗み、壊した。デニスの損害は甚大で、人のいい彼も最後には居候たちを追い出す仕事をマネージャーに託す。そして、自分も家を出た。

ファミリーがデニスの家を動物園に変えなければ、ビーチ・ボーイズのほかのメンバーを心配させることも、デニスに対する信頼をなくすこともなかっただろう。もしかしたら、チャールズ・マンソンが彼らの新しいレーベルの期待の星になっていたかもしれない。もっとも、変わり者のチャーリーのレコードが一悶着もなく出来上がるとも思えないが。いや、そもそも彼にアルバムを一枚完成させる能力があるのかどうか。それはそれとして、ビーチ・ボーイズのほかのバンドメンバーが、人のいいデニスにたかっている連中とチャーリーを結びつけて考えなければ、チャーリーとしてもデニスとのつながりを利用して、何かできていただろう。

しかし、実際にはファミリーがデニスに大損失を被らせたせいで、ビーチ・ボーイズはチャーリーの曲のひとつをレコーディングしたにもかかわらず、発表する際には彼の名をはずす。印税は信奉者たちが浪費した分でチャラになると考えたのだ（名前をはずすかわりに、デニスがチャーリーにオートバイを贈ったという噂もあったが）。

そういうわけで、一九六九年二月八日時点でチャーリーの音楽業界とのつながりはすでに干からびていた。そんな中、ひとつだけ残っていたつながりが、以前テリー・メルチャーがいつかチャーリーに自作曲を演奏させるとしたあいまいな口約束だったのだ。が、今ではもうチャーリーはテリーと連絡が取れなくなっていた。以前は、頻繁にではないものの、打ち合わせの予定を立てられる程度の頻度で、テリーと顔を合わせる機会がチャーリーにもあったのだが。しかし、それもデニス・ウィルソン邸を追い出されるまでの話だ。こうなってしまってはどんな約束も反故《ほご》になるのは、さすがのチャーリーにもわかっていた。いや、そうでもないか、とチャーリーは考えた。なんといってもビーチ・ボーイズの新しいアルバムに一曲採用されたのだ。クレジットはなかったが、あの曲のオリジナルはおれの『シーズ・トゥ・エグシスト』だ。でもって、それを知っている数少ない人物のひとりがテリー・メルチャーだ。おれのことを梅毒にかかった少女たちをレコードプロデューサーに手配するケチなポン引きではなく、金になる音楽をつくる作曲家として見てくれるかもしれない。

テリー・メルチャーは、スパーン牧場まで出向いて、チャーリーの歌を聞くことを承知した。日時が決まり、牧場ではテリーを迎えるパーティの手筈も整っていた。が、結局、テリーは現れなかった。

チャールズ・マンソンにとって、こんなふうにすっぽかされるのは、いろいろな意味で衝撃だった。まず、ついにテリーのまえで演奏できるということで、一週間かけて準備をしていたのだ。ファミリーはこのお祭りに向けて着飾り、牧場も飾り立てられた。バックで演奏する楽器の練習や、半裸の少女たちのハーモニーやダンスの準備もした。が、テリーは現われなかった。

その日が運命の日となった。

その日、チャーリーには火がついていた。

かつて一度だけプロとしてレコーディングセッションに参加したとき、緊張に負けてしまった自分を彼はいまだに許せずにいた。

その日はあのときとはちがう日になるはずだった。

その日、チャーリーは最高のコンディションで、気持ちもおだやかで、心も満たされ、曲も思いどおりに弾けた。

その日は刑務所でビートルズを聞くようになってからずっと夢見てきた日だった。

彼のあらゆる夢が実現し、人生が変わるはずの日だった。

その日は音楽がチャーリーからあふれ出るはずだった。チャーリーの創造性はチャーリー自身のものであり、しくじりようがなかった。

自らの才能と一体化できた日だった。音楽の女神と一体化できた日だった。神と一体化できた
……なのに、テリーは現われなかった。

テリーが現われなかったことは、チャーリーの創造性をくじき、心を傷つけただけではない。彼を見るファミリーの眼も変えた。

牧場のメンバーたちは、チャーリーがどれほどロックスターになりたがっているかわかっていなかった。いかに名声と金を求めているか、いかに世の中に認められたがっているか。なぜと言って、チャーリーはそれまで彼らに、そういった根源的な欲望を捨てろと説いていたのだから。

チャーリーはサトリに向かう心の道を歩んでいる。彼らはみなずっとそう思っていた。

チャーリーが真に求めているのはそのサトリを広めることだと。

チャーリーの目標はサトリと人類への愛に導かれて新しい世界秩序を創造することだと。

つまるところ、チャーリーにはもっと高い目標があると彼らは信じていたわけだ。なぜなら本人がそう言っているのだから。だから、マーク・リンゼイと入れ替わってステージに立つためなら、そんなたわごとなどさっさと捨てるとは思いもしなかった。

ミッキー・ドレンツのかわりにモンキーズに加わるためなら、彼らに、彼自身がつくり上げたものに、彼が彼らに教え込んだことに、喜んで別れを告げるだろうなどとは夢にも思っていなかった。

チャーリーがレコード契約を結ぼうとしている理由はただひとつ、自身の影響力を拡大するため。彼らはみなそう思っていた。自身のサトリをさらに多くの人に、それを求めている世界じゅうの人に広げるためだと。

ビートルズのように。イエス・キリストのように。チャーリーのように。

彼は自分のために有名になりたいわけではない。自分の音楽が他者に意味すること、そのためにこそ有名になりたいのだ。音楽は世界がチャーリーを知るほんの入口にすぎない。彼を通して神がこれまでにない最高の音楽を書くのだ。キリストがそれまでになかった最高の詩を書いたように。デニス・ウィルソンみたいにプラチナアルバムを額に入れて壁に飾るためじゃない。デニス・ウィルソンみたいにスポーツカーを持つためじゃない。音楽雑誌の〈クロウダディ〉の表紙を飾るためじゃない。『イージー・ライダー』のサントラに曲を入れてもらうためじゃない。KHJ局の『リアル・ドン・スティール・ショー』でプロモーション競争をするためじゃない。人類を救うためなのだ！

チャーリーの目標と願望が自分たちほど純粋ではないことを彼らが初めて垣間見たのが、テリー・メルチャーのオーディションに対して彼が不安を隠しきれなくなったこのときだった。

うまく行くことを誰もが望んでいたのはまちがいないが、すべてがこのことにかかっているなどとは彼以外誰も考えていなかった。

うまく行くかもしれないし、行かないかもしれない。心配するな。起きるべきことが起きるのだ。人はさきのことを考え、神はそれを笑う。チャーリーはそう彼らに教えた。

なのに、テリー・メルチャーにどう思われるか、チャーリーはどうしてこんなに気にしているのか？

どうしてテリー・メルチャーが彼の音楽を気に入り、愉しむかどうかについて、これほど思い煩うのか？

どうしてくそテリー・くそメルチャーに好印象を持たれようと躍起になっているのか？

三時半の約束が三時四十分になり、さらに三時五十分、四時、四時十分、四時二十分、四時半になると、テリー・メルチャーが現われないであろうこと、そのことでチャーリーがひどく気落ちしていることが彼らにもはっきりわかった。テリーが来なかったことで、ファミリーの眼にチャーリーの弱さが露呈した。それまで彼らの眼にチャーリーが弱く見えたことは一度もなかった。怒り狂い、ショットガンを抱えてメンバーの親たちがやってきたときにも、友達につき添われ、金や車や赤ん坊を返せと元メンバーがやってきたときにも、あの過激派のブラックパンサー党に対しても、警察に対しても、チャーリーはいつもそういった連中にウィンクと笑みで立ち向かった。神が味方についていることがわかっているからだ。なのに今回はちがう。今回愚かに見えたのはチャーリーのほうだった。スパーン牧場の若者たちがこれまで思いもよらなかったことで、この日明らかになったことはほかにもある。もしかしたらチャーリーは、ラジオに出たがっているギターを抱えたただの長髪のヒッピーなのではないか。彼らの多くがそんなことは信じなかったし、信じようともしなかったが、メンバーの一部がそんな疑いを持ったのがその日だった。

約束をすっぽかしたのはきみを軽く見ているからではない。メルチャーはチャーリーにそう伝えてきた。そもそも忙しいところへ大事な用ができてしまったのだと弁解してきた。しかし、それはちょっとまえのことで、それ以降改めて予定を組むとは言っておらず、今はチャーリーとテリーに接点がない。ばったり出会ってオーディションの予定を組み直すといったことは起きそうにない。

しかし、このことはある意味、チャーリーにとってエンターテインメント業界というものを知るいい勉強になったとは言える。人の出入りの激しい業界だ。昨日親しくつきあっていた者が今日は手を振るだけの相手になる。有望なチャンスもうまくいくとはかぎらない。まえにポーリン・ケイルが書いたように〝ハリウッドでは、励ましは死を招く〟のだ。

ムハンマドでさえ〈ウィスキー・ア・ゴーゴー（サンセットストリップのナイトクラブ）〉でカティサークを飲んでいて、山に出くわすことはない。自ら山に（この場合はハリウッドヒルズだが）行かなければならない（預言者ムハンマドのことば「山もしわれに来たらずば、われ山へ行くべし」より）。

これがチャーリーの最後の切り札だ。

テリー・メルチャーの家には以前行ったことがあるから、どこに住んでいるかは知っている。その家でのパーティにも出た。無作法ではあるが、門まで行って挨拶をするぐらいなら問題はないだろう。

とはいえ必死の行動だ。チャーリー自身そう思う。テリーがこれを必死の行動と受け取ることもチャーリーにはよくわかっている。それでもこれしか残された道はない。テリーはいつかチャーリーの曲を聞くと言った。それに、彼には約束をすっぽかされた貸しがある。もう、ウィルソンの家でばったり出会うこともない。失われたチャンスを取り戻すには、自宅にいるテリーを運よくつかまえてせがむしかないのだ。やんわりと。面と向かってノーと言えない程度に軽い罪悪感を覚えさせて。これをやらないと、もう二度とテリーには会えないだろう。うまくいかなくても——おそらくうまくいかないだろうが——少なくとも、できるだけのことはしたと自分に言える。

シエロ・ドライヴのテリーの家のまえで車を停めると、門が開いているのが見える。テリーのような連中は届けものが多いから、いちいちインターフォンまで走って門を開けなくてもすむよう、たいてい開けたままにしておくのだろう。来るまえまでは、閉じた門の外の私道の脇に立つ金属の柱につけられたスピーカーから、拒絶のことばを聞かされるだろうと思っていたのだが。

テリーはいるかい？

どなた？

テリーの友達のチャーリーだ。

チャーリー、誰？

チャーリー・マンソン。

テリーはいない。

そんな会話を予想していた。インターフォンに出たのがテリー本人だったとしても、使用人のふりをするだろうと思っていた。だから、門が開いているのは予想外の幸運だったと言っていい。幸運とは準備とチャンスがぴったり合うことだという説がある。準備について言えば、訪問のタイミングとして土曜の午前遅くか午後早い時間を選んだ。自宅にいるテリーをつかまえようと思ったら、このタイミングがいい。うまくいけば、直接顔を合わせられるかもしれない。そう思ったのだ。

〈トウィンキー〉のトラックを長い私道に乗り入れることも考えたが、それは大胆すぎる。謙虚でいるほうがいい。手を広げ、にっこり微笑みながら歩いて家に近づくのだ。

ささやかな足跡を残すのだ。

チャーリーはトラックから降りる。テリーは、静かな通りをのぼった丘の一番上に住んでいる。視界にはいる人間と言えば、隣りの家の屋根でアンテナをいじっている、上半身裸のブロンドの男だけだ。チャーリーはその男に注意を向けることもなく、テリーの家の玄関に向かって私道を歩く。

シャロンは、ポール・リヴィア&ザ・レイダーズのアルバム『スピリット・オブ67』の一曲目にプレーヤーの針をおろす。シャロンとロマンは、シエロ・ドライヴのこの家を所有者のルディ・アルトベッリから借りており、ルディ自身はプールの奥のゲストハウスに住んでいる。シャロンとロマンのまえには、レイダーズのプロデューサー、テリー・メルチャーが借りていて、女優のキャンディス・バーゲンと同棲していた。彼女とここに住みはじめるまえは、メルチャーはレイダーズのリードヴォーカル、マーク・リンゼイと同居していた。だから、シャロンが客用寝室のクロゼットに、セロファンのカヴァーがかかったままの『スピリット・オブ67』の束を見つけてもなんの不思議もない。妻にレコードを見つけたと報告されると、ロマンは顔をしかめて言った。「子供だましのバブルガムミュージックは嫌いだね」

シャロンは言い返さなかったが、夫と同じ考えというわけではなかった。KHJ局で聞く軽快なバブルガムミュージックはむしろ好きだった。『ヤミー・ヤミー・ヤミー』、同じバンドによる後続曲『チューイー・チューイー』。ボビー・シャーマンも好きだ。彼の『いとしのジュリー』も。ザ・ロイヤル・ガーズメンの『スヌーピー対レッド・バロン』も。

ロマンにも、ジョン・フィリップスとミシェル・フィリップスの夫婦やキャス・エリオット、ウォーレン・ベイティといったヒップな友人たちにも話すつもりはないが、本音を言えば、彼女はビートルズよりモンキーズが好きだった。

彼らがほんとうの意味でのグループではないことはもちろん知っている。ビートルズの人気にあやかって、テレビがつくったグループにすぎないことも。それでも、心の奥底ではそちらのほうが好きなのだ。ポール・マッカートニーよりデイヴィ・ジョーンズのほうがキュートだと思う（ロマンやジェイに惹かれることからもわかるように、シャロンは十二歳に見える小柄でキュートな男が好みなのだ）。リンゴ・スターよりミッキー・ドレンツのほうが面白いし、同じ物静かならジョージ・ハリソンよりマイク・ネスミスに惹かれる。ピーター・トークはジョン・レノンに負けないいくらいヒッピーっぽいが、レノンほど偉ぶっていなくて、たぶんいい人だ。もちろん、ビートルズは自分たちで全部曲を書いているが、そんなことはどうでもいい。『ア・デイ・イン・ザ・ライフ』より『恋の終列車』が好きだといったら好きなのだ。誰が書いたかなんか問題じゃない。とにかく、ポール・リヴィア&ザ・レイダーズはモンキーズっぽい。歌詞はキャッチーで、面白くて、そして彼らは常にテレビに出ている。彼らの曲の中でも『キックス』、『ハングリー』、それに特に『グッド・シング』が好きだ。ルディ・アルトベッリの話だと、マーク・リンゼイとテリー・メルチャーは居間に置いた白いピアノで『グッド・シング』を書いたのだという。クールだ。レコードに針を置き、スピーカーから流れるクールなギターのリフを聞きながら、シャロンはそう思う。そしてすぐに曲に合わせて、肩と腰を揺らしはじめ、それまでしていたことも再開する。ロマンのスーツケースに荷物を詰めていたのだ。ロマンは明日、ロンドンに向かう。彼の荷造りはいつもシャロンがやる。彼のために始めたちょっとした思いやりで、今もちょっとした思いやりでやっている。

シャロンの元婚約者のジェイ・セブリングがキッチンで自分のためにサンドウィッチをつくっている。このあと、フェアファックスの自分のヘアサロンまでシャロンを乗せていき、今夜ロマンとともにテレビ出演する彼女の髪をセットすることになっている（ジェイは男の髪専門で、女はシャロンしか扱わない）。昨夜はみんなでヒュー・ヘフナーのプレイボーイ・マンションのパーティに出た。ヘフナーはひと晩じゅう、ロマンにサンセット・ストリップの端に建つサンセット9000ビルの最上階で収録される自分の疑似トーク番組『プレイボーイ・アフター・ダーク』に出るよう口説きつづけた。シャロンは実のところ、ロマンが相談なしに立てつづけにふたつの用事に自分を巻き込んだことに腹を立てていた。それだけではない。シャロンは、ゴア・ヴィダルの『マイラ』というとてもすばらしい小説を読書中で、出かけるより夫と並んでベッドに寝そべりながらその本を読みたかった。そのことはロマンも知っている。なのに、二晩続けて人形みたいにめかし込んで、〝セクシーなわたし〟（六〇年代の売り出し中の女優である自分に、シャロンがつけた自虐的なニックネーム）を演じなければならなかったのだ。

スイスでロマンのために買った白いタートルネックのセーターをたたみ、客用寝室のベッドの上に広げたスーツケースに入れる。ぼさぼさの黒髪で、ブルーデニムのシャツの裾をズボンから出し、その上に茶色い革ヴェスト、足に革サンダル、汚いオーヴァーオールジーンズといういでたちの背の低いヒッピーが、木の葉のあいだから現われ、家のまえのセメントの駐車スペースをうろうろしている。シャロンは気づかない。キッチンでターキーとトマトのサンドウィッチを食べているジェイが、窓越しにその男に気づく。私道から玄関に移動する小さなヒッピーの動きを眼で追う。まるで自分の敷地みたいに歩きまわってるあのぼさぼさ頭の男は誰だ？

キッチンとは反対端にある客用寝室で荷造りをしているシャロンには、玄関で誰かに向かって話しかけるジェイの声だけが聞こえる。「ハロー。なんか用かい？」

家の外から、聞き覚えのない声がもごもごと答えるのが聞こえる。「ああ、テリーを探してるんだ。おれはテリーとデニス・ウィルソンの友達だ」

誰？　シャロンは耳をすます。

ジェイが答えるのが聞こえる。「テリーとキャンディスはもうここには住んでないよ。ここは今はポランスキーの家だ」

シャロンは手に持っていたペイズリー柄のシャツを置き、ジェイが誰と話しているのか確かめに寝室を出る。素足にリーバイスのショートパンツ姿でカーペット敷きの廊下を居間のほうに進むと、驚きもし、がっかりもした様子の来訪者の声が聞こえてくる。「ほんとに？　引っ越した？　くそ！　どこに引っ越したか知ってるか？」

シャロンは壁に額入りの『吸血鬼』のポスターが掛かっている玄関ホールに向かって角を曲がる（ロマンは、自分たちが手がけた映画のポスターを自宅に飾るのはばつが悪いし、幼稚なことだと反対した。シャロンはそれに対してこう抗弁した。結婚したとき、わたしはばつが悪く、幼稚だった。あなたにはそのことがわかっていた。それでも結婚した。そう言って説得したのだった）。

玄関のドアが大きく開いており、ジェイは、モップみたいな頭をして二日分の無精ひげを伸ばしているその薄気味悪い男と話すために外に出ていた。

シャロンは玄関口から元婚約者に声をかける。「誰なの、ジェイ？」

ぼさぼさ頭の来訪者の眼が、玄関口の美しいブロンドを認める。彼女の輝く眼がジェイを通り越して、髪の黒い小男の眼を見つめる。

ジェイが彼女を振り返って言う。「なんでもないよ、ハニー。テリーの友達だって」それから来訪者に向き直り、家の所有者が住むほうを示す。「テリーの引っ越し先はよく知らないけど、ここの所有者のルディなら知ってるんじゃないかな。ルディはゲストハウスに住んでいる」そちらを手で示してつけ加える。「裏道から行くといい」

来訪者は微笑む。「親切にありがとう」

男はそう言って、体の向きを変えながら、もう一度、玄関口に立つ、脚が長くてデパートの男児服コーナーで買ったみたいなストライプのTシャツを着ているブロンドを見やる。そして片手を上げて振りながら言う。「どうも」

この小柄で黒い髪の来訪者を薄気味悪く思いながらも、シャロンはうなずき、小さく笑みを返す。そのあとも姿が見えなくなるまで、敷地の裏に向かう男の姿を眼で追いつづける。

ルディ・アルトベッリがシャワーから出ると、開いている玄関ドアの横にいる誰かに向かって飼い犬のバンディットが吠えている。動物ではなく人だ。それがわかるのは、誰か人にしろ、あるいは何かにしろ、侵入したときのバンディットの吠え方には三種類あるからだ。ひとつ目は猫が侵入したときの吠え方。トカゲやアライグマなどの害獣の場合がふたつ目。そして三つ目が、知らない人間が侵入したときだ。彼はタオルを頭にのせ、まだ濡れている体にテリー織りのバスローブを羽織ってバスルームから出ると、玄関に向かう。

ルディ・アルトベッリはハリウッドの三流マネージャーだが、かつては（いっときだが）キャサリン・ヘップバーンとヘンリー・フォンダを担当したこともあった。最近の顧客リストに載っているのは、クリストファー・ジョーンズ、オリヴィア・ハッセー、サリー・ケラーマン、それにディノ、デジ&ビリーの三人組のポップグループのうちのふたり（デジ・アーナズとディーン・マーティンの二世ふたり）だ。不動産はいい投資で、自分は裏のゲストハウスに住み、邸宅はハリウッドの有名人に貸している。玄関——実際は通用口だが——に近づく。テレビでは『コンバット！』のモノクロの再放送をやっている。画面にオープニングクレジットが流れ、シリーズのテーマ曲がスピーカーから響く。低い声のアナウンサーが言う。

「コンバット！　主演《スターリング》ヴィック・モロー、リック・ジェイソン」

バンディットが、網戸の向こうの小柄でむさくるしい男に向かって激しく吠えている。ルディはそこまで行くと、バンディットに「待て！」と怒鳴り、首輪をつかんで脇にどかす。そこで網戸越しに玄関の階段に立っている男を見て、知った顔だと気づく。

「ルディ？」とチャーリーが言う。

「なんだ？」とルディは短い問いかけに短い返事で答える。

チャーリーはいきなり本題にはいる。「やあ、ルディ。おれのこと、覚えてるかどうかわからないけど、テリー・メルチャーとデニス・ウィルソンの友達で――」

「覚えてるよ、チャーリー」とルディは温もりのかけらもない声で言う。「なんの用だ？」

愛想がいいとは言えないな、とチャーリーは思う。が、少なくとも、おれがテリーの知り合いだということは知っている。

「テリーに話があって来たんだけど、引っ越したんだって？」

「ああ、ひと月ほどまえにな」

チャーリーは苛立ち、地面の草を蹴りながら悪態をつく。「くそ、くそったれ！ ここまで来たのに無駄足だった」そのあと網戸の向こうの男を振り向き、愛想よく尋ねる。「引っ越し先か、電話番号は知らないかな？ どうしても連絡を取りたいんだ。急ぎの用で」チャーリーからすれば、これは嘘ではない。

が、ルディのほうはチャーリーに嘘をつく。「悪いな、チャーリー。力になれない。知らないんだ」

「困ったな」とチャーリーは言う。

そのあと口調を変えて、すでに答がわかっている質問をする。「あんたは何をして食ってるんだ、ルディ?」

「おれはマネージャーだよ、チャーリー。知ってるだろ?」

ヴィック・モロー、リック・ジェイソン、ジャック・ホーガンがナチスを吹き飛ばすのを背景に、チャーリーはルディに追い払われるまえにまくしたてる。

「テリーと連絡が取りたいのは、コロンビアのオーディションを受けさせてもらうことになってたからなんだ。だけど、実のところ窓口になってくれる人がいないんで、オーディションがうまくいってコロンビアがおれと契約したいってことになっても、おれはひとりだ。アーティストにとっちゃいい状況じゃない。特に、相手がコロンビアみたいな大手の場合は。

だから、このあとあんたのところにテープを持ってきて、あんたに聞いてもらうってのはどうだろう? 生《なま》でギターも弾くよ。

気に入ったらおれと契約してくれ。そうすりゃおれはコロンビアと交渉ができる」

ルディが関心のなさそうな顔をするのを見て、チャーリーは餌をちらつかせることにする。

「おれのまわりには女の子が大勢いてね。連れてきて、バックで歌わせてもいい。おれの女の子たちは男にいい思いをさせるのがうまいんだよ。テリーに訊いてみるといい。テリーもいい思いをしたクチだから」

ルディは口を開く。が、彼がことばを発するまえにチャーリーは質問を放つ。「ビーチ・ボーイズの新しいアルバム聞いたか? 『20/20』だ」

「いや」

「おれの曲がはいってる。おれが曲を書いたんだ。デニス・ウィルソンが手を加えて台無しにして、ビーチ・ボーイズがもっと台無しにしたけどな」

「いいかな――」とルディは口をはさもうとする。が、チャーリーは許さない。

「あんたには聞いてほしくないほど台無しにされちまったんだ。だから、おれのヴァージョンを聞いてほしい。テープを持ってくるから。ギターも弾く。新しい歌をつくってもいい。自信はあるんだ」とチャーリーは熱を込めて言う。

やっと口をはさんでルディが言う。「もっと話したいんだがね、チャーリー、明日からヨーロッパに行くんで荷造りをしなきゃならないんだ」

チャーリーの顔に笑みが浮かび、彼は笑いを含んだ声で言う。「どうも今日はついてないみたいだな」

ルディは話題を変えて言う。「なんでここがわかった?」

チャーリーは親指で背後を指す。「母屋の男が教えてくれた」

「いいか」とルディ・アルトベッリは厳しい声で言う。「借主を煩《わずら》わせないでほしい。二度と彼らに迷惑をかけるなよ。わかったかい、チャーリー?」

チャーリーは微笑むと、言うとおりにするというしるしに手を振る。「わかった、わかった。迷惑はかけないよ」とチャーリーは言う。多少の威厳を取りつくろってやりとりを終えようとする。「テリーを捜すよ。向こうがおれを捜すかもしれないけど。いつかおれの曲を聞いてもらえるかな?」

やれやれとルディは内心思う。

「ああ、もちろんだ、チャーリー」

チャーリーは網戸の中の男に大きく手を振り、さらににっと笑って言う。「いい旅を！」

リックの家の屋根で、クリフはテレビアンテナを立て直す。根元部分を固定しようとペンチではさんで針金を巻いていると、〈トウィンキー〉のトラックでポランスキーの家に乗りつけた小柄なヒッピーが、家から出てきて私道をトラックに向かって歩くのが見える。クリフは針金を巻きながら、その不審な男を眼で追う。

チャーリーは〈トウィンキー〉のトラックに乗りかけ、肩に視線を感じ、動きを止める。そして振り返る。通りの反対側の家の屋根から、シャツを脱いだブロンドの男がテレビアンテナの修理をしながら見下ろしているのが見える。

互いがよく見えるほど距離は近くない。

チャーリーは顔全体に笑みを浮かべ、上半身裸のブロンド男に大きく手を振る。

クリフは微笑みもせず、手を振り返しもしない。ペンチで針金をアンテナに巻きながら、黒い髪の小さなヒッピーを穴があくほど見つめる。

チャーリーの顔から笑みが消える。

それから突然、お得意の〝ウーガ・ブーガ〟ダンスを始め、最後にこれまたお得意の意味不明なことばを叫ぶ。そうしてクリフに向けたその発作みたいなダンスを終えると、屋根の上のクソ野郎に向かって中指を立てて叫ぶ。「クソ野郎！」

〈トウィンキー〉のトラックに乗ると、エンジンをかけ、ほうきみたいなシフトレヴァーでギアを入れる。トラックは咳き込みながら、がたがたとシエロ・ドライヴの坂をくだっていく。

クリフはヒッピーが去っていくのを見つめる。
それから声に出して、ひとりごとを言う。「なんだ、あれは？」

Chapter Twelve

"You Can Call Me Mirabella"

「ミラベラと呼んで」

『対決ランサー牧場』のセットのメイク用トレーラーのドアが開き、リック・ダルトンが降りてくる。ただし、もはやリック・ダルトンには見えない。ソニアは彼に、肩までの長さに切った茶色のかつらをかぶせ、口のまわりにはサパタひげを接着剤でつけていた。レベッカのほうは彼に、カスター将軍みたいなフリンジ付きのいかした茶色の革ジャケットを着せていた。カントリー・ジョー・アンド・ザ・フィッシュと一緒にウッドストックのステージに立っても場ちがいとは言えない衣装だ。言い換えれば、サム・ワナメイカーの言うケイレブ・デカトゥーにぴったりの衣装。

サム、ソニア、レベッカは大満足だが、リックは納得していない。

それでも、俳優としてのリックにも、カウンターカルチャーを体現するケイレブにも大興奮しているサムを見るかぎり、波風を立てないほうがいいと判断する。ここはサムが評価してくれている演技力を発揮して、ほかの三人同様ケイレブの見た目に満足しているふりをするのが得策だと思い直す。ヒッピーのおかまと『オズの魔法使い』の臆病ライオンを足して二で割ったみたいだというのが本音だが。そのどっちがより気に食わないかと言われても、自分でも決めかねるが。

ソニアがトレーラーの入口から顔を出して言う。「お昼の時間だけど、一時間は何も食べないで。ひげの接着剤が完全に乾くまで待ってね」

ナイスガイのリックは、どうってことないさという顔を向ける。そのあと尻ポケットからウェスタン小説のペーパーバックを引っぱり出して彼女のほうに振ってみせる。「大丈夫だ、本があるから」

最悪だ、とリックは内心思う。腹が減ってるっていうのに昼食抜きとは。

セットでの仕事のいいところは食事が出ることだ。ただめしも自分のために用意された食事もリックは大好きだ。なのにセットで出会う俳優の中には、恩知らずなクソ野郎が大勢いる。何が気に入らない？　高いギャラを払い、食事を提供し、飛行機であちこち移動させ、おれたちという人間に我慢し、ちょっとしたこづかいをくれ、おれたちがかっこよく見えるように骨を折ってくれている彼らになんの不満がある？　にもかかわらず、〝今日もチキンか〟なんて文句を言うやつらがいる。リックにはその気が知れない。

食事ができない三十分のランチタイムのあいだ、リックは自分の演じる役が率いる牛泥棒グループが屯《たむろ》する酒場のセットを見ておこうと思い、ケイレブ・デカトゥーの衣装で20世紀フォックスのウェスタンのセットを歩く。この番組ではロヨ・デル・オロと呼ばれる町だ。休憩時間が終われば、ここはスタッフやらカウボーイやら撮影機材やら馬やらでごった返す。が、休憩のあいだはまるでゴーストタウンだ。人っ子ひとりいないというわけではないが。どこかへ向かうスタッフが近道として通ることはある。それでもがらんとしている。

衣装とブーツで、西部の町らしく貸し馬屋、雑貨屋、棺桶屋、宿屋、売春宿が並ぶ土の大通りを歩くと、次第にケイレブ・デカトゥーの気分になってくる。

パイロット版の中では、ケイレブは血に飢えた牛泥棒一味――番組では〝陸の海賊〟という洒落た呼び名がつけられている――の頭目で、渓谷一帯で最大の牛牧場主マードック・ランサーの牛を盗むためにロヨ・デル・オロにやってきた。法らしき法の存在しないこの町は、一番近い連邦保安官事務所でも百五十マイル離れており、陸の海賊を追い払うのは、老いたランサーと数人のメキシコ人牧童ぐらいで、その状況はしばらくは変わりそうになかった。ところが、最近になって、牛泥棒では足らないといわんばかりに、人の生き死にに関わる最悪の展開にいたった。ケイレブの指示で、夜に狙撃手が送り込まれ、マードックの八歳の愛娘ミラベラが眠る家や牧童たちが眠る小屋に、ライフル弾が雨あられと降り注ぎ、牧場の責任者にしてマードックの旧友であるホルヘ・ゴメスが殺され、牧童の四分の一が逃げ出す事態となったのだ。

マードック・ランサーは切羽詰まった。そんなとき人は切羽詰まった手段を取るものだ。だから、マードックのほうでも殺し屋を雇い、多くが命を落とす（言うまでもなく、娘も危険にさらされる）血の闘いを繰り広げるしかほかに方法がないように見えた。が、マードックは自分の金は殺しに使うためではない（殺す相手がデカトゥーの手下みたいなくずどもでさえ）と考えるだけでなく、人を殺すことには牛一頭の価値すらないと考える男だった。

そこで、誰もが取りそうな手段を選ぶかわりに独特の策を取った。

彼には、長年会っていない、母親のちがう息子がふたりいた（このあたりは『ボナンザ』のカートライト兄弟を思わせる）。評判を信じるなら、銃の扱いにかけてはどちらも相当なものらしい。

ふたりのうち年上のほう、スコット・ランサーは母親の実家であるボストンの名家、フォスター家によって富と文化と名誉の中で育ち、学びの殿堂ハーヴァードで学んでいた。父親から見ても非の打ちどころのない立派な男だ。

ところが、今はリヴァーボート・ギャンブラーとして生活しており、どう考えてもその恵まれた育ちを無駄にしていた。さらに、南部の美しい女をめぐって上院議員の息子と決闘し、相手を殺したとの噂も流れている。

ただ、彼にはインドで英国騎兵隊に加わったという輝かしい経歴があり、敵と対決した勇敢さと右脚の負傷に対して、ふたつの勲章を携えてカルカッタから帰国していた。

下の息子、ジョン・ランサーは兄とは似ても似つかない。マードックが最後に会ったのは彼が十歳のときだった。母親のマルタ・コンチータ・ルイーザ・ガルヴァドン・ランサーは、牧童のひとりと寝たあと、幼い息子を連れて夜のうちに牧場をあとにした。ほかの人々が酒を飲むように、彼女は男と寝た。それが彼女という女だが、必ずしも彼女自身がそうなることを望んだわけではない。が、酒飲みの禁酒と同じく、誘惑や共感を一、二週間、いや一、二ヵ月、いや一、二年遠ざけておくことはできても、彼女がいつか失敗するのは初めから決まっていたようなものだった。実際、マルタの場合、マードック・ランサーの妻にして、ジョン・ランサーの母としての十年（息子の誕生後）という歳月ののちに、持って生まれた業《ごう》に屈するときが来たのだった。

ハンサムな牧童ラザロ・ロペスが鞍にまたがって、投げ縄で牛を捕まえるのを初めて見るなり、マルタは自分が品格と富と身分を失うのは時間の問題だと悟った。夫を愛してはいなかったかもしれないが、のちにティナ・ターナーが歌ったように、愛は関係ない。十五歳の少女は文無しの馬番の少年に恋をし、金持ちの地主は十二頭の優秀な馬を差し出して求婚する。愛とは脳みそがケツにくっついているような若い娘たちのためにあるものだ。一方、マルタがマードックに対して抱いていたのは、もっとはるかに意味のある感情だった。そう、敬意だ。

にもかかわらず、ほかでもないマードックの家で、使用人たちの眼のまえで、彼女は彼を辱めた。彼の矜持《きょうじ》をずたずたにした。彼女にもままごとを十年続けることはできたかもしれない。が、ついにその本性をマードックの眼のまえにさらすことになったのだった。信用できない汚らわしい売春婦。妻の裏切りに接した彼の眼を見て、マルタにはランサー牧場で築いたふたりの生活が音をたてて崩れるのがわかった。彼女を赦すことはマードックにもできたかもしれない。しかし、忘れることは決してなかっただろう。言うまでもない。が、それより深刻だったのは、マルタ自身が自尊心を失ったことだった。そして、それを取り戻すことがもう二度とできなくなったことだった。マードック・ランサーにも欠点はあったが、彼は悪い人間ではなかった。自信過剰の牧童と一緒に干し草の山の中を転がるために、彼が与えた生活を棒に振るようなあばずれには、もったいない男だった。彼女は夫が眠りに就くと、二十八回目の誕生日に夫からもらった一頭立て馬車に十歳の息子を乗せて、メキシコに逃げ去った。

国境近くのメキシコの町では、生まれながらの自分を隠さなくてもよくなった。マードックは五年かけて逃げた妻と息子の行方を探したが、徒労に終わった。マルタはその二年後、エンセナーダの酒場の裏部屋で、満足できなかった客に咽喉《のど》を掻っ切られ、牧場を逃げ出して以来ずっと望んでいた平安をようやく手に入れた。これで彼女の自責の日々もついに終わった。彼女の夫の矜持も回復し、息子ともども彼女を獣の沼に引きずり込んだ枷《かせ》も消えた。自分がしたことをマルタがどれほど後悔していたか。それがわかっていたのはただひとりイエス・キリストだけだろうが、彼は常日頃人々に約束しているように、彼女のことも赦しただろう。マルタはこうしてぼろ小屋を、酒場の裏部屋を、売春宿を、あとにした。そのあとマルタを待つのは、あらゆる罪が洗い流されるパラダイス（キリストの話を信じれば）。

いずれにしろ、ある意味では、マルタ・ランサーのほうがマードックより幸せだった。というのも、マードックのほうは別れた息子たちのことを思うと、とことんいたたまれない気持ちになったからだ。彼は最初の妻ダイアン・フォスター・ランサーの弱さと忍耐力のなさを苦々しく思っていた。神のまえで結婚の誓いを立てておきながら、彼女にはその誓いを守る強さがなかった。約束を守ることは自己を試すこと。マードックが自分の人生に引き込んだ女たちはみなその試練に見事に失敗してくれた。とはいえ、少なくともスコットが安全なところに住まい、食べものに困ってもいないことはわかっていた。マードックが自力で築き上げた帝国の跡取りにはなれないだろうが——牛を育てる牧場主にはふさわしくない腰抜けに育つだろうが——少なくとも、陶器の皿で食事をする東部のビーコンヒルの親戚が面倒を見てくれる。

しかし、ジョンのほうは……彼がどんな経験をしてきたかは神のみぞ知るだ。五年の捜索ののち、マードックが雇ったピンカートン探偵社の探偵が、メキシコのエンセナーダの墓地にマルタ・ガルヴァドン・ランサーの終《つい》の棲家《すみか》があることを突き止めたのだが、板に刻まれた彼女の名前と木の十字架が、生き残った十二歳の息子の手によるものなのは明らかだった。いずれにしろ、マードックはエンセナーダに出向いた。息子が最後に目撃されたのは、母を殺した裕福なメキシコシティ市民の公判があった裁判所だった。マルタに恨みでもあったのか、偏見に満ちた陪審はこの金持ちを無罪とした。マルタの咽喉を掻っ切った虫けらがたとえ彼女に火をつけていたとしても、陪審はやはり有罪とはしなかっただろう。マードックは息子を探しつづけた。が、すべてが徒労に終わった。息子はもう死んでいるにちがいない――そう思い、彼はピンカートン探偵社への最後の小切手にサインした。それで終わりのはずだった。

ところが、それから十五年ほど経った頃のこと、白人とメキシコ人の混血の凄腕拳銃使い、ジョニー・マドリッドの噂がカリフォルニアにも届くようになった。稲妻のような速さで巧みに拳銃を扱う悪党という評判だった。目撃者や大衆小説作家《パルプ・フィクション》によれば、トム・ホーン並みのすばやさ、アニー・オークレイ並みの正確さ、ジョン・ウェズリー・ハーディン並みの悪辣さ、さらにビリー・ザ・キッド並みの冷血さの持ち主とのことだった。国境のメキシコ側でもっとも恐れられる殺し屋。いつも赤いフリンジ付きのシャツを着ているため、その男は周囲の村の農民たちには〝赤い殺し屋《エル・アセシーノ・デ・ロホ》〟として知られていた。

長く行方不明だった息子が健在で、ジョニー・マドリッドと名乗っている――かつてマードックが雇ったピンカートンの探偵がそう知らせてきたのが三年まえのことだ。

マードックは三日間泣きつづけた。牧場の誰にもその理由はわからなかった。

ケイレブ・デカトゥー率いる陸の海賊たちとの闘いが、単なる牛泥棒から悲劇的な殺人に発展した今、マードックが殺し屋を雇うのも時間の問題になっている。が、その日が来るまえに、マードックはあることを思いつく。ジョンとスコットを探して連絡を取るのだ。そして、ランサー牧場までの旅費を送った上で、さらに話を聞くだけでも千ドル払うと申し出る。

彼の話は単純だった。ケイレブと手下たちから牧場を守るのに手を貸してほしい。連中を追い払った暁には帝国をふたりに平等に譲るつもりだ。太っ腹な申し出だが、ふたりはただでもらうわけではない。力を尽くして手に入れるのだ。それに、そもそもケイレブ一味に殺されないようにしなければならない。

父親に手を貸して悪党を追い払い、この規模の牧場を経営するのに必要な血と汗と涙を流すのも厭《いと》わないというなら、父子三人は同等のパートナーだ。奇跡的にすべてがうまくいけば、マードック・ランサーと、長く離れていた息子たちはついに家族になれる。

テレビシリーズとしてはそう悪くないとリックも思った。ストーリーもキャラクターもいい。

まず、マードック・ランサーは『ボナンザ』のベン・カートライトと同じように厳しい父親だ。『ボナンザ』や『シャパラル高原』に多少似ているが、それより暗くて暴力と皮肉に満ちている。が、公平で心やさしくはない。頑固なクソ親父だ。元妻ふたりにすぐに愛想を尽かされ、逃げられたのも無理はない。それに、マードックを演じる馬面の俳優アンドリュー・ダガン（リックは一度共演したことがある）には愛想のかけらもない。鉄の棒のように硬くて無愛想だ。スコット・ランサーのキャラクターは、六〇年代のウェスタンによくある人好きのする男だが、東部の洒落者の恰好をしているために、それとはまた一味異なるタイプに見える。彼と比べると、もう少しまえの洒落者のバット・マスターソンやヤンシー・デリンジャーが馬に乗った放浪者に見える。かつてベンガル槍騎兵《ランサー》だったという背景もまた面白い。が、なんと言っても、ジョニー・マドリッドことジョニー・ランサーこそこの異色のウェスタンドラマの主役だろう。リックが演じてきた『賞金稼ぎの掟』のジェイク・ケイヒルは、ウェスタンドラマの主役たちがこれまで演じてきた典型的なアンチヒーローだが、ジョニー・マドリッドことジョニー・ランサーは、少なくともパイロット版の台本の中では、ケイヒルのはるか先を行っている。

ロヨ・デル・オロで馬車から降りるハンサムで謎めいたならず者のジョニー・ランサーは、普通ならウェスタンドラマのレギュラーではなく、ゲストとして登場するタイプのキャラクターだ。『ボナンザ』のポンデローサ牧場、『バージニアン』のシャイロ牧場、あるいは『バークレー牧場』などにふらりとやってくる若くて、自惚《うぬぼ》れが強くて、セクシーで、ちょっと怪しいところがあるタイプ。リトル・ジョー、トランパス、あるいはヒースとは親しくなるものの、どこかの時点――たいていは一話目――で暗い秘密を抱えていることが明らかになる。何かから逃げていたり、正体を隠して自分がしたこと、あるいはしなかったことから逃げていたりする。もしくは、うしろ暗い理由（たいていは復讐や強盗のためか、過去に知っていた誰かに会うため）があってやってくる場合もある。視聴者は彼らに裏があるのを知っている。しかし、三話まで待たなければどんな裏があるのかわからないことも知っている。こいつは悪いやつなのか、それとも誤解されているだけでいいやつなのか。そして三話目で、マイケル・ランドン、ダグ・マクルーア、あるいはリー・メジャースが、そいつの名誉回復に手を貸すか、そいつを撃ち殺すかのどちらかとなる。この手のキャラクターは番組の中でも一番いい役で、こういった役に特化した俳優の多くはその後、名を成している（チャールズ・ブロンソンしかり、ジェームズ・コバーンしかり、ダーレン・マクギャヴィンしかり、ヴィック・モローしかり、ロバート・カルプしかり、ブライアン・キースしかり、デヴィッド・キャラダインしかり）。

ところが、ジョニー・ランサーは、これまでならゲストスターの役どころなのに、今回のシリーズではまぎれもなく主役だ。さらに、三大ネットワークのどのカウボーイとも趣きを異にしている。

このジム・ステイシーってのがどんな役者か知らないが、こんな役がもらえるとは、うんがたっぷり詰まった便器に落ちたみたいなもんだ――リックはそう思う。

そうは言っても、ケイレブ・デカトゥーもよくいるただの悪役ではない。いい役だし、台本の中でもとりわけすぐれた台詞のいくつかはケイレブの台詞だ。リックは台詞を練習しながら、人《ひと》気《け》のないロヨ・デル・オロの通りを歩いてセットの中の酒場に向かう。大通りに並ぶ店のひとつのまえを通り過ぎるとき、窓に映る自分の姿が眼にはいり、思わず立ち止まってじっと見つめる。

メイク用トレーラーで、かつら担当と衣装担当と監督に囲まれて鏡で見たときには、仕上がりがいまひとつ気に入らなかった。〈TVガイド〉でも読まないかぎり、誰もおれとはわからない――そのときはそう思った。が、履き心地のいいブーツを履いて歩きまわり、西部の町の店のはめ殺し窓に映る姿を見ていると、次第に慣れて、そう悪くはないと思えてくる。帽子は初めから気に入っていたが、段々よく思えてきたのは茶色いヒッピー風ジャケットだ。袖から垂れているフリンジが悪くない。腕を伸ばして何かを示す動きを窓に映し、その効果を確認する。フリンジが動きを強調してくれる。いろいろ工夫できそうだ。いい出来だ、レベッカ。

おれとはすぐにわからないが、サムの言うとおり、それも悪くないのかもしれない。ケイレブに見える。最初に台本を読んだときに頭に思い浮かべたケイレブとはちがうとしても。あのときおれの頭に浮かんだケイレブはおれとそっくりだった。ケイレブ役におれを使いたくて、おれに似せたんじゃないかと思ったほどだ。

でも、サムの言うことにも一理ありそうだ。この恰好だと、ジョニー・ランサーがおれを殺しても、ジェイク・ケイヒルを殺すことにはならない。

窓から自分を見つめ返すケイレブを見つめるうち、リックにはまた別なものも見えてくる。昨日マーヴィン・シュワーズに彼のオフィスで言われたことだ。シュワーズはリックをこう定義した。〝今のデニス・ホッパー系ハリウッドに生き残ったアイゼンハワー役者だ〟と。

ケイレブ・デカトゥーに扮した自分の姿を見て、リックはマーヴィン・シュワーズが言わんとしたことをいくらか理解する。それでいくらか彼に対する反感が和らぐ。彼は思う――シャギーヘアは今の流行りだ。窓に映るこのフリンジ付きジャケットの男は、マイケル・サラザンでもおかしくない。髪をリーゼントにしていないと、おれは別のキャラクターに見えるばかりか、別の俳優にさえ見える。長いこと同じスタイルだったため、いつのまにかおれと言えばリーゼントになっていた。しかし、今はどうだ。窓に映る、リーゼントでないおれは？　五〇年代から生き残る、くたびれたカウボーイ俳優には見えない。まるで時代の最先端を行く俳優みたいに見える。この男はアイゼンハワー時代の遺物ではない。サム・ペキンパーの映画に出ていてもおかしくない男だ。

窓に映る自分と頭の中に思い描くキャリアから自分を引き離し、リックはケイレブが乗っ取った酒場〈ギルデッド・リリー〉を見つける。ケイレブはこの酒場から牛泥棒たちに指示をくだしている。酒場のセットの入口に近づくと、自分の演じる役名が書かれたディレクターズチェアが置かれているのが見える。テレビドラマの撮影の際、レギュラー出演者には俳優の名前が書かれたディレクターズチェアが用意される。ゲスト出演者の場合はそれが役名になる。撮影数日まえになって初めて配役が決まる場合が多いからだ。

木の通路に置かれたケイレブのチェアの隣り、酒場のスウィングドアの真んまえに、この時代の衣装を着た小さな女の子が坐っている。リックが朝ここに着いたとき、サムと話をしていた子だ。本名は知らないし、役名も覚えていないが、マードック・ランサーの八歳の娘役の子だ（この娘もまた別の母親が産んだ子だったが、その母親はさっさと逃げ出したりはしなかった。そのかわり、結婚三周年のお祝いにマードックから贈られた美しい赤葦毛《あかあしげ》に振り落とされ、首の骨を折るという悲劇に見舞われたのだった。妻の葬式から帰るなり、マードック・ランサーはその葦毛の頭を撃ち抜いた）。

台本のあとのほうでは、ケイレブはこの少女を誘拐し、身代金一万ドルを要求することになっている。

この誘拐がストーリーの感情的なターニングポイントだ。ジョニー・ランサーはケイレブ一味から牧場を守るために、父親に呼び戻されたわけだが、パイロット版の脚本家たちはそのありふれたシナリオにひねりを用意している。第一に、ジョニーは十歳のときから会っていなかった父親を憎んでいる。第二に、牧場の誰も知らないことだが、ジョニー・マドリッドとケイレブ・デカトゥーは実は知り合いで、互いに好感を持っている。ジョニーは、母を死に追いやった父への憎悪を凌《しの》ぐ友情をケイレブに感じている。母の復讐のために父を殺すことは、エンセナーダの地中に母の亡骸を埋めた十八年まえからの彼の夢だ。

ケイレブ・デカトゥーならその復讐を見事にやってのけてくれるだろう。そのため、ジョニーは悩ましく、同時に悩むだけの価値がある決断を迫られる。どちらの側につくか。ランサーとして行動するのか、マドリッドとして行動するのか。そんな状況の中、ケイレブによる少女の誘拐は彼に感情的カタルシスをもたらす。その結果、ジョニーは善の側につき、新たな家族とともにウェスタンドラマに毎週登場することになる。

リックは今日、この少女との共演シーンを撮ることになっている。少女を膝にのせてこめかみに銃口を押しつけながら、スコット・ランサー相手に身代金の交渉をするシーンだ。が、もっとも重要なそのシーンを撮るのは明日だ。リックは、自分のディレクターズチェアに坐って大きな黒いハードカヴァーの本を読んでいる、濃いブロンドの少女を遠くから観察する。歳は十二歳前後だろう。昼の休憩時間、保護者たる大人の姿は見あたらず、ひとりでセットのディレクターズチェアに坐っている。昼食をとっているわけでもない。リックが酒場の入口の階段に向かっても、彼女は本から眼を上げない。彼が咳払いをして「やあ」と声をかけても眼を上げない。

この子は大物になるぞ。リックは声を大きくしてもう一度声をかける。「やあ」

少女は膝の上に広げた本から迷惑そうに眼を上げると、階段の下にいる無作法なカウボーイに言う。「こんにちは」

リックは手に持っていたウェスタンのペーパーバックを掲げて尋ねる。「隣りに坐っておれも本を読みたいんだけど、邪魔かな？」

彼女は小さなベティ・デイヴィスみたいな悪女のタイミングで、ポーカーフェースを彼に向ける。「さあ。あなた、邪魔になるようなことをするの？」

いい返事だ、とリックは思う。答を求めていない質問に対して意地悪な答を返すとは、このちびはジョーク作家の一団を引き連れて移動しているのだろうか？

「しないようにするよ」とリックはおだやかに答える。

彼女は大きな黒い本を膝に置いてしばらくリックを見つめると、誰も坐っていないディレクターズチェアを見つめ、またリックに眼を戻して言う。「これ、あなたの椅子でしょ？」

「そう」

「自分の椅子に坐っちゃ駄目なんて言えるわけないじゃん」

リックはカウボーイハットを脱ぐと大仰にお辞儀をして愛想よく言う。「それはおっしゃるとおりだが、とにもかくにもご親切にありがとう」

彼女は笑いもしなければ微笑みもせず、ただ本に眼を落とす。

このチビクソ、とリックは思う。ことさら大きな音をたててブーツを履いた足で木の階段をのぼると、自分の椅子に向かい、いつもするように小さくうめきながら腰をおろす。

少女は彼を無視する。

リックは黒いリーバイスのポケットからつぶれた煙草のパッケージを取り出し、汗で湿ったパッケージから一本取り出すと、鼻の下に貼りつけたサパタひげの下でくわえる。銀のジッポでクールな五〇年代の男っぽく火をつけ、ジッポの蓋を空手チョップみたいに勢いよく閉める。金属の蓋と本体がぶつかるときに大きな音が出る。

少女は彼を無視する。

リックは深々と煙草を吸い、肺を煙でいっぱいにする。まだ若手だった頃、マイケル・パークスがこうやるのをよく見たものだが、今日の二日酔いのリックは煙を吐くときに激しく咳き込み、緑と赤の混じったカラフルな痰を木の通路に吐き出す。

少女はこれは無視しない。

自分のシリアルの中に小便をされたかのように、小さなレディの小さな顔に恐怖がよぎる。信じられないという眼で、リックと地面のねばついた痰を見比べる。

ちょっとやりすぎだったな。リックはそう思い、小さな共演者に心から謝罪する。彼女は今見たものを眼から追い出そうとするかのようにまばたきをしてから、顔を伏せ、それまで読んでいた個所を大きな黒い本の中に探す。

結局のところ、彼女の読書を邪魔しないと約束しておきながら、リックは邪魔以外の何物でもないことをしている。それをまだ続ける。鼻の奥につまったしつこい鼻くそをほじくっているのを隠しながら、自分のペーパーバックを読むふりをし、さりげなく彼女に訊く。「昼食は食べないのか？」

彼女はきっぱり答える。「昼休みのあとに撮影があるの」

「それで？」とリックはそれがどうしたというふうに尋ねる。

これでついに彼女の関心が得られる。彼女は本を閉じて膝の上に置くと、彼に顔を向けて自分の方法論を語る。

「撮影まえにお昼を食べると鈍くなっちゃうから。演技に障害となるものを避けるのは俳優の――女優ってことばは合理的じゃないからあくまで俳優ね――当然の仕事だって信じてるから。

百パーセントをめざすのが俳優の仕事よ。もちろん、百パーセントは絶対に無理だけど、でも、そうじゃなくて、めざすことに意味があるのよ」

リックはしばらく黙ったまま彼女を見つめてから言う。「きみは誰?」

「ミラベラと呼んで」

「ミラベラ・何?」

「ミラベラ・ランサー」と少女は言うまでもないとばかりに答える。

リックは手を振って言う。「ちがうちがう、本名を訊いてるんだ」

またしても彼女は教え諭すように答える。「セットにいるときは役名だけで呼ばれたいの。ストーリーにはいり込めるから。両方試してみて、役名のほうがちょっとだけよかったの。ちょっとでもよくなるなら、わたしはそっちを選びたい」

リックには返すことばがない。だから黙って煙草を吸う。

ミラベラ・ランサーを名乗る少女は、フリンジ付きの革ジャケットを着たカウボーイを上から下まで見て言う。「あなたは悪人よ、ケイレブ・デカトゥー」質問ではない。ケイレブの名前をジャン・コクトーみたいな発音で言う。

リックは煙草の煙を吐いて言う。「ケイレブ・ダコタって読むんだと思ってたけど」

ミラベラは本に眼を戻して訳知りに言う。「デカトゥーよ、まちがいないわ」

リックは彼女が本を読むのを見ながら、皮肉を込めて尋ねる。「何がそんなに面白いんだ?」

彼女は顔を上げる。皮肉に気づいていない。「ええ?」

「何を読んでるんだ?」今度は皮肉を込めずに訊く。

生真面目な少女は急に子供らしく興奮してしゃべりだす。「ウォルト・ディズニーの伝記よ！すごく面白いわ」そのあと共演俳優に向かって感想を言う。「彼は天才ね。五十年とか百年にひとりの天才」

　リックはようやく知りたくてたまらなかったことを尋ねる。「きみはいくつ？　十二歳？」

　彼女は首を振る。大人に歳を誤解されるのはいつものことで、それが好きだ。「八歳よ」リックがよく見られるようウォルト・ディズニーの大きな黒い本を渡す。彼は本に眼を通す。「ここに書いてあることば、全部わかるのか？」

「全部じゃないけど」と彼女は言う。「でも、半分ぐらいは前後関係からだいたいわかるわ。それに、どうしてもわからないことばはリストにしておいて、あとでママに訊くの」

　リックは感心して本を返す。「大したもんだ。八歳で、自分のドラマを持ってるんだから」

　彼女は本を膝に戻しながら、誉めすぎだというように言う。「『対決ランサー牧場』はわたしのドラマじゃないわ。ジムとウェインとアンディのドラマよ。わたしはただのレギュラーの子役」それから、小さな人差し指でリックを指して言う。「でも、見てて。いつか自分のドラマを持つようになるから。そのときには気をつけてね」

　この子はすごいぞ。リックはこれまでも多くのすぐれた子役と共演してきた。このリリー・ラングトリー（イギリスの舞台女優）のまえに出会った中で一番すごかったのは、名前は覚えていないが、存在は決して忘れられない十一歳の少年だった。『賞金稼ぎの掟』が始まる前年、リックはまったく話題にならなかったテレビシリーズのパイロット版に出演した。『ビッグ・スカイ・カントリー』というこのドラマは、退屈な五〇年代の人気俳優フランク・ラヴジョイ主演で、妻を亡くした保安官（フランク・ラヴジョイ）とその家族を描いたものだった。リックは長男で、下に十一歳の弟と九歳の妹がいた。製作は局ではなく、製作会社のフォー・スター・プロダクションズで、その試写室で製作者たちのために試写会がおこなわれた。それに出席したリックは、フォー・スターの男性トイレで、弟役を演じた十一歳の少年にばったり会った。少年は手を洗っており、リックは小便器に向かった。もしこのシリーズが人気になって成功していたら、ふたりはその後五年ぐらいは一緒に仕事をしていただろう。リックは、自分の眼のまえで少年がティーンエイジャーへと成長するのを見守ることになっただろう。それでほんとうの弟みたいになったかもしれないし、ただの厄介な共演者になったかもしれないし、その両方だったかもしれない。あるいは、これをきっかけに終生のつきあいになっていたかもしれない。あるいは、実際そうだったように、ドラマは人気が出ず、これを最後に二度と顔を合わせることはなかったかもしれない。リックはズボンからムスコを出して小便器に向けながら、肩越しに調子はどうだい？　と尋ねた。少年はペーパータオルで乱暴に手を拭きながら言った。「ひとつ言えるのは、あのくそエージェントを切ってやるってことだ！　絶対切ってやる！」

リックがその子のことを考えていると、眼のまえの少女がリックの手にあるウェスタンのペーパーバックを差して尋ねる。「あなたは何を読んでるの？」

彼は肩をすくめて答える。「ただのウェスタンだ」

「どういう意味？」リックの切り捨てるような言い方が理解できなくて彼女は尋ねる。「面白くないの？」

彼女が自分の読んでいる本に示した情熱にはるか及ばない情熱でリックは答える。「いや、面白いよ」

彼女はもっと訊きたがる。「どんな話？」

「まだ読み終わってないんだ」

この人には想像力のかけらもないの？　少女はそんな顔をする。

「全体の話を訊いてるんじゃないのよ」と〝全体〟ということばを強調しながら少女は言い、そのあと別の訊き方を試す。「どういうテーマ？」

タイトルは『野生馬を乗りこなせ』、著者は、アパッチ戦争を取り上げた、リックの好きな小説『アパッチの反乱』を書いたマーヴィン・H・アルバート。『アパッチの反乱』はジェームズ・ガーナー、シドニー・ポワチエ主演で、『砦の29人』のタイトルで映画化された。平凡な映画だ。リックは、この新作のストーリーについてしばらく考え、事実を正しい順番で思い出し、それを整理して説明する。

「カウボーイの人生を描いている。名前はトム・ブリージーっていうんだけど、〝イージー〟・ブリージーって呼ばれてる。

若くてハンサムだった二十代の〝イージー〟・ブリージーは、どんな馬が相手でも彼の言いなりにすることができた。その頃は……心得ていた。言ってることわかるか？」

「ええ。馬を調教する才能があったのね」

「そうだ。才能があった。だけど、三十代後半になって落馬して……脚が不自由になったとかじゃないんだが、下半身に不具合を感じるようになった。脊椎《せきつい》の調子が悪くて、それまでより痛みを感じることが多くなって――」

「へえ」と彼女は口をはさむ。「面白そう」

リックは同意する。「悪くない」

「どこまで読んだの？」

「真ん中ぐらいまで」

彼女は気になって尋ねる。「〝イージー〟・ブリージーはどうなるの？」

リックは十二歳の頃からウェスタンのパルプ・フィクションを読んでいる。俳優になってからもずっと読んでいる。撮影の合間や第二助監督が呼びにくるのをトレーラーで待ってるあいだに。時には探偵小説やミステリー、第二次世界大戦を描いた冒険物を読むこともあるが、結局はウェスタンのパルプ・フィクションに戻る。内容はあまり覚えていないのだが、好きな作家の名は覚えている――アルバートのほかにエルモア・レナード、セオドア・V・オルセン、ラルフ・ヘイズ。本のタイトルは覚えていない。だいたいテキサスのなんとか、グリンゴとか、無法者とか、奇襲とか、テキサスの二丁拳銃とかいったありがちなタイトルばかりだから、覚えられないのも無理もないが。いずれにしろ、長年こうしてセットのまわりに坐ってウェスタンを読んできたが、何を読んでいるのか訊かれたことはあっても、あらすじを聞かせてくれと言われたのはこれが初めてだ。それで気づく。これまで考えたこともなかったが、ウェスタン小説を読むのは自分がすることの中でなにより孤独な作業であることに。だから、本の中で今起きていることを説明してほしいと言われても応じるのに慣れていないことに。

それでも、リックは少女のためにできるだけのことをする。

「彼はもう全盛期の彼じゃない」そう言ってから、もっとはっきり言う。「全盛期からはほど遠い。でも、なんとか……」どんなことばを使えば〝イージー〟・ブリージーの状況がうまく伝わるか。「そのことに慣れてくる。その……以前よりも、ええと……」〝役立たず〟と言おうと口を開くが、出てきたのはことばではなく嗚咽《おえつ》だ。

リックは自分に驚き、ミラベラはリックを凝視する。リックはまた口を開いて、役立たずと言おうとするが、嗚咽に邪魔され、どうしてもそのことばが咽喉《のど》から出てこない。三度目でなんとか絞り出す。「役立たずだと日々感じることに、だ」眼から涙があふれてひげ面を伝い、彼は折りたたみナイフみたいに体をふたつに折る。

なんてことだ。子供のまえで、思いどおりにならない人生を嘆いて泣きだすとは。どういうことだ。これじゃまるでデイヴおじさんと変わらない。

ミラベラは慌ててディレクターズチェアから降りて、リックの足元にひざまずくと、右の膝を撫でて慰めようとする。リックは恥ずかしさと自己嫌悪から乱暴に拳で眼のまわりを拭き、大丈夫だと少女に示すために笑ってみせる。「大した話でもないのに咽喉《のど》をつまらせるなんてな。おれも歳を取ったよ」

少女はわかるわ、という顔をして、『オズの魔法使い』の臆病ライオンみたいに見えてきた泣き虫カウボーイを慰めつづける。

「大丈夫よ、ケイレブ。大丈夫。すごく悲しい本みたいね」同情しながら首を振る。「可哀そうな〝イージー〟・ブリージー」そこで肩をすくめて言う。「読んでないのに、わたしも泣けてきた」

リックは小さな声で言う。「十五歳になったらきみにもわかるよ」

彼女は意味がわからず、訊き返す。「何？」

リックは接着剤で貼りつけたひげの下に笑みを貼りつけて言う。「なんでもない、パンプキン。からかっただけだ」そのあとペーパーバックを掲げて言う。「きみの言うとおりかもしれない。この本はおれが思ってたより悲しい本かも」

少女は眼を細めてから、立ち上がって彼に言う。「パンプキンなんて呼ばれるのは嫌いなんだけど。でも、あなたは今動揺してるから、その話はまた別のときにしましょう」

彼女は自分の椅子に戻る。リックは彼女の反応にひとりひそかに笑みを浮かべる。彼女は椅子に坐ると、顔にひげをつけてフリンジ付きの茶色い革のジャケットを着たリックを上から下まで見つめて言う。

「これがケイレブ・デカトゥーの恰好なのね」

「ああ。どう思う？　好きじゃない？」

「ううん、すごくかっこいい」

彼女の言うとおり、それほど悪くないとリックも思う。

「ただ……ケイレブがかっこよく見えるべきなのかどうかはよくわからないけど」

くそ、そう言われるのはわかっていた。

「ヒッピーっぽすぎる？」

「そうねえ」と少女は思案顔で言う。「すぎるってことはないと思うけど」

「でも、ヒッピーっぽく見えるだろ？」

「でも」混乱したように彼女は言う。「それをめざしてるんでしょ？」

「そうらしい」とリックは鼻で笑って言う。

小さな俳優は、自分が受けた第一印象をさらに詳しく説明する。「最初に台本を読んだときには、そういうふうに思わなかったんだけど、でも、悪いアイディアじゃないと思う」自分の眼と、キャラクターづけに対する観察眼の両方でリックを見て言う。「見れば見るほどよく思えてくる」

「ほんとうに？」とリックは言って、そのあと素直な疑問を投げかける。「どうして？」

「そうね……」八歳の少女は考える。「わたしから見ればってことだけど……ヒッピーはセクシーで……不気味で……怖いの。セクシーで不気味で怖いって、ケイレブにぴったりじゃない？」

リックはまたしても鼻で笑い、考える。こんなちびにセクシーの何がわかるっていうんだ？

それでも彼女のことばのおかげで、ケイレブ・デカトゥーの見た目に対するリックの不安は和らぐ。

リックの質問に答えたので、今度はミラベラが質問する。「個人的なことを訊いてもいい、ケイレブ？」

「どうぞ」

彼女は、知りたくてたまらないことを共演者に尋ねる。「悪役を演じるってどんな感じ？」

「おれも慣れてないんだ。カウボーイ物には以前主演してて、そのときは善玉役だった」

「どっちが好き？」

「善玉役だね」とリックは迷うことなく答える。

「でも、チャールズ・ロートンは悪役が一番だって言ってた」

そりゃあ、あのでぶのゲイならそう言うだろうさ、とリックは思う。が、少女にはそう答えるかわりに、善玉を演じるのが好きな理由を説明しようと試みる。

「子供の頃、カウボーイごっこをするときに自分をインディアンに見立てたことはなかった。いつだってカウボーイだった。それに、ヒーローは主演女優とか、テレビシリーズだったらその週のゲストの女優とキスできる。ヒーローにはラヴシーンがある。悪役にできることでラヴシーンに一番近いものといったらレイプシーンだ。それに悪役はいつだってヒーローとの闘いに負ける」

「だから何？　ほんとうの闘いじゃないわ」

「ああ。だけど、負けるところをみんなに見られる。で、見た人はみんな勝つやつのほうがおれより強いと思う」

少女は呆れたような顔で言う。「それっていいことでしょ？　ストーリーを信じてくれてるってことだから」

「でも、恥ずかしい」

少女はやれやれといった顔する。信じられない。

「あなた、いったいいくつなの？」むしろ怒りを覚えて少女は尋ねる。「わたしの歳でももうそんな子供っぽいことは考えないけど」

「おいおい、怒るなよ。どっちが好きかという質問に、正しい答もまちがった答もないだろうが」

少女もそれには同意する。

「ケイレブ、今のはあなたが完全に正しいわね」

リックはありがとうと言うかわりに一礼する。

彼女は念を押すように言う。「明日はわたしたちの見せ場のシーンよね」

「ああ。きみとおれとの見せ場のシーンは明日だ」

「そう。そのシーンで、あなたはわたしを怒鳴りつけ、きつくつかんで怖がらせる」

「怖がらないでくれ。痛くしないから」

彼女は条件をつけながら指示を出す。「本気で痛くされるのは嫌だけど」と言ってから、リックを見つめて小さな人差し指をまっすぐ向ける。「でも、本気でわたしを怖がらせて」さらに熱を込めて言う。「好きなだけ大きな声で怒鳴って。わたしをつかんで。強くね。そして揺さぶるの、本気で。わたしを怖がらせて。怖がってる演技をさせるんじゃなくて、ほんとうに怖がらせて。本気を出して、わたしを子供扱いしないで。大人に子供扱いされるのは大嫌い」厳しく人差し指を突きつけたあと、少女はもとの生意気な態度に戻って言う。「明日撮るシーン、いいシーンにしたいの。それができないとしたら、理由はひとつだけ。そのシーンに登場する大人たちの演技がよくないからよ。最高とは行かなかったときの言いわけに、わたしの年齢を利用しないで。いい？」

「わかった」

「約束よ」

「約束だ」

「約束の握手をして」

合意に達したふたりの俳優は握手を交わす。

Chapter Thirteen

“The Sweet Body Of Deborah”

『デボラの甘い肉体』

クリフ・ブースがリック・ダルトンのスタントマンだということは、スタント業界でよく知られている事実だ。が、それが彼に関して一番有名なことではない。それは確かによく知られていることではあるが、一番〝まともな〟理由にすぎない。クリフが有名なことの全体から見れば、せいぜい四番目くらいのものだろう。一番はなんと言っても、とんでもないほど輝かしい軍歴だった。第二次世界大戦の太平洋戦域において、確認されているだけでも日本兵を一番多く殺したアメリカ軍人が彼だ。それは注目に値する。しかもそれは公認された数だけの話だ。当時クリフと一緒に戦ったフィリピン人兵士に、非公認で彼が殺した日本兵は何人だったか訊いてみるといい。答は〝そんなの知るか〟だろう。

が、一九六六年に〝妻殺し〟の噂が広まってからというもの、戦争の英雄だというのは二番目に有名なことになった。

クリフ・ブースが有名であることのリストに載

っている三番目は、〝リンガー〟としての能力だ。

一九六〇年代の映画業界で、クリフはリンガーとしてピカイチだった。

〝リンガー〟とは何か。辞書を引いても意味はない。映画製作の世界でしか通用しない非公式な用語だからだ。

たとえば、スタント監督になったつもりで想像してみてほしい。今、仕事をしている相手が手持ちのスタントマンたちを一日じゅう怒鳴りつける、とんでもないクソ映画監督だとしよう。あるいは、スタントマンをまちがって殴っておきながら、全部スタントマンのせいにして、責任をなすりつけるクソ俳優でもいい。たとえそんな理不尽な目にあっても、スタントマンは監督や俳優をボコるわけにはいかない。

では、そんなときスタント監督はどうするか。その日だけ臨時のスタントマンを雇う——もちろん自分のチームのスタントマンではないやつを。その男が〝リンガー〟だ。

スタントチームにはできないことをそいつは見事にやってのける。つまるところ、クソどもをこてんぱんにやっつけてくれる。しかも映画クルー全員のまえで。

あの禿げのナチ野郎オットー・プレミンジャー監督のもと、灼熱のミシシッピでの『夕陽を急げ』の撮影で、スタント監督をしていたとしよう。あのサド野郎は一年にもわたって、全員のまえでクルーを怒鳴りつけたり、罵倒したりした。そこでクリフ・ブースの登場となる。その日だけの臨時スタントマンとして雇われたクリフは、プレミンジャー監督の眼のまえでわざと大がかりなNGを出す。そうなったら、もうあとはスタント監督もほかのスタントマンも椅子に坐ってくつろいで、ゆっくりショーを愉しむだけだ。

プレミンジャーが長々と説教しているその真っ最中、ブースはやつの顎に一発見舞い、見事にミシシッピ川の泥の中に殴り倒した。第二次世界大戦の英雄、クリフの言いわけはこうだ。ゲシュタポそっくりのドイツ語で怒鳴られ、戦争のときの記憶がフラッシュバックし、それでパニックを起こし、どこにいるのかもわからなくなった……翌日、製作主任から帰りのバスのチケットを受け取ったクリフは、七百ドルのボーナス（もちろん帳簿外）を尻ポケットに詰め込んでミシシッピをあとにした。その前夜は、スタントチームのみんなでホテルのバーで祝杯をあげたのだが、クリフは一セントも払わなかった。もちろん。

あるいは、テレビシリーズの『ワイルド・ウェスト』のスタントチームの一員になったと仮定しよう。主演のロバート・コンラッドは、スタントマンは使わずに自分でほとんどをこなしていると自慢していた。まあ、あながち嘘ではない。

ただ、彼は自分がアクションシーンを演じているときに、ほかのスタントマンがいくら怪我をしようとまるでおかまいなしだった。特に、殴り合いのシーン。スタントマンにやたらと〝タッチする〟のだ（〝タッチする〟とは、スタント界のスラングで、殴り合いの演技のときにまちがって本気で殴ることだ）。しかも絶対に自分のせいとは認めなかった。必ず相手のせいにした――本来いるべきところにいなかったのはスタントマンのほうだ、プロじゃないのは彼らだ、おれが拳を痛めたのは彼らのせいだ、と。コンラッドはそんなことばかりしていたので、スタント業界ではこんな称号で呼ばれていた――ロバート・かならずスタントマンのせいにする・コンラッド。

だからクリフ・ブースが――〝まちがった〟タイミングで食らわした強烈な一撃で――ぴちぴ

ちのズボンを穿いたコンラッドをノックダウンして尻餅をつかせた日は、〝壮大にして実に輝かしい日〟として語り継がれることになった。

感涙にむせたスタントマンもいたとか、いなかったとか。

またしてもクリフ・ブースは、尻ポケットに追加の七百ドルを詰め込み、車のトランクにはビールを一ケース入れて、撮影現場をあとにした。

さらにクリフ・ブースは、巨漢のジム・ブラウンと素手で殴り合って唯一勝利した白人という称号まで手にすることになる。『100挺のライフル』のロケ地、スペインのアルメリアで撮影していたときのバーでの出来事だ。ただ、このジム・ブラウンの一件もなんともいい話ではあるが、根も葉もない〝伝説〟の可能性もなくはない。ひとつには、ジム・ブラウンとバート・レイノルズが『100挺のライフル』をスペインで撮影していたのと同じ時期に、クリフも同地にいたというのがそもそも疑わしい。おそらくクリフはそのとき、テレビシリーズ『ビンゴ・マーティン』を撮影していたリックと一緒にいたはずだ（因みに一九六九年には、『紅い砂塵に紅い《レッド・ブラッド、レッド・ス》肌《キン》』の撮影のために、リックとクリフはテリー・サバラスとともにアルメリアにまで行っている）。それに、〝ジム・ブラウンと殴り合って勝った白人〟ということ自体純然たる〝伝説〟かもしれない。真相はたぶん次のどれかだ。一、『100挺のライフル』の撮影でクリフは実際スペインのバーにはいた。二、『戦争プロフェッショナル』の撮影で主演のロッド・テイラーはほんとうにケニアにいた（実際のロケ現場はジャマイカ）。三、またロッド・テイラー・ネタになるが、実は彼は撮影現場ではなく、噴水があるプレイボーイ・マンションにいた。四、端《はな》からそんなことはなかった。

それより撮影現場での格闘としてクリフがその悪名を轟かせた最たるものは、空前絶後の武闘家として名を馳せたブルース・リーを相手に繰り広げた〝友好的な勝負〟だろう。

クリフのキャリアの中で〝ブルース・リー事件〟として知られるようになるこの一件が起きたとき、ブルース・リーはまだ映画界のスーパースターでもレジェンドでもなかった。当時の彼は、テレビシリーズ『グリーン・ホーネット』の中で、助手のカトーを演じるただの役者でしかなかった。しかもその『グリーン・ホーネット』自体、『バットマン』シリーズの人気にあやかろうと製作された粗悪品にすぎなかった。ところが、ハリウッド社会では、ブルース・リーはテレビシリーズの登場人物というより、リッチで著名なセレブの〝空手の先生〟として知られていた（ハリウッドでは彼を〝空手の先生〟と呼んでいたが、ブルース本人はそんなふうには思っていなかっただろう）。あとになると、多くのセレブがパーソナル・トレーナーを自宅に呼んで、裏庭で一時間のレッスンを受けるようになるが、当時はスティーヴ・マックイーン、ジェームズ・コバーン、ロマン・ポランスキー、ジェイ・セブリング、スターリング・シリファントらがブルースのレッスンを自宅で受けていた。史上もっとも実力があると言われる武闘家のひとりが、ロマン・ポランスキーやジェイ・セブリングやスターリング・シリファントに、サイドキックのやり方を伝授するためわざわざ時間をつくるというのもおかしな話だ。まあ、モハメド・アリがかなりの時間を割いて、ジェームズ・ガーナーやトム・スマザーズやビル・コスビーにボクシングを教えていたのと同じようなものかもしれないが。しかし、ブルース・リーの頭の中にはある構想があった。チャールズ・マンソンがそうだったように、〝スピリチュアルな師父《シフ》〟として信奉者を得ることは彼にとってただのサイドビジネスでしかなかった。

チャールズ・マンソンの場合はロックのスターになりたかったわけだが、ブルース・リーは映画のスターになりたかった。だから、ブルース・リーにとってジェームズ・コバーンやスターリング・シリファントは、マンソンにとってのデニス・ウィルソンと同じような存在だった。ブルース・リーにとってスティーヴ・マックイーンやロマン・ポランスキーは、マンソンにとってのテリー・メルチャーのような存在だった。実際、ロマン・ポランスキーへの武術のレッスンの四回に一回は、彼は『サイレントフルート』の脚本を売り込もうとした。これはブルースがアカデミー賞受賞歴のある脚本家のスターリング・シリファント——デニス・ウィルソンがチャーリー・マンソンを買っていたように、スターリング・シリファントはブルース・リーの可能性を本気で信じていた——と一緒につくり上げようとしていた脚本で、ジェームズ・コバーンとブルース・リー（一人四役）が主演するという映画だった。ブルースは、ロマンとシャロンのポランスキー夫妻がスキー旅行で出かけたスイスにも同行し、映画製作プロジェクトへの参画を取りつけようとさえしている。

まるでロマン・ポランスキーが『ローズマリーの赤ちゃん』の次に、気取らないジェームズ・コバーンを起用したアクション映画をつくるとでも思っているかのように。ただ、実際のところ、ロマン・ポランスキーはブルース・リーが大好きだった。尊敬すらしていた。それでもブルースが『サイレントフルート』の件を持ち出すたび、幻滅を覚えていた。ハリウッドとはかくのごとく人間の最悪の部分を引き出すところなのか、とロマンは嘆いたそうだ。

ひとつだけブルース・リーとチャールズ・マンソンにちがいがあるとすれば、それはブルースが一大現象を起こしたという点だ。『グリーン・ホーネット』に出演していた頃の話ではない。

その数年後、まずはロー・ウェイ監督のもとで香港映画に主演し、その後、ワーナー・ブラザース製作の武術の祭典と言える傑作『燃えよドラゴン』で主演を果たしてからだ。が、『グリーン・ホーネット』の一九六六年当時から、ブルースが主人公の助手カトーを演じていた撮影現場では、アメリカ人スタントマンたちのあいだで彼はある意味で有名な存在だった。評判がすこぶる悪かったのだ。

ブルース・リーは、アメリカ人スタントマンに対して敬意を払わず、完全に見くびっていた。しかもその気持ちを遠慮なく行動で示した。たとえば格闘シーンで、スタントマンたちは彼が繰り出すすばやいパンチやキックの犠牲になった。それを何度も何度も注意されながら、ロバート・コンラッドよろしく、いつもスタントマンたちのせいだと言いわけした。そのあまりのひどさに、スタントマン全員が彼との仕事を拒否したほどだ。

正直なところ、クリフは一目見るなりブルース・リーに嫌悪を覚えた。『グリーン・ホーネット』にリックが悪役としてゲスト出演するまえのことだ。クリフが初めてブルースの格闘の技を眼にしたのは、次週のエピソードの衣装合わせのためにリックを20世紀フォックスのスタジオに送り届けたときのことだった。彼らは少し離れたところから、ブルースと主人公役のヴァン・ウィリアムズが屋外での格闘シーンを撮影しているのを見物した。ブルースが眼にもとまらぬ電光石火のキックと、天才バレエダンサー、ヌレエフさながらの跳躍を披露して、格闘シーンを終えると、撮影クルーはみな拍手喝采を浴びせた。リックも相当感銘を受けたらしく、クリフのほうを向いて言った。「あの男、すげえな。そう思わないか?」

クリフはいつもの彼らしくなく、興味なさそうに鼻を鳴らした。「あいつか? あんなやつ、屁でもない！　ラス・タンブリンでも通用するさ。あの男はただのダンサーだ。〝きらきらあんよくん〟は『ウエスト・サイド物語』にでも出演させりゃいい」

　リックは反論した。「見てなかったのかよ、あのすばやさ？　それにあのキックもすごい」

「ああ、確かにすごい——映画の中でならな」とクリフは切って捨てた。「あんなものに力なんてない。ああ、確かに速いよ、それはおまえの言うとおりだ。でも、どんなに速くても、〝手叩《パティ》き遊《ケーキ》び〟は〝手叩き遊び《パティケーキ》〟でしかない。どんな空手のホモ野郎もほんとうの闘いじゃ屁のつっぱりにもならない。柔道はちょっとちがうけどな。柔道の場合、自分の置かれた状況がわからないやつを相手にするから、ちょっとは振りまわすことができる。だけど、空手のホモ野郎のキックにはなんの力もない。やつらのパンチじゃ自分の命すら守れない」クリフはカトーを指差して強調した。「あそこのちび助は特にな」

　クリフが声高に何かを主張することはめったにない。だからそういうときには、リックは言いたいだけ言わせることにしていた。

「至近距離での闘い、肝心なのはそれだ。あの男はただ見せつけるためにやってる。だからグリーン・ベレーの手にかかったら、一瞬にしてスクランブルエッグだ。

　モハメド・アリもジェリー・クォーリーも、相手を罰するために闘う。グリーン・ベレーは殺すために闘う。あの男がジャングルの中で、三十キロも体重の重い日本兵と闘ったらどうなるか見てみたいもんだ。片手に短刀を持って、頭の中は殺しのことでいっぱいのジャップと闘ったらどうなるか」クリフは鼻を鳴らした。「そんなことにでもなれば、グリーン・ホーネットは新しい運転手を募集しなきゃならなくなるだろうな」

「わかった、わかった」とリックは言った。「殺すか殺されるかの状況になったら、おまえが正しいかも——」

「そうだ。おれが正しい」クリフはリックに最後まで言わせなかった。

「いずれにしてもだ」とリックは続けた。「あのすばやいキックはなかなかのもんだよ」

「ストレッチ」とクリフはリックのことばを打ち消して言った。「ストレッチの問題だ。月曜から金曜まで毎日、おれがおまえの家にかよって三時間みっちりストレッチで体を伸ばしたとしよう。三ヵ月もしないうちに、あいつがやってることは全部できるようになるよ」

リックが怪訝《けげん》そうな顔をすると、クリフは少しだけ譲歩した。

「まあ、全部っていうのは言いすぎかもしれないけど。でも、たいていのことはできるようになるよ」

クリフとブルースが一戦を交えたのは、リックのスタントマンとしてクリフが『グリーン・ホーネット』の撮影現場に行ったときのことだ。例によって、ブルースは武勇伝を披露してクルーの注目を浴びており、クルーのひとりがお決まりの質問をした。「あんたがアリと闘ったら、どっちが勝つ?」最近、ブルースは年がら年じゅうこの質問を受けており、彼の回答はそのときの状況と気分によって毎回ちがった。のちに『燃えよドラゴン』の撮影現場でジョン・サクソンに訊かれたときには、「彼の拳はおれの頭より大きい」と答えたと言われている。ブルースはアリの実力を尊敬しており、試合の16ミリフィルムを研究し、その結果、ある発見をしていた——アリには左の拳を下げる癖がある。

ボクシングのリング上ではおそらくアリに殺される。

が、本心では、闘って勝てない相手はいないとブルースは思っていた。要は、ボクシング・グローブは使用せず、キックの強みを充分に発揮できれば、アリと闘っても勝てる。

というわけで、この日『グリーン・ホーネット』の撮影現場で質問されたブルースはこう答えた。「部屋の中に入れられて、なんでもありだと言われたら？　完膚《かんぷ》なきまでに叩きのめすさ」

そのとき、クリフ——臨時のスタントマンとして現場入りしていた——が笑った。

「何が可笑しい？」とブルースは尋ねた。

揉め事は避けようとしてクリフは言った。「いや、なんでもない。おれは仕事をしにきただけだ」

が、ブルースはそんなことでは納得しなかった。「おれの言ったことに笑っただろ？　面白いことは言ってないがな」

「そうか？　面白かったけどな」とクリフはにやにやしながら言った。

ぶち切れたブルースはさらに尋ねた。「何がそんなに面白かったんだ？」

しかたがない、とクリフは思った。

「モハメド・アリのトランクスの尻《ケツ》の染み以下のあんたに、よく恥ずかしげもなくあんなことが言えるもんだと思ってね」

撮影現場にいた全員の視線がブルースに集中した。

この現場での仕事ももはやこれまでだと気づいたクリフは、失った報酬の分だけでももとを取ろうと続けた。「あんたみたいなちび助がヘビー級の世界チャンピオンを叩きつぶすだって？

役者ごときがアリを完膚なきまでに叩きつぶす？　あんたのほうが、アリどころか、ジェリー・クォーリーにだってハエみたいに叩きつぶされるのがオチだ。ひとつ訊いてもいいか、カトー？　本気のパンチを一度でも受けたことがあるのか？」

怒りをあらわにしてブルースは答えた。「いや、ないよ、スタントマン。それは誰もおれのことは殴れないからだ！」

「そう言うと思ったよ」

クリフはそう言うと、眼を丸くして一部始終を見ている一同を見まわした。「このちびがわめき散らしてる御託を信じるなんてな。おれにはまったく理解できないんだがな」

そのあとまたブルースのほうを向いて言った。「現実を見ろよ、カトー。あんたはただの役者だ！　眼のまわりに青痣ができれば、闘いは終わりだ。歯が抜けそうになれば、闘いは終わりだ。だがな、ジェリー・クォーリーは顎を骨折していても、あのモハメド・アリと五ラウンドも闘いつづけた。どうしてかわかるか？　それはあんたにはないものを持ってるからだ――ガッツをな！」

運転手の衣装姿のブルースはクールガイを装ったポーズで地面を見つめていたが、やがて首を振り、笑みを浮かべてクリフに言った。「大口を叩くんだな、スタントマン。おれの友人たちの眼のまえで、その口をふさいでやりたいところだが、残念なことに、おれのこの拳は殺人兵器だ。それはつまり、もし過《あやま》ってあんたを殺しちまったら、おれはムショ送りになっちまう」

クリフはすかさず言い返した。「過って誰かを殺せば、それは故殺だ。誰だってムショ送りになるさ。それに、その〝殺人兵器〟うんぬんの御託は、あんたら踊り子が真剣勝負を避ける口実にすぎない」

さて。これはもうブルースの友人たちの眼のまえで宣戦布告をしたも同然だった。で、ブルースはクリフに〝友好的な勝負〟を申し出た。三回勝負で二勝したほうの勝ち。相手に怪我はさせない、地面に倒すだけ。

「その勝負、受けたよ、カトー」とクリフは答えた。

興奮したクルーが見守る中、ふたりは対戦の準備をした。このときブルースが知らなかったのは、クリフは三回勝負の対戦が大好きだということだ。たいていの場合、午前一時のバーの駐車場で勝負はおこなわれる。このタイプの勝負、特に多少の戦闘訓練を受けたことのある相手との勝負の場合、クリフは卑劣なテクニックを使う――あまりにも露骨すぎて、どうしていつもうまくいくのかクリフ自身も不思議に思うテクニックだ。

それはいたって単純。

まず相手に一勝させるのだ。

クリフはほとんど抵抗することなく、相手がどんな攻撃をしてこようとそれに耐える準備をする。相手としてはあまりにも手応えがないため、熟練者であればあるほど、クリフのことを見くびる――酒場で粋がることしかできない男が、墓穴を掘ってお手上げ状態になっているだけだと思う。

クリフにはもうひとつわかっていることがあった。こういう勝負の場合、相手がしかけてくるのは一番自信を持っている技だ。だから、最初の一回でわざと倒されたクリフには、たいていの場合そいつの一番の技がなんなのか見通せることになる。

しかも、クリフのことを大したやつではないと思い込んだ相手は、十中八九同じ手を使って倒しにくる。ということで、何が来るのかがわかっているクリフはじっくりと相手の出方を待ち、その技を防ぎ、そして相手を倒す。

ブルースとしても、この大口を叩く白んぼを痛めつけるつもりはなかった。ただその大口をふさぎ、撮影クルー全員の眼のまえで情けない姿をさらさせたかっただけだった。ひとつには、この男に怪我をさせたらブルースも困ったことになるからだ。スタントマンたちはブルースに殴られることですでに不満を持ち、彼と一緒の仕事はしたくないとスタント監督のランディ・ロイドに文句を言っている。おまけに、ある日撮影現場で技を見せびらかしていたときのこと、キックのタイミングがずれてセット・デザイナーの顎をはずしてしまったことがあった。もし現場でまた誰かの顎をはずしたら、ただではすまなくなる。

そこでブルースは考えた。一番いいのは、見栄えがいいわりに相手に怪我を負わせない技だ。ただ、このアホには、誰を相手にしているのかはっきりと見せつけないといけない。

うしろまわし蹴りを耳に食らわせば、かなりのダメージを与え、今後、簡単な算数もできなくなるかもしれない。強力なサイドキックだと彼のうしろにある車の上を吹っ飛んでいき、どこの骨が折れるかわからない。ブルースのほうは、ルドルフ・ヌレエフと同じくらい、長く空中にとどまっていられる。まるで空を浮遊しているかのように跳躍し、やるべきことをやり遂げ、思いどおりのタイミングでそっと地面に着地することができる。

そう思い、ブルースは空を浮遊するような高い飛び蹴りでクリフを押し倒すことを選択した。空高く舞い上がるジャンプは最高に恰好よく見えるし、クソ野郎の胸のあたりを足の裏で軽く押せばうしろに飛ばして尻餅をつかせることができる。大口を叩くとどうなるか、いい教訓になるだろう。

まさにそのとおりになった。クリフは地面に倒れ、見物していたクルーから歓声があがった。当のブロンドのスタントマンは尻餅をついたまま、まぬけな笑みを浮かべてブルースを見上げた。「なかなかいいジャンプじゃないか、きらきらあんよくん」そう言って、立ち上がると言い添えた。「もう一度やってみろよ」

ああ、いいだろう、おまえの胸におれの足をぶち込んでやろうじゃないか、とブルースは思った。ただし、地面に落ちたときに尾骨を折ったりさせないように注意しないと。

彼は、一回目よりは高さを抑え、前進力をやや強めて跳躍した。ところが、このスタントマンは、最後の瞬間に体をひねってキックをよけた。その結果、武道の達人はクリフに抱えられるような形になって着地した。クリフはブルースの脚とベルトをつかみ、まるで猫を振りまわすようにそばに停めてあった車に思いきり叩きつけた。

ブルースは車の側面に激突し、肩甲骨が助手席側のドアハンドルに打ちつけられた。下部脊椎のほうから軋むような嫌な音がした。ほんとうに痛かった。コンクリート舗装の地面から見上げると、白人のスタントマンはにやにや笑いながら、ブルースを見下ろしていた。

ブルースには、クリフを痛めつけようなどという気はさらさらなかった。ただ、見せつけたかっただけだった。が、クリフのほうは本気だった。本気でブルースを痛めつけようとしていた。車に叩きつけたことで背骨と首を折って、ブルースが生涯不随になろうと、一向にかまわない。

ブルースは立ち上がりながら、三回戦に向けて準備をするクリフのファイティング・ポーズを観察した。それは軍隊の接近戦でのポーズだった。

　自分をこれほど痛めつけたこの男に対して、ブルースの怒りは頂点に達していた。が、そこで初めて相手のほんとうの姿が見えた。このカウボーイはただのチンケなスタントマンではない。万事心得て行動している。弱いふりをしたこの男の策にまんまとはまり、こっちは同じ技を繰り返してしまった。相手には絶対に防げない十四種類にも及ぶ別の技で攻めることもできたのに。闘い方を知らないアホのふりをされたことで、高をくくってしまい、スタントマンの腕の中に自分から飛び込むという愚を犯してしまった。もしここでこのスタント野郎がこれほどに残忍な表情を見せなかったら、こっちは敬意すら抱いていただろう。

　今まで武術大会で対戦した相手と比べると、この男の技術は圧倒的に劣っている。が、こいつはこれまでの対戦相手とまったく別者なのだ。

　こいつは人殺しなのだ。

　こいつには素手で人を殺したことがあるはずだ。

　こいつはおれと闘っているのではない。

　こいつは〝ブルース・リー〟を殺したいという本能と闘っているんだ。

　実のところ、ブルースは常々考えていた。いつの日か、技術的にすぐれた格闘家を相手に殺すか殺されるかの状況に置かれたら、自分はどのように振る舞うか。どうやら今日がその日のようだ。

　が、幸いなことに、突然始まったこの勝負は、スタント監督の妻が介入したことで三戦目が始まるまえにこれまた突然終わった。覚悟はしていたものの、クリフは即刻お役御免になった。ただ、問題は、この日クリフが『グリーン・ホーネット』の現場にいたのは、その日かぎりの〝リンガー〟として、公開の場でカトーにお仕置きをするためではなかったことだ。彼は、番組にゲスト出演するリックのスタントマンとして参加していただけだった。そもそも、スタント監督のランディ・ロイドはクリフを雇いたがっていなかった——クリフが妻を殺したと確信していたからだ。同じ現場で働いている彼の妻ジャネットもまたクリフの妻殺しを疑っていなかった。率直なところ、同じ雇うなら妻を殺してなんかいないと確信できるスタントマンを雇いたい。ふたりともそう思っていた。罪の中には赦せる罪もある。六〇年代は特にそうだった。しかし、妻を殺したスタントマンが撮影クルーの眼のまえで、テレビ番組の主役の背骨を折ろうとするとは。とうてい赦せることではなかった。その結果、この〝ブルース・リー事件〟以降、クリフは事実上リックのスタントマンをやめ、雑用係になったのだった。

この事件についてのリックの怒りはあまりにすさまじく、クリフも解雇されるのを覚悟したほどだった。が、しかし待てよ、とリックはそこで思い直した。これからは誰が仕事場までおれを送ってくれるんだ？　もちろん、ほかに誰か見つけることはできるだろう。それでも結局のところ、クリフを赦したほうが簡単だという結論にリックが達するのに時間はかからなかった。リックは雇用条件に、給料は今までどおりで、車の運転と雑用に加え、必要なときにはいつでも駆けつけるという名目も加えた。ただ、クリフの給料はそもそもスタントマンの臨時収入を前提としたものだった。クリフはただでさえ妻殺しの噂のせいでめったに仕事にありつけていなかった。そこへブルース・リー事件が加わったわけだ。ハリウッドのスタント・コミュニティにおいて、クリフを雇わない理由はもうこれ以上ひとつも要らなくなった。要するに自業自得。この朝リックが話した映画『決戦珊瑚海』の馬鹿な助監督の話は実に時宜を得ていた。

それでもクリフは思っていた。ハリウッドの面白いところは、結局のところ、きわめて狭い世界だということだ。あのちび助のブルース・リーにはきっといつか出くわすだろう――街角で、駐車場で、レストランで、赤信号を待っている車の中で。そのときの勝負を止められるのは警察だけだ。

リックの家のアンテナの修理も終え、ボスを撮影現場まで迎えにいく七時半まで特にすることがなかったクリフは、映画でも見ようとリックのキャディラックを運転してサンセット大通りを走っている。

赤信号が変わるのを待ちながら、ブルース・リーをぼこぼこにしている場面を頭に思い浮かべる。ふと右を見ると、上演中のヒット作『ヘアー』のカラフルな絵が描かれている〈アクエリアス・シアター〉の壁画のそばに、見覚えのある人物が立っているのが眼にはいる。今朝見かけたヒッピー少女のうちのふたりだ――片方がピクルスの瓶を抱えて彼と眼を合わせてピースサインを送ってきた背の高いブルネットの生意気な少女で、もう片方が〈アクエリアス・シアター〉のまえで親指を突き出し、ヒッチハイクをしようとしている。ブルネットは今朝と同じ恰好をしている――短く切ったリーバイス、かぎ針編みのホルタートップ、裸足、そして全身が薄汚れている。

ブルネットの少女のヒッピーのほうも、道路の反対側に今朝とはちがう車に乗っているクリフを見つける。しかも今朝とは反対方向に向かっている。

彼女は笑顔で手を振り、彼を指差して叫ぶ。「ヘイ、ユー！」

クリフも笑顔で手を振り返す。

行き交う車の騒音に掻き消されないように少女は大声で言う。「フォルクスワーゲン、どうしちゃったの？」

クリフも負けないように大声で言う。「これはボスの車だ！」

少女は親指を立てる。「乗せてくんない？」そう言って、親指をぐいっと引いて自分に向ける。

クリフは反対の方向を指差して言う。「悪いな、そっちには行かない」

彼女は淋しそうに首を振って叫ぶ。「後悔するよ！」

彼は叫び返す。「かもな！」

「きっと、一日じゅうあたしのことが忘れらんないよ！」

「かもな！」

サンセット大通りの信号が青になり、車がまた動きだす。

クリフは少女に敬礼の真似をし、彼女は幼い少女がするように悲しそうにバイバイをして、クリーム色のキャディラックが走り去るのを見送る。

クリフはショッピングモール〈サンセット&ラ・ブレア〉の交差点で左折して、ラ・ブレア通りにはいる。KHJラジオの昼のディスク・ジョッキー、サム・リドルが日焼けクリームの宣伝文句を読んでいる。有害な紫外線から肌を守る日焼け止めローションではなく、日焼けを促進する日焼けクリームだ。ラ・ブレア通りとメルローズ通りの角にある〈ピンクス・ホットドッグ〉のまえを通り過ぎる。ホットドッグ店のスタンドのまえには、大きな人だかりができている。その光景は、法外な値段のチリドッグを買おうとしている客の群れというより、プッシーの無料サービスにありつこうと男たちが列をつくっていると言ったほうが近い。クリフは右車線にはいり、ベヴァリー通りで右折する。そのまま少し走ったあと、小さな映画館のまえに車を停める。

一九三〇年代、そこは〈スラプシー・マキシーズ〉と呼ばれるヴォードヴィル劇場だった。

一九五〇年代、ディーン・マーティンとジェリー・ルイスがロスアンジェルスで初めてその劇場に出演した。

のちの一九七八年には、〈ニュー・ビバリー・シネマ〉として昔のフィルム映画をリヴァイバル上映する劇場になった（二〇〇七年、再開発の危機から映画の聖地を守るために、クエンティン・タランティーノが劇場を買い取った）。一九六九年の今は〈エロス・シネマ〉と呼ばれ、ハリウッドで官能的な映画を上映する劇場のひとつになっている（もう一軒のポルノ映画館は、ハリウッド大通りとサンセット大通りの交差点にある〈ヴィスタ〉）。

ただし、上映されるのは、のちに〝トリプルXXX〟と分類されるようなポルノ映画ではない。ただのお色気映画、特にヨーロッパや北欧から来た映画だ。

〈エロス・シネマ〉のひさしにはこう書かれている。

キャロル・ベイカー主演作の二本立て上映
『デボラの甘い肉体』　R指定
『殺意の海』　X指定

クリフはキャディラックを降り、チケット売場で映画のチケットを買う。暗い通路を降りて、まえから四列目の真ん中あたりに席を見つける。銀色のスクリーン上では、体にぴったりと吸いついたようなエメラルドグリーンのボディスーツを着て、キャロル・ベイカーがドラムの音に合わせてセクシーなダンスを踊っている。クリフはまえの席の背もたれにモカシンを履いた足をのせる。座席に深々と坐り、大きな緑色の尻を左右に振りながらさっそうと歩くキャロル・ベイカーを見上げる。

たまげた、と彼は思う。まるで雌馬みたくでかい！　そう思い、笑顔になる。これぞおれ好み。

Chapter Fourteen

"The Wrecking Crew"

『サイレンサー／破壊部隊』

シャロン・テートの黒いポルシェに装備されている8トラック・テーププレーヤーから、フランソワーズ・アルディが英語でつくった初めてのアルバム『ラヴィング』の中の曲が流れている。アルディが歌うフィル・オクスの曲『ゼア・バット・フォー・フォーチュン』が、スポーツカーのステレオスピーカーから聞こえている。シャロンはこの歌が大好きだ。ウェストウッド・ヴィレッジに向かってウィルシャー大通りを走りながら、ポルシェの運転席で一緒に口ずさむ。

　ぼくに刑務所を見せて、留置所を見せて
　希望の色を失ってしまった囚人を見せて
　かわりに見せてあげるよ、同じようになってもおかしくない若者のひとりを
　運が悪けりゃ、そこにいるのはぼくであってもきみであってもおかしくない

歌いながら、涙が頬を伝う。彼女はいくつかの

用をすませるために出かけてきている。まずドライクリーニングに出した服を引き取りにいった。シャロンの太腿までしかない短い丈の流行りのワンピースが三着に、ロマンのダブルの青いブレザー。ハンガーに掛けられ、透明のビニールにくるまり、後部座席のフックに掛かっている。リトル・サンタモニカ通りの小さな靴修理店から、太いヒールの厚底靴も引き取ってきた。そして今、最後の用事をすませに向かっている。ロマンへのプレゼントに、トマス・ハーディ著『ダーバヴィル家のテス』の初版本を注文してあったのだが、好々爺《こうこうや》の店主が昨日、本が届いたと連絡してきてくれたのだ。で、シャロンは今、なんの心配事もない声でマドモアゼル・アルディとデュエットしながら、ウェストウッド・ヴィレッジに向けて車を走らせている。

サンタモニカ通りからウィルシャー大通りに曲がって一・五キロほど行った道路脇に、親指を突き出して立っているヒッピーの少女が眼にはいる。痩せっぽちのヒッピーは悪い子には見えない。気分がとてもいいシャロンは思う。乗せたっていいんじゃない？

一年後には、その問いへの答は〝そのヒッピーに殺されるかもしれないのよ？　だからやめておけば？〟になるかもしれない。しかし、一九六九年二月のその日、彼女はそうは思わない。同乗者もなく、クールな黒いポルシェをただひとり運転する女性というのは、いかにも強盗にあいそうなのにもかかわらず。

彼女はそばかすだらけの可愛いヒッピーが立っている歩道に車を寄せ、ボタンを押して助手席のウィンドウを開けながらヒッチハイカーに言う。「ウェストウッド・ヴィレッジまでしか行かないけど」

少女は尻をうしろに突き出して身を屈め、窓枠の中から運転者を見る。いくら自由奔放だったとしても、誰の車にでも乗り込むようなことはしないらしい。運転しているのがブロンドの美人だとわかると、ヒッピーは満面の笑みを浮かべて言う。「贅沢は言えないもんね」

シャロンも笑みを返し、さあ、乗って、と促す。

ウェストウッド・ヴィレッジまでの十三分間、ふたりは打ち解けておしゃべりをする。ヒッピーの少女はシャイアンと名乗り、友人たちに会いにビッグサーまでヒッチハイクをしているのだと言う。そこで開かれる野外音楽フェスティバルを聞きにいくらしい。出演するのは、クロスビー・スティルス&ナッシュ(ヤング抜き)、ジェイムス・ギャング、バフィー・セントメリー、1910フルーツガム・カンパニー。愉しそうだとシャロンは思う。もしこれが二日後――ロマンがロンドンに発ったあと――なら、シャイアンをビッグサーまで送り、彼女たちと一緒にコンサートに参加するのに。実際にそうしたかどうかはわからないが、少なくとも検討はしただろう。昔からシャロンには衝動的なところがあった。ロマンにはそれがない。最先端をいく映画監督の夫には敵わないことだらけだが、実のところ、彼女のほうがクールに見えるのはそのためかもしれない。十三分間のドライヴのあいだ、彼女たちはビッグサーやクロスビー・スティルス&ナッシュのことを話し、フランソワーズ・アルディを聞き、シャイアンの小さな革製ポーチの中からひまわりの種をつまんで食べる。

「じゃあ、ここでバイバイね。ビッグサーでは愉しんで」ウェストウッド・ヴィレッジ劇場裏の有料駐車場で、ハグをしながらシャロンはシャイアンに別れを告げる。劇場の壁には、ロマンの友人マイケル・サーンの監督作品『ジョアンナ』のポスターが違法に貼られている。用事をすませるためにシャロンは〈ウェストウッド・ヴィレッジ〉を東に向かい、ヒッピーの少女は北に向かってカリフォルニアの冒険を続ける。
シャロンはエナメルの白いゴーゴー・ブーツを履いてマリファナ用品店やコーヒーハウス、ピザ・パーラー、〈ロスアンジェルス・フリープレス〉紙の自動販売機のまえを颯爽と歩きながら、カリフォルニアのまばゆい太陽から眼をまもるために、大きな丸形の黒いサングラスをバッグから取り出してかける。目的地が近づくと、自分が出演する新しい映画『サイレンサー／破壊部隊』――秘密諜報部員マット・ヘルムの活躍を描くコメディ映画――がすぐ眼のまえの〈ブルーイン・シネマ〉で上映されているのに気づく。映画館のひさしにはこう書かれている。

ディーン・マーティンがマット・ヘルムを演じる
『サイレンサー／破壊部隊《レッキング・クルー》』
E・ソマー、S・テート、N・クワン、T・ルイーズ

笑顔で道路を渡り、映画ポスターに描かれた自分のまえで立ち止まる。ポスターの下のほうに書かれている出演者の中に自分の名前を見つける。指で名前をなぞる。自分の名前を見て満足したあと、ディーン・マーティンに向かって鋼球《レッキング・ボール》を振りまわしている自分が描かれたマンガ調のイラストを眺める。ウェストウッドの一流の映画館で上映されていることに喜びを覚えながら、劇場のまえを通って四軒先にある本屋に向かう。稀覯《きこう》本を売るアーサーの店の中では、カウンターの奥のラジオからザ・クラシックス・フォーの『ストーミー』が流れている。店のドアを抜けてリードヴォーカルのデニス・ヨストの声が聞こえたとたん、シャロンは全身がリラックスするのを感じる。シャロンが思うに、ザ・クラシックス・フォーのデニス・ヨストはアート・ガーファンクルと並んで、今のロックンロール・シーンのきれいな声の双璧ではないだろうか。シャロンはこうも思う。一番セクシーな声の持ち主は、ブラッド・スウェット・アンド・ティアーズのデヴィッド・クレイトン＝トーマスだけど。

「何かお探しですかな、お嬢さん？」とアーサーが尋ねる。

サングラスをはずしながら、彼女はカウンターの向こうの老人に挨拶をする。「こんにちは。お電話いただいた初版本を受け取りにきたんですけど」

「どの本ですかな？」

「トマス・ハーディの『ダーバヴィル家のテス』。二週間くらいまえに注文したんだけど」そのあと彼女はつけ加える。「ポランスキーという名前で」

「これはこれは」とアーサーは言う。「実にお眼がお高いですな、お嬢さん」

彼女は晴れやかな顔で言う。「ええ、すばらしい本でしょ？　夫へのプレゼントなの」

「ご主人はラッキーな人だ」とアーサーは言う。「『ダーバヴィル家のテス』をこれから初めて読まれるということなら、なんと羨《うらや》ましい。それがまずひとつ。もうひとつは、あなたみたいなきれいなお嬢さんと結婚なさってること。これまたなんと羨ましい」

シャロンはまた笑みを見せ、カウンターに手を伸ばして染みだらけの老人の手に触れる。彼もまた笑顔になる。

頭の中でまだ流れているザ・クラシックス・フォーの曲を聞きながら、シャロンは書店を出て駐車場のほうに歩いていく。白いミニスカートを揺らしながら、すらっとした長い脚でウェストウッド大通りの歩道を闊歩していると、彼女の映画が上映されている映画館が近づいてくる。映画館のまえを通り過ぎ、道路を渡ろうとしたところで、シャロンは交差点の青信号をやり過ごす。立ち止まって白いゴーゴー・ブーツの黒い踵を休める。映画館に背を向け、希少な初版本を抱え、彼女は赤信号を見つめる。何かがうしろからシャロンを引き止めている。信号がようやく青になっても、その何かが彼女に道路を渡らせないようにしている。まるで眼には見えない釣り糸に引っぱられているマスのように、彼女は向きを変えて〈ブルーイン・シネマ〉のまえまで来ると、そこに並べられている宣伝用のロビーカードをとくと見る。一枚のロビーカードにはディーン・マーティンとエルケ・ソマーが写っている。その隣りのカードには、塀の上から何かを興味深げにのぞき込んでいるシャロンとディーンが写っている。写真の中のシャロンは可愛いベビーブルーの服を着て、ポンポンのついた青い帽子をかぶっている――映画後半の四十五分間はずっとその姿だった。次のロビーカードも彼女とディーンの写真だが、彼女が映画に初めて姿を現わすシーンだ。デンマークのホテルのロビーの真ん中で、彼女は仰向けに倒れている。喜劇風に大げさに尻餅をつき、それをディーン・マーティンが助けようと身をかがめているところだ。あの日のことは今でも思い出す。緊張して死にそうだったのだ。コミカルな演技はそれまでの仕事では要求されたことがなく、ましてやどたばた喜劇とは！　これが初めての経験だった。どじでおっちょこちょいというのが、この映画での彼女の役どころだった。それを理解して出演を決めたのだ。しかし、だからと言って、生まれて初めての笑いを取るシーン――尻餅をつくシーン――に向けての緊張が和らぐわけもなかった。なにしろディーンの眼のまえで演じなければならないのだ。

あのジェリー・ルイスがずっこけるのを二十年も間近で見つづけたディーン・マーティンの眼のまえで！　失敗すれば、ディーンにはすぐにわかってしまう。結果としては、ディーン・マーティンも監督のフィル・カールソンも、申し分のない尻餅だったと誉めてくれた。ふたりがそう言うなら、悪くはなかったのだろう。とはいえふたりは紳士だ。仮に彼女がしくじっていたとしても、本人には正直に言ってはこないだろう。シャロンは喜劇を演じることに不安があるわけではない。どたばた喜劇のコツも段々つかめてきたような気さえしている。ただ、最初の尻餅に自信が持てなかっただけだ。ほんとうに笑いが取れたのか、それともいつもの〝セクシーなわたし〟が自分を面白く見せようと頑張っていただけなのか。そこのところは悩殺美女のシャロンには判断ができない。

馬鹿ね、観客の反応を見ればいいのよ、と今彼女は思う。あのシーンで観客が笑うか、それとも笑わないか。

チケット売場の看板には上映時間は三時半だと書かれている。細い手首にはめた金《きん》の薄型の腕時計を見ると、時間は三時五十五分。ちょうど彼女が映画に登場する頃だ。あなた、本気？　とシャロンは思う。ほんとうにそんな時間がある？　午後の遅い時間に『サイレンサー／破壊部隊』を見ても、今夜出演しなくちゃならない『プレイボーイ・アフター・ダーク』のくだらない番組に間に合う？　ちょっと待って、シャロン、と彼女は自分に言う。たった四十分まえ、ロマンに比べて自分がどんなに臨機応変か自画自賛していたんじゃなかった？　ロマンさえいなければ、今頃シャイアンと一緒にビッグサーまで行って、クロスビー・スティルス＆ナッシュに合わせて、泥だらけの裸足で踊ってるんじゃなかったの？　それが今こうして歩道に突っ立って、自分の映画を見るかどうか、十二分も自分自身と議論しているわけ？　シャロン、あなたはとんだ偽善者ね。

「一枚ください」とシャロンはチケット売場の店員に言う。ガラスの箱のようなチケット売場の中にいるのは、カーリーヘアが可愛く、表情も豊かな若い女性だ。

「七十五セント」ガラスの箱の真ん中に空いた金属製の穴越しに店員は言う。

財布から二十五セント硬貨三枚を出そうとしていたシャロンは、ある考えが頭に浮かび、動きを止める。「ええと……もし……わたしが映画に出ているとしたら？」

カーリーヘアの店員の額に〝ただ今考え中〟という皺が寄る。「どういう意味です？」と彼女は訊き返す。

「つまり」とシャロンは説明する。「わたしが映画に出てるの。シャロン・テートよ。わたしの名前がひさしに書かれてるでしょ――〝S・テート〟がわたしなの」

カーリーヘアの店員の眼が上を向く。「これに出てるの？」少し不審そうに尋ねる。

シャロンは笑顔でうなずく。「ええ、そうよ」そしてつけ加える。「ミス・カールソン役で。おっちょこちょいのあの役で」

シャロンはロビーカードが飾られているところまで行き、自分とディーンが塀の上から下をのぞき込んでいる一枚を指差して言う。「これがわたし」

店員の女性はチケット売場のガラス越しに眼を細め、ロビーカードの写真を見てから、笑顔のブロンドをもう一度見て言う。「あれがあなた？」

シャロンはうなずく。「そう」

「でも、あれは『哀愁の花びら』に出てた人でしょ?」カーリーヘアの店員は言う。

シャロンは肩をすくめてまた笑顔を見せる。「そう、『哀愁の花びら』に出てたのもわたし」

カーリーヘアの店員にもようやく事情がわかりかけてきたようだが、ひとつ気になることがある。なのでロビーカードを指差して言う。「でも、映画の中じゃ赤毛よ」

「染めさせられたの」とシャロンは説明する。

「なんで?」とカーリーヘアの店員は尋ねる。

「監督がその役柄を赤毛にしたかったのよ」

「ワオ!」カーリーヘアの店員は驚きの声をあげる。「本物のほうがずっときれい」

念のためにひとつ言っておこう。街中を歩いていて、よく知っている女優を見かけたとして、映画やテレビで見るより生《なま》で見たほうがきれいだと思ったとしても、本人にそれを言うのは我慢したほうがいい。なぜなら、女優というのはそんなことなど聞きたくないからだ。そんなことを聞かされると、彼女たちは逆に不安になる。ただ、シャロンの場合は少しちがう。自分がきれいだということを充分に認識しているので、多少気に障ったとしても、結局のところ、どうとも思わない。

「そう?」と応じて、彼女はチケット売場の店員に口実を与えるように言う。「髪をセットしてもらったばかりだからかも」

店員は開け放してある売場の後方のドアに向かって叫ぶ。「ねえ、ルビン、ちょっとこっちに来て!」昼間のマネージャーのルビンは〈ブルーイン・シネマ〉のロビーに立っている。

彼が外に出てくると、カーリーヘアの店員はシャロンを指差して言う。「この人、『哀愁の花びら』に出てた人なんだって」

ルビンは立ち止まり、シャロンを見てから店員に言う。「パティ・デューク？」

カーリーヘアの頭を振りながら店員は言う。「ちがうちがう、もうひとりのほう」

「『ペイトンプレイス物語』に出てた子か？」

またカーリーヘアの頭を振って言う。「そうじゃないってば。もうひとりのほう」

シャロンはクイズゲームに飛び入り参加する。「ポルノ映画に出ることになった子」

ルビンは彼女を思い出す。「おお！」

「彼女、うちの映画に出てるんだって」とカーリーヘアの店員はマネージャーに言う。

「おお！」とルビンはまた言う。

「彼女は〝S・テート〟」と店員は言う。

「シャロン・テートよ」と女優は訂正し、それからまた訂正する。「ほんとうはシャロン・ポランスキー」

すっかり事情が呑み込めたルビンは、有名人の顧客を出迎える丁重なマネージャーに一大変身を遂げる。

「〈ブルーイン・シネマ〉にようこそおいでくださいました、テートさま。わが劇場にご来場たまわり、まことにありがとうございます。よろしければ、映画をご覧になりますか？」

「よろしいんですの？」シャロンも優雅に応じる。

「もちろんでございます」開け放たれた劇場の正面入口に向かって手で何かを払うような仕種を

しながら彼は言う。

シャロンはロビーを横切り、暗い観客席に通じるドアを開ける。ガラスのチケット売場の中のカーリーヘアの店員を相手に時間を無駄に過ごしているうちに、彼女の登場場面と喜劇的な尻餅のシーンを見逃してしまっていないことを祈る。観客席にはいると、頭上にある映写室でフィルム映写機に掛けられたリールがまわる音が聞こえてくる。35ミリフィルムが映写機のフィルムゲートを通るときのカチ……カチ……カチ……というかすかな音さえ。彼女はその音が大好きだ。

まだテキサスに住んでいた頃、父が勤めていた陸軍基地の劇場に映画を見にいった。地元の映画館〈アステカ〉にも、女友達と一緒に『草原の輝き』のような映画を見にいったり、妹のデブラの子守当番になったときにはディズニー映画の新作を見にいったりした。また、〈スターライト・ドライヴイン〉に男の子とエルヴィスの新しい映画を見にいったり、『ビーチ・パーティ』の映画シリーズを見にいったりもした（そういうときにはいつも、映画が見たいシャロンといちゃつきたい男子を相手にプロレスのような攻防が繰り広げられた）。しかし、どんな場合でも、当時のシャロンは映画のことを〝フィルム〟と考えたことはなかった。あるいは、率直に映画を〝芸術〟ととらえたこともなかった。映画は、今この手に持っているトマス・ハーディの本のような芸術ではない。映画はあくまで愉しむためのものだった。エンターテインメントだった。ところが、ロマンと一緒になって映画も芸術になりうることを確信した。ロマンが監督した『ローズマリーの赤ちゃん』は、トマス・ハーディの『ダーバヴィル家のテス』のような芸術ではない。それでも、『ローズマリーの赤ちゃん』は芸術だ。別の種類の芸術だ。彼女は『ローズマリーの赤ちゃん』の原作本も読んだし、ロマンの映画も見たが、ロマンの映画のほうがより芸術的だった。映画監督の中にも、偉大な小説家と同じくらい力を注いで映画をつくる人がいることを彼女は初めて知った。映画監督のすべてがそうなのではない。ほとんどの監督がそうではない。これまで一緒に仕事をしてきた映画監督はそうではなかった。夫を除いて。まあ、何人かはいたかもしれないが。

こんなふうに考えるきっかけになったのが『ローズマリーの赤ちゃん』の撮影現場で体験したある出来事だった。そのことは今でも覚えている。撮影監督のビリー・フレイカーが、ルース・ゴードン演じるカスタベット夫人が出るシーンのカメラ位置を調整していたときのこと。ローズマリーのアパートメントを訪れていた夫人は、電話を貸してほしいと頼む。寝室にある電話を使うようローズマリーに言われ、彼女はベッドの端に腰をおろして電話をかける。撮影しようとしているのは、寝室の中で電話をしている老婦人をローズマリーがちらっと見るシーンだ。そこでビリー・フレイカーはカメラを廊下に設置し、ドア越しにルース・ゴードンが見えるような位置取りをした。フレイカーが据えたカメラからは、ドア枠の中にぴたりと収まったルース・ゴードンが見えた。しかし、カメラのファインダーをのぞいたロマンはそれが気に入らず、角度を変えるように指示した。ロマンの指示どおりに置き換えたカメラからだと、カスタベット夫人の全身は映らなかった。ドア枠の左部分に体が隠れてしまった。カメラのファインダーをのぞき込んだシャロンは（彼女はロマンが撮影しているとき、いつもファインダーをのぞかせてもらっていた）なぜ夫がアングルを変えたのか理解できなかった。もしそのシーンがカスタベット夫人を映したシーンなら、最初の画角のほうがはるかによかった――この画角だと、体がまっぷたつに切られてしまっている。

それは撮影監督にも理解できなかった。しかし、映画監督はあくまでもロマンだ。フレイカーは彼の言うとおりにした。クルーがカメラを調整しているあいだ、ロマンは木箱に坐って、発泡スチロールの白いカップからコーヒーを飲んでいた。そんな彼にシャロンは尋ねた。なんでカメラアングルを変えたのかと。

ロマンはいつものいたずらっぽい笑みを浮かべた。「今にわかるよ」そう言うと、立ち上がって急ぎ足で行ってしまった。

いったいどういう意味？　とシャロンは思った。その後、彼女はそのことをすっかり忘れていたのだが、ちょうど半年後、ふたりはカリフォルニア州グレンデールの〈アレックス・シアター〉で開かれた、観客を入れた第一回目の試写会に出席した。ロマンとシャロンは、観客席の最後列に手をつないで坐っていた。ほかの人が撮った映画を見るときにはなるべくスクリーンの近くで見るのが好きなロマンも、自分の映画を見るときには後方の席に坐るのが好みだ――映画そのものより観客を見たいから。

劇場は満席だった。カスタベット夫人がローズマリーのアパートメントを訪れるシーンになった。ルース・ゴードンはミア・ファローに電話を貸してほしいと頼む。ミアは寝室を指差し、どうぞと言う。

ロマンは妻のほうに身を寄せて小さな声で言った。「どうしてカメラの位置を変えたのかきみが訊いたのを覚えてる？」

すっかり忘れていたが、このとき思い出して彼女は言った。「ええ」

「見ててごらん」そう言うと、彼は指を差した。しかし、指差したのはスクリーンではなく、大海原のように広がっている観客の頭だった。六百人はいただろう。

ミア・ファロー演じるローズマリーが寝室の中にいる老婦人のほうをちらりと見やった。それと同時に、カットが彼女の視点に切り替わった。そこにはルース・ゴードン演じるカスタベット夫人がベッドに腰をおろし、電話をしている姿が映っていた。が、ドア枠の左側に隠れて彼女の体は半分しか見えない。

その瞬間、シャロンは目撃した。彼女のまえに坐っていた六百人の頭が一斉に右に傾き、ドア枠の向こうをのぞき込もうとしたのだ。その光景に彼女は息を吞んだ。もちろん、頭を動かしたところでもっとよく見えるわけではない――映像は映像だ。観衆はおそらく右に頭を傾けたことすら意識していなかっただろう――無意識に反射的に取った行動だった。こうやってロマンは六百人もの人を操り、まともに考えていたら絶対にしないような行動を取らせた。いずれこれが世界じゅうの何百万人にも広がる。その誰もが何も考えていない。これはロマンが彼らのかわりに考えたことだ。

どうしてそんなことをしたのか。

それは彼にはそんなことができるからだ。

彼女が夫のほうを見ると、ロマンはあの日の撮影現場で見せたのと同じいつものいたずらっぽい笑みを浮かべた。今度はシャロンにもわかった。だから、そのとき頭に浮かんだ唯一のことばは〝ワオ！〟だった。

時々、シャロンはこんなふうに思うことがある。わたしが恋に落ちて結婚したのは、ただのすぐれた映画監督ではなく、映画界のモーツァルトなのだと。このときもそれを実感した。

今、〈ブルーイン・シネマ〉で映し出されている彼女の出演する35ミリフィルムの映画は、映画としての芸術性という意味では、夫の映画とは月とすっぽんほどレヴェルがちがう。『サイレンサー／破壊部隊』は芸術ではない。しかもいい映画ですらない。ただし、それはディーン・マーティン演じるマット・ヘルムを見て大笑いできなければ、の話だ。この映画はディーン・マーティンがマット・ヘルムを演じたシリーズの四作目で、もちろん観客の大笑いを誘ったものだ（ディーン・マーティンのマット・ヘルム・シリーズは大当たりを連発し、最初の三作だけでショーン・コネリーのジェームズ・ボンド・シリーズ五作より高い興行収益を得た。スコットランドの守銭奴コネリーはこのことに激怒した）。

暗い客席の通路をくだりながらシャロンは席を探す。スクリーンにはマット・ヘルムがデンマークの空港に到着したシーンが映し出されている。

よかった、とシャロンは思う。彼女が初登場するホテルのシーンはこのあとだ。誰も坐っていない座席の列に沿って横歩きしながら、暗い客席を見まわす。巨大な映像御殿の中には四十人ほどが散らばって坐っている。

列の真ん中あたりの席に腰をおろそうとしたところで、スクリーン上ではディーン演じるマット・ヘルムがセクシーな客室乗務員に冗談を言い、観客がどっと笑う。

よかった、と彼女は思う。今日の観客はよく笑う人たちのようだし、映画を愉しんでいる。バッグから大きな眼鏡を取り出す——映画を見るときにはいつも眼鏡をかける。シャロンが席に深く坐り直すと、タートルネックのセーターにスポーツコートというでたちの秘密諜報部員マット・ヘルムが、デンマークのホテルのロビーにはいってくるシーンが映し出される。

そのロビーでは、いかにも悪役らしいふたりの女性スパイ――エルケ・ソマーとティナ・ルイーズ――が彼を監視している。マット・ヘルムがホテルのフロント係と話をしていると、〝T・ルイーズ〟のほうが――ハンガリー訛りらしき話し方で――彼に近づいて親しげに話しかけ、その夜のデートの約束まで取りつける。

彼女が去っていくと、マット・ヘルムはフロント係のほうを向き、お馴染みのディーン・マーティン節で冗談を言う。「なかなかいいホテルだ」

ここで登場するのが、シャロン・テート演じるドジな諜報部員〝フレヤ・カールソン〟だ――

デンマークのロケ現場。シャロンはカメラに映らないようにして、フィル・カールソン監督から演技開始の指示を待ちながら、五ヵ月まえに初めて脚本を読んだときのことを思い出していた。ディーン・マーティン／マット・ヘルムのスパイ映画シリーズの最新作への出演オファーがあったと聞いて、当然その役柄はお洒落で魅力たっぷりのセクシーな女スパイだと思った。主役級のほかの三人の女優――エルケ・ソマー、ナンシー・クワン、ティナ・ルイーズ――の役のひとつを演じるのであれば、シャロンの予想はあたっていた。しかし、彼女が演じるフレヤ・カールソンという役柄は、美人ではあるが、ドジでまぬけなマット・ヘルムの助手役だった。シャロンは『サイレンサー／破壊部隊』のまえにも、二本のコメディ映画に出たことがある――トニー・カーティス主演のラヴ・コメディ『サンタモニカの週末』と、ロマン・ポランスキー監督・主演のホラー・コメディ『吸血鬼』。ただ、この二作ではコミカルな演技は求められなかった。ほかの俳優たち（トニー・カーティス、ロマン・ポランスキー、ジャック・マッゴーラン）は狂ったようにそこらじゅうを走りまわったり、ずっこけたり、変な顔をしたりしているのに、彼女に求められたのは感情を顔に出さず、ただ魅力的（いつもの〝セクシーなわたし〟）でいることだった。『サンタモニカの週末』では、コメディ要素として使われながらも、彼女のビキニ姿はすこぶる魅力的だった。しかしながら、コメディエンヌとしてのシャロンの可能性は、『太ももに蝶』のリー・テイラー＝ヤングのようには活かされなかった。

今回のフレヤ・カールソンの役は、それまでの二作品とはまるでちがっていた。このコメディ映画での彼女の役どころは、緊張の場面の連続を和らげる息抜きとしての〝コミカルな癒やし〟だった。軽喜劇界最大のスター、ディーン・マーティンに対抗する〝コミカルな癒やし〟。おまけに、ドジな役どころには体を張ったお笑いの要素（豪快な尻餅をついたり、泥沼に落ちたり、ものを落としたり倒したり）がふんだんにあり、ある意味、ディーン・マーティンに対抗するジェリー・ルイス役を求められているのと同じだった！　シャロンはこのチャンスに飛びついた。

しかし、それはそのときの話。今は……

撮影現場であるデンマークのホテルのロビーに立ち、監督の演技開始の合図を待っている。これから映画に初登場し、初めての面白おかしい尻餅をつこうとしているシャロンは、恐怖におののいていた。もちろん怪我をするのが怖いのではない——初めのうちはホテルのロビーの固い床に後頭部を打ちつけやしないかと、少し心配ではあったが。それについては、転んだときに顎を胸のほうに引き寄せる体勢を取れば心配ないと、スタント監督のジェフが教えてくれた。衣装の内側の尻と腰のくびれの位置にパッドをあててもくれた。ジェフからは、転ぶときに顎を引くこと以外にもいくつか覚えておくべきことを教わった。まず、転ぶ際にはシャンパンのボトルを高く持つこと。そうすれば床に落ちて砕けたガラス片が彼女の上に降りかからない。また、カメラはスカートの中をまっすぐにとらえているため、尻餅をついたはずみで脚が広がってしまったらすぐに閉じること。しかし、彼女にとってなにより心配だったのは、ジェリー・ルイスのかつての相棒のまんまえで、笑いが取れるような大ずっこけを演じなければならないことだった。

もろもろの小道具で両手をいっぱいにし、やらなければならないもろもろの約束事で頭の中もいっぱいにして、セットの袖で出番を待っていたシャロンは、このときほど役柄と心がひとつになったと感じたことはなかった。フレヤと同じように自分の未熟さを痛感し――フレヤは諜報部員として、シャロンはコメディエンヌとして――百戦錬磨のパートナー（ジェームズ・ボンドに次いで世界でもっとも偉大な秘密諜報部員であるマット・ヘルム、映画界でもっとも偉大なコメディ・コンビの片割れであるディーン・マーティン）を相手に萎縮していた。さらに、フレヤと同じように、いい仕事をしようと意欲満々でありながらも、失敗するのではないかと強く恐れていた。いつだったたか、誰かにこんなことを言われたことがある。フレヤの役は、もともとは正統派コメディエンヌのキャロル・バーネットが演じるはずだったのだと。が、製作チームは路線を変更したらしい。彼らのその判断が正しかったのかどうかは、ひとえにシャロンがこのギャグをどう演じるかにかかっている。

この映画の監督、紳士的でやさしいフィル・カールソンは、この登場シーンこそフレヤという役柄を観客に植えつける重要なシーンだとシャロンに言った。実のところ、ほかの主要な女優陣が演じる役どころと同じように、シャロンにもまずはしなやかでセクシーな登場のしかたをさせてはどうか、という意見もスタッフの中にはないでもなかった。いかにも売り出し中の新進女優という外見を観客に印象づけたところで、実際はドジでコミカルな役どころだと明かすという案だ。しかし、フィルは却下した。それはシャロンにとってとても嬉しいことだった。「おふざけ満載のこの映画の中で、きみの役は一番重要な役どころだ」彼はそう言った。実際、カールソンはセクシー路線を徹底的にひっくり返した。映画の半ばを過ぎるまで、フレヤはセックスアピールなどさらさら感じられない服で通す。シャロンのブロンドの髪は赤く染められ、頭のうしろでお団子に結ばれた。さらに、異国情緒たっぷりの衣装で登場するソマーやクワンやルイーズとは異なり、シャロンはデンマークの観光案内所職員の制服姿で登場した。滑稽な大ぶりの眼鏡をかけ、映画の前半ではさまざまな種類のふざけた帽子をかぶらされた。「これはあくまでもおれの考えだが」と監督は彼女に言ったものだ。「この映画はきみが登場してほんとうに始まる。だからきみの登場シーンは、ドッカーンと衝撃的なものにしたいんだ」

当然、そのときには監督が彼女に寄せている期待の大きさに胸が高鳴った。しかし、その衝撃的な瞬間が迫った今、彼女は期待の〝ドッカーン〟が情けない〝ポン〟にならないことだけを祈った。

〈ブルーイン・シネマ〉のスクリーンに、シャロン演じるフレヤ・カールソンがシャンパン・ボトルを抱え、主役の役名を叫びながら走り込んでくる。「ヘルムさん、ヘルムさん、ヘルムさん！」ディーンが振り向くと、彼女は大々的にうしろに倒れて彼のカメラ・ケースの上に尻餅をつく。

マチネの観客はシャロンのずっこけに腹を抱えて大笑いする。ワオ、快感！　と彼女は思う。

わざわざうしろを向いて観客の笑顔を見まわす。できることなら、笑ってくれた人たちと握手を交わし、感謝のことばを伝えたいくらいだ。スクリーンのほうにまた向き直った彼女の美しい顔には、両耳まで届きそうなくらい大きな笑みが浮かんでいる。来てよかった、と彼女は思う。白いゴーゴー・ブーツのジッパーを開けて脱ぎ、素足をまえの席の背もたれにのせる。映画を愉しむために座席にゆったりと坐り直す。

Chapter Fifteen

"You're A Natural-Born Edmund"

「きみは生まれながらのエドマンドだ」

ケイレブ・デカトゥーの衣装を着た俳優のリック・ダルトンと監督のサム・ワナメイカーは、『対決ランサー牧場』のセットでそれぞれのディレクターズチェアに坐り、ダルトンの役柄について話し合っている。

「ガラガラヘビを思い浮かべてくれ」とサムは言う。「きみのスピリット・アニマル――自分を象徴する精神を持つ動物――はガラガラヘビだと思うんだ」

通常、テレビドラマの監督というのは自分たちが愉しむのに忙しく、スピリット・アニマルの話をする時間などない。しかし、サムはいわゆる〝英国の劇場〟型の真面目な演出家だ。リックは思う、そんな監督がおれに相当ご執心なのだ。ここは話を合わせたほうがよさそうだ。

「これはまた奇遇ですね」とリックは嘘をつく。「おれもケイレブのスピリット・アニマルはなんなのかって考えていたとこなんです」

「だったら、ガラガラヘビにしておいてくれ」とサムは言い、『対決ランサー牧場』の主役ジェームズ・ステイシーを指差す。ステイシーはセットの反対側に坐り、ミラベラ・ランサー役の子役トゥルーディ・フレイザーを膝の上にのせている。「彼のことはマングースだと思え。決闘だ。今日の午後、きみたちふたりでそのシーンを撮る。それを眼で見せてくれ」

〝眼で見せる〟？　いったいどういう意味だ？　とリックは思う。

で、ことさら感慨深げに繰り返して言う。「眼で見せる……」

サムは言う。「このまえ〝ヘルズ・エンジェルズ〟と言ったのは覚えてるか？」

リックはうなずく。

「大型のヘリコプターに乗っているところを想像してみてくれ」サムはそう言うと、襞飾《ひだ》り付きの赤いシャツを着たステイシーをまた指差す。「あそこにいる男はきみのギャング団にはいりたがっている。そこできみはヘルズ・エンジェルズの頭《かしら》が仲間に課すのと同じ試練を受けさせる」

「なるほど」とリックは言う。「つまり、馬とオートバイはおんなじってことですね？」

「そうだ」とサムは同意する。「今日《こんにち》でいうところのオートバイだ」

リックはうなずいて言う。「なるほど」

「きみたちはバイク・ギャングだ」

リックはうなずく。「なるほど」

「で、きみたちはこの町を乗っ取った。バイク・ギャングが町を乗っ取って、町民たちを恐怖に陥れるのと同じように」

セットの反対側に坐っているステイシーに聞こえるはずもないが、リックはサムのほうに身を乗り出し、秘密事項を訊き出すかのように小声で尋ねる。「ステイシーはほんとうに口ひげをつけたがったんですか？」

サムは笑いながら答える。「信じられないかもしれないが、ほんとうだ。口ひげをめぐってどんな戦いが繰り広げられたか、話しはじめたらきりがない。彼は、どうしてもジョニー・マドリッドに口ひげを生やさせたがった。彼にとって口ひげこそが役柄だった。ステイシーは、マドリッドと同じように〝鋭さ《エッジ》〟を持っている。それはいわゆるアクターズ・スタジオ的な頭でっかちの鋭さじゃない。〝いつかは刑務所送りになる〟的な鋭さだ」サムは挑発的な表現を使う。「彼はもちろんこのシリーズをやりたがっている。ただ、ダグ・マクルーアやマイケル・ランドンみたいにはなりたくない。で、口ひげさえあれば同じにはならないと思ったのさ。ところが、だ。CBSが口ひげを許さなかった」

気味の悪いもじゃもじゃの毛虫を顔に貼り付けるなど、リックには耐えがたいことだ。しかし、正直な話、ステイシーがそんなに口ひげを熱望したと知ると、そんなに嫌でもなくなってくる。

サムはさらに続ける。「つけひげで思い出したが、私が最後にひげをつけたのはリア王の舞台に出ていたときだ――オリヴィエと一緒に。彼は毎晩、嵐のシーンのあとは雨と汗でびしょ濡れになっていた。で、私を見ると――私はコーンウォール公の役でね――」そこで急に何かを思いついたかのように言う。「リック、きみはシェイクスピアをやったことはあるか？」

リックは笑ったが、はたと気づく。この男、本気かもしれない。「おれが？」

「ああ」とサムは言う。

このおれがシェイクスピアをやってきたような人間に見えるか？

「いいえ」とリックは答える。「舞台には縁がなかったもんで」

「そうか。でも、きみは生まれながらのエドマンドだと思うんだがな」

「エド……エドマンド？」

「そう、グロスター伯の庶子だ」とサムは言う。「庶子として生まれ育った彼は怒りと恨みに満ちた生涯を送る」

リックにとって憤慨に満ちた役ならなんでも天性の役柄と言える。「まあ、それならなんとかなるかもしれない」とリックは真面目に答える。

「彼の怒りの原因は王に排除されたことだ」とサムは説明する。

「なるほど」

サムは宣言する。「きみなら殺人者エドマンドになれる」

ほんとに？　とリックは思う。

「ありがとうございます。そう思ってもらえて光栄です」

シェイクスピアなんて、読むことはおろか論じることも何を言っているのか理解することもできない。

「私のほうこそきみの演出ができるなら光栄だ」

実際に頬を赤らめながらリックは繰り返す。「いやいや、こっちこそ光栄です」

サムは頭の中で構想を練りはじめる。「いや、なんか一緒にできるんじゃないかと思ってるんだよ。私の髪も白くなって、リア王にふさわしくなったしね」

リックは正直に打ち明ける。「だとしたら、ちゃんと読まないといけないな。正直な話、シェイクスピアはほとんど読んだことがないんで」

おい、おまえ、まったく読んだことがない、だろ?

「そんなことは問題じゃない」とサムは言いきる。「私がなんとかする」

「イギリス訛りで話さないといけないんですかね?」とリックは訊く。

「まさか、それはない。そんなことは私が許さない」とサムは言う。「エイボンの詩人となると、イギリス人の専売特許みたいに世間じゃ思われてるが」

エイボンの詩人? 誰だ、そいつは? とリックは思う。

「私の見解では」とサムは宣言する。「ウィルの時代に話されていた英語は、実際にはアメリカ英語に近かった」

リックは思わず口走る。「ウィル? 誰です? あ、シェイクスピアか!」

サムは続ける。「演技過剰で大げさに装飾されたモーリス・エヴァンス一派の英語じゃない」

演技過剰で大げさに装飾された、誰? モーリス? 誰だ、そいつは?

「もっともすぐれたシェイクスピア俳優はアメリカ人だよ。まあ、ほんとうのことを言えば、スペイン人かメキシコ人――英語を話せれば――が一番だ。リカルド・モンタルバンの『マクベス』――あれは最高だよ! だけど、本来のシェイクスピアの神髄である市井の詩を一番よく理解しているのはアメリカ人だ、正しく演じられれば。残念ながらそういうのは少ないが。つまり、アメリカ人俳優がイギリス訛りの英語を使わなければ最高のものができるということだ。無理に気取った英語を使うと最悪なものになる」

「ああ、おれもそういうのは嫌いですね」とリックは嘘をつく。「まあ、いずれにしろ、おれはシェイクスピアはほとんどやったことがないんで。もっぱらウェスタンばかりに出てたんで」

「ウェスタンのすじがきの多くがシェイクスピアに基づいていることを知れば、きみはきっとびっくりするはずだ」とサムは言い、またセットの反対側にいるジェームズ・ステイシーを指差す。彼はまだ子役のトゥルーディ・フレイザーを膝の上に坐らせている。「わかるか、権力闘争や主導権争いがあるときには、どんなドラマもシェイクスピア劇そのものになる」

リックはうなずいて言う。「なるほど」

「そして、それこそがきみたち――ケイレブとジョニー――のあいだにある権力闘争だ。今日撮るきみの最後のシーン――少女の身代金のシーン――になったら、今度は『ハムレット』について少し話をしよう」

リックは尋ねる。「つまり、ケイレブはハムレットということですか?」

「ああ。それとエドマンドでもある」

「そのふたりのちがいがよくわからないんだけど」

「まあ、ふたりとも精神的な葛藤を抱えて怒りに燃えている若者だ。だから、私はきみを選んだんだ。だけど、ハムレットの奥にはエドマンドがいて、エドマンドの奥にはガラガラヘビがいる」

「ガラガラヘビ?」

「そう、オートバイに乗ったガラガラヘビ」

Chapter Sixteen

James Stacy

ジェームズ・ステイシー

ジェームズ・ステイシーがシリーズ物のテレビドラマで主役を張るまでには、十年少しかかった。そして今日、『対決ランサー牧場』新シリーズのパイロット版の撮影初日がやっと訪れた。

六〇年代の半ば、彼はふたつのパイロット番組に主演した。ひとつは『アンド・ベビー・メイクス・スリー』という三十分物のホーム・コメディで、共演者はジョーン・ブロンデルと『メアリー・タイラー・ムーア・ショー』で人気者になるまえのギャビン・マクラウドだった。もうひとつは『ザ・シェリフ』という三十分のアクション物で、メキシコの映画スターであるギルバート・ローランドが海辺の町の保安官を演じ、ステイシーは荒くれサーファーのギャング団の頭目というドラマだった。残念ながら、いずれも本格的なシリーズ化は見送られた。しかし、今回の『対決ランサー牧場』はCBSの肝煎《きもい》りで、パイロット版にもかなり金をかけて20世紀フォックスに製作させている。だから今秋の番組スケジュールにはいるのは、まずまちがいない。

今はジェームズ・ステイシーとして知られる男は、モーリス・イライアスとしてロスアンジェルスに生まれた。フットボールの選手でもあった少しワルそうな美男子が俳優の道を歩むようになったのは、その当時の多くの若者たちと同じようなきっかけからだった。そのルックスとフットボール選手としての活躍から、高校時代にはすでにスターだったモーリスは、ジェームズ・ディーンへの強い憧れから（当時の多くの若者同様）ディーンのような物思いに沈んだ雰囲気をまとうようになり、演技のレッスンも受けるようになった。そして、地元の高校で一番の美男美女だった多くの若い男女同様、モーリスもハリウッドで自分を試してみようと思ったのだった。グレンデール出身の彼としては、それはそれほど遠い道のりではなかった。

同時に、ジェームズ・ステイシーと名前を変えた。もちろんファーストネームはジェームズ・ディーンからもらい、ラストネームは大好きなステイシーおじさんからもらった。そして、髪をグリースでてからせ、ぴちぴちのジーンズを穿き、〈シュワブズ・ファーマシー〉のまえをうろつきながら発見されるのを待った。

初めてもらった本格的な役は、ホームドラマ『陽気なネルソン』の中でリッキー・ネルソンの友人のひとりとして連続出演する役だった。七年、彼はリッキー軍団の一員として地元のソーダ店に屯し、ハンバーガーを食べ、ミルクシェークを飲んだ。その後、軍隊をベースにした映画『壮烈！外人部隊』の端役として、テレビシリーズのスターたちと共演を果たす――トム・〝ビリー・ジャック〟・ローリン、クリント・〝ローハイド〟・イーストウッド、デヴィッド・〝リチャード・ダイヤモンド〟・ジャンセン、ウィル・〝シュガーフット〟・ハッチンス。また、『南太平洋』

ではトム・ローリン、ダグ・〝オーバーランド・トレイル〟・マクルーア、ロン・〝ターザン〟・エリーとも共演した。

その後、いくつかのテレビシリーズで本格的にゲスト出演するようになる――『西部の男パラディン』、『ペリー・メイスン』、『シャイアン』、『ヘイゼル』。初めて得た助演者としての大役は、ヘイリー・ミルズ主演のディズニー映画『夏の魔術』だ。

さらに、『壮烈！外人部隊』の監督の息子ウィリアム・ウェルマン・ジュニアとともに〝ビーチ・パーティ〟系の映画（舞台はビーチではないが）に主演する。ひとつは、一九六四年の『ウインター・ア・GO・GO』。タホ湖のスキー・リゾートが舞台となるこの映画の中で、ステイシーは六〇年代の若手女優ビヴァリー・アダムズといちゃつく（彼女はのちにヴィダル・サスーンと結婚する）。映画の中では、モンキーズのヒット曲の数々を生み出したトミー・ボイス&ボビー・ハート作詞作曲の洒落た曲『ヒップ・スクウェア・ダンス』まで歌う。その翌年には、また〝ワイルド・ビル〟・ウェルマン・ジュニアと『GO・GO・ビキニ』で共演。そのときの舞台はアローヘッド湖だ。この映画では、ライチャス・ブラザーズがゲスト出演し、彼らの曲の中で唯一の本格的ロック・ナンバー『ジャスティン』を披露する。しかし、人々の記憶にこの映画が残っているほんとうの理由はほかにある。眼鏡をかけた本の虫として登場していたラクウェル・ウェルチが、黒ぶちの〝バディ・ホリー〟眼鏡を突如はずしてお色気むんむんの姿に変身し、ゲイリー・ルイス&ザ・プレイボーイズをバックに彼女のヒット曲『アイム・レディー・トゥー・グルーヴ』を歌いだすシーンがあるからだ！

ちょうどこの頃、ステイシーは六〇年代でもっともチャーミングな女優のひとりコニー・ステイーヴンスと結婚する――四年間の結婚生活だった。六〇年代後半、数々のゲスト出演をこなしたステイシーは、かくしてテレビ界の人気スターとしての地位を確立する番組とめぐり会うのである。

当時、CBSでもっとも人気があったドラマのひとつが『ガンスモーク』だった。ところが、六〇年代の後半になると、『ガンスモーク』の主演ジェームズ・アーネスは自らの希望で出番を減らしていき、主演でありながらゲスト出演のような形になった。ただ、CBSの中でも中心的な番組だったため、視聴率に影響はなく、CBSはアーネスのわがままを許した（アーネスは番組を降板して映画に乗り出したいわけではなく、ただ仕事がしたくないだけだった）。その彼のわがままの効用もあった。人気のあるゲスト中心のエピソードを放映することができたからだ。一方、ゲスト出演者側のほうにも利点があった。出演したエピソードの視聴率がよければ、秋からの新しい番組の主演が確約されたも同然だったからだ。

ジェームズ・ステイシーがゲスト出演したエピソードは、『ガンスモーク』シリーズの中でもダントツの視聴率を叩き出した。『ガンスモーク』が当時の番組の中でもきわめて品質の高いドラマだったことを考えると、この快挙は特筆すべきことだ。

第十三シーズンでジェームズ・ステイシーが出演したそのエピソードは、題名が『復讐』。脚本を担当したのは、当時ウェスタンのテレビシリーズでは一、二を争う脚本家カルヴィン・クレメンツ。監督は、これまたテレビドラマで実力を発揮したリチャード・C・サラフィアン。彼はのちに長篇映画の監督として飛躍を遂げ、カルト映画『バニシング・ポイント』や『荒野に生きる』を手がける（『バニシング・ポイント』で、バリー・ニューマンはダッジ・チャレンジャーの陸送を請け負うコワルスキーを演じる。ボタンダウン・シャツにユダヤ人独特のアフロヘアに似た髪型という見てくれも悪くなかったが、ジェームズ・ステイシーのほうがセクシーさでもクールさでも格段上だ）。『復讐』は二部構成のエピソードで、ゲスト出演者はジェームズ・ステイシー、ジョン・アイアランド、ポール・フィックス、モーガン・ウッドワード、『ガンスモーク』の保安官助手ニューリー・オブライエンとして出演するようになるまえのバック・テイラー、そして映画『勇気ある追跡』に出演する一年まえのキム・ダービー。

ステイシーが演じたのはボブ・ジョンソン。兄のザック（モーガン・ウッドワード）と育ての親ヒラー（ジェームズ・アンダーソン）とともにカウボーイとして放牧地で働いている。季節ごとに雇われる彼らは、狼を寄せつけないよう、怪我をした仔牛を殺すという放牧地ならではの決まり事を心得ており、牛の群れの中に傷ついた仔牛を見つけると、規則どおりに殺し、久しぶりのステーキを愉しみに夕食の準備をする。そこに牧場主のパーカー（ジョン・アイアランド）が息子と牧童、パーカーの言いなりの保安官（ポール・フィックス）を引き連れて通りかかる。仔牛はパーカーの所有で、見つけたのもパーカーの放牧地だった。ジョンソン兄弟は事情を説明しようとするが、パーカーは彼らを牛泥棒だと決めつける。

パーカーたちはヒラーを殺し、ザックを麻痺状態にし、傷ついたボブを置き去りにして去っていく。しかも、パーカーに金で雇われた保安官はこの出来事を合法的に処理する（このすじがきは映画『牛泥棒』を彷彿《ほうふつ》とさせる）。

ボブは生き延び、兄を連れて近くの町ドッジ・シティにたどり着く。そこで連邦保安官を務めているのが、『ガンスモーク』のスターであるマット・ディロン（ジェームズ・アーネス）。ディロン保安官は、ジョンソン兄弟にパーカーが自分の町パーカー・タウンを所有していることを話す。もともとはドッジ・シティと張り合うような町だったが、ドッジ・シティが駅馬車の駅として発展を遂げる一方、パーカー・タウンは西部開拓時代の富豪一家が所有する小さな町のままだった。ディロン保安官はジョンソン兄弟の話を全面的に信じ、彼らの主張する非情な行為をパーカーがしかねないことも重々承知していたが、事件がパーカーの土地で起きたことと、仔牛がパーカー所有のものであったということはまぎれもない事実だった。しかも、処刑を取り仕切った保安官は、パーカーの操り人形だったとしても、パーカー・タウンの合法的な保安官だ。だから、それがどんなに正義に反したことだったとしても、処刑は合法的だったと言わざるをえなかった。

ディロン保安官はボブに、まずは焦らず、傷を癒やし、寝たきりの兄はドック（ミルバーン・ストーン）に任せるように提案する。

しかし、ドッジ・シティの人間もパーカー・タウンの人間も誰も知らないことがあった。それは、ボブ・ジョンソンが電光石火の早撃ちだということだ。そんなボブも、パーカーとその息子たちをただ殺したのであれば、死刑を免れないことはわかっている。それでも、パーカーの馬鹿息子レオナルド（バック・テイラー）をけしかけて、決闘をすることはできるかもしれない。そうすれば、合法的に殺すことができる。彼はそう考えて、ドッジ・シティの住民にパーカーの悪評を言いふらし、レオナルドがドッジ・シティにやってくるように仕向ける。ボブの計画はまんまと成功する。さらに、パーカーの馬鹿息子に心理戦を仕掛け、町の真ん中で開催されるダンス大会の場で、レオナルドに銃を抜かせる。ドッジ・シティに住むほぼ全員の眼のまえで。

そうやって、彼は合法的にパーカーの息子を撃ち殺す。

当然ながら、パーカーは重武装した牧童たちを引き連れ、ドッジ・シティに乗り込み、報復させろと息巻く。が、ディロン保安官は牧場主に言い放つ。お互いさまだ、と。仔牛をめぐる最初の殺人について法律的に異論をはさめないのと同様、今回の撃ち合いでの殺しについても口ははさめない。なぜなら、ドッジ・シティの全員がボブの正当防衛を証明する目撃者だからだ。

これがすべてボブの仕組んだものだということは、マット・ディロンも重々承知しているが、カウボーイたちに好き勝手にドッジ・シティに乗り込んでこられて、町の目抜き通りを私的な復讐の場にされてはたまらない。彼はボブの兄が旅に出られるほど回復したら、ただちにドッジ・シティから出ていってほしいとボブに伝える。しかし、ボブの兄のザックがドッジ・シティを去る日は来ない。パーカーが夜中に殺し屋を送り込み、寝たきり状態のザックを殺してしまうのだ。

パーカーの仕業だと誰もが疑わないが、証拠がない。

『復讐』の前半は、ボブことジェームズ・ステイシーが、ジョン・アイアランド演じるパーカーとその一味と対決するために、ひとりパーカー・タウンに馬で乗り込んでいく場面で終わる。

ワオ！　なんという手に汗握る終わり方！

『復讐』の後半も脚本はクレメンツ。監督もサラフィアン。前回の最後の場面から始まる。そこから展開されるのは、六〇年代のテレビドラマのウェスタンで一、二を争うほど刺激的な銃撃戦だ。『復讐』の後半の始まりは、『ガンスモーク』のエピソードというより復讐をテーマにした七〇年代の傑作ウェスタン映画屈指のクライマックスと言っていい。

で？　どうなるのか。なんと、ボブはパーカー・タウンのクソどもをひとり残らず殺しまくるのだ。

やった！　くそったれ、ざまあみろ！

しかも話の展開をじっと待つこともない。このクライマックスはいきなり始まり、いきなり終わる。あっというまに。しかし、『復讐』の後半がこのように始まった以上、『ガンスモーク』のエピソードの流れに詳しい者なら誰もが知っているように、このあとは崖から転がり落ちるような展開となる。マット・ディロンはボブ・ジョンソンを殺さざるをえなくなる。そのことを知っている視聴者はその瞬間が訪れるのをただ黙って待つしかない。実際、番組が終わりに近づくと、まさにそのとおりのことが起きる。〝チャンネルはそのまま。次週の『ガンスモーク』のエピソードからとっておきのシーンを！〟

ハリウッドで売り出し中の若い主演級の俳優たちは、誰もがボブ・ジョンソンの役を自分のものにしたがった。リック・ダルトンも、どんなことをしてでも演じたかったはずだが、ジェームズ・ステイシーが『復讐』の撮影をしているちょうどそのとき、リックは植物園の中でサファリヘルメットをかぶり、裸同然のロン・エリー演じるターザンを相手にふざけまわっていた。まあ、実際に『復讐』のエピソードを見れば、ジェームズ・ステイシー以外の配役は考えられないが。

このエピソードの中でもうひとつの軸として描かれているのが、キム・ダービー演じるドッジ・シティの乙女とボブとのあいだに芽生えるロマンスだ。エピソードの中で、キムは悩み多きならず者ボブ・ジョンソンと恋に落ちる心やさしい乙女を演じる。実際、撮影が進むにつれ、心やさしい乙女キム・ダービーは、悩み多きならず者ジェームズ・ステイシーと恋に落ちる。撮影が終わるとふたりは結婚し、一年後に離婚する。

CBSの上層部は、ステイシーがかなりの優良株であると見込んで、誰もが切望する『ガンスモーク』のゲスト出演者として彼を抜擢した。華々しい結果を見た今、それは確信に変わる。

場面は切り替わって、20世紀フォックスのウェスタン映画の撮影セット。サングリアのような赤のフリル付きシャツに革の短い茶色の上着というジョニー・ランサーの衣装を身に着けたジェームズ・ステイシーは、彼が主演する新しいドラマ・シリーズの撮影初日に臨んでいる。銀の飾り鋲が並ぶ黒のジーンズを穿いた両脚をまえに投げ出し、緑の小さな瓶からセブンアップを飲んでいる。

ほんの少しだけ苛立ちを感じている。その原因はリック・ダルトンの口ひげだ。リック・ダルトン——あの『賞金稼ぎの掟』のジェイク・ケイヒル——がパイロット版で悪役のケイレブ・デカトゥーを演じることを初めて聞いたときには、興奮した。

それにはいくつかの理由があった。まずひとつ目の理由は、ずっとダルトンのファンだったからだ。『賞金稼ぎの掟』でも『マクラスキー／十四の拳』でも大好きだった（ラルフ・ミーカーと共演したウェスタンのリックも好きだったが、番組名がどうしても思い出せない）。

ふたつ目の理由は、20世紀フォックスとCBSが金に糸目をつけずパイロット版の悪役にテレビドラマの本物のスターを使うということは、それほどこの番組の可能性に賭けているということだからだ。三つ目の理由はいたって個人的な理由になる。それは、ジェームズ・ステイシー演じるヒーローに対する悪役をリック・ダルトンのような大物が演じる日がついにやってきたということだ。主人公ジョニー・ランサーにとって、これ以上ないほどダイナミックな門出になる。

加えて番組の最後にジョニーがケイレブを打ち負かすシーン。それはただその週の悪役に勝つだけではない。視聴者は、ジョニー・ランサーがジェイク・ケイヒルというテレビのウェスタンの象徴的存在に立ち向かい、そして最後に輝かしく勝利するのを見届けることになるのだ。パイロット番組の監督サム・ワナメイカーと話したときのことが思い出される。ケイレブ・デカトゥー役にはふたりの候補がいた。ひとりはダルトン、ゲスト出演者としてまちがいなく注目を浴びるスターだ。もうひとりは、『暴力脱獄』で受刑者のひとりを演じた刺激的な若手俳優のジョー・ドン・ベイカー。彼は『荒野の七人』の続篇三作目、ジョージ・ケネディ主演の『新・荒野の七人 馬上の決闘』にも、七人のひとりとして出演していた（スティシー自身、前作でスティーヴ・マックイーンが演じた役のオーディションに挑戦したが、モンテ・マーカムに負けた）。ワナメイカーは、いかにも映画俳優然とした高身長のベイカーが気に入っていた（ベイカーのほうがステイシーより背が高かった）。しかし、テレビのウェスタンで名を馳せたカウボーイを登場させ、そのイメージを打ち崩す機会というのは、ワナメイカーとしても逃すには勿体《もったい》なさすぎた。彼はこの新シリーズを『ボナンザ』や『バークレー牧場』など、六〇年代につくられた多くのウェスタンのようにはしたくなかった。今やイタリアがつくるマカロニ・ウェスタンが気骨のある新しい風を送り込み、ついにアメリカのウェスタンに追いつこうとしている。確かに、アンドリュー・マクラグレンやバート・ケネディが監督し、ジョン・ウェインやジェームズ・スチュアート、ヘンリー・フォンダやロバート・ミッチャムが主演するどうしようもない駄作や、減少する一方の老観客のために量産されるノスタルジー満載のウェスタン映画もまだあるにはあったが、一九六九年のアメリカのウェスタンは変貌しようとしていた。セルジオ・レオーネが監督したウエスタンに主演したイーストウッドが醸し出す驚くほどのセクシーさ。その影響もあったのだろう、主演俳優がどんどん若くなっていた。彼らの衣装も、サンタモニカ大通りの〈ウェスタン・コスチューム〉にあるような標準的なものではなく、もっと派手で気取ったものになっていた。加えて、そんな彼らの多くが〝アンチ・ヒーロー〟で、その傾向があまりに顕著だったため、取り残されたアイゼンハワー時代のスターの中には、自分のイメージを破壊しようとする者まで現われた。

たとえば、映画『ワイルドバンチ』の中では、ウィリアム・ホールデンが人殺しの一味を率い、強盗にはいった銀行にたまたま居合わせた無実の客たちをまえに言い放つ。「少しでも動いたら、全員殺せ！」それが映画の中での彼の最初の台詞だ。

セルジオ・レオーネ監督作『ワンス・アポン・ア・タイム・イン・ザ・ウェスト』（『ウエスタン』の邦題でも知られる）では、ヘンリー・フォンダが登場するなり五歳の少年の顔を撃つ。

逆に映画やテレビドラマのウェスタンの悪役として俳優人生の大半を過ごしてきたリー・マーヴィン、チャールズ・ブロンソン、リー・ヴァン・クリーフ、ジェームズ・コバーンがヒーローとしていきなり脚光を浴びるようになる……さらに映画スターとしても一世を風靡《ふうび》する！

新しいウェスタンの中の悪役は、ただの悪い男ではなかった——血に飢えたサディスティックな狂人だった。また、激しい議論を巻き起こすような旬の政治問題に沿った内容も盛り込まれた。『小さな巨人』と『ソルジャー・ブルー』では、ヴェトナム戦争が取り上げられた。『夕陽に向って走れ』の中で追跡から逃げるロバート・ブレイク演じるインディアンの青年は、事実上〝ブラック・パンサー〟だった。こういった映画の中では、登場人物が殺されるとき、腹を抱え、顔をゆがめてうめき声をあげ、ゆっくりと地面に倒れる、というそれまでの映画で描かれてきた死に方はしない。彼らの体は穴だらけになるまで撃たれ、血しぶきがスクリーンいっぱいに飛び散る。中でもサム・ペキンパー監督は、殺戮シーンを一秒間百二十フレームのスローモーションで撮影した。その結果、爆竹のように飛び散る真っ赤な血は、単なるドン・シーゲル風の残虐さを超越して〝視覚詩〟の域にまで達することになる。

とはいえ、さすがのサム・ワナメイカーも日曜の夜七時半からCBSで放送される番組にそういう手法を使うことはできなかった、当然のことながら。それでも、この新しいウェスタンの趨《すう》勢《せい》に乗る努力ならできる。そのために彼はふたつの方法を考えていた。ひとつは見た目、特に衣装をどう見せるか。そしてもうひとつが、このシリーズの三人の主役のうちのひとり、ジェームズ・ステイシーが演じるジョニー・ランサー、別名ジョニー・マドリッドという役柄をどう描くか。当時テレビで放送されていたウェスタン・シリーズの中では（実際、『対決ランサー牧場』はその時代の終わりの始まりを示す番組となった）ジョニー・ランサーはまちがいなく〝アンチ・ヒーロー〟にきわめて近い役柄だった。

影のあるそのジョニー・ランサーという役には、ステイシーもワナメイカー同様、興奮し、その要素を最大限に引き出す案としてふたりが考えたのが、ジョニーに口ひげをつけさせることだった。が、実のところ、ジェームズ・ステイシーがジョニー・ランサーに口ひげをつけさせたかったのは、役柄を完璧なものにしたいという理由だけではなかった。六〇年代のテレビのウェスタン・シリーズには、お決まりのパターンがあり、主役がふたりいる場合には必ずと言っていいほど、ひとりは黒っぽい色の髪、もうひとりは明るい色の髪だった。『対決ランサー牧場』の場合も、ジョニーの腹ちがいの兄スコット・ランサーを演じるウェイン・マウンダーはブロンドで、一方、ジェームズの髪は茶色だ。もし口ひげをつければ、視聴者の注目を一気に自分に惹きつけ、共演のウェインを大きく引き離して飛躍できるのではないか。そう考えたのだ。

なのに、ふたりはCBSからこう告げられる。「悪くないアイディアだが、それはありえない。誰かに口ひげをつけるとしたら、まちがいなく悪役だ」

そんなこんなで、今日ステイシーは撮影初日を迎え、セットの反対側にいるリック・ダルトンをじっと見つめている。フリンジ付きの茶色い革の上着を着たダルトンはとことんかっこよく、CBSが百万年待ってもステイシーには許してくれない口ひげをつけている。CBSのクソ野郎ども、とステイシーは胸に毒づく。そのうち、やつらはおれの番組に出るアホにも口ひげをつけさせる。すると猫も杓子《しゃくし》もつけるようになる。だったらおれにもつけさせろってんだ！

さまざまな思いが渦巻くステイシーの頭の中で引っかかっているのは、リックの口ひげのことだけではない。昨夜、今日撮影する予定になっているリックとのシーンの台詞を練習するうち、かっこいい台詞は全部リックの台詞だということに気づいて愕然とした。口ひげの案をCBSに却下されたとき、ワナメイカーもがっかりしていた。ところが、ケイレブの役をリック・ダルトンが演じることがわかると、彼はその興奮を隠そうともしなかった。

その喜びようを見るかぎり、ワナメイカーは主役のジョニー・ランサーをどう見せるかより、これまでリック・ダルトンが築き上げてきたイメージをどう壊すかということに夢中になっているとしか思えない。で、今やステイシーの頭の中もこのことでいっぱいになっている。そんな中、ステイシーは自分の番組の撮影初日に自分の番組のセットで、自分の監督とリック・ダルトンがディレクターズチェアにそれぞれ坐って、まるでこれがふたりにとって一緒に仕事をする五本目の映画だとでも言わんばかりに、いかにも愉しそうに語り合っているのを見ている。いったいあのふたりは何にそんなに盛り上がってるんだ？　セブンアップを飲みながら、ステイシーはそんなことを考えている。

ちょうどそこに、子役のトゥルーディ・フレイザー――ジョニー・ランサーの腹ちがいの妹ミラベラ・ランサーを演じる――がスキップしながらやってきて、ステイシーの膝にちょこんと坐り、彼に尋ねる。

「どうかした？」と尋ねながらも、彼女はステイシーの視線の先に、ディレクターズチェアに坐って雑談をしているケイレブ役の俳優と監督のサムがいることに気づいている。もちろん。

「競争相手の品定め？」と彼女は生意気に尋ねる。

ステイシーはリックたちから無理やり視線をそらし、膝の上に坐っている少女を見下ろして言う。「何か用か、おちびちゃん？」

「そう」と彼女は言う。「あなたがこんなふうに見えたからよ。セットの反対側にいるケイレブを見つめて、なんだかハトみたいに胸をふくらませて、いきり立ってるように。だからちょっとそばに行って、よしよしって頭を撫でてあげようと思ったの」

ドラマの敵役を見て苛ついていたわけじゃないよ、などとステイシーは少女のことばに反論もしない。「彼に口ひげをつけるなんて、まったく信じられない」と吐き捨てるように言う。「おれはジョニー・マドリッドに口ひげをつけたかったのに。何も知らないテレビ局のやつらが反対したんだ」

少女はステイシーに尋ねる。「ケイレブ役の俳優にはもう挨拶した？」

「いや、まだだ」と彼は答える。

「そうなの」そう言うと、彼女はひげを生やした俳優のほうに腕を伸ばして言う。「彼はあそこにいるわよ。何を待ってるの？」そこで彼女は挑むような顔つきになる。「これはあなたの番組でしょ？　彼はその番組のゲストでしょ？　さあ、早くあっちに行って自己紹介してこないと。ようこそおれの番組へって歓迎してこないと」

「そうだな、おちびちゃん」と彼は答える。「でも、今はサムと話しているようだから」

呆れたように首を振りながら、少女は小さな声で囁く。「言いわけばっかり」

「おい、行くって言っただろ？」と彼は苛立ちを覚えて言う。「ほっといてくれ。よけいなお世話だ」

トゥルーディは両手を上げ、降参して言う。「はい、はい、わかりました。これはあなたの番組なんだから、どうすればいいかはあなたが一番よくわかってるってことね。どうぞ好きなだけ時間をかけて」

ジェームズ・ステイシーは大きく息を吐き、小さな瓶からセブンアップを一気に飲み干す。

トゥルーディは彼の膝の上でくねくねと動いて言う。「ケイレブ役の俳優を知ってるの？」

「ケイレブ役の俳優？　ああ、もちろん――」

少女は急いでことばをさえぎる。「本名は言わないで！　彼のことはただのケイレブだって思っていたいから！」

「まあ、そういうことなら。ケイレブは六年くらいまえカウボーイのドラマに主演してた」

真剣な顔で彼女は尋ねる。「彼、よかった？」

ステイシーは、ケイレブの衣装に身を包んだリック・ダルトン――最高にかっこよく、今までとはまるでちがう風貌のダルトン――がほんとうは自分がつけたかった口ひげをつけ、監督とすっかり意気投合しているところにまた眼を向け、彼女にというより自分に向かって言う。「悪くはなかった」

リック・ダルトンはケイレブの衣装を着て、日陰に置かれた自分のディレクターズチェアに坐り、ペーパーバックの『野生馬を乗りこなせ』を読んでいる。

最初の大きなシーンの撮影までの暇つぶし（あと一時間半くらいで撮影が開始されると第一助監督が言いにきた）のつもりだったが、あの小さな少女との心を揺さぶられる出会いのまえと比べ、もっと内容を理解しようと真剣に読んでいる。あの子の言うとおり、実にいい本だ。主人公のトム・〝イージー〟・ブリージーも実にいいやつだ。版権を買い取って映画をつくってもいいくらいだ。もちろんイージー・ブリージーはリックが演じる。ポール・ウェンドコスに監督を頼んでもいいかもしれない。

今日撮影する最初のシーンは彼の初登場シーンでもある。それもなかなか粋な登場のしかたをする。観客が実際に彼を眼にするまえに、彼のことは何人かの登場人物が話している。そういう場合、ついに本人が画面に現われるまえに、観客の期待はたいてい高まる。これが映画なら、撮影初日には撮らないでくれと要請していたところだ。が、これはテレビのドラマで、テレビの場合は脚本重視の撮影にはならない。撮影はあくまでスケジュールに沿っておこなわれる。だから大事なシーンを撮影初日に撮るのが〝合理的〟なら――たとえ朝一であっても――そのとおりスケジュールが組まれる。今回のシーンでリックがからむのは、今シリーズの主役ジョニー・ランサーを演じるジェームズ・ステイシーと、ジョニーの腰巾着、〝仕事人〟ボブ・ギルバートを演じるブルース・ダーンだ。ブルースのことは数年まえから知っている（ブルース・ダーンを知らないやつなどいないだろうが）。もうひとりの主役ウェイン・マウンダーも知っている。彼が初期の主演作でカスター将軍を演じた頃からの知り合いだ。リック自身は出演しなかったが、当時よくつるんでいたラルフ・ミーカーは出た。で、ある夜、リックとラルフ・ミーカーが〈リヴァー・ボトム・バー&グリル〉（通りをはさんで〈バーバンク・スタジオ〉の向かい側）で一杯やっていると、マウンダーが店にやってきて三人で飲んだことがあった。その夜以来、リックとマウンダーは顔を合わせたことがなかったので、ふたりは改めて挨拶を交わし、マウンダーは彼を歓迎してくれた。それは牧場主のマードック・ランサーを演じるアンドリュー・ダガンも同じだった（ダガンは『賞金稼ぎの掟』に二回ゲスト出演している）。そんなダガンとはメイク用トレーラーを出たところで出くわし、一緒に煙草を吸いながら近況を報告し合った。リックは、この新シリーズは成功まちがいなしだと言って、ダガンを祝福した。それで主役でまだ正式に顔を合わせていないのは、ジェームズ・ステイシーだけとなった。

少しまえに、セットの反対側にいる彼を見かけることは見かけたのだが、撮影現場における慣習では、大御所俳優――特にテレビの主演作がヒットした俳優――がゲスト出演する場合、その番組の主役のほうからゲスト俳優のところに挨拶に行き、番組への出演を感謝するのがしきたりになっている。

リック自身、ダーレン・マクギャヴィンが『賞金稼ぎの掟』にゲスト出演したときにはそうした。それはエドワード・G・ロビンソンのときもハワード・ダフのときもロリー・カルホーンのときもルイス・ヘイワードのときも、ダグラス・フェアバンクス・ジュニアのときも同じだった。彼らを番組に迎え入れ、出演を感謝するのは主役のリックの役目だった。なのに、午後二時の時点で、まだジェームズ・ステイシーは挨拶にも歓迎にも来ていない。『グリーン・ホーネット』のヴァン・ウィリアムズもそうしたのに。『ターザン』のロン・エリーもそうしたのに。『巨人の惑星』のゲリー・コンウェイも。『FBI』のエフレム・ジンバリスト・ジュニアも。ただ、『ビンゴ・マーティン』のチビクソ野郎、スコット・ブラウンは歓迎どころか挨拶にもこなかったが。カメラのまえに立つまでに主役が挨拶にこなければ、それはクルー全員のまえで〝くそったれ!〟と罵られているようなものだ。

リックもジェームズ・ステイシーもセットにはいってけっこう時間が経っているのだから、とっくに挨拶にきていていいはずだ。しかし、まあ、リックはジェームズを大目に見てやろうと思っている。今日は彼にとって初めての主演シリーズの撮影初日なのだから。緊張してあたりまえだ。それでも、そうは言っても、そろそろ覚悟を決めて挨拶にこないと、一生の敵をつくることになるぞ。

その心配はなさそうだ。フリル付きの真っ赤なシャツに銀の飾り鋲が並ぶ黒いジーンズというでたちのCBSの新しい肝煎り俳優が、20世紀フォックスの埃っぽい撮影セットをこちらに向かって歩いてくるのが、読んでいるペーパーバックのへり越しに見える。

やっと来たか、とリックは思う。それでも近づいてくることに気づかないふりをして、読書を続ける。

悪魔的なまでにハンサムなその主演俳優は、リックが坐っている場所まで来ると、名前のあとにクエスチョンマークをつけて呼ぶ。

「リック・ダルトン？」

リックは眼を上げ、ペーパーバックを膝の上におろして応じる。「そうだ」

ジェームズ・ステイシーは手を差し出しながら言う。「主演のジェームズ・ステイシーです。おれの番組にようこそ」

リックは笑顔で主演俳優と握手を交わす。

「あんたのようなプロがこのパイロット番組で悪役を務めてくれるなんてね。嬉しいなあ。『賞金稼ぎの掟』の大ファンだったんでね。あれはすばらしい番組だった。もちろん誇りに思ってるだろうね？」

「これはどうも、ジェームズ」とリックは言う。「ああ、いい番組だった。とても誇りに思ってる」

「実を言うと」とジェームズ・ステイシーは続ける。「『マクラスキー／十四の拳』には出演寸前まで行ったんだ」

「ほんとに？」とリックは言う。

「そう」とステイシーは答える。「カズ・ガラスが演じた役だよ。まあ、彼にはとうてい敵わなかったけどね。なにしろあっちは、もうそのときにはヘンリー・ハサウェイの映画で主演してたんだから。でも、正直言って、どうしてもやりたい役だった」

気立てのいいリックは言う。「それを言うなら、おれだってあの映画の役がもらえたのは、運がよかったからだ。撮影が始まる二週間まえまで、おれの役はフェビアンで決まってたんだから。ところが、『バージニアン』の撮影で彼が肩を痛めて——おれに役がまわってきたんだよ。監督のポール・ウェンドコスとは若い頃に仕事をして『賞金稼ぎの掟』でも何話か監督をしてもらってた。そういうわけで、おれのことをコロンビアに紹介してくれたのさ」

ジェームズ・ステイシーは、さっきまでサム・ワナメイカーが坐っていたリックの隣りのディレクターズチェアに腰をおろし、内緒話でもするように『賞金稼ぎの掟』のスターのほうに身を傾ける。「リック、ちょっと小耳にはさんだことで聞きたいことがあるんだけど。『大脱走』でマックイーンの役に抜擢されかけたっていうのはほんとうなの？」

まいった、またこの話か、とリックは思う。同じような馬鹿なやつらが同じような馬鹿な質問をしてくる。

『グリーン・ホーネット』のときもそうだった。グリーン・ホーネットの衣装をつけた主役のヴァン・ウィリアムズから同じ質問を受けた。ターザンの小さな腰巻きだけで裸同然のロン・エリーからも受けた。このふたりとも、心の片隅にある憐憫の情を隠すことができるほど達者な役者ではなかった。

リックは、昨日マーヴィン・シュワーズに話した答の短縮版をジェームズ・ステイシーに話す。「オーディションも打ち合せもなかったし、直接ジョン・スタージェス監督にも会ってない。それじゃあ、抜擢されかけたとは言えないだろ――」

リックはそこでことばを止めるが、黙示の〝でも〟が宙に漂う。その〝でも〟をステイシーがかわりに言う。「でも？」

しぶしぶリックは続ける。「でも……話には続きがある……ほんの短いあいだ、マックイーンはあの役を受けるのを渋った。で、そのほんの短いあいだ、四人の候補がいて、おれはそのうちのひとりだったらしい」

ステイシーは眉をもたげ、身を乗り出す。「その四人って？」

「おれと、三人のジョージだ。ペパード、マハリス、チャキリス」

ステイシーはまるで痛みを感じたかのように顔をゆがめ、無意識にリックの肩を叩いて言う。

「なんてこった。そいつは痛いな。だってその三人が相手なら、どう考えたってあんたの勝ちだよ。まあ、ポール・ニューマンなら――わからないけど――ほかのジョージはないだろう」

この話にはうんざりしているリックは口早に言う。「でも、まあ、結局のところ、マックイーンが受けたわけだからな。はっきり言って……おれにチャンスはそもそもなかった」

ステイシーはうなずきながら、しばらく笑ってから言う。「だとしても……」そう言って、パントマイムで自分の心臓にナイフを突き刺し、その刃をねじる。

リックは、隣りに坐っているにやけ顔の男をしばらく眺めてからわざと尋ねる。

「なあ、ジェームズ。ちょっと訊きたいんだが……おれの口ひげ、どう思う？」

Chapter Seventeen

The Medal Of Valor

武勇勲章

第二次世界大戦が終わって軍を除隊したときのクリフの持ちものといえば、ポケットの中の金とふたつの武勇勲章だけで、彼は決断を迫られた。これからの人生をどうするか。実を言うと、それまでの二年間、そんな決断が必要になるとは思ってもいなかった。シチリアで戦っていたクリフは、自分はその地で死ぬのだろうと覚悟していた。ところが、生き延び、フィリピンに送られ、フィリピン人ゲリラとともに当時フィリピンを占領していた日本軍と戦うことになった。そのときももう二度と祖国に帰ることはないだろうと覚悟した。日本軍に捕まってジャングルの中の即席捕虜収容所に入れられたときには、死刑囚になったつもりでいた。逆にそうやって人生に見切りをつけていなければ、収容所からの決死の脱出など試みはしなかっただろう。フィリピン人捕虜を率いて看守を倒し、収容所の日本兵を皆殺しにして、ジャングルの中に逃げ込み、またゲリラの仲間と合流することもなかっただろう。

彼らの大胆で刺激的な逃走劇に眼をつけたコロンビアは、ポール・ウェンドコス監督の洒落た戦争アクション映画『決戦珊瑚海』を製作した。ウェンドコスのこの作品は、脱走の部分をかなり脚色したエンターテインメント色の濃い映画となったが、映画の中で捕虜収容所から脱走するのは、クリフとフィリピン人ではなかった。英雄的な冒険活劇を繰り広げるのは、アメリカ海軍の潜水艦部隊と彼らを率いる艦長――演じたのはクリフ・ロバートソン――だった。運命とは不思議なもので、リック・ダルトンはクリフと会うまえ、ロバートソンの部下のひとりを演じていた。

映画の中では、実際にあった出来事が大幅に省略されていた。クリフ・ブースもフィリピン人捕虜も出てこなかったし、日本兵が捕虜の首を切り落とすシーンもなかった――実際にはそういうことがあったのに。また、形勢が逆転したときに、生き延びた捕虜たちが収容所の日本兵の首を切り落とすところも出てこなかった。現実の冷酷無比な日本軍司令官は、映画で描かれていたような礼儀正しく、理知的で教養ある立派な人間ではなかった。

だから、くそ、と映画を見たときクリフは思ったものだ。あのサディストの石頭野郎があんなにクールだったら、戦争が終わるまでおれはそのまま収容所に残ってたよ。その映画でクリフが一番気に食わなかったのがクリフ・ロバートソンだ。のちになって、彼はリック（リックはこの映画が好きでたまらない）に打ち明けた。「あのクソ映画を見てるあいだ、おれはずっとくそジャップの味方をしてたよ」

脱走それ自体はそれなりに正確に描かれていたが。いずれにしろ、ジャングルを生きて出られるとは思っていなかったクリフにとって、生き延びたということは少々都合が悪かった。その後の人生をどうするのか、何も考えてもおらず、さっぱりわからなかったからだ。

急いでアメリカに帰る必要はなかったので、軍籍を離れてクリフが向かったのはフランスだった。パリでチーズとバゲットを食べ、赤ワインをコカコーラのようにがぶ飲みしながら数ヵ月をぶらぶら過ごすうち、彼は戦争まえには聞いたこともなかった職業に出会うことになる――〝有閑紳士〟だ。

もっとなじみのある呼び方では〝ポン引き〟。クリフのような当時のアメリカの男たちにとっては、〝ポン引き〟という概念自体がまったく未知のものだった。クリフたちがよく知っていたのは、娼館を営むマダムだ。が、パリでは〝ル・マケロー〟と呼ばれる男たちが存在した――略して〝マック〟とも呼ばれる彼らは、洗練された服に身を包んで一日じゅうバーに入りびたり、女たちを街角に立たせて売春させ、金を持ってこさせる。当時のアメリカ男から見ると、女が売春してその金を男に貢ぐなどというのは、文字どおり度肝を抜かれるようなシステムだった。一方、フランスの男たちはこのシステムを実に巧みに利用していた。イケメンだったクリフは、それまでもずっと女たちを思いどおりに操り、彼女たちの意に反することもやらせていたが、女たちは喜んでクリフに抱かれた。いとも簡単なことだった。でも、売春させた上に稼いだ金を貢がせる？　同じ操るといっても、それはまったく別次元の話だ。フランスの男たちがどのようにこのシステムをまわしているのか解明できれば、祖国に帰ってから試さない手はない。で、彼はさっそく調査を開始する。

「女のほうは見返りに何を得るんだ？」とクリフは尋ねた。ギャルソンはこう説明した。

「女は男に貢ぐかわりに、男に面倒をみてもらう。そう、男は面倒をみるんだ。まず、女を守る。客からも、警察からも、ギャングからも、さらにほかの女たちからも。男は女を外に連れ出して見せびらかす。そういうことだ。金は貢いでくれるが、その分たんまりと彼女たちのために金を使う。もちろん、ほんのちょっとしか使わないことだってできるが、それだとロマンティックじゃない。それに、そのうち女たちにも知恵がついてきて、そうなると面白く思わない女も出てくる。ところが、女たちから受け取った金をそれなりに彼女たちのために使えば、たとえばドレスや香水やジュエリー、ウィッグ、ストッキング、雑誌、チョコレートを買ってやったり、レストランやバー、映画やダンスなんか彼女たちが行きたがるところに連れていったりすれば、そのうちその金がもともとは自分たちの金だということを忘れてしまう。パパの言うとおりにしてれば、パパが面倒を見てくれるって思うようになる」

「ほんとにそれですむのか？」とクリフは訊いた。

「パパに対する女たちの要求を甘く見ちゃいけない」とギャルソン〝マック〟は言ってから、「ただ、あんたの言ったことはあたってる」と認めた。「確かに、それだけじゃすまない。なにより大切なことがひとつだけある。たとえば、自分に合ったタイプの女を見つけるっていうのも大事だが、それ以上に大事なことがある。

そこらへんにいる男でも、女をその気にさせることはできる。だけど、ずっとその気にさせることは？　それが本物の〝マック〟の証しだ。だけど、複数の女をその気にさせて、彼女たちをずっとその気にさせつづけられるのは？　それこそ〝マック〟の中の〝マック〟だ。そうなるには、何にも増してやらなくちゃいけないことがある」

「なんだ、それは？」とクリフは訊いた。

「簡単なことさ」と〝マック〟は言った。「いいセックスをすることだ。これ以上ないほどのセックスを。これ以上ないほどのセックスをこれ以上ないほど頻繁に」

笑っているクリフにギャルソンは釘を刺した。「なあ、それって聞くほど簡単じゃないぜ。ガールフレンドとやるようなセックスじゃ駄目だ。親友のガールフレンドとやるようなセックスでも駄目だ。ましてや親父の愛人とやるようなセックスなんぞ論外だ。そんなのは愉しみのためのセックスだ。でも、これは仕事だ。女たちは仕事として金のために客とやる。だから、おれたちも仕事として、金のために彼女たちとやる。言っておくが、あの女たちを満足させるのは大変だぞ。女たちを手放したくなかったら、いいセックスをしなくちゃ駄目だ、それもしょっちゅう。それがどういうことを意味しているかって言うと、そんな気分じゃないときでもしなくちゃならないってことだ。そんな気分じゃなくても、セックスはしなくちゃならない。しかもいいセックスを。手持ちの女が多ければ多いほど、それだけセックスも多くなる。女が多いってことはセックスも多いってことだ。だからこの仕事じゃ寝てる暇なんてない。四日もさぼれば、女は目覚めちまう。魔法が解けちまう。一度魔法が解けたら〝あら、そういうことなのね。だったらまた今度〟なんてことにはならない。魔法が解けたら女はあんたを憎む。ただ憎むだけじゃなく、殺したいほど憎む。ひょっとしたらほんとうに殺そうとするかもしれない。もしかしたら、あんたから金を盗もうとするかもしれない。あるいは、父親とか兄貴とか小さかった頃のボーイフレンドとかに電話して、助けてほしいと頼むかもしれない。そしたら、今度は襲ってくるのがナイフを持ったボーイフレンドか、拳銃を持った父親か、散弾銃を持った兄貴になる。

あんたに教え込まれた女の武器を使って、あんたを殺してくれるやつをリクルートするなんてやつもいるかもしれない。

要するに、何が言いたいかっていうと、〝マック〟には休日がないってことだ。〝マック〟の中の〝マック〟には、セックスのない休暇なんて存在しない。

セックスして、セックスしつづける。セックスをやめるなんてことはできない。しかもいいセックスをしないことは許されない。

飽きたとは言えない、嫌だとも言えない、その気になれるかどうかなんて関係ない。あんたがその女の〝男〟なら、毎回必ず満足させなくちゃならない。

その鍵は〝ちがい〟だ。ほかの男よりうまくセックスする必要はない。ほかの男とはちがうセックスをしなくちゃならない。

女が見返りに何を得るか知りたいって？　女が得るのはこれだ。言っておくが、最高の取引きだ。女はあんたの面倒を見る。だからあんたも女の面倒をちゃんと見る。ああ、女はあんたに金を貢ぐ。だがな、友よ《モナミ》、あんたもそれに見合った仕事をしなきゃならない。そういうことだ」

クリフは理解した。充分すぎるほど理解した。自分はそんなにがむしゃらに働きたいとは思っていない。それもわかった。セックスしたいと思わない女とするくらいなら、時速百キロで煉瓦塀に突っ込んだほうがましだ（のちのちそれが仕事になる）。古い言いまわしのとおりだ――カウボーイだけが馬に乗るのが嫌いになる。

自分がポン引きに向いていないことを悟ったクリフはアメリカに戻ると、あちこちをぶらぶらしたあとオハイオ州クリーヴランドにたどり着き、せっかくなので高校時代の古いダチ、アビゲイル・ペンダーガストに会いにいった。アビゲイルはプラチナ・ブロンドの美人で、マフィア系ギャングのルドルフォ・〝パッツィフェイス〟・ジェノヴェーゼの愛人のひとりだった。

クリフ・ブースとアビゲイルは、ピザ店〈ゲイ・ナインティーズ〉のテーブルをはさんで坐っていた。おがくずが撒かれた床に置かれたテーブルには、チェック柄のテーブルクロスが掛けられ、自動ピアノの中のピアノロールから音楽が流れていた。また、壁にはチャーリー・チャップリンの16ミリ映画が投影されていた。

アビゲイルはとろとろのモッツァレラを顎から垂らしながらピザのスライスにかぶりつき、椅子の上で上体をひねってウェイターにナプキンを持ってくるように頼んだ。彼らに気づいたのはそのときだった。パット・カルデラとマイク・ジットがバーカウンターのストゥールに坐り、ビールを飲みながら彼女のテーブルのほうを見て、顔をしかめていた。

やばい、とプラチナ・ブロンドのセクシー美女は思った。

デートの相手のほうを向くと、ピザの外側のへりを食べない彼は、一切れを二口半で平らげていた。

彼女はクリフのほうに身を乗り出して言った。「わたしたちだけじゃない」

次のもちもちのスライスを頬ばりながらクリフは訊き返した。「え？」

彼女はバーのほうに眼だけ向けた。「バーにいるあのふたり」

クリフが椅子の上で振り向こうとすると、彼女は手を伸ばして彼の手首をつかみ、小声で言った。「見ちゃ駄目」

問いかけるように彼は眉をもたげた。

彼女は低い声で言った。「あれ、パットとマイク。ルディの子分よ」

アビゲイルの忠告を無視してクリフは振り向き、バー・ストゥールに坐ってビールを飲んでいるガラの悪そうなふたりの客をまじまじと見た。ふたりは〝くたばれ、このカス〟という眼を元軍人に向けてきた。

クリフがまたまえを向いて、もう一切れピザを切り離していると、彼女は言った。「そのうちこっちに来て、あなたを追い出すわ」

彼は手に持っているピザのスライスから眼を上げ、テーブルの向かいに坐っている色白のブロンドに言った。「へえ、そうか」

アビゲイルはうしろめたそうな顔で謝った。「ごめんなさい、クリフ。まさかルディがそこまでするとは思わなかったの。だって、わたしは彼の奥さんじゃないんだし、彼にはほかに八人も愛人がいるんだから」

「そうか」とクリフは言った。「でも、きっとおまえが一番お気に入りなんだよ。見ればわかる」

アビゲイルは頬を赤らめた。

彼はアビゲイルに化粧室に行くように言った。抵抗しようとする彼女に、クリフは同じことばを繰り返してからつけ加えた。「ひとこと断わってから行け。そうしたらドアに鍵をかけて、おれがいいと言うまで出てくるな」

彼女はすぐには理解できなかった。

「とにかく行け」と彼は命じた。

彼女は言われたとおり、椅子から立ち上がると、ひとこと彼に断わってから化粧室に行き、ドアに鍵をかけた。

ふたりのギャングは、アビゲイルがいなくなるとすぐクリフのテーブルまでやってきた。そして、さっきまでアビゲイルが坐っていた椅子にマイク・ジットが坐り、パット・カルデラは誰もいないテーブルから椅子を引きずってきて坐った。

クリフは壁に映されているチャーリー・チャップリンから眼をそらし、もう一口ピザを食べながら、同じテーブルを囲むふたりのラインバッカー風の男を見た。

パットはテーブルにビールのグラスを置いてクリフに言った。「さてと、イカレ頭。これから起きることを教えてやろう。おまえはテーブルから立ち上がって、あのドアから出ていく」――背後にあるドアを親指で示し――「おれかこいつが」――と言って今度は自分とマイクを親指で示し――「おまえがまたミス・アビゲイルに近づいてるのを見かけたら、かなり長いこと病院の世話になることになる」

クリフはピザを食べつづけた。

「わかったか、このピザ野郎？」とマイクは言った。

クリフは口の中のものを嚥下《えんげ》すると、手に持っていたピザを皿に戻した。そして、ナプキンを取って指の脂を拭き、ふたりに訊いた。「ひょっとして、紳士のあんたらはイタリア系か？」

黒い髪のふたりは思わず互いに顔を見合わせてから、またブロンドの男に視線を戻した。「ああ」とパットが言った。

クリフは伸ばした人差し指でふたりを交互に差しながら言った。「ふたりとも？」

マイクがそっくりかえって言った。「ああ、おれたちはイタリア系だ。だからなんだってんだ？」

クリフは大きな笑みを浮かべ、身を乗り出した。「おれがイタリア人を何人殺したか知ってるか？」

パットも身を乗り出して小声で尋ねた。「なんだと？」

クリフは言った。「おっと。聞こえなかったか。じゃあ、もう一度言ってやる」もう一度尋ねた。「おれがイタリア人を何人殺したか知ってるか？」

そのあとクリフは上着の胸ポケットに手を入れた。「いいものを見せてやるよ」

彼がポケットの中から武勇勲章を取り出してテーブルの上に落とすのをパットとマイクはただ見ていた。勲章は思いのほか大きな音をたてて木のテーブルの上に落ちた。

「それをもらう理由になった日は」――そう言って武勇勲章を指差した――「少なくとも七人殺した。ひょっとしたら九人だったかもしれない。少なくとも七人だ」クリフはさらに続けた。「たった一日で、だ。おれがシチリアにいたときには毎日イタリア人を殺してた」

椅子に深く坐り直し、クリフは続けた。「シチリアにはかなり長いあいだいた」

ふたりのイタリア人ギャングはすでに顔を真っ赤にしていた。

「ということで――」とクリフは続けた。「イタリア人をいっぱい殺したおかげで――おれは戦争の英雄になった。その結果、戦争の英雄としてこれを持ち歩く許可証を持ってる」

クリフは上着のもうひとつのポケットから短銃身《スナブノーズ》の三八口径を取り出し、武勇勲章の横に置いた。また大きな音がした。クリフがポケットから銃を取り出してテーブルの上に置くなり、パットとマイクは椅子の上で飛び上がった。

クリフはテーブルの上に身を乗り出すと、向かい側に坐っているふたりのチンピラに言った。「訊きたいんだが、おれがこの拳銃であんたらを撃ち殺したとしたら——今すぐこの小汚いピザ屋で、店主やウェイターや客や、それにチャーリー・チャップリンのまえで。そうしたらどうなると思う？

これはあくまでおれの推測だけど、そんなことをしてもたぶんお咎《とが》めなしになると思うんだよ。だって、ほら、おれは戦争の英雄なんだから。一方、あんたらふたりのほうは掃き溜めのイタ公のゴミなんだから」

マイク・ジットはもう我慢の限界だった。今度は彼が話す番だった。怒りで震える指を小賢《こざか》しいブロンド野郎に向けて言った。「おい、聞け。この軍用オカマ——」

クリフはテーブルから三八口径をつかむとパットとマイクの頭に一発ずつ撃ち込んだ。頭蓋骨にあいた穴から血しぶきが飛び散り、テーブルの上もクリフのシャツも顔も真っ赤に染まった。店内全体が染まった。

女性客は悲鳴をあげ、男性客は床に伏せた。ふたりのギャングは椅子から転げ落ち、おがくずだらけの床に倒れた。床の上のふたりに、クリフは念のためもう二発ずつ撃ち込んだ。

のちにクリーヴランド警察から事件について取り調べを受けたクリフはこう答えた。「おれとミス・ペンダーガストはあのふたりに誘拐されそうになったんだ。で、肥ってるほうに言われたんだ、逆らうと、おれのことは銃で撃ち、ミス・ペンダーガストには見せしめのため硫酸をかけるってね」さらにこうつけ加えた。「どうしたらいいのかわからなかった。恐怖のあまりどうしたらいいのか」

そんなクリフの主張が通ったのだ。クリーヴランド警察はパット・カルデラとマイク・ジットがどういう人間なのかよく知っていた。そういう彼らを戦争の英雄がピザ店で殺したと言っているのだ。頼めばクリフのピザ代ぐらい喜んで払ってくれただろう。クリフの話に説得力があろうとなかろうと、そんなことは問題にならなかった。とりあえず話のすじが通っていればそれで充分だった。

こうしてクリフ・ブースは人殺しの罪から免れた……これが一回目だ。

Chapter Eighteen

The Name Ain't Jughead

おれの名前は〝まぬけ〟じゃない

ケイレブ・デカトゥー。

マードック・ランサーから牛を強奪している盗賊団の首謀者がケイレブ・デカトゥーだと聞かされ、ポーカーの名手ジョニーも、胸の内を顔に出さないようにするのに苦労した。父でもあるこの自信満々のろくでなし爺、マードック・ランサーは窮地に陥っており、その原因がケイレブ・デカトゥーだったとは。ジョニーと彼の腹ちがいの兄スコットが子供時代を過ごした家に別々の場所から戻ってきたのは、提案を聞くだけでも千ドルの報酬を約束すると言われたからだ。が、小さかった頃以来ずっと会っていない父親からどんな提案をされようと、自分たちがその提案に興味を示すとは、実のところ、スコットもジョニーも思っていなかった。

が、それはふたりの思いちがいだった。

カリフォルニアとメキシコの国境のアメリカ側およそ三百キロの範囲で、彼らの父マードック・ランサーはもっとも裕福な男だった。最大の牧場を所有し、最大の邸宅に住み、モントレー・ヴァレーの誰より多くの牛を飼っていた。そんな金持ちで自信に満ちた男が窮地に立たされている。今の絶望的な感情はこれまで一度も経験したことのないものだろう。だからといって、決して弱々しくは見えなかったが。マードック・ランサーは逞しく、威厳に満ち、駅馬車の替え馬のような顔をしていた。それでもさすがに不安の色は隠せない。事態はすでにかなり悪かったが、彼の顔色を見れば、事態がもっと悪化する可能性のあることは容易に知れた。

ケイレブ・デカトゥーとその盗賊団がロヨ・デル・オロの地域にやってきてからというもの、徹底してマードックの牛に狙いをつけるそのやり方は、過去に何か個人的な恨みでもあるのかと思えるほどだったが、それはまったくの見当ちがいだ。話はいたって単純で、ケイレブはケシ畑の中でひときわ背の高いマードック・ランサーというケシを切り倒そうとしているだけのことだった。

まずは毎晩数頭を盗むことから始まった。最初のうちは、マードックも牧場の使用人の何人かに寝ずの番をさせ、その〝狂信的なステーキ愛好者〟を阻止しようとした。当初、その試みはうまくいっているように見えた。ところが、使用人のペドロがケイレブの乱暴な手下八人に襲われるという事態が起きた。可哀そうなペドロは血だらけになるまで殴られ、さらに木に吊るされて死にかけるまで鞭打たれた。その夜、ならず者たちは二十頭の若い去勢牛を連れ去り、腹いせに六頭を撃ち殺した。

その地域最大の地主であっても、とんでもない荒くれからこれほど執拗に襲撃を受けたら、私設の軍隊でも持たないかぎり、それに対抗するのは不可能に近い。一番近い警察は、二百五十キロも先にある連邦保安官事務所だが、給料が月五十ドルの保安官にとって、金持ちの土地を守るというのは、あまり心躍る任務とは言えないだろう。ケイレブは夜な夜な若い去勢牛の大軍を連れ去るだけでなく、百キロ離れた牛小屋で堂々と売りさばいていた（ランサー牧場の烙印を消しもせず）。

そしてついに今、ケイレブと手下たちはランサー牧場に一番近い町、ロヨ・デル・オロに移ってきたのだった。まずはオーナーのペペを脅して、町の酒場を乗っ取った。ペペは今では酒場のただの下働きだった。

町民のために働くのが自分の義務だと信じていた町長は、ケイレブとの交渉を試みた。結果は、大通りの真ん中で鞭で滅多打ちにされただけだった。ならず者たちは町の商人たちに警告した。小さな赤い校舎を焼かれたくなければ、女たちに毎日のように辱めを受けさせたくなければ、ペペやペペの酒場、マードックや牛たちに関してよけいな口出しはするな、と。

ケイレブはランカスター・ホテルのプレジデンシャル・スイートに住みついた。それからまもなくして、盗賊たちは町の事業主たちから週単位のみかじめ料の徴収を始めた。

ケイレブの計画はいたって単純だった。マードックにしろ、ロヨ・デル・オロの住民たちにしろ、どこまで要求を呑む気があるのか、ゆっくりと着実に、そしてどこまでもしつこく試すことだった。彼らの許容力は大きかった。底なしに近いほどだった。試せば試すほどそのことが証明された。

しかし、こうした脅しがいつまでも続けられると思うほど、ケイレブも馬鹿ではなかった。権力に酔ってもいなかった。どこかの時点で軍隊が呼ばれる。ただしここまで来るには三日かかる。つまり、連邦軍が到着する頃にはケイレブたち一行はとっくにこの場を去っている。ただ、ケイレブのまえにひとつ大きな障壁が立ちはだかっていた。それはマードック・ランサーの金だ。信念を持った人間と悪党との戦いでは、初めのうちは悪党のほうが優位に立つ。悪党なら信念を持つ人間にはできない、なりふりかまわぬ行動に出られるからだ。ただ、それも信念を持つ側が極限まで追いつめられ、本来の人間性の一線を越えるまでのことだ。ギリシャ悲劇のほとんど、イギリスの演劇の半分、アメリカ映画の四分の三はこのような観点からつくられている。

ロヨ・デル・オロの住民たちのほうは、まともな生活を取り戻すには町を出ていく以外にもはや手段はなかった。が、マードックにはほかにも選択肢があった。金のおかげで。もちろん、自分で悪党を雇うこともできる。結局のところ、彼は自ら定めた一線を越える。彼に決断させたのはケイレブによる一番最新の悪行のためだ。心から信頼していた律儀な使用人ホルへ・ゴメスをケイレブのスナイパーに撃ち殺されたのだ。

マードック・ランサーが息子たちに示した提案は実に簡単なものだ――自分の王国を三分割して彼らに与える。それには牛も、土地も、邸宅も、銀行口座もすべて含まれる。ただ、それらを手に入れるための条件がふたつあった。ひとつ目、父と協力してケイレブと血に飢えた略奪犯たちを土地から撃退すること。ふたつ目、十年間は牧場運営と畜牛帝国の事業に従事すること。十年経ったあとは、出ていこうと、すべて換金しようと、好きにしてかまわない。若い息子たちはどちらもここ数年はその日暮らしをしていた――リヴァーボート・ギャンブラーのスコットはポーカー賭博で日銭を稼ぎ、腕っ節の強いジョニーはギャングに身を落とすことはなかったものの、銃の腕前を一番高く買ってくれる客に雇われていた。いずれにしろ、提案の中身は普通ではとうてい考えられないものだった。兄弟と父親のあいだにそもそも愛情はなかった。しかし、父親の提示した金額を手に入れる手段は、地球の上ではほかにはありえない。ふたりにしてもそんな提案を無視するわけにはいかなかった。合法か違法かは関係ない。マードック・ランサーはただの金持ちではない。彼は巨万の富を抱えている。マードック・ランサーは広大な土地と順調な商売を営んでいるだけではない。彼は帝国を築いており、その帝国を三分割してもいいと言ってきたのだ。

ただ、ジョニーに関して言えば、問題がひとつあった。父親への憎しみ。それだ。雨が降りしきる中、彼と彼の母親をこの悪魔のようなクソ親父は追い出したのだ。さらにこのクソ親父は、彼の母を金のためならなんでもする娼婦に変えてしまった。母が金持ちのクソ客の待つくそホテルに行って、咽喉《のど》を掻き切られて死んだのも、もとはと言えばこのクソ親父のせいだ。母親を殺した犯人が裁判にかけられて無罪判決が出たのは、ジョニーが十二歳のときで、十四歳のときにジョニーはその男を殺した。さらにその後十年を費やして、あのろくでなしを無罪放免にした陪審員を全員殺した。咽喉《のど》を掻き切って。母と同じ苦しみを味わわせるために。彼らはみな血の泡を吹き、ことばを発することもできず、殺人者を見上げながら、恐怖に怯えながら、ゆっくりと死んでいった。彼らが苦しむさまを見ながら、ジョニーは笑みを浮かべて言ったものだ。〝マルタ・コンチータ・ルイーザ・ガルヴァドン・ランサーがこんにちはって言ってるぜ〟と。

その十三人を殺すのには十年という歳月がかかったが、それでマルタ・ガルヴァドン・ランサーの敵を討つことはできた。が、母が殺されたことに対する代償を払ってもらわなければならない人間がまだひとり残っていた。母を堕落の道へと追いやった父、マードック・ランサーだ。ただ、そこには膨大な数の牛、広大な土地と牧場、さらに莫大な金がからんでくる。ジョニーが十回人生を繰り返したとしても、そんな資産はつくれない。それを手に入れるためにすればいいことはたったひとつ。老いぼれの父親を助けることだ。自分で殺すこともなく、血に飢えたならず者たちにも殺させないことだ。ただ、ジョニーには秘密があった。父もスコットもランサー牧場の誰も知らない秘密だ。

ジョニー・マドリッドとケイレブ・デカトゥーは友達だった。

ロヨ・デル・オロの目抜き通りをジョニー・マドリッドは馬に乗って歩いていた。二日まえにバターフィールド・ウェルズ・ファーゴの駅馬車でこの町に来たときには、今まで見てきたような、どこにでもある町に思えた。が、それも父マードックと腹ちがいの兄スコットから話を聞くまでのことだ。今ではロヨ・デル・オロとほかの町のちがいがはっきりとわかる。この町は恐怖に支配されている。町に到着してすぐ大きな酒場とそのまえに屯するならず者の一団に気がついた。どこの町にも、同じような酒場とそのまえに屯する同じようなならず者はいる。が、ジョニーにはこの男たちが普通のならず者ではないことがわかっていた。この男たちこそジョニーが呼ばれた理由だった。マードックの悩みの種のこのならず者たちを追い出すのがジョニーの仕事だった。この男たちこそケイレブ・デカトゥー配下の盗賊だった。

ジョニーは〈ギルデッド・リリー〉のまえを通り過ぎた。彼を追う視線を感じた。細めた眼の隅に四人のならず者が見えた。ひとりは盗賊のような服装の黒人だった。ふたりは盗賊のような恰好をした盗賊だった。が、ジョニーの眼に止まったのは四人目の男だ。大柄な白人で、ほかの者より年かさだった。ほかの三人がメキシコ人のクズのような服を着ているのに対し、その男は注文仕立ての黒いスーツを着て、黒革の洒落たカウボーイブーツを履いていた。頭にはぱりっとした黒いカウボーイハットをかぶり、口元にはワックスで固められた豊かな口ひげをたくわえていた。〈ギルデッド・リリー〉のポーチに置かれたロッキングチェアに坐り、ポケットナイフで木を削って馬の形にしており、ぴかぴか光るブーツのそばに木くずの小山ができていた。年齢や服装だけでなく、その男はポーチにいるほかの三人のならず者とはまるでちがっていた。連中はただの取り巻きでしかないが、こっちは〝上級カウボーイ〟だった。なんというやつなのかはわからないが、誰なのかはわからなくても、何者なのかはわかった。黒いスーツと黒いブーツに身を固めた豊かな口ひげのこの男は、評判の高い大物だった。ほかの下っ端は自分たちの起こした騒ぎで得たパイを山分けするだけだが、この大男には仕事をするまえから代価が支払われていた。ケイレブ自身から金《きん》を詰めた袋が贈られていた。

ギャングの世界では、こういう男は〝よその町から来た魚雷〟と呼ばれる。この大男も若い頃はヒーローだったのかもしれない。が、今では、銃の腕前を一番高い値で競り落とした人間に雇われており、今回この物語の中で、彼を競り落としたのがケイレブ・デカトゥーだったというわけだ。

ジョニーは馬から降り、ランカスター・ホテルのまえにあるつなぎ柱に馬をつないだ。黒い服の大男はポケットナイフを折りたたんで、ポケットにしまった。ジョニーは、ロヨ・デル・オロの大通りを酒場に向かって渡りはじめた。黒い服の大男は小さな馬の彫りものを眼のまえの小ぶりの樽の上に置くと、ロッキングチェアから立ち上がって、パティオのまえのほうへと移動した。そして、酒場のフロントポーチに上がる三段の階段の一番下から九歩ほどのところまでジョニーが近づくと、呼びかけた。「それ以上近づくな、このまぬけ」

ジョニーは立ち止まって言った。「おれの名前は〝まぬけ〟じゃない」

「ここに何しにきたんだ、小僧?」と大男は言った。

「咽喉《のど》が渇いただけだ」とジョニーは言い、建物を指差した。「そこは酒場だろ?」

黒い服の大男は振り向き、入口の上に掛かっている〝サルーン〟と書かれた大きな看板を見上げ、もう一度ジョニーを見て言った。「ああ、酒場だ。でも、おまえははいれない」

「なんでだ?」とジョニーは訊いた。「閉まってるのか?」

大男は笑みを浮かべ、ズボンのウェストバンドのちょうど腹の上にある拳銃のグリップをぽんと叩いた。「いや、営業中だ」

ジョニーは状況を理解し、笑顔で尋ねた。「つまり、はいれないのはこのおれだけか?」

大男は今度は歯を見せ、笑って言った。「そのとおりだ」

ジョニーは訊いた。「なんでだ?」

黒い服の大男は説明した。「それはな、レディが入店できるのはレディーズ・ナイトだけだからだ」

彼の冗談にポーチにいた三人のならず者が笑った。

ジョニーもちょっと笑った。「今のは面白かったよ。覚えておこう」

大男は忠告した。「あと一歩でも酒場に近づくと、もう何も覚えちゃいられなくなるぜ」黒い服のガンマンは両手を腰にあて、サングリアのように真っ赤なフリル付きシャツの若者に、ごく近い将来について説明した。

「よく聞け、まぬけ。今すぐおまえが乗ってきたその老いぼれ馬にまたがって、とっとと失せろ。聞こえたか、小僧？」

ジョニーは眼を細めて言った。「ああ、もちろん聞こえたよ。むしろ聞こえてないのはあんたのほうだ。さっき言っただろ？　おれの名前は〝まぬけ〟じゃないって」

ジョニーはそう言って、腰のホルスターに収めた拳銃に手をやり、撃鉄に掛かっている小さな革の輪をはずした。

それに反応するかのように、大男もズボンのウエストバンドにはさんだ六連発銃《スモークワゴン》のグリップに手をやった。

ふたりのガンマンが殺し合いの態勢にはいった。誰もが酒場のポーチから、道路から、町から、州から固唾を呑んで見守った。するとそのとき、酒場のスウィングドアが軋みながら突然開き、悪党の中の悪党ケイレブ・デカトゥーが姿を現わした。

無法者集団のボスは、両腕にフリンジのついた茶色い革の上着を羽織り、骨付きフライドチキンを食べていた。ジョニーにはケイレブがポーチに出てきたことが感覚でわかったが、眼のまえの厄介者とのにらめっこに神経を集中させていたので、旧友と眼を合わせて挨拶を交わそうとはしなかった。

「ミスター・ギルバート」ケイレブは大男の背後から言った。「あんたに支払ってる分の仕事を邪魔するつもりはない。好物のタマーレが食えないんで、あんたがいらついてるのはおれも知ってる」ケイレブはそう言って、フライドチキンにかぶりつき、脂ぎった肉で口をいっぱいにしながら続けた。「だけど、もしおれがあんたなら、まずはそのまぬけの名前を訊くがな」

ギルバートはボスに尋ねた。「こいつは誰なんだ、ケイレブ？」

ケイレブは酒場の入口に寄りかかり、嚙んだ肉を呑み込んでから言った。「それじゃ、ふたりを紹介しよう」

ケイレブは黒い服の男の背中をフライドチキンの骨で指し示しながら言った。「これはボブ・ギルバート」

なるほど、こいつが〝仕事人〟か、とジョニーは思い、思ったままを口にした。

「こいつが〝仕事人〟か？」

「ああ、そうだ」とボブは自分で答えた。「おれが仕事人のボブ・ギルバートだ。で、あんたは？」

ジョニーが答えるまえに、ケイレブがもう一口フライドチキンの肉と皮を骨から食いちぎりながら言った。「あの男の名前はマドリッドだ。ジョニー・マドリッド」

「ジョニー・マドリッドって誰だ？」とボブはわざとふざけた調子で訊き返した。ポーチにいた三人は笑いだしたが、ケイレブに〝ガキは黙ってろ〟という眼で睨みつけられると静かになった。

仕事人ボブは混乱していた。苛立ってもいた。少し心配にもなっていた。おれはこの赤い服のまぬけのような輩《やから》を寄せつけないためにケイレブに雇われている。それもかなりの額の報酬で。

なのに、雇い主の態度が豹変したのはどういうわけだ？

「なあ、ケイレブ、いったいこのジョークみたいな野郎は誰なんだ？」

ケイレブは骨だけになったチキンをふたりの男のちょうど真ん中に放り投げると、用心棒に言った。「すぐにわかるさ、仕事人」

そう言い残すと、ケイレブは酒場のスウィングドアの奥に消えた。ジョニー・マドリッドは体を斜めにしてボブと向き合った。勝負の姿勢だ。そうすることで自分が本気だということを仕事人に見せつけた。ボブ・ギルバートの咽喉《のど》はからからだった。ジョニーは微動だにせずに言った。

「いつでもいいぞ、ギルバート」

ボブの手がホルスターに向かってほんの少しだけ動いた。

ジョニーはまばたきをした。

ボブが体を左にねじって拳銃のグリップを握ったときには、ジョニーの弾丸《たま》が彼の心臓を撃ち抜き、ボブの体は大きく右にねじれていた。

ボブの動かなくなった手から拳銃が落ち、木のポーチに撥ね返り、茶色い土の上に転がった。

黒い服の大男はぴかぴかの黒いブーツの踵を支点に前後に揺れてから、顔から階段を転げ落ちて地面に倒れた。そのときピクルスの樽にぶつかり、ピクルスと漬け汁が土の道にぶちまけられた。

仕事人ボブ・ギルバートの華麗なる人生もここで幕切れとはな。サングリアのように真っ赤なフリル付きシャツを着た男はそんなことを思い、ピクルスの散らばる道に立ち、まだ煙の出ている銃口をポーチの三人に向けてスペイン語で言った。「ほかに希望者は？」

ジョニーが酒場にはいると、ケイレブの手下七人――テーブルでポーカーをしたり、葉巻をふかしたり、バーで酒を飲んだりしている――はボブを〝仕事人〟でなくした赤いフリルのシャツの男に視線を向けた。が、誰もそのなりゆきにさほど不満は持っていないようだった。おそらくみんなと親しくなるのは、ボブの〝仕事〟のうちにはいってなかったのだろう。店の上のほうから声がした。「ジョニー・マドリッド!」

古いダチのケイレブ・デカトゥーが階段を二階にあがったところに立っていた。木製の見事な手すりに寄りかかり、毛むくじゃらの顔にテキサスほども大きな笑みを浮かべて見下ろしていた。

「何年ぶりだ?」と茶色い服の悪党は赤い服の悪党に言った。

ジョニーはちゃんと覚えていた。「メキシコのファレス以来だ。三年くらいまえだ」

ケイレブは口にくわえた葉巻の煙を吹き出して言った。「まあ、来いや。一杯やろう」

ジョニーは酒場を階段に向かって歩きながら訊いた。「レディーズ・ナイトまで待たなくてもいいってことかな?」

ふたりのタフガイはタフガイらしく冗談を言い合った。「規則は破るためにあるもんだ」

はははは、とジョニーは心で笑った。そして言った。「そういうことなら。一杯奢《おご》らせてくれ」

「ああ、喜んで」ケイレブはゆっくり階段を降りながら言った。「メスカルなんかどうだ? ファレスにいたときみたいに」

当時を思い出しながらジョニーは小さく笑って言った。「あのときは大勢死んだ」

「そうだったな」とケイレブは階段の一番下まで降りてきて言った。「でも、愉しかったな、だろ?」

「ああ、そうとも」とジョニーは応じ、残虐で鮮明な思い出にひたりながら、曰くありげな笑みを浮かべて、長いバーカウンターを身振りで示して言った。「先にどうぞ、デカトゥー」

ケイレブはバーカウンターまで歩きながら、店のオーナーの哀れな老いぼれに呼びかけた。

「ぺぺ、さっさとカウンターの中にはいれ――お客さんだ」

ジョニーは店の中を歩きながら〈ギルデッド・リリー〉の店内をとくと観察した。牛で儲けた町にふさわしい見事な酒場だった。そんなことを思いながら、同時に計画についても考えていた。そもそも計画なるものがあるとしての話だが。旧友を殺せば父の財産の三分の一が手にはいる。そのことを知らされ、ジョニーは自分自身について改めて考えたのだ。ただ、正直なところ、何をどう考えればいいのか、今でもはっきりとはわかっていなかった。父親の申し出を受けるのなら、ケイレブのことをよく知っているジョニーとしては、デカトゥーの味方につくふりをして内側から責めるのが賢い策だ。ジョニーがマードックの息子だということをケイレブが知らないかぎり、この計画が一番いいだろう。ただ、マードックとの関係をケイレブに知られてしまったら、それはジョニーの葬式を意味する。だからジョニーの計画が父親から牛を強奪するのをケイレブにやめさせることなら、このままでもことはうまく運べる。しかし、母の墓穴をその手で掘った十二歳のときから、ジョニーにはもうひとつの計画があった。マードック・ランサーに、彼と彼の母にした仕打ちの代償を払わせることだ。はっきり言って、そういう意味ではジョニーがいくらがんばってもできないことをケイレブはやってのけている。老いぼれを崖っぷちに立たせている。絶望を味わわせている。かくして、ジョニーは選択を迫られている。自分のほんとうの望みはどっちなのか。金か血か？　父の牧場か母の復讐か？　安心か満足か？

ぺぺはカウンターの中にはいり、ふたりの注文を取った。「メスカルをふたつ」とジョニーは言った。カウボーイはさらにスペイン語で訊いた。「何か食うものはあるか?」ぺぺは答えた。「豆とトルティーヤしかない」

ジョニーはケイレブのほうを向いて言った。「ここの豆はどうだ?」

「ほかの店はもっとまずい」それが彼の答だった。

ジョニーはぺぺのほうに向き直ってスペイン語で言った。「豆料理をひとつ」

「一ドル」敵意丸出しにぺぺは英語で言った。

ジョニーはケイレブのほうを向いて文句を言った。「豆料理に一ドルとはちと法外じゃないか? それともおかしいのはおれのほうか?」

バーカウンターの上のピーナツの殻を拳で叩きつぶしながら、ケイレブは言った。「おいおい、ぺぺにだって暮らしってもんがあるんだ」そう言って、粉々になった殻の山の中からピーナツを拾い出して口に放り込んだ。

ジョニーは鼻を鳴らした。「なんだ、おまえのところのやつらは金を落としていかないのか?」そう言ってミスター・マドリッドは大きな硬貨をバーカウンターに叩きつけた。ぺぺはコインをすべらせて手のひらに落として取ると、ジョニーに向かって顔をしかめ、メスカルのボトルを持ってきて、ふたつの素焼きのカップに注いだ。

「乾杯!」カップを掲げながらケイレブは言った。ジョニーも同じようにした。「おれの妻と愛する女たちみんなに——どうか鉢合わせしませんように」ジョニーとケイレブは素焼きのカップを合わせ、燃えるような酒を食道に流し込んだ。酒場の奥のテーブルを身振りで示しながら、ケイレブが言った。「セニョール・マドリッド、おれがいつも客人をもてなすテーブルでご一緒願えますかな？」ジョニーは軽く会釈をして答えた。「ええ、喜んで、ムッシュ・デカトゥー」テーブルに向かいながら、ケイレブは振り返ることなく肩越しに言った。「そのボトルも持ってきてくれ」ジョニーは踵を返し、バーカウンターからメスカルのボトルを取った。

盗賊の親分は大きな音をたててテーブルの下から木の椅子を引き出すと、どっかと坐った。

「で、ジョニー、ロヨ・デル・オロにはなんの用で来たんだ？」

「おれのことはよく知ってるだろ、ケイレブ」ふたりのカップにメスカルを注ぎながら彼は言った。「金だよ」

ケイレブは火酒を一気に飲み干して言った。「誰に雇われた？」

ジョニーは自分の酒をすすって言った。「おまえだとありがたいんだがな」

客人を見つめながら、ケイレブはむずかしい質問をした。「おれについて何を聞いてる？」

「ランサー牧場のことは聞いた」とジョニーは正直に言った。「大量の牛をかっさらってるそうだな。広大な土地、無数の牛、莫大な金。法の力は及ばない。あんたを追い払おうとしてるのは、ただの老いぼれとメキシコ人の使用人たちだけって話だが」

そこにぺぺがやってきて、とろとろに煮た豆をよそった大きな皿と大きな木のスプーンをジョニーのまえに置いた。

ケイレブが自分のカップに酒を注ぎながら言った。「で、それがおまえの仕事とどんな関係があるんだ？」

「仕事人ボブと同じだ。おれにも仕事が要る」とチェイサーなしのストレート口調でジョニーは言った。そしてそのあとつけ加えた。「ちょうどひとり空きができたようだし、その後釜ってのはどうだ？」

「何をする？」とケイレブは訊いた。

ジョニーは酒をすすると、いささか芝居じみた間《ま》をおいて言った。「マードック・ランサーを殺す」

それを聞いた昔の相棒は眉をもたげた。

ジョニーはメスカルと一緒に出されたくさび形のライムを取り、豆料理の上でしぼった。「あんたはあの老いぼれを追いつめてる。あの老いぼれには金がある。そのランサーの資金はあんたにとっちゃ大問題だ、ケイレブ。神がちっちゃな緑のリンゴをつくりたもうたのと同じくらい確実に、遅かれ早かれやつは銃で武装したやつらを雇って反撃してくる。そうなるともう、やつの牧童ども対あんたの手下たちの戦いじゃなくなる。強いほうが勝つ戦いになる。でもって、その戦いの名は〝ケイレブ・デカトゥーを殺せ〟だ」

ケイレブは顔をしかめた。

ジョニーはホットソースの小瓶を取って豆料理に振りかけながら言った。「あんたが死んだらどうなる？　あんたが雇ったプレーリードッグたちは新しい穴を見つけて移り住むだけだ。あんたが死んだら？　何もかも昔に戻るだけだ。マードック・くそ・ランサーにとっちゃ、こんな天国はないだろうな」ジョニーはホットソースを振りかけたばかりの豆をスプーンですくって続けた。「マードック・ランサーはそのためには金を惜しまないだろう」そう言うと、スプーンを口に入れて豆を食べはじめた。

無法者は訝《いぶか》しげな眼でジョニーを見て言った。「それはもう始まってるのかもな」

「かもしれん」とジョニーは口を豆でいっぱいにして言い、そのあと豆を呑み込んでから続けた。「だけど、おれはランサーが嫌いかもしれないし、やつのブーツが嫌いかもしれない」

「マードック・ランサーのブーツが嫌いってのはどういう意味だ？」とケイレブは訊いた。

「その使い方だ」とジョニーは答えた。

「どんな使い方をするんだ？」とケイレブは訊いた。

「人を踏みつける」とジョニーは言った。

そのあとテーブルの向かい側に坐っている旧友を指差して言った。「だがな、ケイレブ。おれはあんたが好きだ。おれは、マードック・ランサーの牛を守るためにあんたと戦うより、あんたのために老いぼれのケツの穴に草を詰め込むほうを選ぶよ」そのあと芝居じみた間《ま》をおいてさらに続けた。「まあ、あんたにおれを雇うだけの金があればの話だが」実際に今そう口に出したあとジョニーは内心自分で思った。これはあながち嘘じゃない。

ケイレブは笑顔で尋ねた。「最近のおまえの売値はどれくらいだ、ジョニー？」

ジョニーは木のスプーンでインゲンマメをすくって口に入れ、嚙みながら少し考えてから口をマメでいっぱいにしたまま言った。「そうだな、今日だったら、仕事人ボブに払っていた以上の価値はあると思うがな」豆を呑み込みながらケイレブを見て、彼はにやりと笑った。

ケイレブも笑い返して言った。「馬を連れてきて、おれたちの馬小屋につないでおけ」そう言って、階段の上のドアを指差した。「今夜はあの部屋で寝てくれ。ランサー牧場を襲撃するのは明日の朝だ。おれは優秀な男には十四金の硬貨で支払う」

「どれくらい？」とジョニーは訊いた。

ケイレブは両手を椀の形にして、中くらいの袋の大きさを示した。「まあ、これぐらいだ」

マードック・ランサーの殺害を考えたとき、ジョニーはそのことで儲けようなどとは少しも思わなかった。しかし、今はまちがいなく考えていた。ジョニーは笑顔で言った。「マードック・ランサーを殺すのがおれの仕事なら」――ジョニーはもっと大きな袋を手の形で示した――「これくらいは欲しい」

ケイレブは素焼きのカップをジョニーのカップにあてた。ふたりは燃えるような液体を口まで持っていって一気に呷った。

ジョニーは思った。これは果たして、なんの乾杯だ？　父の敵の懐にうまくはいり込んだ囮《おとり》作戦の成功に対する祝杯か。それとも憎い敵を倒すために古い友と手を組めたことに対する祝杯なのか。おれはジョニー・ランサーなのか、それともジョニー・マドリッドなのか。どうやら明日の朝までにはその結論を出さなければならないようだ。

Chapter Nineteen

"My Friends Call Me Pussycat"

「友達からはプッシーキャットって呼ばれてる」

ベヴァリー通りの〈エロス・シネマ〉で上映されているキャロル・ベイカーの映画がX指定だと知って、誰かとほんとうにセックスをしているキャロルが見られるのかとクリフは期待した。が、そんな幸運は訪れなかった。『私は好奇心の強い女　イエロー版』の中のレナ・ニーマンがほんとうにセックスしているように見えるのとちがい、イタリア映画の中のキャロル・ベイカーはただセックスをしている演技をしていただけだった。

残念。

とは言え、ミステリーとしてはよくできた映画で、最後にはどんでん返しが待っていた。まあ、それほど悪くない午後の過ごし方だった。ただ、キャロル・ベイカーがほんとうにはセックスしていないのが最初からわかっていれば、〈シネラマドーム〉で『北極の基地／潜航大作戦』を見ていただろう。

93KHJラジオではリアル・ドン・スティール

がロス・ブラヴォス（『ブラック・イズ・ブラック』を歌った連中）の新曲『ブリング・ア・リトル・ラヴィン』を紹介している。クリフはフォレスト・ローン通りをハリウッド通りで右折し、左折車線にはいる。信号が青に変わったら、左折してリヴァーサイド通りにはいろうと思っている。

ロス・ブラヴォスのハイテンションでまえのめりの音楽を聞きながら、歌のリズムに合わせてハンドルを指で叩く。

そこでリヴァーサイド通りとハリウッド通りの角にいる彼女に気づく。彼女は、地元チャンネル9のニュースキャスター、ジョージ・パットナムを宣伝するバス停のまえに立っている。〈アクエリアス・シアター〉のまえに立っているのを見かけたときと同じように、ヒッチハイクをしようとしている。

ただ、今はひとりだ。

たまげた、とクリフは思う。一日にヒッチハイクをしようとしている同じ子を三度も、それもロスアンジェルスの別々の三個所で見かける確率はどれくらいだ？　まあ、最近はヒッチハイクをするガキが多くなってきたから、それほど大した確率ではないのかもしれない。とはいえ大した偶然だ。しかも今回、しなやかな体のセクシー娘の行く方向はクリフと一致している。実際、緑色の矢印が出て左折したら、彼女のまんまえを通ることになる。軽いドライヴから、運転しながらのフェラチオ（クリフの大好物）に発展しないともかぎらない。最悪でも二十分のディープキス・コースか。このドライヴが向かう先への期待に、クリフは運転席で少し身を乗り出す。

クリフがそんなことに思いをめぐらせていると、ブルネットのヒッピー・ピクルス娘のほうもクリーム色のキャディラックで信号待ちをしているクリフに気づく。

彼を見るなり、少女は飛び跳ねながら必死で手を振りはじめる。クリフのほうは、ちゃんと気づいているという素振りで応じる。彼女は長い腕を伸ばし、拳を突き出し、親指を立て、ぐいっと手前に引く――〝乗せてくれない？〟。

彼も指で敬礼する――〝ああ、乗せてやるよ〟。

それを見て彼女は奇声をあげ、通りの角で痙攣したような踊りを始める。彼女のその踊りを説明するなら、バレエの爪先立ち《ピルエット》の回転と、両手両脚を開いたり閉じたりしながら飛び上がる運動の組み合わせという表現が一番近い。

見ろよ、あの街角のちっちゃなバッタ、とクリフは思う。〝バッタ〟というのは、しなやかでセクシーで背が高く、肘と膝がめだつ手脚の長い女の子を呼ぶときのクリフ独自の愛称だ。どうしてそう呼ぶのかというと、彼女たちがその長い脚とひょろっとした腕を巻きつけてくると、まるでバッタとセックスしているみたいな気分になるからだ。

バッタとのセックスはセクシーきわまりない。だから、これは愛情のこもった呼び方なのだ。

リックのキャディラックの運転席で信号が変わるのを待っていると、反対方向を行く青いビュイック・スカイラークがリヴァーサイド通りで右折し、ブルネットのピクルス娘のすぐまえに車を停めたのが見える。

運転席で上体をまえに傾け、クリフは声に出して言う。「くそ、なんだ、ありゃ？」道路の反対側で、ピクルス娘が助手席側の開いた窓から運転者に話しかけているのを見つめる。

運転者とヒッチハイカーとの行ったり来たりのやりとりのあと、少女は〝イエス〟とうなずく。

少女は一瞬すっくと背すじを伸ばし、道路の反対側にいるクリーム色のキャディラックに乗ったブロンドの男を見る。そのあと大げさに肩をすくめてから、スカイラークに乗り込む。

ピクルス娘を乗せた車が去ったあと、クリフの側の信号が青に変わる。クリフは左折してリヴァーサイド通りにはいり、ビュイック・スカイラークのうしろにつく。ラジオではリアル・ドン・スティールがまた出てきて叫んでいる。「『ティナ・デルーガド・イズ・アライヴ』！」

スカイラークのリアウィンドウに、運転している男と助手席に乗っている少女のシルエットがはっきり見える。運転者もヒッピーらしく、ちぢれた赤毛を長く伸ばしている。ドラマ『黒人教師ディックス』でバーニーを演じているあの変な役者かもしれない。ぼさぼさ髪のシルエット同士が愉しそうに話しているのをクリフは見つめる。もじゃもじゃの赤毛のスカイラーク男が何かを言い、ピクルス娘が笑って剝き出しの膝を叩く。

クリフは自分につぶやく。「あのガキ、おれを弄んで面白がってやがる」

そうつぶやいて、キャディラックのハンドルを左に切り、リヴァーサイド通りからフォアマン通りにはいり、ベージュ色の大きな絨毯販売店のななめ向かいにある駐車場に車を入れる。鍵をまわしてエンジンとともにリアル・ドン・スティールも切ると、キャディラックから降りる。歩いて、車が行き交うリヴァーサイド通りを横切る。〈マネー・ツリー・バー&グリル〉のまえを通り、トルーカ・レイク地区にあるレコード店〈ホット・ワックス〉まで歩道を歩く。

レコード店のドアを押し開けたとたん、ザ・モンキーズのヒット曲『恋の最終列車』が耳に飛び込んでくる。店内には、最近の若者が好きそうなにおい——お香と体臭の混じったような——

が充満している。クリフ以外には四人の客――いずれも二十五歳以下――がレコードを見ながら店内を歩きまわっている。

その中のひとり、西アフリカの衣装《ダシキ》を着た黒人は、リッチー・ヘヴンスのセルフタイトルのアルバムを見ている。

クリフが熱を上げている、ぽっちゃりしたヒッピーの歌手メラニーに似た少女もいて、その子はサイモン&ガーファンクルのアルバム『ブックエンド』を胸に抱えている。

クリフの軍隊仲間の誰かの息子のように見える若者は、映画のサウンドトラックばかりぱらぱらと見ている。

四人目の客は、ビュイック・スカイラークの男のようなもじゃもじゃ頭をして、イエス・キリストとアーロ・ガスリーを足して二で割ったような風貌で、シャベルで叩かれたみたいなのっぺり顔の店員――二十二歳、男――とビートルズ後のリンゴ・スターの行く末について話し合っている。

クリフは、トム・ジョーンズの『デライラ』を三週間まえにラジオで聞いて以来、ずっとその曲に取り憑かれている。歌詞をじっくり味わいたいのに、どうしてもコーラスの部分しか思い出せない。ラジオで曲が流れるのを待つだけでは我慢できない。クリフは男が自分の女を殺す曲に眼がないのだ。

カウンターまで行って、シャベル顔の男に8トラックテープはどこにあるか訊く。

「鍵はスーザンが持ってるんで」とシャベル顔は言う。「彼女に言って、ケースを開けてもらってくれます?」この店は、鍵をかけて保管しなければならないほど8トラックテープを貴重なものと思っているらしい。欲しいものを自分で探して、見つけたらカウンターに持っていくというわけにはいかないらしい。店員に頼んでガラスケースの鍵を開けてもらい、棚の中をチェックして欲しいものを選ぶまでずっと間近で監視されなければならない。おまけに、めあてのものがあれば、それをレジまで持っていって、ちゃんと買うかどうかまで監視されるのだ。まあ、確かに、8トラックテープの『ラバーソール』を上着の内ポケットに忍び込ませるほうが、LP盤を盗むより簡単だ。だとしても、ダイアモンドでもあるまいし。それに、客がみんな盗っ人だと思うのはいかがなものか。

クリフが「スーザンは？」と訊くよりさきに、シャベル顔の男はゴールデン・ブロンドのセクシーな女を指差す。その女はリーバイスのヴェストのボタンをしっかりと上までかけ、尻ポケットに〈キーポン・トラッキン〉のワッペンが縫い付けられたぴちぴちの白いジーンズを穿いている。クリフは掲示板を整理している彼女のところまで行き、声をかける。「スーザン？」

スーザンは振り向き、シャベル顔の男が六ヵ月目にしてようやく見せてもらえるような笑顔をクリフに向ける。ふたりとも見事なブロンドだ。クリフとスーザンが頭を近づけあうと、別々の銀河の別々の太陽が互いを周回しているように見える。彼女はブロンド仲間たるクリフに自分がスーザンだと名乗る。

「8トラックテープのケースを開けてくれるか？」

彼女は反射的に面倒くさそうな顔をしてみせる。レコード店のオーナーは、掲示板の整理をするためだけに給料を払ってるんじゃないんだよ、とクリフは内心思う。

「あ、ええ、もちろん。鍵を取ってきますね」スーザンは抑揚のない声で言う。カリフォルニアのビーチによくいる、セクシーでブロンドでアスリート体型の女の典型的な話し方だ。彼女は8トラックテープのケースのほうを指差して言う。「ケースのまえで待っててください」

ぴちぴちの白いジーンズを穿いた彼女の尻がビーズのカーテンの向こうに消えるのをクリフは眺める。ケースの鍵を開ける担当が彼女ひとりなら、鍵は彼女のポケットの中にあるべきで、ビーズのカーテンで仕切られたバックルームの机の引き出しに入れておく意味はない。

ガラスケースのところまで歩いていくあいだ、シャベル顔の男の嫉妬に燃えた視線を感じる。もしシャベル顔からアドヴァイスを求められたら、クリフはこう答えるだろう。〝四、五ヵ月まえなら、スーザンとどうにかなるチャンスはあったはずだ。でも、アプローチもせずに今まで来たってことは、彼女にとっておまえはタマなしでしかない。何度仕事のあとにビールとピザに行こうが無駄だ〟と。クリフの私見は、スーザンに固執するより可愛い客を狙ったほうがいい、だ。

鍵のかかったガラスケースの中のさまざまな名前の中から、トム・ジョーンズの『デライラ』を探す。ステッペンウルフ、フィフス・ディメンション、イアン・ホイットカム、クロスビー・スティルス&ナッシュ、『ヘアー』のブロードウェイ上演のサウンドトラック、『その男ゾルバ』のオリジナル・サウンドトラック、アーロ・ガスリーの『アリスのレストラン』、ママ・キャスのソロ・アルバム、ビル・コスビーの二枚のアルバム、ハドソン&ランドリーというクリフの知らないコミックバンド。

スーザンは跳ねるように戻ってきてケースの鍵を開け、大きな音とともにガラス戸を引き開ける。クリフは身を乗り出してタイトルを確かめる。傾けた腰に手をあてたスーザンに見られているのがわかる。探していたものを見つけ、トム・ジョーンズの『グレイテスト・ヒッツ』を抜き出す。スーザンはかろうじて聞こえるほどの笑い声を洩らし、その笑みを手で隠す。

クリフは眉をもたげて言う。「は？　トム・ジョーンズを選んだのがそんなにおかしいか？」

彼女はゴールデン・ブロンドを前後させてうなずく。まあ、ちょっとね、とでも言うように。

クリフはレコード店を出ると（スーザンにまだ腹を立てている）〈ホット・ワックス〉のロゴがはいったワインレッドの小さな袋を持ち、リヴァーサイド通りとフォアマン通りの角に停めた車まで歩道を歩く。そのとき道路の反対側にまた彼女がいるのに気づく。もじゃもじゃのブルネットのピクルス娘は短くカットしたジーンズに裸足、かぎ針編みのホルタートップという恰好で、クリーム色のキャディラックのそばで明らかに彼を待っている。道路の角に彼がいるのを見つけると、飛び上がって夢中で手を振る。クリフは信号が青に変わるのを待ち、交通量の多い道路を渡ると、キャディラックとヒッピー娘のところまで歩いていく。そこで気がつく。汚れたフロントガラス越しに見たときより、かなり若そうだ。いくつなのかはわからなくても。これだけは話をしながら確かめなければ。クリフはそう思う。

キャディラックに寄りかかりながら、ブルネットのもじゃもじゃ頭のヒッピー娘は言う。「三度目の正直って感じ？」

「おれからすると、リヴァーサイド通りとハリウッド通りの角が三度目だ」と黄色いアロハシャツを着た男は言う。「それにあれは〝正直〟って感じじゃなかった」

「もう、いちいち細かいんだから」と少女はからかう。「わかったわよ、気むずかし屋さん。だったらこれならいい？」そう言って、わざとゆっくりと明瞭に発音して言う。「四度目の正直」

いったいこの子はいくつなんだ、とクリフはまた思う。

「あのピクルス、どうだった？」と彼は訊く。

「すっごくおいしかった」ともじゃもじゃ頭の裸足のヒッピー・ピクルス娘は答える。「ちょっと高級な感じ」

クリフは〝よかったな〟とでも言うように眉をもたげる。

「乗せてくれる？」彼女はわざとらしい可愛ぶった声で言い、効果を狙って下唇を噛む。

「バーニーはどうした？」とクリフは訊く。

「誰？」

「ビュイック・スカイラークの男」

彼女はため息を洩らして言う。「あたしが行きたい方向には行かないみたいだったの」

「おまえの行きたい方向って？」

クリフの懸念はあたっている。彼女はどう見ても未成年だ。でも、どのくらい？　十四とか十五とかいうことはないだろう。問題は十六か十七かということだ。ひょっとしたら十八ってことも？　だとしたら公式には未成年ではない。少なくともロスアンジェルス郡保安局の基準では。

「あたしが行きたいのはチャッツワース」

クリフは思わず笑いだす。「チャッツワース？」

彼女は操り人形のように頭を上下させてうなずく。

にやにやしながら彼は訊く。「リヴァーサイド通りでヒッチハイクして、チャッツワースくんだりまで行ってくれるような暇もガソリンもたっぷりあるやつを探してるって言うのか？」

クリフの疑いを払うように彼女は手を振る。「なんにも知らないんだね。観光客はわたしとドライヴできるのを愉しみにしてるんだよ。あたしはLA旅行の一部として大人気なんだから……」

彼女が手ぶりで話しているのを見ながら、その手の大きさに彼は気づく。なんて長い指なんだ。あの指で竿を握られて締めつけられて、あのデカい親指で亀頭を押しつぶされたら、極楽往生まちがいなしだ。

「……ハリウッドでヒッピー・ガールを車に乗せて……」

彼女がしゃべりつづけるあいだ、クリフは少女の足元に眼をやる。嘘だろ、足もデカい。

「……映画牧場に行った話は一生の思い出になるわけよ」

一拍。

二拍。

三拍。

四拍。

「スパーン映画牧場のことか?」ようやくクリフは訊き返す。

デブラ・ジョーは顔を輝かせて言う。「そう!」

クリフは重心を右足から左足に移し、8トラックテープのはいった〈ホット・ワックス〉のワインレッドの小袋を無意識に左手から右手に持ち替えながら言う。「つまり、おまえの行き先はスパーン映画牧場なのか?」

彼女はもじゃもじゃ頭をまた操り人形のように動かしてイエスとうなずき、「そう」と答える。

クリフは純粋な興味から尋ねる。「なんでそんなとこに行く?」

「そこに住んでるから」

「ひとりで?」

「ううん」と彼女は言う。「友達と一緒に」

なんだって? 彼女からスパーン映画牧場の話が出たときには、ジョージ・スパーンのヒッピーの孫娘か、ヒッピーの介護ヘルパーなのかと思った。しかし、ヒッピーが〝友達〟と言うときには、それは〝ほかのヒッピー〟を意味する。

「つまり」と彼は言う。「こういうことか? おまえとおまえの友達はスパーン映画牧場に住んでいるのか?」

「そう!」

スタントマンは頭の中で情報を整理してから、彼女のために助手席のドアを開けてやる。「さあ、乗れ。連れてってやる」

「やった!」と彼女は叫び、助手席に膝を曲げて立てて坐る。

クリフはドアを閉める。キャディラックの運転席まで歩いていくあいだ、ヒッピー娘が今話したことをとくと考える。彼女の言っていることがほんとうなら、スパーン牧場では妙なことが起きていることになる。おそらくなんの問題もないのだろう。とはいえ、ジョージ・スパーンは高齢だ。牧場の今の様子を見にいくのも悪くない。かなり遠いが、チャッツワースまで行くだけのことだ。どうせ夕方まですることはほかにない。古い友人に会うのもいいだろう。とりあえずは牧場までの長い道のりのあいだ、手脚の長い娘とおしゃべりをして、その〝友達〟とやらがどんな連中で、どこから来たのか訊き出そう。

クリフはリヴァーサイド通りを猛スピードで走る。ラジオではリアル・ドン・スティールが、日焼けクリームのコマーシャルを面白おかしく紹介している。ヒッチハイク慣れしているデブラ・ジョーは、さっそくスパーン映画牧場までの道順を説明しだす。「まずはハリウッド・フリーウェイに――」

クリフは彼女のことばをさえぎって言う。「どこにあるかは知ってるよ」

彼女はもじゃもじゃ頭を椅子にもたせかけ、アロハシャツのブロンド男を不思議そうに見やる。「ねえ、あんたって昔あの牧場で映画を撮ったりしてたカウボーイなの？」

「驚いたな」とクリフは言う。デブラ・ジョーのほうが驚いている。

「どうかした？」

キャディラックを走らせながら、彼は答える。「いやあ、おれについての表現があまりに的確だったから驚いたんだよ。スパーン牧場で映画を撮ってた昔のカウボーイってやつ」

デブラ・ジョーは笑って言う。「じゃあ、ほんとにあの牧場で西部劇をつくってたの？」

彼はうなずく。

「昔懐かしい時代に？」

「その〝昔懐かしい〟っていうのが八年まえのテレビ番組っていう意味なら、答はイエスだ」

デブラ・ジョーは汚れたデカ足をキャディラックのダッシュボードにのせ、汚い足の裏を冷たくすべらかなフロントガラスに押しつけながら訊く。「俳優だったの？」

「いや」と彼は言う。「スタントマンだ」

「スタントマン？」興奮した声で彼女は繰り返す。「すごーくいい！」

「ほんとか？」と彼は訊く。「でも、〝すごーくいい〟って何が？」

「俳優は嘘っぽい」と権威者ぶって彼女は言う。「ほかの人が書いた台詞をただ言ってるだけじゃん。馬鹿みたいなテレビ番組で人を殺すふりをしてる。ヴェトナムじゃ毎日ほんとうに人が殺されてるのに」

まあ、そういう考え方もあるな、とクリフは思う。

彼女は続ける。「でも、スタントマン？　あんたたちは全然ちがう。馬鹿みたいなビルから飛び降りる。体じゅう火だるまになる。あんたたちは恐怖を受け入れてる」そのあとチャーリーから吹き込まれた哲学を語りだす。「恐怖を受け入れることで、初めて人は自分自身を支配できる。恐怖を受け入れることは征服できないものを克服するということなのよ」そう言って、彼女はそのきれいな顔に満足げな笑みを浮かべる。

いったい何を言ってんだ、こいつは？　とクリフは思うが、何も言わない。無言のまま、北に向かうハリウッド・フリーウェイの傾斜路《ランプ》に進入する。

93ＫＨＪラジオでは、ボックス・トップスの新曲『スウィート・クリーム・レディース、フォーワード・マーチ』が流れている。

高速道路の車の流れに順調に乗ると、クリフは思いきって尋ねる。「名前は？」

「友達からはプッシーキャットって呼ばれてる」

「本名は？」

「あたしの友達になりたくないの？」

「もちろんなりたいさ」

「じゃあ、今言ったとおりよ。友達からはプッシーキャットって呼ばれてる」

「まあ、いいだろう。会えて嬉しいよ。よろしくな、プッシーキャット」

「アロハ！　ねえ、知ってた？　〝アロハ〟って〝こんにちは〟と〝さようなら〟のどっちの意味もあるの」

「いや、初耳だ」

彼女は黄色いアロハシャツの肩に触れる。「あんた、ハワイの人？」

「いいや」

「じゃあ、名前を教えて、ミスター・ブロンド？」

「クリフ」

「クリフ？」

「そうだ」

「クリフォード？　それともただのクリフ？」

「ただのクリフだ」

「クリフトン？」

「いや、ただのクリフだ」

「クリフトンは嫌い？」

「それはおれの名前じゃない」

彼女は脚をダッシュボードからおろし、〈ホット・ワックス〉のワインレッドの小袋を取り上げる。「何買ったの？」

クリフは文句を言う。「おい、勝手に触るんじゃない。まずは触っていいか訊くもんだ」

彼女は袋の中に手を突っ込み、『トム・ジョーンズ・グレイテスト・ヒッツ』の8トラックテープを取り出して爆笑する。

スーザンが笑ったときの態度とは逆に、クリフはプッシーキャットには笑顔になる。「こら、このヒッピーの自惚れ屋。おれは『デライラ』って曲が好きなだけだ。文句あるか?」

トム・ジョーンズの写真入りの8トラックテープをかざして、彼女は皮肉を言う。「どうしちゃったの? エンゲルベルト・フンパーディンクが在庫切れだったの?」

彼女のほうに体を傾《かし》げてクリフは言う。「おれは彼も好きだよ。このくそヒッピー」

それで別に問題はないよとでも言うように、彼女は長い腕を伸ばして大きな手を振る。「ねえ、マーク・トウェインも言ってたじゃん。〝もし意見の相違がなければ、競馬は存在しない〟って」

彼は訊き返す。「ほんとうにマーク・トウェインがそんなこと言ったのか?」

少女は肩をすくめる。「そんな感じのことだね」

彼女は長い指で8トラックテープのケースのセロファンを引きちぎって剝がす。テープがはいっているボール紙の仕切りを取り、キャディラックのオーディオシステムをラジオからテープに切り替える。

ラジオのボックス・トップスが唐突に切れる。

クリフは片眼で彼女、もう一方の眼でハリウッド・フリーウェイを見ながら運転する。プッシーキャットは8トラックテープをテープ・プレーヤーに押し込む。カチャンと大きな音がして、しばらくはテープのすれる音がスピーカーから流れる。すると突然、トム・ジョーンズが『何かいいことないか子猫チャン《プッシーキャット》』を大音量でがなりたてる。

「オッケー」とプッシーキャットは認める。「この歌は好き」

彼女は音量ボタンをまわしてますます音を大きくし、リックのキャディラックの助手席でセクシーに踊りだして、クリフを喜ばせる。剝き出しの脚を床から上げ、たたんだ脚の上に坐る。そのあと膝立ちになり、短く切ったリーバイスの金属製のボタンをはずす。

クリフは無言のまま眉をもたげて思う。

とりあえずこれでチャッツワースまでのガソリン代は無駄にはならない。

彼の反応に合わせて彼女も毛虫のような茶色い眉を上げ、ジーンズのチャックをさげる。尻と脚の上をすべらせるようにしてジーンズを脱ぎ、手にぶら下げて持つ。あらわになったピンクのパンティには、小さなサクランボがプリントされている。『何かいいことないか子猫チャン』のパイプオルガン風のピアノの音色に合わせて、丈の短いリーバイスを指でくるくるまわし、やがてそれを車の床に落とす。

さらに、トム・ジョーンズの歌に合わせて尻を左右に振りながら、プッシーキャットは下着に親指を入れ、汚れたピンクのパンティをおろして脱ぐ。そのあと助手席側のドアにもたれ、寝転んで脚を広げ、脚のあいだにこんもりと茂る黒い陰毛を運転者に見せつける。彼女の脚のあいだの毛は髪と同じくらいふさふさして荒々しい。

「どう？　気に入った、クリフ？」と彼女は尋ねる。

「もちろん」とクリフは正直に答える。

少女はもじゃもじゃの頭をドアに押しつけ、リックのキャディラックの助手席で仰向けに寝転ぶ。左足を持ち上げて運転席のヘッドレストに足の裏を押しつけ、右足を上げてダッシュボードとクリフ側のフロントガラスのあいだにねじ込む。そうして脚を大きく広げ、愉しんでいる運転者に自分を見せつける。

さらに、トム・ジョーンズの子猫ちゃんの歌に合わせて二本の指を舐め、クリトリスを上下にこすりはじめる。

クリフは、片方の眼で高速道路を、もう片方の眼でプッシーキャットのもじゃもじゃした黒いプッシーを見ながらハリウッド・フリーウェイを走る。

プッシーキャットは眼を閉じ、興奮した声で言う。「ねえ、指入れて」

「おまえ、何歳だ？」とクリフは尋ねる。

プッシーキャットは眼を大きく見開く。

そんなことは久しく訊かれたことがなかったので、何を言われたのかすぐにはわからなかったようだ。「え？」

「おまえは何歳なんだ？」とクリフは同じことを尋ねる。

怪訝そうに笑いながら言う。「ワオ。そんなこと訊かれたの、とんでもなく久しぶり」

「で、答は？」

彼女は脚を広げたまま肘をつき、皮肉っぽく言う。「お子ちゃま向けのゲームがしたいわけ？十八よ。安心した？」

クリフはさらに訊く。「身分証明書みたいなのはあるか？　ほら、運転免許証とかそういうやつだ」

「冗談だよね？」驚いた顔で彼女は言う。

「いや、冗談なんかじゃない。十八歳だと証明する公式なものが見たい。まあ、おそらく持ってないだろうけどな。十八じゃないから」

それを聞いてプッシーキャットは脚を閉じ、上体を起こして坐る。そうして、信じられないと言わんばかりにもじゃもじゃの頭を振る。「あんたって気分を台無しにする天才だね」

下着を脱いだまま脚を伸ばしてまたダッシュボードにのせ、仰向けに助手席で寝転んで両手を頭のうしろで組む。

「あたしはあんたとセックスできないほど若くないけど、あんたはわたしとセックスするには歳を取りすぎてる」

クリフはこれを別の観点からとらえ、それをプッシーキャットに伝える。

「おまえとヤったら、ムショ送りになるぐらいにはおれは歳取ってる。ムショはな、これまで何度もおれを引っぱり込もうとしてきた。でも、まだ一度もはいったことはない。いつかムショ送りになることがあったとしても、おまえのために行こうとは思わない。悪く思わないでくれ」

そういうわけで、自慰行為を見せる必要もなくなった自称プッシーキャットの少女は、パンティを穿く。ふたりはチャッツワースまでおしゃべりをしながらドライヴを続ける。クリフは、ジョージ・スパーンが知り合いだということも、牧場まで乗せていくほんとうの理由も少女には明かさない。

かわりに、ジョージの牧場に住んでいるという〝友達〟についての情報をもっと訊き出す。

少女は嬉しそうに、友達のことを一方的にしゃべりつづける。特にチャーリーという名前の男のことを話したがり、きっとクリフのことを気に入ると請け合う。

「チャーリーは絶対あんたのことが気に入るよ」と彼女は言う。

クリフは初めのうち、自由恋愛を信奉して実践している二十代の若い女たちに興味を抱く。しかし、チャーリーなる人物と彼の教えについて聞けば聞くほど、そいつが愛と平和を唱える教祖というよりただのポン引きのように思えてくる。


どうやらこのチャーリーという男はポン引きの作戦帳《プレーブック》を、親に嫌気が差している世代の少女向けに、巧妙に書き替えたようだ。その男のくだらない話を真剣に語るプッシーキャットを見ながら、クリフは彼女がどこから来たのか想像する。ポン引き稼業に挑戦してみようと考えていた五〇年代のクリフなら、こういうきれいで明らかに教育水準の高そうな女の子には近づかなかっただろう。しかし、このヒッピー文化のせいで世界は完全に狂ってしまった。たとえばこの少女は、チャッツワースまで乗せてもらえるなら、自分の大事なところを捧げようとすら考えるのだ。

昔はドライヴインで〝手こき〟をしてくれたような娘《こ》が、今では男ひとりではなく、男の友達もひっくるめてヤらせてくれる。

フランスのポン引きたちが女たちにシャンパンや口紅やストッキングやマックスファクターを与えたのに対し、このチャーリーとやらは麻薬やら自由恋愛やらそれらすべてを結びつける哲学を与えている。

なかなか賢いじゃないか、とクリフは思う。このチャーリーとやらにはぜひ会ってみたいもんだ。

「その彼とはどうやって会ったんだ?」とクリフは尋ねる。

「チャーリーと?」

「ああ、そのチャーリーと」

「チャーリーに会ったのは、あたしが十四歳のとき」とプッシーキャットは言う。「カリフォルニアのロス・ガトスに住んでたとき、ヒッチハイクをしてたチャーリーをパパが連れてきたの」

「ちょっと待ってくれ」とクリフは驚いて訊き返す。「チャーリーとは父親を介して会ったのか?」

「そう。道端で彼を拾って車に乗せてあげて、夕飯を一緒に食べに家に連れてきたの」

彼女は続ける。「で、一緒に夕飯を食べてたら、あたしと彼、お互いめちゃくちゃ気に入っちゃって、だからみんなが寝たあとで家を抜け出したの。そうしてパパの車の後部座席でセックスして、そのまま出ていっちゃったってわけ」

ワオ、なんと大胆なやつだ。車だけじゃなく十四歳の大事な娘も奪って逃げた? 娘とファックするだけじゃなく? それだけでも充分に無礼なことだ。おまけに車を奪って娘を連れて逃げた?

それよりもっとひかえめなことで、娘の父親に撃たれるやつなどごまんといる。そういう場合、たとえ男が死んでもお咎めはない。警察は父親を逮捕しないし、陪審員も父親を有罪にしない。

「で、そのあとは?」とクリフはプッシーキャットに訊く。

「ふたりで逃げてすっごく愉しかった。でも、二日目にチャーリーが帰ったほうがいいって言いだしたの。きっと親が届けを出して、警察があたしを捜してるだろうって。これ以上先に行くと州を越えるけど、盗難車じゃそれはできないって」

このクソ野郎は抜け目がない、とクリフは思う。

ロス・ガトスの少女はハリウッドのスタントマンに説明しつづける。「チャーリーが言うには、もし彼と一緒にいたいなら家に帰らないと駄目だって。学校に戻って、自分の部屋に戻って、家族と一緒にテレビを見る生活に戻れって。それから——初めて会う男と結婚しろって。誰かと結婚したら、その瞬間に親権から解放されるんだって。

だからあたしはよく知らない男と結婚して、解放されたことをチャーリーに報告したの。そしたらチャーリーから、会う場所の連絡が来た。だから馬鹿男とは速攻で離婚して、チャーリーに会いにいったわけ」

クリフはこれまで女に振りまわされるような男に同情したことなど一度もなかったが、こんな少女と結婚する破目になったその哀れな男だけはつくづく可哀そうに思えた。

「で、そのあとは?」とクリフは訊く。

「で」とプッシーキャットは説明する。「ただただ存在するだけの人生が目的のある人生に変わったわけ」

このときデブラ・ジョーはとろんとした生気のない眼になる——チャーリーを信奉する女たちは、長くしゃべりすぎるとみんなそうなる。

「つまり、これは全部おまえの父親がヒッチハイカーを拾ったことから始まったってわけか?」とクリフは確認する。

少女は馬鹿笑いをする。「確かに! そういうふうに考えたことはなかったけど、言われてみれば、確かにそうかも！」

「おまえの父親はそのことについてどう思ってるんだ？」知りたくなってクリフは訊く。

「まあ、変な話なんだけど、ママはそのせいでパパと別れたの」

それが変な話か？　とクリフは思う。

「パパは散弾銃でチャーリーの頭を吹き飛ばそうとした」

まあ、妥当なことだ、とクリフは思う。

「でも、成功しなかった。だろ？」とクリフは言う。

少女は笑いながら首を振る。

「どうなったんだ？」

「どうなったかって言うと」とプッシーキャットは説明する。「チャーリーは愛なの。散弾銃で愛は殺せないでしょ？」

「それを普通のことばで言うと、どういう意味になる？」知りたくなってクリフは尋ねる。

「つまり、チャーリーはパパの憎しみを愛に変えたの」とプッシーキャットは説明を続ける。

「チャーリーはパパに、死ぬ準備はできてる、それが今日だったとしても受け入れる、って言ったの。そしたらパパは少し落ち着いて、その夜、チャーリーはパパをめろめろにしちゃったの。チャーリーと一緒にいた女の子――サディかケイティか、あたしはそこにいなかったからわからないけど――にしゃぶってもらったりなんかして。次の日別れたときには友達として別れたみたい」

「〝めろめろにした〟？」とクリフは言う。「どういう意味だ？」

「ＬＳＤをやったのよ」

「おまえの父親は自分の人生を台無しにしたやつとLSDをやったのか?」

「パパは、人生がすばらしいってことを教えてくれた人とLSDをやったのよ」と彼女は言い直した。「そのあとで、パパはファミリーにはいりたいってチャーリーに言ったの」

「嘘だろ? そんなの聞いたこともない!」とクリフは叫ぶ。

嘘じゃないわと言うふうにプッシーキャットは首を振る。「でも、そんなのはおかしいってチャーリーは思ったの。〝そんなことできるわけない、あいつはプッシーキャットの父親だ〟って彼は言った。だからパパはファミリーのメンバーにはなれなかった。でも、ファミリーの友達ではあるわ」

プッシーキャットの信じられないような話を聞いてしまうと、クリフはこのチャーリーとやらに尊敬の念すら抱く。まあ、ヒッピーの家出少女たちを思いどおりにコントロールするだけならクリフにもできそうだ。しかし、激高して散弾銃を手にした父親をコントロールなんかできるか?

話をまとめようとクリフはさらに尋ねる。「ちょっと整理させてくれ。ある男がヒッチハイクをしていたヒッピーを拾った。そして、ヒッピーを家に連れ帰って妻と十四歳の娘と一緒に夕飯を食った。ヒッピーは十四歳の娘とファックして、娘もろとも男の車で逃げていった。ヒッチハイクで乗せてもらったその車で。ヒッピーに言われて少女は十五歳で知らない男と結婚し、その あとヒッピーと一緒に逃げた。ヒッピーを乗せたことで起きた混乱のせいで、男の妻は家を出ていった。散弾銃を持ってヒッピーを追った男は、撃ち殺すかわりにヒッピーと一緒にLSDをやって盛り上がった。おまけにヒッピーの弟子になりたいと志願した。これでまちがいないか?」

プッシーキャットはうなずく。「言っておくけど、チャーリーは現実離れして自由奔放な猫なの。絶対に彼のこと気に入るから。それに、彼のほうも絶対にあんたが気に入るはずだよ、クリフ」

クリフは道路に注意を集中しながら言う。「ああ、おれもそのチャーリーとやらに是非とも会いたくなってきた」

Chapter Twenty

Sexy Evil Hamlet

セクシーで邪悪なハムレット

リック・ダルトンがオープンリール式テープレコーダーを使って、次のシーンの台詞を練習していると、誰かがトレーラーのドアをノックする。彼はレコーダーの停止ボタンを押す。テープの回転が止まる。

「はい？」と彼はドアに向かって言う。

「こんにちは、ダルトンさん」第二助監督のアシスタントが言う。「準備ができたら、セットで少し話がしたいとサムが言ってます」

「わかった。すぐ行く」

そう応じて、彼はトレーラーの中を見まわす。くそ、帰るまえにここを片づけないとまずい。それに、窓が割れてることに関してはうまく言い逃れをしなきゃならない。窓が割れたほんとうの理由は、カウボーイハットが窓を直撃したからだ。最後に撮影したシーンから戻ってきて、あまりにも自分の不甲斐なさに腹が立ち、カウボーイハットを思いきり投げつけてしまったのだ。腹が立ったのは、撮影現場で何度も台詞をまちがえたからだ。俳優が台詞をまちがえることはよくある。しかし、リックが自分を赦せなかったのは、自分の情けないところを人に見せてしまったことだ。昨夜は三時間かけて一所懸命に台詞を覚えた。今日の撮影のためにはかなり多くの台詞を覚えなければならないことはわかっていた。プロフェッショナルは台詞を完璧に覚える。そして、おれはプロフェッショナルだ。

ただ、プロはウィスキー・サワーを八杯も飲んで泥酔し、どうやってベッドにはいったのかも覚えていないなどという体《てい》たらくにはならない。確かに、中にはそうなるプロもいる。しかし、そういうことにどう対処すればいいか、彼らは長年の経験から学ぶ。そういう役者（リチャード・バートンやリチャード・ハリス）はプロの酔っぱらいだ。彼らに比べれば、リックはまだまだアマチュアだ。

薬物とマリファナが映画俳優組合《SAG》にとって必要不可欠なものになるまえの世代では、ほとんどの俳優がアルコール依存症だった。彼らの子供たちが麻薬に走るのと同じ理由で、彼らも酒を飲みはじめた。現実から逃避するために。それが、次第に手に負えなくなるのだ。しかし、中には必然的にそうなった者もいる。

五〇年代の映画界を牽引した俳優の多くが第二次世界大戦で戦っていることを忘れてはいけない。五〇年代後半から六〇年代前半に俳優になった者の多くが朝鮮戦争で戦った。そういう男たちが戦争で眼にしたのは、一生記憶から消し去ることのできないようなものばかりだ。彼らと同じ世代の者たちはそれをよく理解していたので、彼らのアルコール依存は許容された。かなりひどいレヴェルのものでさえ。

第二次世界大戦の英雄ネヴィル・ブランドも、古典的な第二次世界大戦の犬顔リー・マーヴィンも、保険会社から映画製作を止められることなく、撮影中に酒を飲むことを許されていた。が、マーヴィンの場合、歳を取れば取るほど、自分が戦場で殺した兵士たちの亡霊に取り憑かれていった。くだって一九七四年のウェスタン映画『スパイクス・ギャング』のクライマックスシーンでは、マーヴィン演じる主人公が若手俳優のゲイリー・グライムズ（『おもいでの夏』で主演）を撃ち殺すことになっていた。が、グライムズの見た目や年齢から彼が戦争中に殺した若い兵士を思い出したのだろう、オスカーを受賞したこともあるこの屈強な男は、自分のトレーラーの中で正体をなくすほど酒を飲んだ――過去に自分が実際におこなった殺人と、これからしなければならない殺人の真似事に、ちゃんと向き合う勇気を得るために。飲めばどうにかなることがわかっていたので。『スパイクス・ギャング』は七〇年代のウェスタンとしては悪くない出来で、愉しめはするが、みんなの記憶に残るほどの作品ではない。ただし、あのクライマックスシーンだけは別だ。あの暴力的で激しい撃ち合いと、トーテムポールのようなマーヴィンのあの残忍な表情は、忘れたくても忘れられない。

ジョージ・C・スコットが主演する映画の契約書には、アルコール依存症のせいで撮影が三日間できなくとも可という条項があった。

アルド・レイの過度の飲酒でさえ、彼が七〇年代にほんとうにお払い箱になるまでは、映画製作会社側もだいたいのところ容認していた。

しかし、リックにはそんな言いわけは利かない。彼の飲酒の原因は、自己嫌悪と自己憐憫と退屈、この三つの組み合わせにすぎないのだから。

リックはケイレブのフリンジ付きの茶色い革の上着を羽織り、ケイレブの帽子を手に取る。そして、散らかったトレーラーの中を第二助監督のアシスタントに見られないように気をつけながら外に出る。

クルーが忙しそうに動きまわり、馬が蹄《ひづめ》を響かせて行き交うロヨ・デル・オロの大通りのセットの中、リックはケイレブ・デカトゥーの本拠地〈ギルデッド・リリー〉へと案内される。スウィングドアを抜けて酒場の中にはいると、セットの片側にクルーがカメラを設置している。35ミリフィルムのカメラレンズの向こうに、サム・ワナメイカー本人がいる。彼は、背もたれの高いマホガニーの立派な椅子の横に立っている。「ヘイ、リック。ちょっとこっちに来てくれ。見せたいものがある」

「わかった、サム」リックはワナメイカー監督のもとに駆け寄る。

サムは頑丈な木の椅子のうしろに立ち、背もたれに両手を置いて言う。「この椅子が今日の撮影できみがミラベラの身代金を要求するときに坐る椅子だ」

「そうか、そいつはいいね、サム」とリックはおもむろに言う。「なかなか立派な椅子だ」

「ああ。だけど、これを椅子だとは思わないでほしいんだ」とサムは言う。

「これを椅子だとは思わないでほしい？」困惑してリックは訊き返す。

「そう、そのとおりだ」

「じゃあ、なんだと思えばいいんです？」とリックは質問する。

「これを玉座だと思ってくれ。デンマークの玉座だ！」とワナメイカーは意気揚々と宣する。

『ハムレット』を読んだことのないリックは、ハムレットがデンマーク人だということを知らない。だからこの〝デンマークの玉座〟の部分はまったく理解できない。

だから、怪訝そうに監督のことばを繰り返す。「デンマークの玉座？」

「そうだ。そして、きみはセクシーで邪悪なハムレットだ」とサムは仰々しく言う。

まいった、また例のハムレットの御託か、とリックは内心思う。

しかし、本心を明かすかわりにサムのことばを繰り返す。「セクシーで邪悪なハムレット」

サムは力強く人差し指でリックを差し、「そのとおり」と嬉しそうに言う。そして、シェイクスピアの話を続ける。「ミラベラは小さなオフィーリアだ」

リックにはこのオフィーリアが何者なのかもわからないが、『ハムレット』の登場人物のひとりだと推測し、サムの話に合わせてただうなずく。「ケイレブとハムレット。ふたりともすべてを制している。ふたりとも絶大な力を持っている」

「ふたりとも絶大な力を持っている」とリックはまたサムのことばを繰り返す。

「ふたりとも狂っている」とサムは言う。

「ふたりとも狂っている？」とリックは訊く。

そうだ、とサムはうなずく。「ハムレットの場合、父親が叔父に殺されたからだ」そのあとなんでもないことのようにつけ加える。「それに母親と交わっていたからだ」

「ええ？　それは初耳だ」とリックは小声でぼそぼそと言う。

「一方、ケイレブの場合は――梅毒だ」とサムは言う。

「梅毒？」驚いてリックは訊き返す。「おれは梅毒なんですか？　で、狂ってる？」

サムはそのどちらの質問に対しても、そうだとうなずく。

「ええっと、サム」とリックは言う。「まえにも言ったと思うけど、シェイクスピアはあまり読んだことがないんです」

気にするなと言うように手を振って、サムは続ける。「そんなことはどうでもいいんだ。きみは玉座を奪えばいいだけだ」

「玉座を奪う?」とリックはまた繰り返す。

「そうだ。デンマークを支配するんだ」サムはそう宣言する。

そうか、ハムレットはデンマーク人ってことか、とリックは思う。

サムはデンマークの王子の喩《たと》え話を終える。「きみは暴力をもって支配する。無慈悲に支配する。カウボーイ版マルキ・ド・サドのように支配する。とにかく、支配するんだ!」

マルキ・ド・サド? 誰だ、そいつは? こいつも『ハムレット』の登場人物か?

サムは、監督として役者を発憤させる話を続ける。「ミラベラは、ランサー家の男たちにとってはこの世で一番大切な存在だ」

「ああ、確かに可愛い子だ」とリックは話の脈絡から少しずれたことを言う。

「彼女は純潔の象徴だ」とサムはかまわず続ける。「非情な人生を生き抜いてきた荒くれたちは、小さな少女を崇拝している。ところが、ここで最悪のことが起きる。恥知らずの悪党——そう、きみだ——が彼らにとってなにより大事な輝く宝石を奪うんだ! きみのほうは彼らにわからせないといけない。もし彼らがきみの要求を呑まなければ、躊躇《ちゅうちょ》なく少女を殺すと。そう、いささかの」——ここでサムは指を鳴らし、リックも同じように指を鳴らす——「躊躇もなくだ。わかったか?」監督は俳優に訊く。

「はい、わかりました!」と俳優は答える。

最後にもうひとつ芝居じみた身振りを加えて、サムが木製の椅子を指差して言う。「さあ、ケイレブ、いざデンマークの玉座に」

リックは監督のまえを通って椅子に腰をおろすと、両手で左右の肘掛けを握って背すじを伸ばし、玉座に鎮座する王を真似たポーズを取る。

サムの顔がぱっと明るくなり、セットにいる面々に向かって宣する。「見ろ、ハムレット王子だ!」

さっきからサムが言っていることの四分の三も理解できていないが、リックは少なくとも彼の熱意だけはありがたいと思う。それに、直前の撮影でリックがNGを連発したこともサムは忘れてしまったようだ。サムはもうほかのクルーのところに行って、別のことを始めている。リックは玉座に坐ったまま台詞を復唱しながら、自分はデンマークの王子なのだと思い込もうとする。

ミラベラを演じる八歳の女優が酒場にはいってくる。白くてふわふわのクリームチーズを塗ったオニオン・ベーグルを食べている。一口食べるたびに顔がクリームだらけになる。

「確か、セットでは何も食べないって言ってなかったか?」とリックは彼女に訊く。

「昼食のあとに撮影があるときには昼ご飯を食べないって言ったのよ。反応が鈍っちゃうから」と彼女はリックの言ったことを訂正する。「でも、それから三時間とか四時間経ったら、何か食べないと力が出ないでしょ?」

「その恐ろしいものを食べおえて手をきれいに拭くまで、おれの膝には坐らせないからな」とリックは言う。「カツラにその白いクリームがつくのはごめんだからな」

「そんなこと言って、一口食べられないのが悔しいだけのくせに」と彼女はからかう。

「馬鹿言え」と彼は返す。「この〝臆病なライオン〟みたいなつけひげのせいで、朝からなんにも食べてないんだ。さっきのシーンで食べたチキンは、一口齧るたびに口の中が毛だらけになってまいったよ」

それを聞いて少女はくすくす笑いだす。

「でも、認めるよ――〝昼食を抜く〟作戦、特にそのあと食べるシーンがあるときには、確かに有効だった」

「ね、言ったでしょ？」

第一助監督のノーマンがふたりの役者のところに来て、リックの膝に坐るようにミラベラに指示する。彼女はベーグルを置いてリックの膝によじ登る。ヘア担当者と衣装担当者が集まってきて、忙しなくあれこれ直したり、調整したりして撮影に備える。メイク担当者が化粧を整えて去っていくと、役者たちはサムがクルーと話しおえてシーン撮影のキューを出すのを待つ。ところが、酒場の大きな窓から強烈な日光が射し込んでいるという問題に直面する。監督は午後の激しい光を遮るために褐色のシートを窓に貼るようにスタッフに命じ、それが終わるまで撮影の開始を遅らせる。

小さな少女はリックの膝の上に坐って初めての共演シーンの撮影開始を待ちながら、相手俳優に話しかける。「ねえ、ケイレブ……訊きたいことがあるんだけど」

「いいよ」

「もしマードック・ランサーが身代金を払わなかったり、お金がどうにかなっちゃったりしたら」と彼女は言う。「ほんとうにわたしを殺す?」

「マードックは金を払うよ」当然のことのようにリックは答える。

「もう」と少女は呆れ返った様子で眼をぐるりとまわす。「今わたしは脚本を読んだリックに訊いてるんじゃないの。わたしはケイレブと話してるの。彼は脚本なんて読んでないんだから、実際に何が起きるかは起きてみないとわからないでしょ? いい? もう一度訊くわよ、ケイレブ。もしもマードック・ランサーが身代金を払わなければ、わたしを殺す?」

「もちろんだ」と彼は即答する。

なんの躊躇もない答に彼女は少し驚く。「ほんとうに? 絶対? なんの疑問も、なんのためらいもなく?」

「そういうものはまったくない」と彼は言う。「それが悪党を演じるときのおれの信条だ。あくまでも極悪非道の、ほんとうに悪い男に仕立て上げる。たとえば、ロン・エリーと一緒にくそ『ターザン』に出たときみたいに。あれはほんとにクソみたいなドラマだけど、おれが演じたのは本物の悪党だ。おれは密猟者を演じた——密猟者《ポーチャー》ってなんだか知ってるか?」彼は少女に訊く。

彼女は、知らない、と首を振る。

「密猟者ってのは殺しちゃいけない動物を殺すやつらだ」と彼は説明する。「だからおれは火炎放射器を持って登場する。ジャングルに火を放って、動物たちを殺しやすい場所におびき出すために。さっきも言ったように、あのドラマは大したことはないが、おれはあの極悪人を演じられて満足だった。ここでも同じことさ。ケイレブの非情さをとことん追求する。そうすべきだと思ってる」

少女はうなずきながら彼の説明を聞いていたが、説明が終わると自分の解釈を話しだす。

「そうね、あなたの言ってることはよくわかるわ。あなたはこの番組の悪役なんだし、わたしの役柄にはないような設定上の細かい視点も必要よね。でも、この〝悪役〟――」彼女は指で引用符をつくって〝悪役〟ということばを強調する。「――という要素を取り除いても登場人物のひとりにはちがいない。でしょ？　で、登場人物って、いろんなことに影響されて、もともとの人物像とはちがう演技になることもあるんじゃない？」

一理ある、面白い考え方だ、とリックは思う。そして、彼女に意識を集中していることを示すため、上半身を少しひねって顔を近づける。

少女は例を示しながら意図を説明する。「明日の大がかりなシーンでのあなたの台詞を見ると、わたしのことが好きなんじゃないかって思えるの。今日のこのシーンじゃないわよ」急いで念押しする。「今日のシーンでは、あなたはわたしのことをそれほど知らない。だからあなたにとって、わたしはまだマードック・ランサーの幼い娘でしかないわけ。でも、明日のシーンでは、わたしたちはお互いのことをもっと知ってる」

「ああ、そうだな」と彼は言う。「何日か昼も夜も一緒に馬に乗って、メキシコまで行くんだからな」

「わたしが言いたかったのはそれよ」と小さな少女は主張する。「それで……どうかな……あなたはどうやらわたしのことが好き？」

「どうやらそのようだ」彼はしぶしぶ認める。

少女はリックの眼を見つめる。トゥルーディがそうした瞬間、空気が〝カチッ〟という音をたてる。悪党軍団のエキストラの誰かが銃をいじっていて、撃鉄を鳴らしたのかもしれないが、タイミングはドンピシャだった。

「だったら、わたしのどういうところが好きなの？」と少女は尋ねる。

とことん頭を使わされることにリックは徐々に苛立ってくる。「そんなの、わからないよ、トゥルー――」

少女はリックが本名を言いおえるまえに彼のことばをさえぎって言う。「ミラベラ！」

深く反省して、彼は言い直す。「そんなの、わからないよ、ミラベラ」

「駄目。それはただの言い逃れよ。でしょ？　わたしのどういうところが好きなのか。ケイレブにはちゃんとわかってる」さらに続ける。「だから、もちろん、あなたもわかってる」

リックは言う。「彼が好きなのは――」

「あなたが好きなのは」と彼女はまた彼のことばをさえぎって言う。

リックは呆れて眼をぐるりとまわすが、彼女のルールに従うことにする。「いや、失礼」前言を言い直す。「おれが好きなのは、おまえのことを子供扱いしなくてもいいという点だ」

「すばらしい」彼女は小さく拍手して喝采を送る。「その答、気に入ったわ」

彼はにやりと笑う。「だろ？」

少女はリックを指差し、これから自分が言うことに集中するよう促して言う。「じゃあ、わたしの最初の質問に戻るわよ。あなたはわたしを殺すわけだけど……でも、ほんとうは殺したくない？」

「ああ」と彼は譲歩する。

「ああ、何？」と彼女はことばを誘い出す。

彼は観念し、少女が聞きたがっていることをゆっくりと言う。「ああ、おれはおまえを殺したくない――」

少女はまた彼のことばをさえぎる。「でも、殺す？」

「ああ、殺す」とリックはきっぱり言う。

一拍待ってから、彼女は眉をもたげて尋ねる。「ほんとうに？」そう訊かれて、リックは眼をしばたたく。

「ああ……殺す、だろうな」

彼女の顔がぱっと明るくなる。「いいわ。今は〝殺すだろう〟なのね。ていうことは、殺さないかもしれない？」

「かもしれない」と彼は白状する。

まるで内緒話をするような小声で彼女は言う。「何が起きるとわたしが思ってるか、知りたい？」

わざと皮肉っぽく彼は言う。「どうせ話したいんだろ？　聞いてやるよ」

少女はひそひそ話をするように小さな声で、自分が織り成す物語に酔い痴れているかのように話しだす。「あのね、あなたはわたしのことを殺せると思ってる、とわたしは思うの。だからあなたは仲間の悪党たちにも、わたしを殺すと言ってる。あなた自身にも、わたしを殺せると言い聞かせてる。でも、いざそのときが来て、自分の言ったこと――わたしを殺すこと――を実行しようとすると、あなたはできないの」

「ほう、お利口ちゃん。どうしてできないんだ？」

「なぜなら」と少女は言う。「わたしを愛してることに気づくから。あなたはわたしを抱え上げて、馬のところまで連れていく。そしてわたしたちは、速達郵便の〈ポニー・エクスプレス〉みたいな速さで一番近い牧師さんのところまで行って、あなたはその牧師さんを銃で脅して、わたしたちの結婚式を挙げさせるの」

リックは少しからかうような笑みを浮かべ、わざと疑うように言う。「ええ？　そうなのか？」

「ええ、そうよ」彼女は確信している。

「いや、おれはおまえとは結婚しないな」と彼は撥ねつけるように言う。

「わたしと結婚しないのはあなた？　それともケイレブ？」

「どっちもだ」

「どうして？」と彼女は尋ねる。

「そんなことわかってるだろ。若すぎるからだ」と彼は言う。

「確かに今なら——そうね、若すぎる。でも、これは西部開拓時代よ。あの頃は子供と結婚するなんて珍しくもなかった」彼女の説明は正しい。「つまり、あの時代は十三歳の女の子と結婚しても、なんの問題もなかったのよ」

「おまえは十三歳じゃない。八歳だ」と彼は正す。

「ケイレブ・デカトゥーにとってそれが問題になる？」信じられない、と言わんばかりに彼女は訊き返す。「五分まえ、あなたはわたしのことを殺せるって言ってたのよ。こんなふうにあっさりと」彼女は〝こんなふうに〟を強調して指をパチンと鳴らす。「あなたはスコットに、わたしを井戸に突き落とすって話した。八歳の子供を殺すのはオッケーなのに、結婚するのは駄目なの？　ケイレブ・デカトゥーはそこに線を引くわけ？」

　リックには反論することばが見つからない。少女はそれを見てにやりと笑い、たたみかける。「このこと、あんまり深く考えてなかったでしょ？」

「当然だろ？」とリックは言いわけがましく言う。「今のはおまえのとっぴなただの思いつきなんだから」

「とっぴなんかじゃないわ。確かに刺激的かもしれないけど」と彼女は認める。「とっぴな考えじゃない」

　リックは段々腹が立ってきて、自分にとってこれがいかに居心地の悪い会話か言いかける。「トゥルーディ、こういう話はあんまり――」

　彼女はまた彼のことばをさえぎって言う。「もう、リックったら。別にほんとうにしようっていうんじゃないの。単なる登場人物に関する考察の実験じゃないの。アクターズ・スタジオでは年がら年じゅうやってることよ。脚本はあくまでも脚本。わたしたちは脚本に則って演技する。脚本ではランサーは身代金を払う。だから、あなたはこんな選択を迫られたりはしない。脚本では、あなたはジョニーに殺されるんだから、こんなことは起こらない。でも、アクターズ・スタジオではこんなふうに質問されるの――もし脚本にそう書かれていなかったとしたら？　そしたらあなたが演じてる役はどうなる？　どんな選択をする？　これはすべて、文字としては書かれていない役柄の背景とか人間性とかについて、より深く理解するためにすることよ」

「ああ、だったら、もしかしたら、ほんとうにもしかしたらだけど、おれはそもそも結婚自体したくないのかもしれない」と彼は言ってみる。

「だったら、それが今わかったわけよ」彼女は手ぶりで示す。「それもひとつの選択よね」さらに深く分析する。「つまり、わたしの年齢が問題じゃなかったってことよ。それに、わたしのことを愛してないわけでも――」

彼は割ってはいる。「愛してるなんてひとことも言ってないぞ」

彼女はそれを受けつけない。「何言ってるの？　もちろん愛してるのよ。だから、結婚しないのは、わたしの年齢が原因でもなければ、愛してないからでもない。ただ、ケイレブは結婚しないタイプの男だから。そういうことでしょ？」

彼は肩をすくめる。「まあ、そんなとこかな」

「結婚はしないけれど、同棲はする。でしょ？」

「そんな話も誰もしてないよ」

「でも、それって理屈に適《かな》ってない？」と彼女は論理的に説明する。「わたしたちは一緒にいて愛し合ってる。でも、結婚はしない。でも、一緒にいる。それって同棲でしょ？　わたしはそれでかまわない」と言って、さらに続ける。「でも、少しのあいだだけね。だっていつか必ず、わたしはあなたに結婚したいって思わせるから」

疑うように彼は繰り返す。「おれに思わせる？」

「そうよ」と彼女は説明する。「だってそれがわたしたちの原動力の大きな部分だから」

「何が大きな部分なんだ？」と彼は訊く。

少女は説明する。「あなたはボスで、ギャング団を率いてる。彼らは文句ひとつ言わずあなたの言うとおりにする。でも、ほかに誰もいないときには？　そのときには、そう、わたしがボスなの！　あなたがわたしの言ったとおりにするの」

このちび、とんでもないやつだ、とリックは思う。

「ほう、そうなのか？」

「そうなの」

「で、なんでおれはおまえの言うとおりにするんだ？」

「それはわたしがあなたの心を支配してるから。もし支配してなかったら、あなたはわたしを井戸に落としてたはずよ。スコットに言ったとおりに。でも、それでいいの。だって、あなたはわたしに支配されるのが好きなんだから。つまり、わたしはボスだけど、いいボスなの。あなたが嫌がるようなことは何もしないから。だってわたしもあなたを愛してるから。あなたがわたしを愛してるほどじゃないけど。それでも、あなたのことは愛してるの」

「わかった、いいだろう。でも、そうしなかったら？」

「何をしなかったら？」

リックは彼女の論理を否定してみる。「おれがおまえの言うとおりにしなかったら？」

「ねえ、忘れないで。ギャングのまえでは、わたしは自分があなたの心を支配してるなんてところは絶対に見せないの。ギャングだけじゃなくて、誰のまえでも。だから、世の中の人から見ればボスはずっとあなたなのよ」

「そこはわかった。でも、さっき言ったじゃないか。おれはおまえの言うとおりになんでもするって。だろ?」

「ええ、そうよ。犬みたいに。わたしの言うことは命令なの。あなたは従わないといけないの」

「そうなのか?」とにやにや笑いながら彼は訊き返す。「従わなかったら?」

彼女は強調する。「でも、あなたは従うの」

「まるで奴隷だな」と彼は反論する。「じゃあ、〝もし〟っていうのを試してみるか? もしおれが従わなかったら?」

「そうね……」と言って、少女は少し考え込む。「確かに、それも理屈に適ってるかもしれないわね。初めのうちは、何回か命令に従わないことがあるのもいいわね。でも、そういうときには、わたしはあなたに罰を与えるの」

「罰を与える?」

彼女はそうよと言うように大きくうなずき、こう結論づける。「罰を与えたあとはあなたはわたしの言うとおりにするの」

リックが何か言おうと考えていたそのとき、サム・ワナメイカーが役者たちに向かって言う。

「アクション!」

それを合図にケイレブとミラベラは演技を始める。

Chapter Twenty-One

Lady Of The House

女主人

赤毛のスクウィーキーは、スパーン牧場のほかの女たちが羨むような立場を満喫している。牧場に暮らす女たちは〝ファミリー〟の中では二級市民の地位にある。明らかに男より下に位置づけられている。そもそも、チャーリーは彼女たちに自分たちが牧場の犬以下の存在であるという考えを植えつけている。ファミリーの中の女が食べものを食べたいと思えば、まずはその食べものを犬に与えなければならない。大半の女たちは、権限のある地位に就かせてもらえない(メアリー・ブルンナー——最初のメンバーであり、チャーリーの子供、プー・ベアの母親——でさえ)。

ここで〝大半〟と言ったのは、ファミリーの階層制度の中でふたりだけは特別な地位についているからだ。ひとりは〝ジプシー〟という名の女。ファミリーの女たちの中では最年長の三十四歳。ジプシーの地位は、採用担当の役員といったところで、若い女や男が牧場に連れてこられたら、最初に紹介されるのがこのジプシーだ。

しかし、ファミリーの社会構造の中で権限ある立場に一番近い女は、妖精《ピクシー》のようなスクウィーキーだろう。ファミリーがスパーン牧場で暮らせるのは、牧場オーナーのジョージ・スパーンとチャーリーが交わした契約のおかげだが、そんなジョージの世話をしているのがスクウィーキーだからだ。

八十歳のジョージ・スパーンは、何十年にもわたって自分の映画牧場——西部の町や目抜き通りの撮影セット——を映画やテレビの製作のためにハリウッドに貸してきた。しかし、近年ではハリウッドはどこか別の場所に移動してしまい、かつての撮影セットは荒れ放題になっている。今でも、雑誌やアルバムのカヴァー写真のために時々使用されることはあるが（ジェイムス・ギャングはアルバムのカヴァー写真をここで撮影した）。また、牧場にはまだ馬もいて、家族向けにサンタスザーナ渓谷を進む乗馬ツアーも提供しているが。

今でも牧場を使って撮影するのは、ウェスタンがテーマのポルノ映画やアル・アダムソンのZ級の低俗映画くらいしかない。それにジョージ・スパーンはもうほとんど眼が見えない。映画業界からも忘れ去られ、どうにかチャーリー・マンソン・ファミリーに交友関係を見いだしたわけだ。今は一日じゅう、西部開拓時代の町のセットを見下ろす丘の上に建つ小さな家の中で過ごしている。家の中は映画牧場が全盛期だった頃の古い西部の記念品であふれ返っているが、彼にはもうそれも見えない——ジョージの牧場で撮影された古いウェスタン映画の額入りポスター、陽を浴びて色褪せてしまっているが、撮影で訪れた俳優たちの写真、カウボーイが使うような装飾を施した鞍のコレクション、ジョージ・モンゴメリー本人が彫ったカウボーイとインディアンの彫像。

現在、ジョージを含むこの家のすべてを取り仕切っているのがスクウィーキーだ。ジョージの世話をするという点で、スクウィーキーほど熟達した存在は唯一無二だ。

このおかげで、彼女はファミリーの中でほかの女たちが羨むような自律性を手にしている。そのひとつとして、彼女はずっと家の中におり、自分で自分の地位を〝女主人〟と位置づけている。これにはジョージでさえ刃向かうことは許されない。ここはジョージの牧場であることにちがいはないが、家はいつのまにかスクウィーキーのものになっている。ほかの女たちは、牧場の仕事をしたり、他人の家のゴミ漁りをしなくてはならない。一方、スクウィーキーはジョージのために料理をつくり、着替えをさせ、家事をし、話し相手になる。ほかの女たちは悪臭を放つゴミや硬くなったパン、見かけの悪い野菜、傷んだり腐ったりしている果物を食べる。ゴミ漁りを許してもらうためには、スーパーマーケットの従業員にフェラチオやセックスをしなくてはならないこともある。一方、スクウィーキーはジョージが買った食材を料理して食べる。ジョージの好みに合わせてしょっちゅうセックスしたり、たまには手でイカせたりもする。彼女はそういうことはそれほど気にならない。牧場のまわりをうろつく薄汚いバイク乗りとセックスするくらいなら、ジョージのそばでだらだらしていたほうがよっぽどいい。それに、ジョージは一日じゅうカントリー・ミュージックのラジオを聞いているので、ファミリーの中ではスクウィーキーだけが外の世界とつながっている。ゴミ捨て場から拾ってきたものではなく、冷蔵庫から出てきたまっとうな食べものが食べられるのと並んで、スクウィーキーがみんなから羨まれているのは、ジョージと一緒に家の中にいることでテレビを見ることができる特権だ。

チャーリーは自分の〝子供たち〟がテレビを見るのを許さない。彼の〝子供たち〟が子供の頃、両親はテレビを見ると脳が腐ると言ってテレビを禁止したり制限したりしたものだった。が、チャーリーは、テレビは見る者の魂を奪うと言う。

しかし、実際のところ、チャーリーにしてもできるのは、〝子供たち〟の環境と現実をコントロールすることぐらいのもので、彼らがテレビを見ることをそれほど心配していない。『じゃじゃ馬億万長者』や『マイペース二等兵』、『ゲットスマート』や『ギリガン君ＳＯＳ』を彼らが見たところで、チャーリーの権威は揺るがない。彼が心配しているのはコマーシャル（ほんとうの意味での大衆の阿片）だ——かつて彼の〝子供たち〟が享受し、今では放棄している禁断の果実の誘惑。彼にとって、マディソン・アヴェニュー（広告代理店が軒を並べるニューヨークの通り）の天才たちがつくりだすショート・フィルムは、まったくもって百害あって一利ないものだ。子供たちが捨て去ってきた生活を思い出させ、誘惑することを目的に作製されたコマーシャルなど。彼らが不信感を持っている親たちとの直接対決なら、チャーリーは負けない。彼の哲学と真っ向から対抗する哲学との直接対決なら、チャーリーは負けない。しかし、〈トゥーシーロール〉や〈フルーツループ〉、〈クラークバー〉や〈ハイヤーズ〉のルートビア、〈ケンタッキーフライドチキン〉や〈フリントストーンズ〉のチュアブル・ビタミン、〈レヴロン〉の口紅や〈カヴァーガール〉の化粧品など、彼らの記憶の中に残っている快楽との直接対決となると、さすがのチャーリーもいつかは負ける。

いずれにしろ、スクウィーキーは好きなだけテレビを見ることができる。

ジョージ・スパーンがそもそも契約に同意したのは、最初はスクウィーキーとのセックスのためだったかもしれないが、実際のところ、ファミリーが今も牧場にいつづけられるのは、スクウィーキーが彼の世話をしているおかげだ。スクウィーキーは老人に淋しい思いをさせない。服を着替えさせてやり、散歩に連れていき、料理をつくり、一緒にテレビを見ながら盲目の老人に『ボナンザ』の中でカートライトたちが何をしているのか説明する。

今日はチャーリーが大勢の〝子供たち〟を連れてサンタ・バーバラに行って留守にしている。まさに鬼の居ぬ間の命の洗濯日和。

スクウィーキーはテレビを見せてあげるのに居残った子供たちを家に招き入れ、土曜日の午後の今、みんなでＡＢＣのディック・クラークのロック番組を見ている。まずはディック本人が司会する音楽番組『アメリカン・バンドスタンド』、そのあとはディックが製作し、ポール・リヴィア＆ザ・レイダーズが司会するヴァラエティ番組『イッツ・ハプニング』。今日のゲスト出演者はキャンド・ヒートだ。

この家の中での立場にふさわしく、そばかす顔のスクウィーキーは、ジョージの快適なリクライニングチェアに坐っている。とことん背もたれをリクライニングさせ、短く切ったリーバイスから剝き出しの幽霊のように青白い脚をまえに投げ出し、汚れた素足のあいだからテレビを見ている。ほかの五人のメンバーはソファや床に坐り、マリファナ煙草をまわしている。

テレビ画面では、ポール・リヴィア＆ザ・レイダーズが歌う『イッツ・ハプニング』のテーマ曲が流れ、番組のオープニング映像が映し出されている。その映像の中にはポール・リヴィアの白黒映像と、リードヴォーカルのマーク・リンゼイが砂山でデューンバギーを無謀な運転で跳ねまわらせている映像も映っている（マーク・リンゼイは運転の無謀さのあまり、オープニングの撮影中、死にかけた）。

みんながノリノリの音楽に合わせて足を踏み鳴らし、首を前後に振っている。スクウィーキーは牧場の入口から車がはいってくるかすかな音を聞きつけ、リクライニングチェアからすぐ小柄な体を起こすと、裸足を床におろして言う。

「車だ」大きなリモコンを手に取り、音量ボタンを二度押し、耳をすます。遠くからエンジンの音と泥道を進むタイヤの音が聞こえる。「知らない車だ」と彼女は言う。

そのあと軍隊の上官みたいに命令を出す。「スネーク、誰が来たのか見てきて」

ファミリーの女たちの中で一番若いスネークはソファから飛び降りると、居間からキッチンを通って網戸のところまで行く。そして、汚い網戸越しに車を探す。ジョージの家は牧場の端の丘の上に建っており、ウェスタンの古い撮影セットの名残りと、人々が車を駐車する目抜き通りの端を見下ろすことができる。そこに大型のクリーム色のキャディラックが停まっている。

「何か見える？」居間からスクウィーキーが大きな声をあげる。

「うん」とスネークは返事をする。「デカい黄色いクーペだよ。アロハを着たおやじがプッシーキャットを乗せてきたみたい」

居間からまた声がする。「ただ乗せてきただけ？」

「ううん」とスネークは言う。「彼女、男を連れてきて牧場のみんなに会わせてる。ジプシーがちょうど出てきたとこ」

スクウィーキーはまたリクライニングチェアにもたれ、ごついリモコンの音量ボタンを押してテレビの音を大きくする。「ドアのとこにいて、男がこっちに来たら教えて」

スネークは、プッシーキャットとアロハシャツの男がジプシーと話しているのを見ている。徐々にファミリーのほかの女たちもふたりのやりとりに加わる。スネークが見るかぎり、和やかな雰囲気だ。時折笑い声も聞こえてくる。馬にまたがったテックス・ワトソンまでが、アロハ男とことばを交わし、そのあとルルと一緒に馬で走り去る。

「何が起きてる？」とスクウィーキーは尋ねる。

「アロハシャツの男は問題なさそうだよ」とスネークは報告する。「みんな愉しそうに話してる。テックスも男を確かめにやってきたけど、すぐにルルと一緒に馬で行っちゃった」

「そのまま監視してな」とスクウィーキーは命令する。「もしこっちにやってきたら、すぐ教えるんだよ」

テックスとルルが馬に乗って去ってからおよそ十分後、ファミリーの女たちとアロハシャツを着た見知らぬおじさんとのあいだの空気に少し変化が生まれたのをスネークは感じ取る。笑い声はもう聞こえない。くねくねと体を揺らす、ファミリーの女たちのいつものリラックスした身ぶり手ぶりももうなくなっている。彼女たちの体は硬直したように動かなくなり、守りの体勢にはいっているように見える。そのとき、男が家のほうを見上げて指差す。

「何かあったみたい」とスネークは報告する。「みんな、なんか変だよ。アロハの男がこの家のほうを指差してる」

「くそ。やっぱ、そうか」とスクウィーキーは言う。

歯の欠けた若い男、クレムがスクウィーキーに尋ねる。「おれが片づけようか？」

スクウィーキーは母のような笑みをクレムに向けて言う。「まだ大丈夫だよ、ハニー。あたしに任せて」

「やだ」とスネークが言う。

答はもうわかっているが、それでもスクウィーキーは尋ねる。「どうした?」

「アロハの男がこっちにやってくる」と警戒した声でスネークは答える。

スクウィーキーはリクライニングチェアの背もたれを立て、玉座から立ち上がってキッチンまで行き、網戸をのぞく。アロハシャツの男が、今スクウィーキーがのぞいているドアに続く階段に向かって、ひとりで歩いてくる。

スクウィーキーは唇を嚙みながら思う。誰なの、あのクソおやじ?

ほかのメンバーに向かって言う。「さ、みんな、ここから出ていきな。あの男はあたしがなんとかするから」

網戸のそばに立っているスクウィーキーの横を通って、家の中にいたみんなが出ていく。一列になって階段を降り、近づいてくるアロハシャツの男とすれちがう。

全員が男を睨みつける。最後のメンバーが出ていくと、スクウィーキーは網戸のフック式の鍵をかける。

アロハシャツの男は階段の上まで登り、汚い網戸をはさんでスクウィーキーと向かい合う。

「あんたがこの家の母熊《ママベア》か?」と気さくな感じで彼は言う。

スクウィーキーは皮肉を込めて〝アロハ〟と挨拶しようかとも思うが、相手をつけ上がらせるような気がしてやめる。かわりに、素っ気なく言う。「用件は?」

男は両手を尻ポケットに突っ込み、愛想よく聞こえるように言う。「実は、ジョージの古い友達でね。ちょっと挨拶しようと思ってきたんだ」

彼女はヘッドライトのような大きな眼を見開いてアロハシャツの侵入者を見つめる。

「まあ、それはご親切に。でも、残念ね。タイミングが悪かったわ。ジョージは今、昼寝をしてるの」

アロハ男はサングラスをはずして言う。「確かに、それは残念だ」

「名前は？」

「クリフ・ブース」

「ジョージとはどんな知り合い？」

「おれはスタントマンだ。昔、ここで『賞金稼ぎの掟』の撮影をしてた」

「何、それ？」

アロハシャツの男はくすっと笑う。

「ここで撮影してたウェスタンのテレビ番組だ」

「まさか」とスクウィーキーは言う。

「そのまさかだ」男はうしろに広がる西部の町を親指で差して言う。「あの目抜き通りじゃ、おれはどこの一ミリをとっても、そこで馬から転がり落ちてるんじゃないかな。干し草の梱《こり》の上にはここの全部の屋根から落ちたと思う。それに、あの〈ロック・シティ・カフェ〉の窓には嫌というほど頭から突っ込んだ」

「ほんとに？　それってすごい」まばたきもせずに侵入者を見つめるその眼差《まなざ》しは、ラルフ・ミーカーもきっと羨むほど鋭い。

「別に自慢してるわけじゃない」とアロハの男は言う。「どうしてこの場所を知ってるか、その理由を言っただけだ」

ハイウェイ・パトロール警官ばりの無感情な権威に満ちた物腰で、スクウィーキーは尋ねる。

「で、最後にジョージに会ったのは何年まえ?」

侵入者は困ったように少し考えてから答える。「そうだな……そう……八年くらいまえかな」

ようやく彼女の口元がほころぶ。「あら、ごめんなさい。そんなにお親しい仲だったとは知らなかったもんだから」

面と向かって放たれる皮肉が好きなアロハ男はくすくす笑う。

「まあ、彼が起きたら」と彼女は言う。「あんたが来たって伝えておくよ」

アロハシャツは視線を床に落としてから、効果を狙ったかのようにサングラスをかけ、頭を上げ、網戸越しに彼女のそばかすだらけの顔を見つめる。「ちょっと挨拶したいんだ――今――ここにいるあいだに。せっかく遠くから来たんだから。またいつ来られるかわからない」

同情したふりをしてスクウィーキーは言う。「ほんと、わかるわ、その気持ち。でも、無理だね」

「無理?」とクリフは疑うように繰り返す。「どうして無理なんだ?」

スクウィーキーは一気にまくし立てる。「それは、ジョージとあたしは土曜の夜にはテレビを見るから――『ジャッキー・グリーソン・ショー』、『ローレンス・ウェルク・ショー』、それに『ジョニー・キャッシュ・ショー』。でも、ジョージはそんなに遅くまで起きてられないんだよ。だから、ジョージのテレビの時間が台無しにならないように、今の時間にお昼寝させせないといけないわけ。わかった?」

アロハシャツは笑みを浮かべてまたサングラスをはずし、網戸越しに言う。「よく聞け、そばかす女。おれは今から中にはいる。で、この眼でしっかりとジョージの様子を見届ける。それに」――スクウィーキーの顔のまえの網戸を叩く――「こんなもんじゃおれは止められない」

汚れた網戸をはさんで、スクウィーキーとアロハシャツは睨み合う。そこでスクウィーキーは決着をつけるように一度だけまばたきをする。「お好きなように」

彼女はわざと音をたてて網戸のフック式の鍵をはずすと、アロハシャツの男に背を向けて居間にはいり、椅子にどっかと坐る。背もたれをリクライニング・モードにして目一杯倒し、リモコンを取ってテレビの音量を上げる。

そうして、壊れたキャビネットの上に置かれたジョージの白黒テレビに眼を向ける。小さな画面の中では、ポール・リヴィア&ザ・レイダーズが飛び跳ねながら『ミスター・サン、ミスター・ムーン』を演奏している。

ジョージを丸めこんで何かをさせるのは、スクウィーキーの得意業《わざ》だ。しかし、眼の見えない年老いた守銭奴を説得してカラーテレビを買わせるのは、さすがのスクウィーキーにも無理だった。

網戸が軋んで開き、アロハ男がはいってきた音がする。男のほうを見なくても、居間にはいってきたのがわかる。

「寝室はどこだ?」と男は訊く。

彼女は裸足の足を伸ばし、廊下を示して吠える。「廊下の突きあたりのドア! 揺すらないと起きないかもしれないよ。今朝はヤりまくってあげたから」そう言ったあと、アロハシャツの侵入者のほうを向いてにやりと笑う。「だからお疲れかもしれないから」

アロハシャツは、彼女が期待したような驚いた表情は見せない。というより、一切表情を変えない。ただ、彼女のまえを通り過ぎて廊下に出る。アロハが視界から消えるまえに彼女は言う。「ああ、そうだ、ミスター・八年まえ。ジョージは眼が見えないんだ。自分が誰なのか名乗らないと駄目だと思うよ」

アロハシャツの男は一瞬歩みを止め、また廊下を歩きだして見えなくなる。

小さなテレビ画面の中では、レイダーズの演奏が終わってマーク・リンゼイが視聴者に向かって、チャンネルはそのまま、と呼びかけている。そのすぐあとにＡＢＣのテレビ番組『ＦＢＩアメリカ連邦警察』の予告篇が流れる。アロハシャツの男がジョージの寝室のドアを軽くノックするのが聞こえる。「ジョージ、起きてるか？」

スクウィーキーはリクライニングチェアから怒鳴る。「起きてるわけないだろ！　そう言ったじゃないか！　それに、そんな可愛らしいノックの音じゃ聞こえやしないよ。もし起こそうって覚悟があるなら、ドアを開けて中にはいって、思いきり揺すって起こしな！」

老人の部屋のドアが開く音が聞こえる。彼女はリモコンの音量ボタンを二回押し、予告篇のエフレム・ジンバリスト・ジュニアのナレーションの音を小さくする。

アロハシャツの男がジョージを揺すって名前を呼び、老人がびっくりして起きたのが音と気配でわかる。「おい、なんなんだ！　何があった？　おまえは誰だ？　何が欲しいんだ？」

アロハシャツの男が説明しているのが聞こえる。「大丈夫だ、ジョージ。心配要らない。昼寝の邪魔をしてすまない。クリフ・ブースだ。ちょっと挨拶に立ち寄っただけだ。あんたがどうしてるかと思って」

混乱しているジョージが訊く。「誰だ？」

アロハシャツの男はもっと詳しく説明する。「ここで『賞金稼ぎの掟』を撮影していた、リック・ダルトンのスタントマンだよ」

「誰だって？」とジョージは大きな声で訊く。

「リック・ダルトン」とアロハシャツの男は繰り返す。

ジョージはぼそぼそと何か言うが、離れた部屋にいるスクウィーキーには聞こえない。アロハシャツの男がもう一度名前を強調して繰り返すのが聞こえる。「リック——ダルトン」

「誰だ、それは？」とジョージは訊く。

「『賞金稼ぎの掟』の主役だ」とアロハシャツの男は言う。

また混乱して、ジョージは訊く。「あんたは誰だ？」

アロハシャツの男が答える。「おれはリックのスタントマンだ」

ジョージが「リックなんだって？」と訊き返すのを聞いてスクウィーキーは笑う。

「そんなことはどうでもいいんだ、ジョージ」とアロハシャツがジョージに言っているのが聞こえる。「おれはあんたの古い友人だ。元気にやってるか見にきたんだ」

「元気なんかじゃないよ」とジョージは言う。

「どうしたんだ？」

「眼が見えないんだよ！」というジョージの返事を聞いて、スクウィーキーはまた笑う。

アロハシャツの男が何か言うが、彼女には聞こえない。ジョージが話していることの中身も聞こえない。でも、ここで、アロハシャツの男がスクウィーキーにも聞き取れることばを言う。〝赤毛のちび〟。

ジョージの答は簡単に聞き取れる。「眼が見えないと言っただろ！　いつもそばをうろついて離れない女の髪の色なんかわかるわけないだろ？」

アロハシャツの男が何かを言い、それにジョージが答える。「なあ、あんたが誰なのか全然覚えてないが、今日は会いにきてくれて嬉しいよ……」そのあと盲目の老人が何を言ったかは聞き取れない。それからのやりとりは声色のちがうぶつぶつ声でしかない。が、ジョージに理解させようとアロハシャツが声を大きくする。「つまり、あのヒッピー連中がここに居坐ってもいいって、あんたは許可したんだな？」

その質問にジョージは怒って言う。「おまえ、いったい誰なんだ？」

アロハシャツの男がここに来た理由をもう一度話すのが聞こえる。「おれはクリフ・ブースだ。スタントマンの。おれはあんたと一緒に仕事をしたことがあるんだ、ジョージ。おれはあんたが無事にやってるか、ただ見にきただけだ。あのヒッピーどもにいいようにされてるわけじゃないんだな？」

「スクウィーキーのことか？」とジョージは訊く。「あの子はおれを愛してるんだよ」

赤毛のちびは心底嬉しそうな笑顔になって、ごついリモコンを取り上げ、音量ボタンを三回押す。テレビ画面では『イッツ・ハプニング』の中でキャンド・ヒートが『ゴーイン・アップ・ザ・カントリー』を歌っている。

およそ六分後、アロハシャツの男はジョージの寝室を出て居間に戻り、リクライニングチェアに坐っているスクウィーキーを見下ろす。彼女は彼のほうには眼もくれずに訊く。「満足した？」

彼はポケットに両手を突っ込んで答える。「おれだったらそのことばは使わないけどな」

彼女は首をめぐらせ、眼を嬉しそうに輝かせ、口元に笑みを浮かべて彼を見上げる。「今朝ジョージが使ったのはそのことばだけど」

彼女の生意気な受け答えにクリフはにやっと笑い、リクライニングチェアの向かい側にあるふたり掛けのソファに坐る。

「つまり、おまえはあの年寄りとしょっちゅうヤってるのか？」

「そうだよ」と彼女は言う。「ジョージはすごいよ。あんたより固くて長持ちするんじゃないかな、カウボーイおじさん」

「いいか」とアロハシャツは言う。「ジョージは古い友達——」

彼女はクリフのことばをさえぎって言う。「あんたが誰なのかもわかってなかったじゃないか！」

「そうかもしれない」と彼は認める。「ただ、おれは彼が幸せで、自分の置かれてる状況がちゃんと理解できてるのかどうか知りたいんだ」

「週に五回あたしがセックスしてあげてることはちゃんとわかってるし、幸せだとも思ってると思うよ」そう言って、スクウィーキーはジョージの部屋を指差す。「彼に恥ずかしい思いをさせたいのなら、直接訊いてくれれば？」

アロハシャツの男はサングラスをはずし、まえかがみになって訊く。「週に五回ジョージとセックスするのは、彼を愛してるからなのか?」

スクウィーキーはまばたきをしないお得意の睨みを利かせてアロハの男に言う。「ああ、そのとおりだよ。全身全霊で。持っているものすべて、あたしのすべてを懸けてジョージを愛してるのさ。信じるかどうかはあんたの勝手だけどさ。とにかく、それ以外のことには」彼女はそこで囁くような小声になる。「なんの意味もないよ」

アロハの男はまばたきもしないスクウィーキーの睨みに向けて、皮肉を込めた質問をぶつける。「てことは、遺書を書き替えさせるとか、そういう法的なことをしようとはしてないんだな?」

その質問に彼女は一度まばたきをする。それでも、彼女の落ち着きと義憤の表情は変わらない。「遺書を書き替える話なんか、これっぽっちもしてないよ。ジョージと話してるのは結婚の話だ」

どうだ、まいったか、このクソ野郎。

スクウィーキーは話のまとめにはいる。「はっきりさせようよ――あんたが最後にジョージに会ったのはクソ五〇年代で、そんな昔から突然やってきて、彼を……結婚から救おうって? 週五のセックスから彼を救うのかい? ジョージはほんとにあんたの友達だったのかい? あんたはあちこちドライヴしてまわっては、みんなを結婚から救ってるのかい? それとも、ジョージだけが特別なのかい?」

アロハシャツの男はソファに坐ったままスクウィーキーの言うことを黙って聞いてから、だしぬけに言う。「あのさあ……いや、確かにおまえの言うとおりだ」そう言って、ソファから立ち上がると、家の中を通って網戸から出ていき、階段を降りる。スクウィーキーは、いかにも満足げに足首のところで脚を組み、ディック・クラーク製作の音楽番組に眼を戻す。

Chapter Twenty-Two

Aldo Ray

アルド・レイ

スペイン、アルメリア
一九六九年六月

五〇年代の映画スター、アルド・レイは毛むくじゃらの肩と背中に汗を伝わせながら、むっとするスペインのホテルの汚れたベッドの裾に坐っていた。こんな蒸し暑い部屋に行き着くことになったのは、彼自身のまちがったおこないのせいだった。が、そのことについてはことさら思い煩ってはいなかった。昔々ハリウッドで、ジョージ・キューカーやマイケル・カーティス、ラオール・ウォルシュやジャック・ターナー、アンソニー・マンといった錚々《そうそう》たる監督たちと仕事をした日々を思い出して、自分を苦しめているわけでもなかった。高級マンションの〈エル・ロワイヤル〉や可愛いポルシェ――スピードは出るものの、樽のようにでかい彼の体には小さすぎた――を懐かしんでいたわけでもなかった。新作映画のロケ地のスペインでの初日、エアコンもないホテルの部屋でアルドが考えていたのはただひとつ、この頃毎晩のように考えていたのと同じことだった。酒だ。

ロケ地でアルド・レイが映画の撮影をするときには、映画のクルーや出演者やホテル従業員だけでなく、実のところ、誰もが〝アルドの監視役〟を担った。ロケ地のホテルやモーテルに宿泊する際には、アルドは軟禁状態に置かれるのに等しかった。酒をひそかに手に入れようとするかもしれず、ホテルからは一歩も外に出してもらえなかった。ホテルのバーも出入り禁止だった。金を持つことさえ許されなかった。彼自身も、ホテルの出入口も、厳しい監視下に置かれた。映画製作のスタッフは全員、どんなに彼に懇願され、どれほど泣き言を言われ、ことば巧みに取り入れられようと、酒だけは絶対に与えてはならない。それはまさに至上命令だった。デヴィッド・キャラダインの自伝『エンドレス・ハイウェイ』には、フェルナンド・ラマス監督の低予算映画『ザ・ヴァイオレント・ワンズ』でアルドと共演したときのことが書かれているが、それによれば、彼の初期の映画を見てアルド・レイに憧れ、彼を尊敬している若い役者が共演する場合、彼らは自動的に〝アルド世話係〟に任命されたらしい。

一九六九年の夏、アルドはハンフリー・ボガート、スペンサー・トレイシー、キャサリン・ヘップバーン、リタ・ヘイワース、アン・バンクロフト、ジュディ・ホリデーらと共演していた五〇年代の絶頂期とは比べものにならないほど凋落《ちょうらく》していた。もっとも、そのときはまだそれからさらにどれほど零落するかわかっていなかったわけだが。一九七五年には、最大で二日間（これが素面《しらふ》でいられる限度だったのだ）演じればすむ役しか与えられなくなっていた。

七〇年代が過ぎて八〇年代になると、その昔ジョージ・キューカーに見いだされた男も――トランプを帽子に投げ入れるスクリーンテストが奏功したのだ――アル・アダムソンやフレッド・オーレン・レイ（苗字は同じでもアルドと親戚ではない）らがつくる粗悪作品にしか出られなくなった。

実のところ、元ハリウッド映画スターとして初めて七〇年代のポルノ映画に出演したのがアルド・レイだ。一九七九年の『スイート・サヴェージ』でキャロル・〝ディープ・スロート〟・コナーズと共演し、元ハリウッド映画スターとして初めて（今のところ）〈エロティック・フィルム・アワード〉で主演男優賞を獲得した（八〇年代になると、キャメロン・ミッチェルもポルノ映画に出演する）。

さらにアルド・レイは元ハリウッド映画スターとして、初めて映画俳優組合から組合外の安物の映画に出演したとして訴えられた俳優だ。

ハリウッドはその創生期から、多くのスターたちが落ちぶれるのを目撃してきた。かつて主演していた映画とその後の映画とを比べればその差は一目瞭然だった（ラモン・ノヴァロ、フェイス・ドマーグ、タブ・ハンター、そして哀れなラルフ・ミーカーも）。とはいえ、アルド・レイに匹敵するほどの悲愴感はほかに類を見ない。だから一九六九年の夏の夜、スペインでどれほど絶望の淵にいたとしても、二十年後にはその夜でさえ〝古き良き日々〟に思えるようになる。

が、そのときのアルド・レイにとっては、古き良き日々などではなかった。もちろん。酒瓶のないいつものクソみたいな夜とまったく同じ、クソみたいな夜だった。

その同じ夜、同じ国の同じホテルの同じようにエアコンのない別の部屋では、クリフ・ブースがホテルのプラスティックのカップに室温のジンをツーフィンガー分注いでいた。右眉の上の深い傷——その日の撮影の際、ウィンチェスター・ライフルの銃床があたったのだ——からまた血が出はじめ、顔を伝って汗だくのランニングシャツにしたたり落ちていた。血だけでなく、眉の腫れも一向に引く気配がない。もう少し腫れが治まらないと、明日の撮影には参加できない。クリフはバスルームの鏡に映る自分を見つめた。腫れ上がった眉を触ってまだ痛むかどうか確かめた。痛かった。すぐに氷で冷やさないとまずい。なるべく早く。

そのついでに、生ぬるいジンにいくつか角氷を入れるのも悪くない。室温のジンより冷えたジンがことさら好きなわけではなかったが。クリフの舌にジンはライター・オイルと変わらない。だから氷で冷やしたジンは、氷で冷やしたライター・オイルでしかない。それでも角氷があれば、少しはカクテルを飲んでいるような気分になれる。家から何千キロも離れた安ホテルで、プラスティックのカップにはいった生ぬるいジンを飲むという気の滅入る情景が、少しは改善される。ホテルが提供している氷用の小さなバケツが置かれたテーブルまで歩きながら、暖房用の配管にチェーンでつながれている小さなテレビに眼をやった。五〇年代の白黒のメキシコのメロドラマが放送されており、主演のアルトゥーロ・デ・コルドヴァとマリア・フェリックスがスペイン語で大げさに演じていた。もっとも、ふたりともクリフの知らない役者だったが。

クリフはボスのリック・ダルトンとともにヨーロッパに来ており、久しぶりにリックのスタントマンとして仕事をしていた。ヨーロッパの映画はこれで四本目で、矢継ぎ早の撮影だった。最初の二本（『ネブラスカ・ジム』と『俺を殺していきやがれ《キル・ミー・クイック・リンゴ、セッド・ザ・グリンゴ》』）はイタリアで撮影したウェスタンで、三本目はジェームズ・ボンドの熱狂的ファンの秘密諜報員の映画『爆走ダイノマイト作戦《オペレーション・ダイ＝ノ＝マイト》』

で、ロケ先はギリシャのアテネだった。そしてこの四本目の『紅い砂塵に紅い肌』。リックのほかにテリー・サバラスとキャロル・ベイカーが出演しており、ロケ地はスペインで、これが最後の撮影だった。これが終わると、リックともどもロスアンジェルスに帰ることになっている。

　ふたりとも五ヵ月のヨーロッパ滞在を満喫していた。リックはパパラッチの注目を浴びることに、クリフはまたスタントマンとして働けることに喜びを感じていた。イタリアでは、コロシアムを一望できる高級アパートメントで過ごし、リックは毎晩のようにイタリアン・レストランに出かけて、ナイトクラブでカクテルをがぶ飲みし、アメリカの映画スターとしてローマでの生活を大いに享受した。信頼の置ける副操縦士のクリフをいつも従えて。一方のクリフは、滞在中イタリア女とヤりまくった。その人数はリックをはるかに上まわっていたが、それはリックが選《え》り好みをするからだった。クリフにとってプッシーはあくまでプッシーでしかない。とはいえ、イタリア女のプッシーはことさら気に入った。女のいないベッドでひとり寝るより裸のイタリア女にフェラチオさせるほうがいいに決まっているが、彼の場合、その女が毎回ちがうのがよかった。女の外見に特にこだわりはない。クリフにとって、尻に噛みつかせてくれて、フェラチオが好きな女は誰でも美人だった。

　が、帰国するときのフライトは、ヨーロッパに来たときのフライトとはちがったものになる。秘密諜報員の映画のギリシャでの撮影で、リックは黒髪の大柄なイタリア人スター、フランチェスカ・カプッチと出会った。そして、クリフがアメリカの友人たちに報告したとおり、〝なんのまえぶれもなく、いきなりそのクソ女と結婚しやがった〟のだ。結婚のことを知った瞬間、クリフにはこれまでリックと築き上げてきたものがすべて消えていくのがわかった。もうリックは彼を必要としないし、フランチェスカもクリフが夫といつも一緒にいるのを嫌がるだろう。第一、リックには彼を雇う余裕がなくなる。

クリフは利己的な人間ではない。リックとフランチェスカが幸せなら、なんの迷いもなく喜んで身を引く。フランチェスカが、疑うことを知らない友人を食いものにする、邪悪なファム・ファタールだと思っているわけでもない。ただ、ふたりのことを、よく考えもせず人生を大きく変えてしまった愚か者だと思っているだけだ。で、このふたりはもったとして二年と踏んでいる。フランチェスカのほうはそれでもいいかもしれないが、リックのほうには離婚費用という大きな負担がのしかかる。おそらくハリウッドヒルズの家も売る破目になるだろう。あの家がリックにとってどんなに大切なものなのか、クリフはよく知っている。あの家にいるときでさえ、リックはふさぎがちだった。トルーカ・レイク地区のコンドミニアムなんかに住んだら、もっとひどくなるだろう。

クリフは机の上から氷用の小さなプラスティックのバケツを取り上げ、バスルームのタオル掛けからハンドタオルを取った。そして部屋のドアを開け、製氷機のところまで軋む廊下を歩いた。廊下に敷きつめられた汚いカーペットは、シリコン製粘土のおもちゃ〈シリー・パティ〉のような踏み心地だった。スプレンディード・ホテル――スペインのアルメリアをアリゾナのように見せてくれる、アメリカ西部の荒野にそっくりの岩山に一番近いモーテル――の客室のドアはどこも開いていた。エアコンがないからだ。そのかわり、どの部屋にも大きな音を出す箱形の扇風機が置かれていた。

一〇四号室のまえを通りかかり、クリフは部屋の中をちらっと見た。樽のように大きな体つきの初老の男が、ひどく落ち込んだ表情でベッドの端に腰かけているのが見えた。まるでテントのような白い麻のシャツを汗だらけの背中にべったりと貼りつかせ、箱形扇風機のすぐ横のベッドに坐って、足元の薄汚いカーペットをじっと見つめていた。

あれはアルド・レイだ、とクリフは思いながら部屋を通り過ぎた。製氷機は廊下のつきあたりにあった。ゴミ箱にしか見えない氷用のバケツに角氷をすくって入れた。それから手を製氷機の中に突っ込むと、角氷を四つつかみ、持ってきたハンドタオルでその角氷を包んだ。にわかづくりのその冷湿布を腫れている眉にあてると、自分の部屋に向かって同じ廊下を戻った。

二回目にアルド・レイの部屋のまえを通るとき、汗だくの大男がほんとうにアルド・レイなのかどうか確かめようと、また中をちらっとのぞいた。今回はカーペットをじっと見つめるかわりに、『最前線』の主演スターはクリフのほうをまっすぐに見ていた。ドアのまえを通り過ぎると、あのまぎれもない、紙やすりのようなしわがれ声に呼び止められた。「ヘイ」

スタントマンはドアのところまで戻った。

「アメリカ人?」有名なガラガラ声が訊いてきた。

「はい」タオルを顔の右側にあてたままクリフは言った。

「このウェスタン映画の仕事をしてるのか?」

「はい、そうです、ミスター・レイ」

それを聞いたレイは笑顔になり、ソーセージのような五本の指を広げて言った。「アルドと呼んでくれ。おれもこの映画に出てるんだ」

クリフは名優の部屋のドア口からベッドのところまで行き、五〇年代のワーナー・ブラザースのトップスターと握手を交わして言った。

「クリフ・ブースです。リック・ダルトンのスタントマンの」

「なに、ダルトンもこの映画に出てるのか？　テリーとキャロル・ベイカーのことは聞いてたが、ダルトンのことは知らなかった。どの役だ？」とアルドは訊いてきた。

「テリーの弟役です」とスタントマンは言った。

アルドはいきなり馬鹿笑いした。「確かに本物の家族みたいに似てるな。おれとマンタン・モアランドも兄弟役で出られるかもな」

それにはふたりとも大いに笑った。

ともに第二次世界大戦の軍役経験者だった（アルドは海軍の潜水士《フロッグマン》だった）。レイとクリフは同じくらいの歳だ。しかし、その夜一緒にいるふたりを見るかぎり、とてもそうは見えなかった。クリフが今もミドル級のボクサーのような体をしている一方、アルドのほうは、かつては胸板が樽のようだったのが、今では腹が樽のようになってしまっていた。『雨に濡れた欲情』でリタ・ヘイワースの相手役を務めた強くがっしりとした体形はすっかりゆるみ、広かった肩も丸みを帯びて類人猿のような体形になっていた。クリフは実年齢より十歳は若く見え、アルドは実年齢より二十歳は老けて見えた。類人猿のようなアルドはクリフの顔を見上げ、ようやく眉の腫れに気がついて言った。

「こりゃひどい。その顔、いったいどうした？」

「今日の撮影でライフルの銃床があたったんです」

「何があった？」

「実は」とクリフは説明した。「岩だらけの崖の上で撮影してて、盗賊のひとりがウィンチェスター・ライフルでおれの顔を殴るっていうシーンだったんです」

クリフはさらに続けた。「ところが、メキシコ人を演じてるイタリアの俳優はそんなアクションシーンを今までやったことがなかったらしくて。だから腰が引けちゃって、殴っても毎回一マイルぐらいはずしてたんです。で、しかたなくおれは第一助監督に話しにいったんです――スペイン人ばかりのクルーの中で、なんとか英語が通じるのはそいつだけだったんで。まともに顔を殴れとあいつに言ってくれ、これ以上この岩場を転げ落ちるのはごめんだってね」クリフは一気にそこまで話した。

「自分から申し出たってことか」とアルドは質問するというより断定する声音で言った。

クリフは肩をすくめた。「それがおれの仕事ですからね。おれはリックの殴られ役ですから」

「彼とは長いのか？」

「リックと？」

「ああ、リック・ダルトンと」

「もう十年にはなるかな」

「じゃあ、いい友達なんだろうな」

「ええ、いい友達です」と言ってクリフは笑った。

アルドも笑った。「いいね。撮影現場に友達がいるというのはいいことだ」アルドはリックのスタントマンに尋ねた。「彼がジョージ・キューカーの映画に出てた頃から知ってるのか?」

「ええ」とクリフは答えた。「でも、おれはその映画では仕事はしてません。あれはリックがスタントマンなしで撮影した唯一の映画です」

「あれは当時のベストセラーが原作の映画だった。ワーナーは契約していた俳優を全部投入した。悪くない役者もいたよ、ジェーン・フォンダとか。話はちがうが、ヘンリー・フォンダには会ったことあるか?」

「いいえ」

「とにかく」とアルドは続けた。「ダルトンは助演俳優のひとりだった。おれのほうは、ジュディ・ホリデーと共演したコメディ『ザ・マリイング・カインド』で人気が出た。ジョージ・キューカー監督が主演に抜擢してくれたおかげだ。そのあとも、ヘップバーンとトレイシーが主演した『パットとマイク』でも採用してくれた」

そこでまるで急にギアが切り替わったかのように、アルドの口調が変わった。「両方の映画で誰がチョイ役で出てたと思う?」

知りません、とクリフは首を振った。

「チャールズ・くそ・ブロンソンだ。顔は今よりブサイクだった。信じられるか、今よりだぞ?」

アルドは自分の頭の中に引っ込んでしまったかのように見えた。自分がスターでブロンソンがチョイ役だった頃のことを急に思い出したのかもしれない。

ややあって、かすれた声でアルドが言った。「最近、ブロンソンは活躍してるみたいだな。よかったよ」

そのあと頭を突然クリフのほうに向けて言った。「なんの話をしてたんだっけ?」

「リックとジョージ・キューカーの話です」とクリフは言った。

「そう、そう、そうだった――ジョージ・キューカーに会ったことは?」とレイはスタントマンに訊いて、そのあとすぐ「すごい人だよ」と断言した。「今のおれがあるのはすべてが彼のおかげだ」

「ハリウッドで一番偉大なホモだったと聞いてるけど」とクリフは言った。

「ああ、確かにジョージは同性愛者だ」とレイは言った。「でも、だからと言って、大したことはしてないと思う。肥ってたからな」

アルドはクリフを見上げると、急にもの思いにふけったような、哲学的な顔になった。デヴィッド・キャラダインの自伝によれば、それがこの大男の特徴らしい。

「よく人から訊かれたよ。キューカーに引き立てられたんだから、何かされたんじゃないかって。答はノーだ。おれはむしろそうしてほしかったのにな」

アルドは瞑想しているような顔でさらに続けた。「ジョージにはどこか悲しそうなところがあった。癒やしてあげられるもんなら、おれが癒やしてあげたかった。でもな」アルドはため息をついた。「おれが初めて会った頃には、癒やすのはもう無理だった。おれの知るかぎり、彼はハリウッドにいるあいだは禁欲を守ってた。男とヤった回数は、彼がハリウッドで過ごした四十年より、海軍時代のおれのほうがずっと多かったと思う」

またややあってアルドが言った。「おれに言わせりゃ、もったいない話だよ」

大男はしばらく黙ったあと、また訊いてきた。「なんの話をしてたんだっけ?」

「リックとジョージ・キューカーの話」とクリフもまた同じことを言った。

「ああ、そうだった。リック・ダルトンはキューカーのくだらない映画に出てたんだが、あるシーンを撮ってたときのことだ。突然ダルトンが〝カット、カット、カット、カット、カット〟と叫んで撮影を止めたんだ。そこにいたみんながあんぐり口を開けた。撮影現場で〝カット〟って言えるのはジョージだけだ。キャサリン・ヘップバーンだってそんなことはしない。ところが、リック・ダルトンがそういうことをやらかした。

ディレクターズチェアに坐ってたキューカーが顔を上げて訊いた。ミスター・ダルトン、何か問題でもあるのかってな。ダルトンはこう言った。〝ジョージ、ここではドラマティックに間《ま》を取ったほうがいいんじゃないかって、おれは思うんだけどね。どう思う？〟ってな。キューカーは不機嫌そうにこう言ったよ」――アルドはかすれた声で、キューカーの博識で奇妙な話し方を真似て言った――「〝ミスター・ダルトン……きみの役者としてのこれまでの時間こそが、ひとつの大きなドラマティックな間《ま》だと私は思うが〟」

息苦しいスペインのホテルの一室で、ふたりの汗だくの男は大笑いした。リックはクリフにとっては親友だが、リックが自分を笑いものにしてしまう天才だということは誰よりよく知っていた――今の話の当時はなおさら。

クリフが笑いおえるまえにアルドは彼を見上げ、急に深刻な顔つきになって言った。「友よ、今おれは最悪の気分だ。酒を持ってきてくれないか？」

「それはちょっと」とクリフは言った。「申しわけないけど、アルド、飲んじゃいけないんじゃないのかな？　今回の映画の関係者全員に、絶対に飲ませないようにというお触れが出てる。あんたになんと言われようと、酒だけはあげちゃいけないって」

アルドはため息をつき、首を振りながら絶望に満ちた声で言った。「おれには金も持たせてくれない。ホテルのやつらも酒は提供するなって言われてる。ドアも見張られてる。おれは軟禁されてるんだよ」

アルドはクリフを見上げ、訴えかけるような眼でクリフを見つめた。「お願いだ……なあ、頼むよ。おれは今最悪な気分なんだ。お願いだ、友よ。お願いだ……お願いだ……おれに物乞いをさせないでくれ……なあ、頼むよ」


クリフは自分の部屋に戻ってジンのボトルをつかむと、シリコンのおもちゃのような踏み心地の汚れたカーペットの廊下を戻り、一〇四号室の男にそれを手渡した。アルド・レイは恩人の手からジンのボトルを受け取ると、キャッチャーミットのような大きな手でそれを持って見つめた。

これで酒が手にはいった。

今夜は最悪な気分から抜け出せる。

一本飲み干してしまうのだろう。

今すぐにも飲もう。

アルドはボトルからクリフに視線を移した。そして、またジンのボトルに眼を戻してからクリフを見上げると、眼を細めて尋ねた。「カツラをかぶってるのか？」

リックに似せるためのカツラを朝からずっとかぶっていたことに、クリフはそのとき初めて気がついた。「ああ。かぶってたのをすっかり忘れてた」彼はカツラを脱ぎ、初めてアルドに自前のブロンドを見せた。そして、大男に手を振ると、別れぎわに言った。「愉しい夜を、アルド」

アルド・レイは手に持っているボトルに眼を戻し、ラベルに描かれているロンドン塔の近衛兵《ビーフィーター》に向かって言った。「そうするよ」


クリフからもらったジンを飲み干したアルドは、翌日の撮影にはとても参加できる状態ではなく、一番早い便でアメリカに送り帰された。スペイン人のプロデューサーは必死になって、レイに酒を与えた犯人を捜し出そうとしたが、クリフには幸いなことに、見つけることはできなかった。ばれることが心配で、クリフはリックにさえ打ち明けなかった。少なくとも二年後までは。

「今、何をやったって言った？　クリフ？」とリックは言った。「映画俳優組合《SAG》の部屋で会員証を渡されるときに、三つのルールを言い渡される。ひとつ目は、俳優には役づくりのために充分な時間が確保されなければならないこと。ふたつ目は、組合外の映画の仕事はしないこと。三つ目は、アルド・レイと映画の仕事をするときには、いかなる状況下にあっても絶対に酒を与えないこと」

それでもまた同じ状況に置かれたら……クリフは同じことをするだろう。

Chapter Twenty-Three

Drinker's Hall Of Fame

〈酒飲みの殿堂《ドリンカーズ・ホール・オヴ・フエイム》〉

『対決ランサー牧場』のセットのトレーラーの中で、リックは鏡に映る自分を見つめながら、接着剤リムーヴァーに浸したコットンパフでつけひげと鼻の下を拭いている。すでに長髪のカツラは脱いでおり、汗でびっしょり濡れたチョコレート色の髪の毛が頭の上にちょこんとのっている。鼻の下が充分にリムーヴァーで濡れて、アルコールのにおいが鼻いっぱいに広がると、二本の指を使ってゆっくり——まだいくらか痛いが——馬の尻尾の毛でできたつけひげを剝がして、メイク用のテーブルの上に丁寧に置く。

トレーラーに置かれた小さなテレビ画面の中では、かつてのフットボールのスター選手ロージー・グライアーが彼の番組『ザ・ロージー・グライアー・ショウ』でポール・マッカートニーの『イエスタデイ』を歌っている。その歌を聞き流しながら、リックは〈ノグゼマ〉のコールドクリームの瓶を取り上げ、大きな塊を指ですくって顔に塗りはじめる。ドアを叩く小さな音がする。椅子から身を乗り出し、トレーラーのドアの取っ手をまわして押し開けると、小さなトゥルーディ・フレイザーが舗装された地面の上に立って、彼を見上げている。普段着を着た彼女を見るのはこれが初めてだ。アイロンがけされた襟の白いボタンダウン・シャツの上に、ベージュのコーデュロイのオーヴァーオールを着ている。その姿は、彼女が演じている役の十二歳より、実年齢の八歳の少女に見合っている。

「これから帰るところなの」と少女は言う。「今日の撮影でのあなたの演技がすばらしかったこと、言っておきたくて」

「いやあ、それはどうもありがとう」と彼は謙虚な口調で言う。

「別に礼儀として言ってるんじゃないのよ」と彼女は言う。「今まで見てきた中で一番いい演技だと思ったの」

ワオ、とリックは思う。思いもよらず心を打たれる。今度は心から礼を言う。「ええと……ありがとう、ミラベラ」

「もう仕事中じゃないから」と少女は言う。「トゥルーディって呼んでもいいわよ」

「じゃあ、どうもありがとう、トゥルーディ」コールドクリームだらけの顔でリックは言う。

「きみこそすばらしい女優――」

「俳優」と少女は譲らない。

「失礼、すばらしい俳優だ、おれが今まで一緒に仕事してきた中でも。年齢に関係なく」と彼は正直に言う。

「まあ、ありがとう、リック」とトゥルーディは年相応の可愛らしいそぶりも見せずに言う。

「きっと」とリックはさらに誉める。「きみと仕事をしたことを自慢する日が来るだろうな。そう信じてる」

「わたしも初めてオスカーをもらったときには、まだ八歳の頃にあなたと仕事をしたことを自慢するわ」と自信満々にトゥルーディは言う。「それであなたはみんなに言うのよ、あのときのわたしは今のわたしと同じくらいすでにプロフェッショナルだったって」そのあと声をひそめて念を押す。「念のために言っておくと、〝今の〟っていうのは、オスカーを受賞したときの〝今〟ってことよ」

リックはこの小さな少女の心意気に思わず笑顔になる。「ああ、そう言うよ。実際、おまえさんは必ずそうなるよ。頼むからおれが生きてるうちに実現してくれな」

彼女も笑顔で返す。「全力を尽くすわ」

「いつもどおりにな」

そう、そのとおり、とばかりに彼女はうなずく。そのとき、うしろで待っている車から彼女の母親の声が聞こえる。「トゥルーディ、早くしなさい。ミスター・ダルトンの邪魔をしちゃ駄目じゃないの。また明日会えるんだから！」

トゥルーディは怒りながら母のほうを振り向いて大声で言う。「邪魔なんかしてないわよ、ママ！」大げさに手を振って彼を示す。「演技を誉めてただけ！」

「とにかく、急いで！」と母親は言う。

トゥルーディは呆れたように眼をぐるりとまわしてから、またリックを見て言う。「ごめんなさいね。で、なんだっけ。あ、そうそう……ブラヴォー！　あなた、わたしがお願いしたとおりにしてくれた。すごく怖かった」

「え、そうか。それはごめん。そんなつもりじゃなかったんだが」とリックは慌てて言う。

「ちがうの。謝らないで。そこがすばらしかったところなんだから」と彼女は強調する。「それに、そのおかげでわたしもいい演技ができた。怖がる演技をしないですんだんだから。あなたがわたしを本気で怖がらせてくれたから。それこそわたしがお願いしたことだったのよ」と彼女は言う。「あなたはわたしのことを八歳の小さな女優として扱わなかった。対等な俳優仲間として扱ってくれた。それに子供扱いしなかった。本気でわたしに勝とうとした」と少女は言って、賞讃の眼をリックに向ける。

「いやあ、ありがとう、トゥルーディ」また少し謙遜口調で言う。「でも、おれは勝たなかったと思うな」

「ううん、もちろん勝ったのはあなたよ」彼のことばを否定する。「全部あなたの台詞だった。でも」と言って警告する。「明日の大切なシーンはまったく別の話よ。だから覚悟してててね！」

「おまえこそ覚悟しとけよ」と彼も言い返す。

彼女は満面の笑みを浮かべて言う。「それでなくっちゃ！　じゃあ、バイバイ、リック。また明日」少女は手を振る。

彼は小さく敬礼して言う。「バイバイ、ハニー」

リックが体をまわしてまた鏡に向こうとしていると、途中までドアを閉じかけたトゥルーディが低い声で言う。「明日はちゃんと台詞を覚えてきてね」

今耳にしたことが信じられないというふうにリックはまた体をまわして言う。「なんだって？」

ほとんど閉じかけたドアの隙間からトゥルーディの小さな顔が見える。「ちゃんと台詞を覚えてきてねって言ったの。いつもびっくりするんだけど、台詞を覚えてこない大人がものすごく多いのよね。台詞を覚えることでお金をもらっておきながら」そのあと生意気な声音でつけ加える。「わたしは必ず覚えていくのに」

リックは言う。「ほう、そうなのか?」

ひとことひとこと強調して彼女は言う。「あたり・まえ・でしょ」さらにつけ加える。「あなたがもし覚えてこなかったら、クルーのまえで恥をかかせるから覚悟しておいてね」

このクソ生意気なくそガキ、とリックは内心毒づきながら尋ねる。

「なに、おれを脅す気か?　この悪ガキ」

「ううん、ちょっとからかっただけ。ダスティン・ホフマンがいつもしてることよ。とにかく、脅しじゃなくて、約束よ。バイバイ」リックが何か言い返すまえに少女はドアを閉める。

トゥルーディ・フレイザーがアカデミー賞を受賞することはなかった。

ただ、ノミネートは三回された。最初のノミネートは一九八〇年、彼女が十九歳のときにロバート・レッドフォード監督作品『普通の人々』でティモシー・ハットンのガールフレンドを演じた助演女優賞だった。しかし、受賞したのは『メルビンとハワード』のメアリー・スティーンバージェンだった。

二度目の助演女優賞ノミネートは一九八五年、二十四歳のときにノーマン・ジュイソン監督作品『アグネス』で修道女アグネスを演じたときだった。アカデミー賞は『女と男の名誉』のアンジェリカ・ヒューストンに奪われたが、ゴールデングローブ賞の助演女優賞を受賞した。唯一オスカーで主演女優賞にノミネートされたのは、ジョン・セイルズ脚本のギャング映画『ザ・レディ・イン・レッド』をリメイクした一九九九年のクエンティン・タランティーノの映画だった。フレイザーが演じたのは三〇年代に娼婦から銀行強盗に転身したポリー・フランクリン役で、相手役はＦＢＩから〝社会の敵ナンバーワン〟と呼ばれたジョン・ディリンジャーを演じたマイケル・マドセンだ。このときも『ボーイズ・ドント・クライ』のヒラリー・スワンクに持っていかれた。

リックは、ノミネートされるたび彼女を熱烈に応援したのだが。

四十分後、顔のコールドクリームをすべて拭き取り、いつもどおりと言うわけにはいかないが、なんとか髪もリーゼントに撫で上げ、私服に着替える。癇癪を起こしてめちゃめちゃにしたトレーラーの中も片づけ、レッド・アップルに火をつける。まちがって窓を割ってしまったという馬鹿げた言いわけをするために、第一助監督のノーマンを捜しにいこうとしたところで、またトレーラーのドアを叩く音がする。たぶん明日の時間を知らせようと第二助監督が進行予定表を持ってきたのだろう。だからドアノブをまわすと、そこにジェームズ・ステイシーが立っているのを見て、彼は驚く。

「やあ」

「リック、最後のシーンはよかった」とステイシーは言う。

「いやあ、あんたこそ」とリックは答える。「ＣＢＳがこれをレギュラー番組にするのはまちがいないよ。そうじゃなきゃ、パイロット版にこんなに金はかけない」

「まあ、よく言われることだけどな」とステイシーは慎重に応じる。

「それに……中身もいいドラマだ」とリックはつけ加える。

「まあ、あんたの残りふたつのシーンのおかげで、もっとよくなる」とステイシーは言う。「なあ、リック、今夜一緒に飲みにいかないか?」

「いいね!」とリックは大声で言う。「行かないわけないだろ?」

ステイシーは笑顔になる。

「どこかあてはあるのか?」とリックは尋ねる。

「サンガブリエルのおれの家の近所にいい店がある」とステイシーは言う。「まえからそこで撮影初日を祝おうと思ってたんだ。遠すぎないといいんだけど」

「そんなことはかまわないさ」とリックは言う。「おれは車を修理に出しててね。お抱えスタントマンが送り迎えをしてくれてる」

「彼は嫌がるかな?」とステイシーは尋ねる。

「大丈夫だ」とリックは受け合う。「あいつは地獄みたいにクールな男だから。早く会わせたい」

「よし、ちょっと着替えてくる。それにこの顔のパンケーキも拭いておかないと、カンザス・シティのホモだって思われちまう。じゃあ、準備できたら、おれのバイクのあとをついてきてくれる?」

クリフは助手席にリックを乗せてジェームズ・ステイシーのバイクのうしろについて、くすんだ赤色の酒場――〈酒飲みの殿堂〉という派手な名前の酒場――の駐車場にはいる。その酒場の赤い外壁には、ハリウッドの有名な酒飲みたちの戯画が描かれている――W・C・フィールズ、ハンフリー・ボガート、バスター・キートン、それに『キャット・バルー』のリー・マーヴィン。ジェームズ・ステイシーは砂利敷きのドライヴウェイにバイクを乗り入れ、エンジンを切る。クリフはリックのキャディラックをその横に停める。どうやらここがジェームズ・ステイシーの行きつけの〝水飲み場〟らしい。

マッチョ三人が連れだって店にはいる。夜の八時、暗いバーは混んではおらず、常連で盛り上がっている。サンガブリエルの地元民にとっても、俳優やミュージシャンにとっても、居心地のいいノスタルジックな雰囲気の店で、店内の壁は、酒で身を滅ぼしたハリウッドの有名人の記念品で埋め尽くされ、名誉ある一番高い場所には、この酒場の四人の守護聖人の額入り大型ポスターが吊されている。

グレーのトップハットをかぶり、ポーカーのカードを見ているW・C・フィールズ。トレンチコートに中折れ帽のセクシーなハンフリー・ボガート。無声映画時代の美男子ジョン・バリモアはあの有名な横顔を誇示している。最後はポークパイハットに黒いヴェスト姿の無声映画全盛期のスター、無表情のバスター・キートン。

ほかの有名な酒飲みたちもバーの上部、酒瓶が並ぶ棚の上に並んでいる。黄色や茶色に変色した8×10の白黒写真。宣伝用の写真もあれば、映画のスチール写真もあり、酒場宛てにサインが書かれた写真もある。『リバティ・バランスを射った男』に出演したときの白いシャツと黒いヴェスト姿のリー・マーヴィンが、カメラに向かって流し目でにやっと笑っている写真（酒場に宛てたリーのサイン入り）。燃えるような色のバンダナを頭に巻いたサム・ペキンパーが、カメラの横に立って何かを指差している写真（酒場に宛てたサムのサイン入り）。汗だくのランニングシャツを着たアルド・レイの『真昼の欲情』のスチール写真（バーテンダーのメイナードに宛てたアルドのサイン入り）。二重顎の大男ロン・チェイニー・ジュニアの比較的新しい写真（酒場に宛てたロンのサイン入り）。『ダンディー少佐』のリチャード・ハリスの写真（サインなし）。〝ビッグマウス〟・マーサ・レイが大きく口を開けて眼を丸くしている、コミカルな三〇年代の宣伝用の写真（サインなし）。『イグアナの夜』のリチャード・バートンのスチール写真（サインなし）。

バーの左隅に置かれた古風なタイプライターのまわりに、四人の有名な酒飲みの作家の額入りの写真が並んでいる――F・スコット・フィッツジェラルド、アーネスト・ヘミングウェイ、ウィリアム・フォークナー、ドロシー・パーカー（いずれもサインなし）。

バーカウンターのうしろの棚の上に並んでいる骨董品の中に、W・C・フィールズの電気スタンドがある。酔っぱらったフィールズが街灯に寄りかかっている姿を風刺した置物だ。

バーカウンターの上のチップ入れの隣りには、狼男（ロン・チェイニー・ジュニア）の〈オーロラモデル〉のフィギュアが置かれている。

男子トイレのドアには、エレーヌ・ハヴロックが描いたジョン・バリモアのサイケデリックなポスターが貼ってある。女子トイレには、エレーヌ・ハヴロックが描いたジーン・ハーロウのこれまたサイケデリックなポスター。

ピアノが置かれたコーナーでは、ピアノの背面の壁にこの酒場の常連メンバーのサム・ペキンパー監督の新作映画『ワイルドバンチ』の大型ポスターが三枚（酒場に宛てたサムとウィリアム・ホールデンとアーネスト・ボーグナインのサイン入り）。

ビリヤード台が置かれたコーナーの壁には、エレーヌ・ハヴロックが描いたW・C・フィールズとメイ・ウェストのサイケデリックなポスターと、リー・マーヴィンの新作映画『裏切り鬼軍曹』のポスター、ボガートの古い映画『真夜中のスパイ』のポスターの複製版が貼られている。フィールズ、ボガート、バリモア、キートンの大型ポスター以外は額には入れられておらず、そのまま壁に画鋲で貼りつけられている。

三人がドアを抜けると、O・C・スミスの『リトル・グリーン・アップルズ』のピアノ演奏が聞こえる。

神が小さな青リンゴを創ったのではない
インディアナポリスでは夏に雨は降らない
ドクター・スースもディズニーランドもない
マザー・グースも童謡もない

ジェームズ・ステイシーはピアノを弾いている男に手を振り、男はステイシーに軽く会釈する。ステイシーはリックとクリフをバーカウンターに連れていき、カウンター越しにバーテンダーと親しげに握手する。

「やあ、メイナード」

人懐っこいバーテンダーが言う。「撮影初日? どうだった?」

まだ握手を交わしながら、ステイシーは言う。「明日も来てくれって言われたところを見ると、そう悪くはなかったんだろうよ」そう言って、新しいふたりの友人のほうを向き、この酒場で知っておくべき男に紹介する。「彼がメイナードだ。メイナード」——リックとクリフを示しながら——「こちらはリック・ダルトンと彼のスタントマンのクリフだ」

メイナードはふたりと握手を交わす。「やあ、クリフ」

クリフもバーテンダーの名前を繰り返す。「メイナード」

リックと握手を交わすと、メイナードの顔が輝く。「こいつは驚いた。ジェイク・ケイヒル本人だ。会えて光栄だよ、賞金稼ぎさん」

握手を終えてリックは言う。「こちらこそ、メイナード。ところで、先生は診察中かな？」

メイナードは馬鹿笑いをする。「もちろん診察中だ。患者さんは何をご所望かな？」

「ウィスキー・サワーを」とリックは言う。

「そちらさんは、スタントマン？」とバーテンダーは訊く。

「どんなビールがある？」とクリフは訊き返す。

「缶ビールなら〈パブスト〉、〈シュリッツ〉、〈ハムズ〉、〈クアーズ〉。瓶ビールなら〈バド〉、〈カールスバーグ〉、〈ミラー・ハイ・ライフ〉。樽生ビールなら〈ブッシュ〉、〈ファルスタッフ〉、〈オールド・チャタヌーガ〉、〈カントリー・クラブ〉」

「じゃあ、〈オールド・チャタヌーガ〉を」とクリフは言う。

メイナードは常連のステイシーを指差して注文を勝手に決める。「そこのランサーの旦那にはいつものブランデー・アレキサンダー」そう言って、〝医師〟はほかの〝患者〟に対応するためにその場を離れる。

ステイシーは彼に向かって叫ぶ。「この馬鹿たれ、ばらすんじゃない。ケイレブにとっちゃジョニーはまだマドリッドなんだよ！」

三人はそろって軽く笑う。

別のサンガブリエルの俳優が三人に近寄ってくる――〝醜いからこそセクシー〟なタイプのいかつい顔の男で、ふわっとしたシャギーな薄茶色の髪に黒いレザーの上着を着ている。ウォーレン・ヴァンダースというその役者は〈パブスト・ブルーリボン〉を手に三人に加わる。

ステイシーとウォーレンは親しげに挨拶を交わす。ジェームズはリックを見ながらウォーレンに親指を向ける。「リック、この男を知ってるか？」

リックはにやにやしながら言う。「あたりまえだ」

リックとウォーレンは親しげに握手を交わし、リックが説明する。「このヴァンダースは『賞金稼ぎの掟』に三回出てくれた」

「四回だ、この恩知らず。毎シーズンおれはスパーン牧場に行ってリック・ダルトンにやっつけられた」とウォーレンは断言する。「その四年間、『賞金稼ぎの掟』のおかげでなんとか食っていけた」

ピアノ演奏がインストルメンタルな『アリー・キャット』に変わる。

メイナードがそれぞれ注文した酒をカウンターに置くと同時に、四人はストゥールに腰かける。

バーテンダーはしばらく四人と談笑するが、咽喉《のど》の渇いた客に呼ばれ、呼ばれたほうに行く。

クリフとウォーレンはまだビールを飲んでいるが、リックは早々とウィスキー・サワーをストローで飲みきり、ステイシーもブランデー・アレキサンダーをきれいに飲み干している。

バーテンダーが戻ってきて、ステイシーとリックに尋ねる。「同じものを？」

「ああ」とステイシーは答える。

「ウィスキー・サワー」とリック。

ピアノ奏者カート・ザストゥーピルが『アリー・キャット』の演奏を終えると、ステイシーと三人の友人たちはそれぞれ飲みものを手に、ピアノのそばまで行く。

「やあ、カート。調子はどうだ？」

ウォッカ・ベースのカクテル〈ハーベイ・ウォールバンガー〉を一口飲み、カートは答える。

「まあまあだ、ジェームズ。そっちはどうだ？」

「最高だ」とステイシーは言う。「今日がパイロット版の初日だった」

「そうか、すごいじゃないか」カートは『ハッピー・デイズ・アー・ヒア・アゲイン』のピアノ演奏を始める。

「気が早いよ、リベラーチェ（派手な衣裳で知られたアメリカのピアニスト）」とステイシーは言う。「まずはパイロット版を無事にやり遂げるのがさきだ。うまくいくかどうか。CBSが秋のドラマに採用するかどうか。そのときこそ『幸せな日が戻ってきた《ハッピー・デイズ・アー・ヒア・アゲイン》』だ。どのみち、あと数週間ではっきりする」

ステイシーはピアノ・バーのミュージシャンを新しい友人ふたりに紹介する。ウォーレンはカートとはすでに顔なじみだ。カートの息子に初めての犬——バロンという名前——をプレゼントしたのが何を隠そうこのウォーレンだ。ステイシーはミュージシャンの友達を自慢して言う。

「カートはどんな歌もピアノとギターのどちらででも演奏できる。しかもその腕はピカイチだ。特に『ミー・アンド・ボビー・マギー』なんか最高だよ。まるでカントリー・ミュージックみたいに――」

「あれはそもそもカントリー・ミュージックなんだよ」とカートは言う。

「それはわかってるけど、でも、みんなそんなふうに演奏しない」とステイシーは言う。

「それは猫も杓子もジャニス・ジョプリン風のアレンジで演奏するからだ。でも、あの歌をじっくり聞けば、アコースティック・ギターで弾くのが一番いいってことがよくわかる。つまり、カントリー・ミュージックだってことが」さらにカートは言う。「ただし、アーネスト・タブ風のカントリーじゃない。モダン・カントリーだ」

ステイシーはリックとクリフにカートに関する自慢を続ける。「言っておくけど、カートが『ミー・アンド・ボビー・マギー』を演奏してたら、大ヒットまちがいなしだったよ。クリーデンス・クリアウォーター・リバイバルの曲もそうだ。特にあの〝ドゥードゥードゥー〟の歌なんか」

カートは困惑顔で言う。「〝ドゥードゥードゥー〟ってなんだ？」

ステイシーは説明する。「ほら、あれだよ」そう言って歌いだす。「〝ドゥードゥードゥー、裏口から外を見る〟」

カートはその曲のイントロをピアノでまず弾き、そのあと歌いだす。

イリノイからちょうど帰ってきた

玄関に鍵をかける、なんてこったい
愉しそうな生きものたちを見てみろよ
庭で踊ってる
恐竜ヴィクトローラがバック・オーエンスを聞いている
ドゥードゥードゥー、裏口から外を見る

四人は拍手喝采を送る。「すばらしい」とリックは言う。

「すばらしいことはないが、悪くもないだろ?」とカートは謙遜して、つけ加える。「おれの息子がこの曲が大好きでね。だから家で練習するときには必ず弾いてやるんだ」

「息子は何歳だ?」とクリフが尋ねる。

「来月で六歳になる」とカートは答える。

ステイシーはミュージシャンを促して言う。「今度はピアノじゃなくて、ギターの腕前を見せてやれ」

「わかった」とカートは同意し、ギターを取り上げて膝の上にのせる。そして、チューニングしながらリックに言う。「リック、おれは大ファンだったんだ。『賞金稼ぎの掟』が大好きだった。『賞金稼ぎの掟』と『ライフルマン』が当時の大のお気に入りだった。まだテレビで見てるよ。あんたが出てたウェスタンの映画も好きだ」

「どれかな」とリックは言う。「『タナー』か? 一番人気があったのはそれだ」

チューニングを続けながらカートは尋ねる。「ほかには誰が出てた?」

「タナー役がおれで、共演者はラルフ・ミーカーだ」

「じゃあ、ちがう。ミーカーは嫌いじゃないが、彼じゃなかった」カートは少し考えてから思い出して言う。「グレン・フォードだ！」

「ああ、グレン・フォードか」とリックは応じる。「だったら『テキサス　地獄の炎』だ。あれも悪くはなかった。おれとグレン・フォードはうまくいかなかったけどな。彼はあんまりあの映画に乗り気じゃなかったんだ。おれほどにはね。要するに、あまりにも多くの映画に出すぎてたんだよ。それがよくなかったんだろうな。でも、まあ、だいたいのところ悪くない映画だったよ」

チューニングを終えて演奏を始めようとするカートにステイシーが言う。「腕を見せつけるような曲をやってくれ」

カートは言う。「そうか、おれ自身の売り込みか。気がつかなかったよ。ありがとよ」

「だったらフェアにいこう」とリックがからかって言う。「おれのことを誉めてくれたんだから、今度はおれがあんたの演奏を気に入るかどうか聞かせてもらう番だ」

カートはよく知られているジョニー・リバースの『秘密諜報員のテーマ』のイントロを弾きはじめる。なんの曲かわかってみんなが笑う。カートは最初の一節を歌う。

命の危険をかえりみずに生きる男がいる
誰に会っても見ず知らずの男でいることを押し通す
動くたびに危険が迫る
下手すりゃ明日は拝めない

秘密諜報員《シークレット・エージェントマン》
秘密諜報員《シークレット・エージェントマン》
番号だけが与えられ、名前はもうない

カートはそこでいっとき拍手喝采を待つ。「これも息子のお気に入りのひとつだ」そう言ってリックを見やる。「これで対等な立場に立てたかな？」

「モチのロンだ」そう言って、リックはウィスキー・サワーを高く掲げる。「吟遊詩人《トルバドゥール》に乾杯！」グラスやボトルを掲げてみんながカートに乾杯する。

「ところで、息子もおれも『マクラスキー／十四の拳』の大ファンなんだ」とカートはリックに言う。

「ああ、あれもいい映画だった」とリックは言う。

「ああいう映画を見てると」とカートは説明を始める。「つまり、何人もの男たちが大暴れをする映画を見てると、そのうち誰かひとりがお気に入りになって、映画を見ているあいだ、そのひとりに特に熱を入れて応援するようになる。最後まで生き残れるようにってな」

全員同意してうなずく。

「で、おれの息子の場合、お気に入りはあんただった」

「そいつは嬉しいねえ」とリックは言う。

「実はこのまえ、テレビで『賞金稼ぎの掟』を見せてやってね。ちょうどあんたが映ってるときに指差して言ったんだ、〝おい、クイント〟――息子の名前はクエンティンっていうんだけど――

〝おい、クイント、これが誰かわかるか？〟ってな。そしたら知らないと言うんで、〝『マクラスキー／十四の拳』の中で黒い眼帯をして、火炎放射器でナチスを焼き殺した男を覚えてるだろ？〟って言ってやった。そしたら、覚えてるって言うんで、〝同じ男だよ〟って教えてやったんだ」さらに続ける。「そしたらなんて言ったと思う？　〝そっか、これはまだ眼がふたつあったときの話なんだね〟」

みんな大笑いする。

「息子のためにサインをもらえるか？」とカートは訊く。

「もちろんだ」とリックは言う。「ペンあるか？」カートは持っていないが、ウォーレンが持っている。

リックは〈酒飲みの殿堂〉のカクテル・ナプキンにサインをする。名前の綴りを確認して〝クエンティン二等兵へ〟に続いて〝マクラスキー少佐とルイス軍曹から敬意を表して〟と書き、〝リック・ダルトン〟のサインの下にさらに〝マイク・ルイス軍曹〟と書き添える。さらにさらに、眼帯をして〝イカしてるぜ、クエンティン〟と書かれたTシャツを着たマイク・ルイス軍曹の絵も描き、一番下に〝P・S　燃えろ、ナチス、燃えろ〟と書き足す。

ステイシーがうめき声をあげる。「ああ……『マクラスキー／十四の拳』か。まだ悔しいよ。くそカズ・くそガラス。あの野郎──あ、すまん、あんたの友達だったっけ？」とリックに言う。

「それでも──やっぱりくそカズ・くそガラスだ」

彼はカート、クリフ、ウォーレンの三人に、もう少しのところで『マクラスキー／十四の拳』でカズ・ガラスがやった役を取りそこねた話をする。「候補は三人まで絞られたんだ。ガラス、クリント・リッチー、それにこのおれだ。ところが、ガラスはそのときすでにヘンリー・ハサウェイの映画に主演してた。で、ハサウェイがコロンビアのお偉方に電話してやつを推した。おれとリッチーにはそのあと手紙で知らされた」ステイシーはため息をつく。

ウォーレンが尋ねる。「ガラスが出たそのハサウェイの映画って？」

「スチュワート・グレンジャーと共演したアフリカが舞台のクソ映画だ」とステイシーは言う。

リックも言う。「おれも、スチュワート・グレンジャーとアフリカの映画に出たことがある」

そのあとつけ加える。「一緒に仕事した中で一番嫌なやつだった」

「嫌なやつといえば」とステイシーはその話題に乗ってくる。「ヘンリー・ハサウェイもほんと、嫌なやつだよ！」そのあと急いでつけ加える。「いや、監督としては優秀だよ。いい映画を撮るよ。だけど、あんな怒鳴り屋もいない！　彼の怒鳴り声に比べたら、シャーマン将軍の南北戦争での大進撃もお花畑のお散歩みたいなもんだ。

おれの女房は彼の最後の映画に出たんだけど、彼女は小鳥みたいにやさしい女なのに、あいつは来る日も来る日も怒鳴りっぱなしだった。可哀そうに、女房は撮影を終えた頃には、戦争に行った兵士みたいなショック状態だった。いつかやつとどこかのバーで出くわしたら……」ステイシーは一気に酒を呷《あお》る。

「あんたの奥さんって？」とリックが尋ねる。

「キム・ダービーだ」とステイシーは答える。

「たまげたな」とリックは言う。「キム・ダービーと結婚してるのか？『勇気ある追跡』の？」

「ああ、そうだ。去年『ガンスモーク』に一緒に出てさ」とステイシーはなれそめを話す。「結婚して二ヵ月して、彼女は『勇気ある追跡』の主役を手にした」

「驚いたね。あんたは大スターと結婚してるってことか」とリックは興奮気味に言う。

「『勇気ある追跡』でグレン・キャンベルが演じた役のオーディションに出るチャンスはなかったのか？」とカートがステイシーに尋ねる。

「まったくなかったね」とステイシーは少々大げさに言う。「ハサウェイはキムが若くてハンサムな男と結婚したばかりだと知って、おれは撮影現場にもはいれなかった。おれを近づけたくなかったらしい」

全員が笑う。

「たぶん、オーディションなんてなかったんじゃないかな」とステイシーは言う。「初めからカントリー歌手のグレン・キャンベルを抜擢《ばってき》したかったんだよ」

リックが腹立たしげにピアノを叩いて言う。「ハサウェイはいったい何がしたいんだ？　若い役者にぴったりのカウボーイ役があるってのに、演技もできないホモの歌手ばかり使いやがって。リッキー・ネルソン、フランキー・アヴァロン、グレン・キャンベル、くそ・ファビアン、ディーン・マーティン」

ステイシーは少しだけ反論する。「まあ、ディーン・マーティンはほかのやつらとはちょっとちがうけど」

「あいつだってほかのやつらと同じただの歌手だ」とリックは簡単には引き下がらない。

「それはそうだが」とステイシーは言う。「でも、あいつは演技ができる」

「まあね」とリックは言う。「イタ公の演技ができる！」

これには全員が笑う。リックはたたみかける。「フランキー・くそ・アヴァロンがアラモで死んだ話を何度もさせないでくれよ」

またもや大爆笑。ウォーレン・ヴァンダースはリックを見ながらステイシーを指差して言う。「今のカミさんのまえ、こいつが誰と結婚してたかは知ってるだろ？」

リックとクリフは知らないと首を振る。

「コニー・スティーヴンスだ！」ウォーレンは言う。

リックは思わず椅子から飛び上がる。「なんだって？　あのコニー・スティーヴンスと結婚してたのか？」

「そう、彼女と結婚してた」

リックは悲しそうに首を振る。「この強突《ごうつ》く野郎。おれはコニーに首ったけだった」

「あんただけじゃなく、アメリカじゅうの男がそうだった」とステイシーは言う。「彼女を『賞金稼ぎの掟』に出してほしいってずっと言いつづけてたんだが、ABCは彼女にNBCの番組に出させなかった。だから実現できなかったんだ。でも、もし出てもらえてたら」とリックは言う。「ヴァージンロードを一緒に歩いてたのは、このおれだったかもしれないのにな」

それはどうかなと思うものの、ステイシーは何もコメントはしない。女遍歴について、男たちから寄せられる嫉妬には慣れっこになっている。そこで、マクラスキーに関する悔しい思いをまた持ち出す。「まあ、あんたは『マクラスキー／十四の拳』に出て、おれはスティーヴンスと結婚した。おれはスティーヴンスと別れちまったが、あんたには永遠に『マクラスキー／十四の拳』が残った」と愚痴をこぼす。「おれだって、ナチスを痛い目にあわせるタフな映画で、あのクールな一団の仲間になれたかもしれないのに。そのかわりに『ワイオミングの兄弟』でマイケル・アンダーソン・ジュニアのちびにこづきまわされる破目になった」

マイケル・アンダーソン・ジュニアのくだりでまた笑いが起きる。

「でも、おれなんかまだましなほうだな」とステイシーは言う。「おれはせいぜい『マクラスキー／十四の拳』の左から四番目の男になれたくらいだ。でも、あんたは」──ブランデー・アレキサンダーでリックを指して──「あの独房王になれてたかもしれないんだからな」

勘弁してくれ、またマックイーンのこの話か、とリックは思う。

リックがどれほどこの話を嫌っているか知っているので、クリフは話を別の方向に向けようとしてステイシーに言う。「その話はもういいんじゃないか?」

それはなんの話だ?　とウォーレン・ヴァンダースがステイシーに訊く。

ステイシーはもう一度ブランデー・アレキサンダーでリックを指すと、話しだす。「この男は……あとちょっとで」グラスを持っていないほうの手の親指と人差し指を二、三センチ離して──「『大脱走』のマックイーンの役を手に入れるところだったんだ」

驚くべき暴露にカートもウォーレン・ヴァンダースもびっくり顔になる。

リックも指で二、三センチをつくって言う。「こんなちょっとじゃない」次に両手を思いきり広げて言う。「これくらいだ」

男たちは笑うが、謙遜しているだけだと否定する。「それだけでもおれからすれば大したもんだ」とウォーレン・ヴァンダースが言う。

カート・ザストゥーピルが肩をすくめて言う。「へえ、マックイーンの持ち役をあとちょっとで手に入れるところだった。それが大したことじゃない？」

ステイシーはカートを指差す。「そのとおり」そしてリックに眼をやり、男たちに指を振りながら言う。「こいつらにも話してやれよ」

くそ、とリックは思う。一日に二度も同じ話をしなきゃならないのか？　それも同じやつに？

「いや、冗談じゃなく」とリックは彼らに言う。「話すほどのことじゃないんだ。よくある噂話だ」

リックが遠慮しているようなので、ステイシーは自分で話しだす。「マックイーンは役を断わるところだったそうだ。そこで監督は候補者を絞った。四人だ。リストの一番上は？」リックを指差す。「この男だ！」

「リストの一番上っていうのはこいつのつくり話だ」とリックは説明する。

ウォーレン・ヴァンダースが訊く。「ほかの三人は？」

リックのかわりにステイシーが答える。「ほかの三人は――よく聞けよ――三人のジョージだ」

「三人のジョージ？　どのジョージだ？」とカートが訊く。

「ペパード、マハリス、それにチャキリスだ」とステイシーは答える。

カートとウォーレンはともに顔をしかめ、カートが言う。「なんだって？　相手がその三人じゃもうあんたで決まりじゃないか！」

「な、言ったとおりだろ？」とステイシーはリックに言い、そのあとカートに向かって言う。「だからおれも同じことを言ったよ」

そのとき、メイナードがバーカウンターから叫ぶ。「おい、カート、もう休憩は充分愉しんだんじゃないか？　そろそろほかの三十人の客も愉しませてくれよ！」

ジェームズ、リック、クリフ、ウォーレンはピアノから離れ、カートはピアノの椅子に坐って仕事に戻り、カナダのロックバンド、ゲス・フーのこの年のヒット曲を弾きはじめる。

この眼はあなたのために毎晩泣く
この腕はあなたをまた抱きたいと恋しがる

男たちはバーカウンターに戻り、メイナードはもう一杯ずつ飲みものを出す（リックとステイシーは三杯目、クリフは樽生ビールの二杯目）。酒代はクリフが払う。ウォーレン・ヴァンダースは自分の飲み代を払い、彼らに別れを告げ、まだ運転できるうちにと帰っていく。

こういう夜、クリフはほとんどしゃべらない。別に無理して黙っているわけではなく、たまに会話に加わることがあっても、自分が主役ではないことをわきまえている。こういう夜はふたりの俳優が互いのことを嗅ぎまわり、芸術的かつ営業上の関係を築くための夜だ。要するに、俳優たちが主役の夜だ。

居残ったテレビ俳優ふたりは、しゃべり、飲み、同じ時代を生きる俳優たちと同じようなことをする。つまり、情報交換をする。たいていは、一緒に仕事をしたことのある監督や俳優の話だ。ステイシーもトム・ローリンのことを知っていたことがわかる。彼の初監督作品『ザ・ヤング・シナー』に出演したそうだ。さらにステイシーは『タナー』の監督ジェリー・ホッパーとも、ドラマ『西部の男パラディン』で一緒に仕事をしていた。ふたりともヴィック・モローと仕事をしていた。ヴィックは『賞金稼ぎの掟』に出演したことがあり、ステイシーはモロー主演の『コンバット！』のエピソードに出たことがあった。彼らはどの監督が気に入っているかも話し合う――これはつまるところ、彼らのことを気に入って採用してくれた監督たちのことだが。リックはポール・ウェンドコスとウィリアム・ウィットニーを賞賛し、ステイシーはロバート・バトラーを賞賛する。

「そう言えば、あんたはどうやってCBSに認められたんだ？」とリックはステイシーに尋ねる。

「よくある話さ」とステイシーは言う。「いろんなテレビドラマの監督と仕事をしていくうちに、自分のことをほんとうに気に入ってくれる監督と仕事をするようになる。そうやって彼の俳優のひとりになる。そうなると、その監督がいろんなドラマで年に四作エピソードを監督したとして、可能ならそのうちのふたつに出してくれるかもしれない」

「ああ、おれの場合もポール・ウェンドコスとビル・ウィットニーに関してはまったくそのとおりだ」とリックは言う。

「おれのほうは、おれを買ってくれていた監督がロバート・バトラーだったというわけさ。彼の番組のいくつかにおれを加えてくれた。テレビ局側がおれよりもっとビッグネーム――アンディ・プラインとかジョン・サクソンとか――を欲しがって、結局採用されなくても、少なくともキャスティング・ディレクターとかプロデューサーには印象づけられる」ステイシーはさらに続ける。「そうやってCBS内で評判が広まってきたところで、あの『ガンスモーク』の前後篇の話が転がり込んだんだ。といって、あの役は与えられたんじゃない。勝ち取らなきゃならなかった。ネットワークの上層部や、『ガンスモーク』のプロデューサーや、それにエピソードの監督のディック・サラフィアンに、おれを認めさせなきゃならなかった」

「おれが映画で初めて主演したときの脚本を書いたのが、ディック・サラフィアンだ」とリックはステイシーの話に合いの手を入れるように言う。

「ほんとかよ?」とステイシーは言う。「どの映画だ?」

「リパブリック・ピクチャーズの『爆走!ドラッグ・レース』っていう改造車《ホットロッド》の映画だ。ビル・ウィットニーが監督した。共演陣もなかなかのもんだった。ジーン・エヴァンス、ジョン・アシュリー、ディック・バカリアン。おれは、主役をロバート・コンラッドと争って勝ち取った」リックは冗談まじりに言う。「たぶん、ウィットニーは毎日ロバートのまわりに穴を掘りたくなかったんだと思うよ。ほかの役者がロバートと同じ目線で話ができるように」

ロバート・コンラッドの背の低さのジョークにみんなが笑う。

今度はリックがステイシーに『ガンスモーク』のエピソードについて尋ねる。「ネットワークの上層部がキャスティングに口をはさんできたってことか?」

「そういうこと」とステイシーは説明する。「たとえば、クリス・ジョージみたいなビッグネームを採ることだってできた。でも、そこまでビッグネームが欲しかったわけでもなかったんだろう。CBSは若手の役者をウェスタン好きな視聴者に印象づけて、次のシーズンのドラマの主役に仕立てようと目論んでいた」

「なるほど」空《から》になったウィスキー・サワーのグラスでステイシーを讃えてリックは言う。「いやあ、あんたはほんとうにラッキーなやつだ。ありがたいと思わないと罰があたるぞ」

ステイシーは少し苛立ったように言う。「おれはただラッキーだったとは思わない。運がようやくめぐってきた。そんな感じだな。つまり、棚ぼたじゃなかったたってことだ。おれは『陽気なネルソン』で七年も〝ヘイ、リッキー、ハンバーガー食うか?〟って言いつづけてたんだからな」

リックは自分のことばを補って言う。「いやいや、あんたが努力してないなんて言ってないよ。そんなことはこれっぽっちも思ってない。今日あんたを見て思ったよ。努力の賜物だって。言いたかったのは――おれも同じだったたってことだ。おれは『拳銃街道』にゲスト出演して人気が出た。それが直接『賞金稼ぎの掟』につながった。要するに何が言いたいかっていうと――今はあんたにとって最高の瞬間だってことだ。で、おれのときより、そのありがたみを充分に理解してるといいなって思っただけだ」

「あんたはそのときありがたいと思わなかったのか?」とジェームズは尋ねる。

「いや、そりゃ感謝はしたよ」とリックは言い、空のカクテルグラスでジェームズの肩を叩いてつけ加える。「でも、今のほうがよっぽどそのありがたみがわかる」

メイナードが三人にそれぞれの飲みもの――リックは四杯目のウィスキー・サワー、ステイシーは四杯目のブランデー・アレキサンダー、クリフは三杯目のビール――を出すと、セクシーな俳優たちは大好きな話題で盛り上がる。セックスの話だ。

ステイシーはリックがヴィルナ・リージとセックスしたのかを知りたがり、リックはステイシーがヘイリー・ミルズとしたのかどうか知りたがる。

ステイシーはしていないと言うが、ほんとうのことを話していないだけかもしれない。リックもヴィルナ・リージとセックスはしなかった。試してはみたのだが。かわりに、『賞金稼ぎの掟』にゲスト出演したイヴォンヌ・デ・カーロとフェイス・ドマーグとはした。デ・カーロとセックスしたのは、十二歳のときからエリザベス・テイラーとやりたかったからだ。リックにとって、エリザベス・テイラーに一番近いのがイヴォンヌ・デ・カーロだった。

「イヴォンヌ・デ・カーロとそういう雰囲気になるのはむずかしかったか?」とステイシーは尋ねる。

リックは空のカクテルグラスを掲げて言う。「もう一杯ウィスキー・サワーを注文するのと同じくらいにね」絶妙なタイミングのジョークに彼らは笑う。ステイシーももう一杯注文するが、クリフはやめておく。メイナードが最後の飲みものを持ってくるのをふたりの俳優は待つ。

家に帰ったら明日の撮影のための台詞を覚えなければならないことは、リックにもちゃんとわかっている。あの小悪魔と一緒のシーンを演じる以上、完璧に台詞を覚えていなければただではすまされない。

彼女は自分自身の台詞はもちろん、リックの台詞も覚えているだろう。

つまり、これが最後のウィスキー・サワーだ。明日の朝目覚めたときには、今晩ベッドにはいったときのことをちゃんと覚えていないといけない。

共演者に〝アディオス〟と言うまえに、リックは言う。「ジェームズ?」

「なんだ?」

「あんたが訊いた『大脱走』のことだけど」

「ああ」

「あの話は、みんなが思うほどおれにとっては面白い話じゃないんだ」とリックは打ち明ける。

「つまり、おれがチェザーレ・ダノーヴァなら――まあ、いいかもしれない。でも、おれの場合は彼の事情とはちがう」

「ちょっと待ってくれ」と混乱した様子でステイシーは言う。「この話とチェザーレ・ダノーヴァとどんな関係があるんだ？　それに彼の事情ってなんだ？」

「それは」とリックは説明する。「昔々――たった二分だけだが――ウィリアム・ワイラー監督はチェザーレ・ダノーヴァを『ベン・ハー』の主演にしようと本気で考えた」

「ほんとか？　それは知らなかったなあ」

「知らなくて当然だ。だって、そのたった二分後、ワイラーは正気に戻ってチャールトン・ヘストンに替えたんだから」リックはさらに続ける。「それでも、チェザーレ・ダノーヴァはあと少しでベン・ハーになるところだったとは言える。だってほんとうのことだからだ。でも、おれの場合はちがう」

　リックが何を言おうとしているのかわからず、ステイシーはただ彼を見つめる。

　リックは続ける。「おれは『賞金稼ぎの掟』を本気でがんばった。世間がそれでおれの名前を今も覚えてくれてるのなら、それでなんの文句もないよ。だけど、おれが演じなかった役のことで世間がおれに関心を持つ？　それもほんのわずかなチャンスもなかった役のことで」

「でも、候補者リストには挙がってたんだろ？」とステイシーは言う。

「リスト？　リストなんぞくそ食らえだ！」苛立ってリックは声を荒らげる。メイナードとほかの客数名がリックのほうを見る。

　ステイシーは手を伸ばしてカウンターに置かれたリックの手をやさしく叩く。「そんなにいきり立つなよ。一口飲め」

リックはストローでウィスキー・サワーを飲む。ステイシーは大きく見開いた眼でリックを見つめる。「そのリストのことだが」とリックは小声で皮肉っぽく言う。「みんなはすごいと言ってくれるが、おれからしてみればはなはだ疑問だ。そもそもおれは見てない。仮にほんとうにリストがあったとして、おれのほかに三人のジョージの名前もあったとしよう。でも、おれがあの役を手にするためには、どれほど信じられない偶然が重なる必要があったと思う？」

ステイシーは言う。「何が言いたい？　おれにはよくわからないけど」

「じゃあ、最初から考えてみよう」と言ってリックは始める。「まず、マックイーンが人生最大の馬鹿な真似をしないと始まらない――『大脱走』を断わって『勝利者』を選ぶという馬鹿な真似を。でも、彼はそうはしなかった。なぜなら、マックイーンは馬鹿じゃないからだ」

そこで少し間を置いてリックは続ける。「仮の話として、マックイーンはほんとうの馬鹿だったとしよう。それで、よき庇護者とも言えるジョン・スタージェスが彼のために書き下ろした傑作映画の華々しい役を断わったとしよう。その結果、おれが独房王ヒルツ役に抜擢される？」とリックはステイシーに訊く。

そして、ステイシーが答えるまえに自分で答を出す。「もちろん、ノーだ。もしほんとうにリストがあったとすれば、一番上に名前が書かれていたのはジョージ・ペパードだ」とリックは断言する。「疑問をはさむ余地もない。もしマックイーンに断わられてたら、彼らは即刻ペパードに話を持っていっただろう。実際にペパードが『勝利者』で演じたのは、マックイーンが断わった役なんだから、『大脱走』の話を持ちかけられたら、ペパードもよほどの馬鹿じゃないかぎりイエスと即答しただろう。ミスター・ステイシー、そういうことだ」とリックは結論づける。

まあ、確かにな、とステイシーは思い、笑みを見せる。が、リックの話はまだ終わっていない。「だけど……」とリックはさらに話を続ける。「仮の話として、撮影が始まるまえにペパードが愛車のアストンマーティンを飛ばしすぎて、マルホランド・ドライヴから転落したとしよう——いや、ちょっと待て、それだとありふれていてつまらないな。ペパードはマリブでサーフィンをしていてサメに食われたとしよう。そうやって映画に出られなくなった」

リックはステイシーがちゃんと話についてきているかどうか確かめ、おさらいをする。「マックイーンは人生最大の過ちを犯し、ペパードはサメに食われたとする。そうしたらおれに役がまわってくるかどうか?」とリックはステイシーに尋ねる。

ステイシーは大きくうなずく。

が、リックは首を大きく左右に振る。そして、まるで五歳児に話すように説明する。「いいや、おれじゃなく、ジョージ・マハリスが役を手にする」

ジェームズ・ステイシーは反論しようとするが、それよりさきにリックは手を上げて彼を制する。「なんでそうなるのか、説明しよう」

リックは説明を始める。「いいか、マハリスは彼のテレビ番組のおかげで一九六二年にはもうかなりの人気者になっていた。それだけじゃない。その二年後、スタージェスはスリラー映画『サタンバグ』でマハリスを主演に据えてる——つまり、彼はマハリスが気に入ってるということだ。少なくともおれは『サタンバグ』には呼ばれなかった。

ということは、だ」とリックは続ける。「スティーヴ・マックイーンが人生最大の過ちを犯し、ジョージ・ペパードがサメに食われても……独房王ヒルツになるのはジョージ・マハリスだ」

リックはカクテルを持ち上げ、ストローで少しウィスキー・サワーを飲み、マハリスに乾杯する。「でも、仮の話として、そうだな、主要撮影が始まるまえに、マハリスが公衆便所で男とセックスをしているところを見つかってしまったとしよう」

ステイシーは爆笑する。

リックはなおも続ける「で、これでマハリスもいなくなる。スタージェスはもう一度リストに戻る。じゃあ、今度こそおれが選ばれるのか?」

「相手がジョージ・チャキリスならまちがいないだろ!」とステイシーは言う。

リックはまたもや首を大きく左右に振って言う。「いやいやいや、ジェームズ。もちろん彼らはジョージ・チャキリスを選ぶ」

ジェームズは納得していない顔をするが、リックはまたもや手を上げ、指を使って自分の考えを説明する。

一本目の指。「第一に、彼は摩訶《まか》不思議にもオスカーを受賞している」

それにはステイシーもうなずく。まあ、確かにそうだ。

二本目の指。「第二に、『大脱走』はミリッシュ兄弟がミリッシュ・カンパニーのために製作した映画だ」

三本目の指。「ジョージ・チャキリスはミリッシュ・カンパニーと契約していた。で、『633爆撃隊』にも『ダイアモンド・ヘッド』にも出た。まぬけなアステカの映画にも出てる。彼はミリッシュから気に入られてただけじゃない——契約で縛られてたんだ!」

リックの仮説を聞き、ジェームズ・ステイシーは納得してうなずく。

リック・ダルトンは結論づける。「だから、ジョージ・チャキリスが役を手にする。そういうことだ」

ステイシーはわかったとうなずき、何か言おうとするが、人差し指を立てたリックに止められる。「ただ……まあ、話のついでに――仮の話として――マックイーンが人生最大の過ちを犯し、ペパードがマリブでサメに食われ、マハリスが公衆便所で男とヤってるところを見られ……そのマハリスの相手が……チャキリスだとしたら！」

ステイシーは口の中の飲みものを思わず噴き出す。

「バイバイ、ベルナルド」リックはそう言って大げさに別れの手を振り、肩を丸めてジェームズ・ステイシーに尋ねる。「これで今度こそおれの番か？」

ステイシーはカクテルをカウンターに置いて言う。「もちろん、あんただ。リストの一番下に名前があるんだから！」

「おれが言いたいのはそこだよ、ジェームズ」とリックは言う。「なあ、リストの一番下に書かれているやつを採用すると思うか？　リストの一番最後までたどり着いたら、そんなリストはみんな捨てちまう。そして、まったく新しいリストをつくる！」

くそ、とステイシーは思う。それがやつらのやり口だ。

「だから、今度は三人のジョージが相手なんじゃない。相手はふたりのロバートだ。レッドフォードとカルプ。さらに誰かがイギリス人がいいと言いだせば、いきなりマイケル・ケインが役を手にする。あるいは」とリックは結論を言う。「やけくそになって、相手の言い値でポール・ニューマンに頼み込む。それか、トニー・カーティスの側近が格安な金でトニーを推薦する。いずれにしろ、おれにはチャンスなんてなかった。そういうことさ」

そう言って、リックはクリフと眼を合わせる。そして、芝居がかった大げさな仕種で空《から》のグラスをバーカウンターに置き、そろそろ暇《いとま》を告げる時間であることを示す。

「それじゃあ、ミスター・ランサー、アデュー。今夜は覚えなきゃならない台詞がごまんとあってね。ちゃんと覚えていかないと、あのこまっしゃくれたくそガキに痛い目にあわされる」

Chapter Twenty-Four

Nebraska Jim

ネブラスカ・ジム

〈酒飲みの殿堂〉でジェームズ・ステイシーとほかの常連たちに別れを告げ、クリフはほぼ十時半にリックを家に送り届ける。明日の台詞を覚えるには充分時間がある。午前零時か零時半にはベッドに倒れ込めるだろう。リックは玄関をはいってすぐ世界じゅうの俳優たちと同じことをする——留守番電話を聞き、重要な伝言が残っていないか確認する。案の定、エージェントのマーヴィン・シュワーズからのメッセージが録音されている。

ワオ、仕事が早いな、とリックは思う。

彼が残した電話番号に急いで電話すると、エージェントは三回目の呼び出し音で電話に出る。

マーヴィン・シュワーズが言う。「マーヴィン・シュワーズだ」

「こんばんは、ミスター・シュワーズ。リック・ダルトンです」

「やあ、リック」と親しげな声で言う。「電話してくれてよかった。ふたつだけ伝えたかったんだ。ネブラスカ・ジム——セルジオ・コルブッチ」

「え？　ネブラスカ、なんですって？　セルジオ、誰です？」

「セルジオ・コルブッチ」とマーヴィンは答える。

「それは――？」

「この広い世界で二番目にすばらしいマカロニ・ウェスタンの監督だ」とエージェントは言う。「彼がウェスタンの新作をつくる。その映画が『ネブラスカ・ジム』だ。で、私から頼んだんだが、きみの出演を考えてくれている」

「ネブラスカ・ジム。おれがネブラスカ・ジムなんですか？」

「そうだ」

「彼はその役をおれに？」

「いや」

「おれは役を得たんじゃないんですか？」

「きみが得たのはディナーへの招待だ。彼はこれまで三人の若い役者に会ってる。私のおかげで四人目にも会ってくれる。再来週の木曜、セルジオと彼の妻のノリときみで、彼のお気に入りのロスアンジェルスの日本レストランで会うことになった」

「ほかの三人は？」とリックは訊く。

マーヴィンは答える。「ロバート・フラー、ゲイリー・ロックウッド、リッキー・ネルソン、それにタイ・ハーディン」

「それだと四人だけど」とリックは指摘する。

「おっと、ほんとだ」とマーヴィンは気づく。「いやあ、すまん。きみは五人目だ」

「リッキー・ネルソン？」信じられないという思いでリックは訊き返す。「リッキー・ネルソンも候補に挙がってる？」

「まあまあ、リック」とマーヴィンは言う。「リッキー・ネルソンは『リオ・ブラボー』のスターのひとりじゃないか。きみのどの映画よりよっぽどいい映画だった」

「いいですか、ミスター・シュ・シュ・シュワーズ」反射的に吃音が出る。「すばらしいことだ。でも、正直に言ってもいいですか？」

「ああ、もちろんだ」とマーヴィンは言う。

「その、マカロニ・ウェスタン自体のことだけど」とリックは話しはじめる。

「それが？」

「好きじゃない」

「好きじゃない？」

「ああ、好きじゃない。実を言うと、最悪だと思う」

「最悪？」

「ああ」

「何本くらい見たんだ？」

「二、三本」

「最悪というのは二、三本見た専門家としてのきみの意見ということか？」

「いいですか、ミスター・シュワーズ。おれはホパロング・キャシディやフート・ギブソンを見て大きくなった。だからイタリアのカウボーイはどうしても好きになれない」

「最悪だから?」とマーヴィンは確認する。

「そう」

「きわめて質が高く、ウェスタン史上特筆すべきホパロング・キャシディとフート・ギブソンに比べて?」

「いや、そうじゃないけど、おれの言いたいことはわかるでしょ?」

「なあ、リック」とエージェントは言う。「無神経なことは言いたくないんだが、長篇映画での主役抜擢を見下すほど、きみの映画での実績は輝かしいものじゃないよ」

「そのとおりかもしれないけど、ミスター・シュワーズ」とリックは不承不承認めて言う。「でも、ローマに行くより、ここに残って次のパイロットのシーズンでベストを尽くしたほうがいいんじゃないかな。いや、運は誰かにめぐるわけで、その誰かがおれであってもいいわけでしょ?」

「いいか、よく聞くんだ」とマーヴィンは言う。「私のクライアントの話をしよう。ローマ郊外にあるチネチッタ撮影所よりまえに、私らが馬に乗ったカウボーイ役者を送り込んでいた先は、ベルリンだったんだ。ウェスタン映画をつくるという賢いアイディアをイタリア人が思いつくよりまえに、すでにドイツ人が考えてたんだ」とマーヴィンは説明する。「ドイツにカール・マイという作家がいた。彼は、西部開拓時代のアメリカ北西部を舞台にしたシリーズを書いた。カール・マイは一度もアメリカに来たことはなかったが、そんなこととは無関係にドイツではベストセラーになった。

　小説はふたりの男の活躍を描いている。ひとりはアパッチの酋長で、名前はウィネトー。もうひとりは彼の義兄弟で、白人の猟師のシャターハンド。いずれにしろ、五〇年代、ドイツの映画会社はこの小説をもとに映画を撮りはじめた。で、インディアン役を演じたのがフランスの俳優ピエール・ブリース、シャターハンド役には、私の働きかけでアメリカ人のクライアント、レックス・バーカーが採用されることになった。レックスはすでに何本かのアメリカ映画に出演していた。ターザンを演じたこともある――私に言わせれば、かなりいい線をいっていたターザンだった。だけど、彼はラナ・ターナーと結婚していた。だから何をしても演じても、ミスター・ラナ・ターナーでしかなかった。

だからこそドイツの映画に出したんだ。でも、彼は言ったよ。行きたくない、って。ドイツのウェスタン？　なんだそれは？　ドイツのウェスタンにフランス人のインディアン？

彼はさらに言った。〝マーヴィン、おれに何をさせたいんだ？　たとえ金のためだとしても、役者にとってやれることには限度がある〟とね。そこで私も言った。今きみに言ってるのと同じことを。〝きみの問題はなんだと思う？〟と。

〝ひとつ、きみを映画の主役に立てたいと列をつくっている者はアメリカにはいない〟

〝ふたつ、軍隊にはいるわけじゃない。ドイツに行って映画を撮るだけだ――五週間か六週間――それだけでいい金儲けができて、アメリカに帰ってこられる。こんなに簡単なことはない〟

そんなふうに説得して、私は彼をドイツに送り込んだ。そのあとは〝ドイツ映画史〟を見ればいい。

実際、その映画はあたりまくった。ドイツだけでなく、ヨーロッパじゅうで。レックスは、結局、六本の映画でシャターハンドを演じて、ドイツ映画史上もっとも人気のある映画俳優になった！　彼の映画はヨーロッパじゅうで上映されている。彼はイタリアでも人気絶大で、フェリーニは彼を『甘い生活』にも出演させた。役柄はなんだと思う？　レックス・バーカー本人役だ！　それだけ大スターだったんだ。

ただ、六本の映画のあと彼は役を降りて、かわりにアメリカ人のスター、スチュワート・グレンジャーとロッド・キャメロンが採用された。だけど、彼らはシャターハンドとは呼ばれなかった。スキャターハンドとかシュアハンドとかファイヤーハンドなんていう馬鹿げた名前で呼ばれた。なんでかわかるか？　そりゃドイツじゃシャターハンドはレックス・バーカー以外にありえなかったからだ！」

エージェントは核心にはいる。「いいか、リック。さっききみは私に、正直に言ってもいいかと尋ねた。今度は私のほうから正直に言う。きみはテレビから映画への転身を試みて失敗した。まあ、めったにうまくいくもんじゃない。〝失敗クラブ〟へようこそ、だ」そう言いながら、マーヴィンは失敗していないほうの例を使って説明する。「確かに、マックイーンもジェームズ・ガーナーも成功した。一番信じられないのはクリント・イーストウッドの大成功だ。でも、きみと同じような俳優たち――エド・バーンズ、ヴィンス・エドワーズ、ジョージ・マハリス――のように、ポケットから出した櫛でリーゼントを整えてきたような男たちはみな、今は同じ泥船に乗っている。

きみたちが見ていないうちに、映画文化は変わってしまったのだよ。

今の映画じゃ、大物の二世じゃなければ主演はできない。ピーター・フォンダ、マイケル・ダグラス、ドン・シーゲルの息子のクリストファー・タボリ、アーロ・くそ・ガスリー！　シャギーな髪の中性的な俳優たちが今の時代の主役なのだよ」

効果を狙って間《ま》をおいてからマーヴィンは続ける。「きみの髪型はまだリーゼントだ。でも、くそエルヴィスでさえ、もうリーゼントじゃない！　リッキー・くそ・ネルソンも、リーゼントじゃない！　エド・くそ・〝クーキー〟・バーンズもヘアスプレーのCMに出て、言ってるじゃないか。〝濡れた髪は終わった。これからは乾いた髪だ〟と。あのくそクーキーが、だぞ！　でも、リック――きみはまだリーゼントにしがみついてる！」

リックは興奮気味に言う。「今日、どんな撮影をしたと思います？　おれはリーゼントじゃなかった」

「やっと気づいたか！」とマーヴィンは言う。「私に言わせれば、とっくにヘアスプレーとホットコームを使いはじめるべきだった」ここで急にマーヴィンの口調が変わる。「しかし、今、重要なのはそんなことじゃない。私が言いたいのは、イタリアではきみの好きにできるということだ。トニー・カーティスみたいに派手に振る舞い、大いに愉しむことができる。二十年間ずっとしてきたお気に入りの髪型をしても誰も文句は言わない。イタリア人からすれば、そんなことはどうでもいいんだよ。ヒッピー文化が今、アメリカを席巻してる。わかるだろ？　同じことがローマでも起きたんだ。でも、ちがいはイタリア人はヒッピーたちを追い出したことだ。その結果、イタリアの大衆文化は若者たちに乗っ取られずにすんだ。ヒッピーのホモたちに乗っ取られたアメリカとはちがってな」

「ヒッピーのホモ」と苦々しくリックはおうむ返しに言う。

偉大なるマーヴィン・シュワーズは締めにはいる。「リック、ここに六万四千ドルの質問がある。来年の今頃どこにいたい？　バーバンクにいて、『モッズ特捜隊』の黒人にどつきまわされていたいか？　それとも、ローマにいて……ウェスタン映画で主演をしていたいか？」

Chapter Twenty-Five

The Last Chapter

最終章

ロマン・ポランスキーとシャロンはイギリス製ロードスターに乗り、サンセット大通りを飛ばしている。シャロンはこの車が大嫌いだ。

古い車なのが気に入らない。

ロマンがギアを変えるたびに出る音が気に入らない。

ラジオの感度が悪いのが気に入らない。

中でも一番気に入らないのがコンバーティブルだということと、ロマンが必ず幌《ほろ》をたたんで乗りたがることだ。

ロマンはウォーレン・ベイティにこんなジョークを言ったりするが。「人生は、オープンカーに乗らずにいるには短すぎる」

マッシュルームカットの彼はそれでもいいかもしれないが、シャロンは髪型には非常に気を使う。せっかく髪をお洒落にセットしたのに、それをスカーフで覆わなければならないなんてありえない。

それは美に対する冒瀆そのものだ。

ふたりはヒュー・ヘフナーのテレビ番組『プレ

イボーイ・アフター・ダーク』に出演した帰りだ。時刻は夜の十時。番組の収録がおこなわれたサンセット9000ビルを出発し、ベン・フランクのコーヒー店とアンディー・ウォーホル監督作品『ロンサム・カウボーイ』の看板が出ている〈ティファニー・シアター〉のまえを通り過ぎる。

ロマンも、〈プレイボーイ・マンション〉でのパーティの次の日に、また別のイヴェントに出るのを承諾したのはまずかったと自覚している。妻の沈黙が敵意に満ちているのもよくわかる。彼の妻は今夜はベッドで本を読んで時間を過ごしたかったのだ。ロマンとはちがって、テレビに出るためにおめかしをするのに、彼女はどれほど労力を費やさなければならないか。それもロマンにはよくわかっている。

それほど面倒なことなのに、彼女は目一杯おめかしをし、外出し、彼につき合ってくれた。そして今、冷戦のような恨みがめらめらと燃えている。シャロンはいつもきらきらと輝いているので、ひとたび日が陰ると一気に凍りつくほどになる。

93KHJラジオのDJハンブル・ハーヴの声が、ロードスターのぽんこつスピーカーからとぎれとぎれに聞こえてくる。同じように、ダイアナ・ロスとスプリームスの『ノー・マター・ホワット・サイン・ユー・アー』もとぎれとぎれに聞こえてくる。ロマンとしても、そろそろ意を決して、彼女に謝罪と感謝の気持ちを伝えなければならない。

「なあ、ダーリン」と彼は切り出す。「今夜はこんなことしたくなかったんだよね、きみは？」

ララビー通りの〈ウィンナーシュニッツェル〉の赤い屋根がフロントガラスの向こうに見える。シャロンは彼のほうを向いてうなずく。

彼は続ける。「きみに訊かずに承諾してしまったことを怒ってるんだよね？　ほんとうにごめん」

そのとおりだと彼女はまたうなずく。

「でも」と彼はさらに続ける。「きみは文句も言わずにぼくについてきてくれた」

実際には、彼女は午後のあいだずっと元婚約者のジェイに愚痴をこぼしていたのだが、そのことをロマンは知らない。

ようやくブロンドのスフィンクスが口を開く。「そうよ。そのとおりよ」

「きみはほんとうに天使だ」とロマンは言う。「だからぼくはきみを愛してるんだ」

あら、そうなの？　だから愛してるの？　と彼女は内心思いながら、呆れたように眼をぐるりとまわしてみせる。

それを見て、今のことばはまずかったかも、と彼も気づく。

サンセット大通りにあるナイトクラブ〈ロンドン・フォグ〉とその反対側にある〈ウィスキー・ア・ゴーゴー〉のまえを通り過ぎながら、ロマンは賭けに出る。「きみにはすっかり借りができちゃったね」

彼女は俊敏に訊き返す。「借りって？」

「その、つまり、今日のことに対する借りだよ」

「そうね。わかった。で、どうやってその借りを返すつもり？」

正直に言うと、ロマンは自分の言ったことをシャロンほどには真剣に考えていなかったので、いささか戸惑う。

「それは……つまり」――必死に考える――「ぼくのしたくないことをきみが急に言いだしてもかまわないってことだ」

そう、そういうことだ、と彼は思う。これで立場は互角になる。

具体的な例を示そうと思って彼は言う。「たとえば、きみがやりたいチャリティとかあれば――」

彼女はふたつのことばで彼の話をさえぎる。「プール。パーティ」

「え?」

「プール。パーティ」

「プールパーティか。いいじゃないか。で、いつにする?」

「今夜」

「今夜?」

「そう、今夜」

「ああ、でも、ベイビー、今日はへとへとだ。それに明日はもうロンドンに帰る。ぼくが帰国できるのをどれほど愉しみにしてたか――」

「ああ、もう! 文句ばっかり! 今のはわたしが昨日言ったのと同じことよ。あなたが今夜の馬鹿げたことを言いだしたときに。でも、今わたしはどこにいる? そう、ここにいる。おめかしをして、ヒュー・ヘフナーとテレビカメラとハリウッドのまぬけのまえで〝セクシーで可愛いわたし〟を演じてた」

夫を非難して彼女は続ける。「わたしが今、本を読んでるのは知ってるわよね?」

彼はうなずく。

「今もベッドでその本を読んでいたいのは知ってるわよね？」

彼はうなずく。

「どうしてもしかたない場合を除いて、二日連続で見栄を張って着飾るのが嫌いなのは知ってるわよね？」

彼はうなずく。

「でも、わたしはあなたの言うとおりにした。でしょ？」

彼はうめき声をあげる。

「そんなふうにうめくのはやめて」彼女は警告する。

ロマンは話をそらそうとする。「でも、きみは髪をセットしたばかりじゃないか」

その手には乗らないわよ、とシャロンは内心思う。「明日も『プレイボーイ・アフター・ダーク』用の髪型をしてないといけないような理由でもあるの？」

「いいや」言い負かされて彼は肩をすくめる。

「わたしの知らない約束はもうないのよね？　人前に出ないといけないような用事はもうないのよね？」

「ああ、ない」

「本を読んでもいいのよね？」

彼はため息をつく。「ああ」

「じゃあ、決まりね。今夜のプールパーティで貸し借りはなし」さらに効果を狙ってつけ加える。

「あなたもそれでいいわけよね？」

「いい」とロマンは言い、負けを認める長い吐息をつく。

「ほら、笑顔でもう一度言って」

彼は笑顔で言う。「プールパーティをやろう」

彼女は命令口調で言う。「じゃあ、わたしにお願いして」

彼は眼をぐるりとまわして言う。「本気か？　そんなことまで要求するのか？」

「いいから、お願いして」

ロマンは不満を呑み込み、人のよさそうな顔をつくってシャロンの要求に従う。「シャロン、今夜プールパーティを開くのはどうかな？」

シャロンは歓声をあげ、手を叩きながら言う。「ロマン、すばらしいアイディアだわ！」身を乗り出して彼にキスをする。「じゃあ、早く帰りましょ。みんなに電話をかけないと」

リックは、車がひっきりなしにポランスキー邸にはいっていくのを自宅の私道に立って見ている。きっとパーティが開かれているのだろう。リックは日本を旅したときに買った赤い絹のキモノを羽織り、テープレコーダーで明日の台詞を流しながら庭のバラにホースで水をやっている。いつだったか、日本人の庭師から、バラへの水やりは夜にしたほうがいいと教わったのだ。太陽が出ている日中の水やりでは大半が蒸発してしまうが、夜なら栄養分をたっぷりと吸収することができるらしい。今、テープレコーダーで流しているのは、明日の少女とのシーンの台詞だ。あの小悪魔のまえでぶざまな姿は絶対に見せられない。

サンガブリエルのバーからクリフの運転する車で帰宅したのは十時半だった。マーヴィン・シュワーズと電話で二十分ほど話した。そのあとドイツ製の陶器のビールジョッキいっぱいにウィスキー・サワーをつくり、台詞の練習を始めた。かれこれ一時間くらいはやっている——夜中の十二時まであと五分、かなりいい線まで覚えたような気がする。だから、もう一杯ウィスキー・サワーをつくりたくなるまえに、ベッドに行くつもりだ。

ドライヴウェイから、ポランスキー邸のパーティのさんざめきが聞こえてくる。音楽や笑い声などの軽薄な音に、時々プールの水しぶきの音が混じる。リックはまだ隣りに住む監督にも彼の妻にも会っていない。昨日の午後、初めてふたりの姿をちらっと見た。監督のほうは下衆《げす》野郎に見えるが、彼女のほうはなかなかきれいだ。彼女が郵便物を取りに出たときにでも会えるといいんだが。

ポルシェのオープンカーがシエロ・ドライヴを猛スピードで走ってきて、ポランスキー邸の門のまえで急停車する。リックは苛立たしげに車を見て、運転している人物に気づく。おったまげた！　スティーヴ・マックイーンじゃないか！

リックは呼びかける。「スティーヴ！」

ポルシェのハンドルを握っている男は自分の名前が呼ばれたほうに顔を向ける。そこには赤い絹のキモノを羽織り、陶器製のビールジョッキとテープレコーダーとホースを持った男が立っている。眼を細めながらよく見ると、赤いキモノの男に見覚えがあることに気づく。恐る恐る訊き返す。「リック？」

リックはポルシェに近づいて言う。「やあ、久しぶりだな」

マックイーンも言う。「ほんとだな。どうしてた?」

リックは身を乗り出してマックイーンと握手する。「あれこれあるけど、まあ、文句は言えないよ」

実際のところ、リックには文句しか言えないわけだが。俳優としての自分のキャリアについても、暮らしについても、世界そのものについても。しかし、それをスティーヴに打ち明ける気など毛頭ない。

映画スターはリックを通り越して家のほうを見る。「おまえの家か?」

「ああ」とリックは笑う。「『賞金稼ぎの掟』で建てた家だ」

マックイーンは眉をもたげる。「おまえが自分で建てたのか?」

「いや」とリックは言う。「ことばの綾だ」こいつ、馬鹿か?

スティーヴはその小さな口にトレードマークの微笑みを浮かべる。「すばらしいじゃないか。賢い金の使い方だ。噂じゃ、ウィル・ハッチンスもタイ・ハーディンも今はからっけつらしい」

それはつまり、同じ落ち目でもおまえはほかのやつらよりましだと言ってるのだ、とリックは思う。おまえには家がある、とサンフランシスコ市警のブリット警部補殿は言いたいんだろう。

「まあ、おれは『砲艦サンパブロ』の主演はしてないけど」とリックはマックイーン唯一のアカデミー賞ノミネート作品に言及する。「でも、なんとか暮らせてるよ」

「ということは、たいていのやつらの八割より上をいってるってことだよ」マックイーンは笑いながらリックを指差す。

この世界でもっとも稼いでいる映画俳優が、役者としてなんとか食っていけてるおれを祝福してくれてるのか。ありがたくて涙が出るよ、このクソ。

「ところで」とリックは言う。「あのオスカーのノミネート、おれは応援してたんだけどな」もう一度『砲艦サンパブロ』について触れる。

それに対してマックイーンは何も言わない。ただ笑みを見せる。

その笑みの意味するところはリックも心得ている。この会話はこれで終わりということだ。

それでも、門が開いてマックイーンと彼のポルシェが自分の人生から走り去るまえに、リックは彼とのつながりを確認したくなる。今のように別々の現実にいるのではなく、かつてふたりが同じ世界の住人だった頃のことで、それほど哀れに聞こえることなく持ち出せる共通の話題がある。

「なあ、スティーヴ、覚えてるか」とリックは言う。「あのときのこと。あれはおれの番組の第一シーズンとあんたの番組の第二シーズンを撮影してたときのことだ。〈バーニーズ・ビーナリー〉でビリヤードをしたのを覚えてるか?」

実のところ、マックイーンは覚えている。「ああ。覚えてる」昔を思い出しながらさらに続ける。「確か三ゲームしたんじゃなかったか?」

「そうだ」とリックは言う。スティーヴが覚えていたことが嬉しくてたまらない。「あれは一大対決だった。ほら、『拳銃無宿』のジョッシュと『賞金稼ぎの掟』のジェイクがビリヤードをしてるんだからな」

マックイーンも話を合わせる。「ああ、一大対決だった。ジョッシュとジェイクがビリヤードで対決? 観戦チケットを売ったら売れたかもな」

スティーヴの冗談にリックは笑う。

当時を思い出しながら、マックイーンは言う。「あのときは、バーにいるみんながおれたちの第一試合を見てた気がする」マックイーンはリックを指差す。「あの試合に勝ったのはおまえだった。でも、二試合目はバーの半分の人間しか見てなかった」──そう言って親指で自分を指す──「おれが勝ったのに」さらに思い出して笑う。「三試合目には誰ひとり関心を示さなかった」

感動してリックはうなずく。ちゃんと覚えてやがる。

「でも、三試合目にどっちが勝ったのか、思い出せない」とマックイーンは言う。

「どっちも勝たなかった」とリックは言う。「最後までできなかったんだ。あんたが行かなきゃならなくなって」

それはこっちが負けていたからか、とマックイーンは内心思う。

そのとき、シャロンのパーティにやってきた別の車がマックイーンのポルシェのうしろに停まり、久々の再会は終わりを告げる。ふたりはもう一台の車に眼をやり、またお互いを見やる。

「そうか、ここに住んでるのか」とマックイーンが言い、リックの家を指差す。

「ああ」とリックは応じる。

「じゃあ、いつかドアを叩くかもしれないから、そのときには〈バーニーズ〉に行って試合の片をつけよう」

それが社交辞令にすぎないことはリックにもわかっている。それでもそう言ってくれたことそれ自体が嬉しい。「いいねえ」と本気で言う。「また会えて嬉しかったよ、スティーヴ」

「おれもだ。じゃあ、元気でな」スティーヴはポランスキー邸の門のまえにあるインターフォンのボタンを押す。

シャロンの声がスピーカーから聞こえてくる。「はい」

スティーヴはインターフォンに向かって言う。「おれだよ、ベイビー。開けてくれ」

ポランスキー邸の門が開く。スティーヴの車とそのうしろの車が私道を登り、やがて見えなくなる。

リックは陶器製のビールジョッキとテープレコーダーと水やり用のホースを持ったまま、ポランスキー邸の門が自動的に閉まるのを眺める。ウィスキー・サワーを一口飲む。そのとき、家の中で電話が鳴っているのが聞こえる。

こんな夜中に電話してくるのはどこのどいつだ？

家の中にはいり、キッチンの壁電話の受話器を取る。

「もしもし？」

電話の向こうから女の声が聞こえてくる。「リック？」

「ああ」

「台詞の練習してる？」

いったいなんのことだ？

彼は尋ねる。「そちらさんは？」

「トゥルーディよ。ほら、ミラベラ」

リックは心底驚く。「トゥルーディ？　おい、今何時だと思ってるんだ？」

電話の向こうで少女は不満そうにうなる。「なんて馬鹿な質問なの？　もちろん何時かぐらい知ってるわよ。台詞を完璧に覚えるまで、わたしは寝ないことにしてるの。〝台詞は明るいうちに覚える〟とかいうたわごとは信じない。少なくともテレビの仕事ではね。この電話で起こしちゃったわけじゃないでしょ？」と彼女は訊く。「寝てた？」

「いや。起きてたよ」と彼は正直に答える。

「じゃあ」と彼女は挑戦的な口調で言う。「何か問題ある？」

「何が問題なのかはわかってるはずだ」段々声に苛立ちが混じりはじめる。「電話してることをママは知ってるのか？」

トゥルーディは電話の向こうで大笑いする。「ママはいつも十時四十五分にはシャルドネを三、四杯飲んで、テレビをつけたままソファで口を開けて寝ちゃうの。一日の番組が終わるときの国歌が流れると起きて、それから寝室に行くの」

「トゥルーディ、こんな時間に電話してきちゃ駄目だ」とリックはたしなめる。

「よくないことだって言いたいの？」

「ああ、よくないことだ」

「ねえ、話をはぐらかさないで質問に答えて」

「質問？」

「台詞の練習してる？」

「ああ、そのことか。生意気なお嬢さん、してるよ」

「へえ、そう」と彼女は皮肉っぽく言う。

「してるって言ってるだろ！」

「どうせ『ジョニー・カーソン・ショー』でも見てたんじゃないの？」と少女は馬鹿にしたような口調で言う。

「テレビなんか見てない。おれは台詞を覚えてたんだ、このクソ生意気ど腐れまんこ！」

リックは冷静さを失い、なんと少女を〝まんこ〟呼ばわりしてしまう。ところが、電話の向こうからは少女の明るい笑い声が聞こえてくる。それにつられて彼も思わず笑ってしまう。

笑いながら彼女は尋ねる。「ねえ、シーンの練習もしてる？」

「ああ、もちろん」

「わたしもよ」と彼女は言う。「じゃあ、一緒に練習する？」

もうここまでだ、とリックは思う。これ以上はつき合っていられない。この問題児をこれ以上つけ上がらせてはいけない。

「いいか、トゥルーディ。ママも知らないところで、こんな夜中に電話してるのはよくないことだ」と彼は率直に言う。

とんでもなく落ち着いた声でトゥルーディは答える。「あなたの話を聞いてると、まるでわたしは明日の朝起きて、赤い屋根の小さな学校に行くみたいに聞こえる。でも、わたしは明日、あなたと仕事をするの。あのシーンの撮影をするの。あなたは今起きていて、私も起きてる。あなたは明日のシーンの練習をしてる。わたしも明日のシーンの練習をしてる。だったら」と彼女は提案する。「一緒に練習しましょうよ。そうして明日撮影現場に行くの。誰もわたしたちが一緒に練習したことは知らない。だから、わたしたちふたりで、みんなの度肝をとことん抜いてあげるの！」そして――まるで当てこすりのように――つけ加える。「わかってる、リック？　わたしたち、ただ演技をするためにお金をもらってるんじゃないの。すごい演技をするためにもらってるの」

このクソ生意気なちびの言っていることには一理ある。というか、彼女はあくまで役者仲間だ。今日、一緒に撮影した最後のシーンでのサムの反応を見るかぎり、おれたちふたりが万全の準備をして明日の撮影に臨めば、ほんとうにみんなの度肝をとことん抜いてやれるかもしれない。

「もう台本なしでも大丈夫か？」と彼は少女に尋ねる。

「ええ、たぶん」と少女は答える。

「おれもだ。じゃあ、お嬢ちゃん、おまえからだ」

電話の向こうでトゥルーディは突然声を変え、誘拐され、心に傷を負ったミラベラの緊張感を大げさに演じる。「わたしをどうするつもりなの？」

赤い絹のキモノを羽織ったまま、キッチンを歩きまわりながら、リックは陶器製のジョッキからウィスキー・サワーを一口飲み、ケイレブ・デカトゥーのカウボーイ口調で言う。「教えてやろうか、ちっちゃなレディちゃんよ。実はおれもまだ決めてない。でも、やれることはいろいろある。そう、やれることはいろいろとな。だけど、おまえの親父さんに分別ってもんがあれば、そのまま逃がしてやることだってあるかもな」

ミラベラに扮したトゥルーディは言う。「パパがどうしたら、わたしを逃がしてくれるの？」

ケイレブに扮したリックは狂気じみた声音《こわね》で言う。「おれを金持ちにしたら、だ。それがおまえの親父にできることだ！　おれにたんまりと金を寄こして、おれのことはきれいさっぱり忘れる。さもなきゃ、死んだ娘をやつにくれてやる。そうなったら、おまえの親父は一生おれのことを忘れられないだろうな」

無垢な少女は邪悪な悪党に尋ねる。「わたしを殺すの？　わたしが憎いからでも、パパが憎いからでもないのに？」トゥルーディはここでドラマティックに間《ま》を取る。「ただ、欲だけのために？」

ケイレブはふざけた調子で答える。「この世界はな、ちっちゃなレディちゃんよ、欲でまわってるんだよ」

ちっちゃなレディは自分の名前を大声で言う。「ミラベラよ」

「なんだと？」とケイレブは言う。

八歳の少女は悪党の親玉に向かってもう一度自分の名前を言う。「わたしの名前はミラベラ。たとえ冷酷に殺されるんだとしても、あなたにはわたしのことをただの小さな娘だと、ただのマードック・ランサーの小さな娘だと、思ってほしくない」

少女のことばが無法者の心の何かを突き動かす。この件に関しては、自分の正当性をこの子にどうしても伝えなくてはならないという思いが、ケイレブの中に衝動的に湧き上がる。

「いいか、おまえが心配しなきゃならないようなことは何もない。おまえの親父は、まちがいなく金を持ってくる。おまえにはそれだけの価値がある。やつにはそれだけの財力がある。だから、おれはおれの金さえ手にはいれば、おまえを無傷で解放する」

電話の向こうで一拍半くらいの間があく。やがて彼女の声がまた聞こえてくるが、その声に芝居がかったところはなく、驚くほど分析的な見解を述べる。

「面白い言い方をするのね」

「は？」訳がわからずケイレブは訊き返す。

ミラベラ・ランサーは、おそろしいほどトゥルーディ・フレイザーそっくりの声で、自分の見解を盗賊の頭領に説明する。「あなたは〝おれの金〟って言った。実際にはパパのお金なのに。パパが稼いだお金よ。盗んだんじゃなくて。牛を育ててそれを市場まで連れていって稼いだお金なのに。なのに、あなたは〝おれの金〟って言った。あなたは本心から、そのお金を自分のものにする権利があると思ってるの？」

この演説で小さなミラベラと小さなトゥルーディは、無法者と役者両方のあいだの小さなボタンを押す。自宅キッチンの真ん中に赤い絹のキモノを羽織って立つリック・ダルトンは、この瞬間、歯を剝き出しにした恐ろしい形相の誇大妄想狂で殺人狂のケイレブ・デカトゥーに変身し、一気に答を吐く。

「ああ、そのとおりだ、ミラベラ！　おれにはなんでも奪う権利がある！　一度奪ったら、それをおれのものにする権利がある！　娘の頭を吹き飛ばされたくなかったら、おまえの親父はそれに見合った額をおれに払うしかないんだ！」

別の言い方をすれば、おれは〝オートバイに乗ったガラガラヘビ〟だ。

少女は簡単な質問をする。「わたしの価値は一万ドルなの？」

息が切れかかっている無法者と役者は同時に答える。「ああ」

小さな人質は恥ずかしそうに言う。「こんなちっぽけなわたしにはその身代金、ちょっと高すぎるんじゃない？」

ケイレブは真心を込めて言う。「それはちがう、ミラベラ」感情に突き動かされてリックはアドリブを言う。「おれが父親なら——」そこでことばを止める。

「なに？」電話の向こうの声が訊く。

リックは口を開けるが、ことばが出てこない。

電話の向こう側の少女は答を要求する。「あなたがわたしの父親なら、なんなの？」

リックは一気に吐き出す。「この腕を切り落としてでもおまえを取り戻す！」

部屋に沈黙が流れる。リックには、しかし、電話の向こうのトゥルーディの満足げな笑みが聞こえる。

トラックが三台くらいは通り過ぎていけそうなほど劇的な間《ま》のあと、トゥルーディ扮するミラベラが電話の向こうから言う。「それ、お世辞のつもり、ケイレブ？」

そのあと電話の向こうに突然トゥルーディが現われ、ステージ上の動きを説明しだす。彼女は台本を読む。「ここでジョニーがドアをノックする。コン、コン」

「誰だ？」とケイレブは応じて言う。

トゥルーディはカウボーイの低い声を真似て言う。「マドリッドだ」

「はいれ」とケイレブは命ずる。

トゥルーディはリックに言う。「あなたの台詞は、これ以降はジョニーが相手。だからわたしがジョニーの役をやるわね」咽喉《のど》にかかったジョニー・マドリッドの低い声でトゥルーディは訊く。「これからの計画は？」

ケイレブは答える。「計画はこうだ。五日後、ランサーは一万ドルを持ってメキシコに行き、そこでおれたちと会う」

少女はゆっくりと言う。「長い道のりを行くには大金だな」

ケイレブは鼻を鳴らして言う。「それはランサーの問題だ」

トゥルーディ扮するジョニーは指摘する。「その金に何か起こって、おれたちには受け取れなくなったら、それはおれたちの問題だ」

ケイレブはジョニーのほうを急に向いて荒々しく言う。「金に何かあったら、それはこの小娘の問題だ！」燃えるような眼で彼はジョニー・マドリッドに言う。「いいか、よく聞け、小僧！あと五日で、マードック・ランサーはおれの一万ドルを持ってくる！おれの手に届くまえにその金に何かあったら、おれたちは容赦しねえ。このゲームの名前は〝努力しました〟じゃねえんだ！マードック・ランサーがおれのこの手に一万ドル渡すか――さもなきゃこの小娘の頭を石でかち割るかだ！」

リックとケイレブは吐き出すようにそう言って肩で息をする。そして、ジョージ・キューカーからは思いきり否定された自慢のドラマティックな間《ま》を取って続ける。「それに何か問題があるか……マドリッド？」

トゥルーディ扮するジョニーが答える。「ああ、ひとつだけな、ケイレブ。それはあんたがまだおれを〝マドリッド〟って呼んでることだ」

ケイレブは鼻を鳴らす。「それがおまえの名前だろうが」

少女は言う。「いや、もうちがう。今は……ランサーって名前だ。ジョニー・ランサー」

リックは想像上の腰の拳銃に手を伸ばす。その瞬間、受話器の向こうでトゥルーディが言う。

「バン、バン、バン！」

リックは断末魔の叫びをあげながらキッチンのリノリウムの床に倒れ、両手で顔をつかむ。ほんとうにジョニーに顔を撃ち抜かれたかのように。

電話の向こうでトゥルーディが訊く。「今のは？」

床に倒れたままリックは答える。「顔を撃たれたように演技したんだ」

少女は興奮気味に言う。「ワオ、いいアイディアじゃない！」そのあと一拍置いて、さらに興奮して言う。「ねえ、今のシーン、すっごくよかった！」

リックは体を起こし、冷蔵庫に背中をもたせかける。「ああ、よかった」彼も同意する。

共演者がさらに言う。「明日、このシーンでは最高の演技をしましょ！」

彼女の言うとおりだ、とリックは思って言う。

「ああ。そうしようぜ」

ふたりの俳優のあいだに沈黙が流れる。

若いほうの俳優が言う。「ねえ、リック、わたしたちの仕事ってすごくない？　わたしたち、ものすごくラッキーだと思わない？」

この十年で初めてリックは自分がいかに幸運だったか、そして今もいかに幸運か痛感する。長い年月のあいだ一緒に仕事をしてきたすばらしい俳優たち――ミーカー、ブロンソン、コバーン、モロー、マクギャヴィン、ロバート・ブレイク、グレン・フォード、エドワード・G・ロビンソン。キスを交わしてきたいろんな女優たち。彼女たちとの恋愛。仕事で一緒になった面白い連中。

訪れたさまざまな場所。愉しかった数々の思い出。自分の名前や写真が載った新聞や雑誌。すばらしかったホテルの部屋。人に騒ぎ立てられたいくつもの出来事。一度も読むことのなかったファンレター。善良な市民としてハリウッドじゅうを車で行き来した日々。彼は自分が購入したすばらしい家を見まわす。小さい頃はただでやっていたこと——カウボーイの真似——で稼いだ金で建てた家だ。

彼はトゥルーディに言う。「そのとおりだ、トゥルーディ。おれたちはほんとうにラッキーだ」

彼の小さな共演者は言う。「おやすみなさい、ケイレブ。また明日」

心からの感謝をこめてリック・ダルトンは少女に言う。「おやすみ、ミラベラ。また明日」

翌日の20世紀フォックスの『対決ランサー牧場』撮影現場。ふたりの俳優の演技にそこにいる全員がとことん度肝を抜かれる。

（了）

解説　タランティーノ初の小説、映画ファンのためのあらたなバイブル！

池上冬樹

本書『その昔、ハリウッドで』は、クエンティン・タランティーノ監督の九番目の映画『ワンス・アポン・ア・タイム・イン・ハリウッド』（二〇一九年）の、タランティーノ自身によるノベライゼーションである。タランティーノにとっては初の小説となるけれど、とても映画監督の余技とは思えないほど、作家としての豊かな力量を感じさせる。

というのも、ノベライゼーションというと映画作品の忠実な小説化のイメージがあり、映画通りに物語が語られると思うかもしれないが、そんなことは全くない。本書を読んだあと、確認のために約三年ぶりにＤＶＤで見返したけれど、映画の前半のストーリー進行は、本書に則しておおまかにいうならば第一章→第三章→第十二章となる。では、第二章、第四章から第十一章まで一体何が書かれてあるの？　と思うかもしれない。いやいや、第十三章以降だって映画にはないたくさんの話が書かれてあるから、映画を離れて、まずは「小説」として愉しむほうがいい。

物語の舞台は、一九六九年のロサンジェルス。主人公は、テレビ俳優のリック・ダルトン（映画ではレオナルド・ディカプリオ）と、ダルトンのスタントマン兼付き人のクリフ・ブース（映画ではブラッド・ピット）。リックは、五九年から六四年まで放映された人気テレビ西部劇『賞金稼ぎの掟』で名を馳せたが、いまや人気は下降をたどり、エージェントからイタリアに渡って西部劇に出演しないかと誘われていた。一方のクリフは、ある事件を契機にスタントマンの仕事は開店休業状態であり、リックの付け人として撮影所への送り迎えをしていた。

そんな二人がある日、売れっ子監督のロマン・ポランスキーと、彼の妻であり若手女優のシャロン・テートを目撃する。夫妻は一カ月前、リックの隣の家に引っ越してきたのだ。

リックは今、テレビ西部劇『対決ランサー牧場』の撮影中だった。監督のサム・ワナメイカーに気にいられて、悪役に起用されたのだが、酒の飲み過ぎで、本番中に台詞を忘れてしまう。救いは、まだ八歳なのに利発で、芝居への情熱もあるミラベラ役の少女トゥルーディとの出会いで、いい演技をすることとは何なのかを考えるようになる。

映画ではリックが『対決ランサー牧場』に没頭し、クリフが狂信的なカルト指導者チャールズ・マンソンの信者たちと対立する話が描かれていく。あいまにシャロン・テートが出演した映画を見る場面なども挿入されて、終盤のマンソン・ファミリーの襲撃へと焦点があわさっていくのだが、小説は異なる。そもそも本書は映画と比べると派手なアクションに乏しい。「1969年8月9日、事件は起こった」「ラスト13分。タランティーノがハリウッドの闇に奇跡を起こす」とはDVDの煽り文句で、マンソンの信者によるシャロン・テート殺害事件をさしていて、〝奇跡〟とは、史実とは異なる劇的な顚末のことだが、その奇跡の場面は小説にはない。映画で描かれる襲撃も、その伏線ともいうべきマンソン・ファミリーが寄宿している牧場での戦いもない。それでも十二分に面白い。映画よりも本書のほうがはるかに面白いとさえいいたくなる。

読者はまず、一章一章じっくり、言及される様々なテレビドラマや映画の話に魅せられるだろう。映画ではせいぜい会話で人物の背景を示す程度だが、小説となればもういくらでも話すことができる。映画ではたったの数シーンなのに、小説を読めば、膨大な情報とともに物語の背骨をいくつも作りあげていることがわかる。脱線もいとわず虚々実々の挿話を次々に繰り出してきて、映画ファンの知りたい欲望を増幅させていく。映画ファンであればあるほど、あふれんばかりの人名と映画名の列挙と、それにまつわる挿話に反応して、昂奮すること間違いなしだ。

たとえば、『グリーン・ホーネット』で人気の出たブルース・リーとスタントマンのクリフが三本勝負する場面があるが、本書では事細かに描かれる。そもそもリーがいかに傲慢で、スタントマンたちに怪我をおわせてもあやまりもせず、むしろ相手が悪いかのように演じてきたことが、もうひとりスタントマンたちに嫌われているアクション俳優をあげて縷々《るる》語られ、いかに生意気なリーを倒してやるかを周到に考えて行われるのである。そこには喧嘩必勝法ともいうべき鉄則も書かれてあり、にやりとするのだが、もうここだけ読んでも、本書がいかに小説として読ませるものであるかがわかるだろう（第十三章「『デボラの甘い肉体』」）。

そもそもブラッド・ピット演じたクリフの肖像がたまらないではないか。映画ではバックストーリーを語らず、クリフにおける妻殺しは疑惑程度になっているが、本書ではきちんと妻を殺した過去が詳細に語られ、いかに罪を逃れたのかも語られるし、しかも殺したのは妻ばかりではなく……と驚くべき犯罪歴も明らかになる（それは映画のラストで活躍する愛犬の過去とも大いに関わるのだが、映画では全カット）。そのへんの冷徹な殺しの経験が、ＬＳＤにラリっているとはいえ、家に闖入《ちんにゅう》してきたヒッピーたちをためらいもなく殺す性格につながる（ただし、繰り返すが、映画の凄惨なラストシーンは本書にはない。全然違う結末が用意されている）。

映画にはまったくなくて小説におびただしくあるのは、クリフが見てきた映画の数々だろう。クリフはクエンティン・タランティーノの分身ともいうべき映画マニアで、映画監督と映画について次々に語りだす。たとえば戦後のハリウッド映画の未熟さとヨーロッパとアジア映画の成熟、信憑性のないアメリカ俳優たちの演技と三船敏郎とジャン＝ポール・ベルモンドとの比較、黒澤明論、日本映画論、芸術的ポルノ映画論（第二章「『おれは好奇心の強い男　クリフ版』」）、さらにはロマン・ポランスキーの映画の優れた同時代性と、ヒッチコック監督と異なるポランスキーのスリラーのありかた（第三章「シエロ・ドライヴ」）等々、至るところでクリフは分析するのである。人気を博した連続テレビ・ドラマの物語の構造を語り、そこで活躍した有名俳優たちの醜聞も披露するから、もう頁を繰る手がとまらない。

正直言って、映画には多少の物足りなさも感じた。『パルプ・フィクション』『キル・ビルVol1&2』のような鋭く歪んだ個性的な群像、精緻なプロット、破壊的な暴力と哄笑、『ジャッキー・ブラウン』のような洗練された優雅な大人の犯罪劇、同じくスタントマンの物語である『デス・プルーフ in グラインドハウス』のようなすさまじい疾走を続けるパルプ・ノワール的な側面が薄かった。もちろん終盤の襲撃に対する血まみれの反撃は胸のすく面白さで、タランティーノの映画を見た気分になったものだが。

しかしこの小説版は違う。タランティーノが周到に準備した登場人物たちの履歴書、意識的に計画していた物語や劇中劇があらわになり、それが欠落を埋めるからだ。ハリウッド映画のみならず世界的な映画の傾向を視野にいれて、一九六〇年代の落ちぶれつつある俳優たちがどう生きたのかが、実に具体的に創造的に捉えられている。とくに物語の前に迫《せ》り出してくるのが、『対決ランサー牧場』だろう。劇中劇として独立して語られ、リックと少女トゥルーディがいかに演じるのかが、シェイクスピア劇やアクターズ・スタジオの演劇論などを交えて追求されていく。映画では大人と子役の対話という場面でしかなく、あまり印象に残らなかったのだが、小説版では驚くほど張りつめている。二人のやりとりは辛辣で、それでいて愉しく潑剌としてもいて、軽い昂奮をおぼえるし、やがてわくわくとした気持ちになってくる。トゥルーディがまことに魅力的で、将来の大女優の貫禄の片鱗さえ見せつけて、成長した姿が見たくなる。そして『対決ランサー牧場』では一体二人はどのように演じて成功したのかと思ってしまうが、それは本書には書かれていない。なぜならその答は映画のワンシーンにあるからである。クリフの過去、ブルース・リー事件の顚末、小説版で詳しく描かれるチャールズ・マンソンの精神状態などもそうだが、映画と照合することによって輝きを増す細部が目立つ。その意味で、映画と小説はあわせて一本、または二つあわせて「完全版」といえるかもしれない。映画も小説も、どちらも独立して、愉しめる作品であるけれど、二つあわせてみれば一段と時代性や世界観が見えて、趣向が強く浮き彫りになり、面白さが際だつことになる。

そう、繰り返しになるが、面白いのである。掛け値なしに面白い。詳述するスペースはないが、映画ファンが熱烈に語らずにはいられないバイブル、すなわちケネス・アンガー『ハリウッド・バビロン』、サミー・デイヴィスJr.『ハリウッドをカバンにつめて』、ロバート・エヴァンズ『くたばれ！ハリウッド』、『マキノ雅弘自伝　映画渡世　天の巻』同『地の巻』、『昭和の劇―映画脚本家　笠原和夫』（笠原和夫、絓秀実、荒井晴彦）、小説ならハリウッドを舞台にしたステュアート・カミンスキーの私立探偵トビー・ピータースもの（『ロビン・フッドに鉛の玉を』ほか）の仲間入りである。映画ファンなら本書にも間違いなく熱狂するだろう。

（文芸評論家）

二〇二三年四月

著者紹介

クエンティン・タランティーノ

Quentin Tarantino

1963年、テネシー州ノックスビル生まれ。1971年にロサンジェルスに移住。劇団員、レンタルビデオ店員などを経て、1992年、自身で脚本も執筆した『レザボア・ドッグス』で映画監督デビューを果たす。1994年の第2作『パルプ・フィクション』では早くも第47回カンヌ国際映画祭でパルム・ドールを受賞、米アカデミー賞では脚本賞を受賞する。2012年の『ジャンゴ　繋がれざる者』では第85回アカデミー賞脚本賞を受賞。同作に出演したクリストフ・ヴァルツが『イングロリアス・バスターズ』(09) に続いて再び助演男優賞を受賞した。他の監督作品に『ジャッキー・ブラウン』(97)、『キル・ビル Vol,1, 2』(03、04)、『デス・プルーフ in グラインドハウス』(07)、『ヘイトフル・エイト』(15) がある。本作は第9作『ワンス・アポン・ア・タイム・イン・ハリウッド』(19) を自ら小説として書きあらためたもの。アメリカでは発売とともにニューヨーク・タイムズ・ベストセラーリストで1位となった。

訳者紹介
田口俊樹（たぐち・としき）
1950（昭和 25）年、奈良市生まれ。早稲田大学第一文学部卒業。英米文学翻訳家。訳書にレイモンド・チャンドラー『長い別れ』、ダシール・ハメット『血の収穫』、ロス・マクドナルド『動く標的』、エルモア・レナード『キャット・チェイサー』、ロジャー・ホッブズ『ゴーストマン　時限紙幣』など多数。

Hollywood, 1969.
You shoulda been there!

その昔《むかし》、ハリウッドで

二〇二三年五月三十日　第一刷

著者　クエンティン・タランティーノ
訳者　田口俊樹《たぐちとしき》
発行者　大沼貴之
発行所　株式会社文藝春秋
〒102-8008　東京都千代田区紀尾井町三-二三
電話　〇三-三二六五-一二一一
印刷所　精興社
製本所　加藤製本
DTP制作　言語社

万一、落丁乱丁があれば送料当社負担でお取替えいたします。小社製作部宛お送りください。

定価はカバーに表示してあります。

ISBN 978-4-16-391703-0